DER FEHLER

WEITERE TITEL VON K.L. SLATER

K.L. SLATER

DER FEHLER

Übersetzt von Miriam Neidhardt

bookouture

Die Originalausgabe erschien 2017 unter dem Titel
„The Mistake“
bei Storyfire Ltd. trading as Bookouture.

Deutsche Erstausgabe herausgegeben von Bookouture, 2023
1. Auflage September 2023

Ein Imprint von Storyfire Ltd.
Carmelite House
50 Victoria Embankment
London EC4Y 0DZ

deutschland.bookouture.com

ISBN: 978-1-83790-555-3
eBook ISBN: 978-1-83790-554-6

PROLOG

BILLY

Sechzehn Jahre zuvor

Es war ein sehr windiger Tag, und genau aus diesem Grund hatten Rose und er beschlossen, den neuen Drachen das erste Mal steigen zu lassen. Helle und dunkle Wolken bildeten ein Marmormuster am hellblauen Himmel und ließen das schwache Sonnenlicht hindurch, ohne ihm die Wärme zu nehmen.

Aber hier im Unterholz konnte Billy davon nichts sehen. Seine nackten Arme fühlten sich kalt an und seine Unterarme prickelten, als er über eine alte, hervorstehende Wurzel stolperte, die sich unter seinen Fußsohlen anfühlte wie ein abgenagter Knochen.

Dennoch wagte sich Billy mutig immer weiter vor durch den dichten Wald und schlug sich mit seinem Stock den Weg frei.

Er verfügte über einen guten Orientierungssinn. Das hatte sein Klassenlehrer letzten Sommer gesagt, als sie hier in Newstead Abbey auf Insektensuche gegangen waren. Und so bahnte sich Billy seinen Weg weiter. Sein innerer Kompass sagte ihm, dass sich sein Drachen ganz sicher hier irgendwo befinden musste.

Er wollte seiner älteren Schwester beweisen, wie groß er schon war, indem er den Drachen fand und ihn ihr zurückbrachte. Wenn er sich benahm, nahm Rose ihn vielleicht noch mal mit.

Mittlerweile machten sie nur noch selten was zusammen, sie spielten nicht einmal mehr Monopoly oder so.

Billy vernahm ein raschelndes Geräusch hinter sich. Für einen kurzen Moment hörte er auf, nach dem Drachen zu suchen, und schaute sich im Dickicht um, konnte jedoch nichts erkennen.

Vielleicht war es nur ein Fuchs. Vor dem hätte Rose Angst, aber Billy ganz sicher nicht. Er war schon acht Jahre alt, und Dad sagte immer, dass große Jungs wie er keine Angst vor Bären oder Wölfen haben und schon gar nicht vor Füchsen.

Billy atmete den kühlen, feuchten Geruch der Erde ein, schob Blätter und Zweige beiseite und schaute sich dabei aufmerksam um in der Hoffnung, den leuchtend blauen und weißen Drachen zu entdecken, den Rose ihm erst vor ein paar Wochen zum Geburtstag geschenkt hatte.

Hinter ihm knackte ein Ast, wieder gefolgt von Rascheln. Billy fuhr herum und fuchtelte mit dem Stock, für den Fall, dass ein Fuchs ihn anspringen wollte. Da erfassten seine Augen einen sich bewegenden Schatten. Gleich drauf trat eine Gestalt aus dem Gestrüpp und kam auf ihn zu.

Billy stieß den Atem aus und runzelte die Stirn. Was wollte *der* denn hier?

»Ich suche meinen Drachen«, erklärte Billy ungefragt. »Und dabei brauche ich keine Hilfe.«

Immerhin wollte er allein vor Rose wie ein Held dastehen.

Billy schaute zu dem Mann auf und dachte, dass sein Gesicht so ... anders aussah. Irgendwie verärgert. Außerdem hatte er noch nichts gesagt, auch nicht, warum er hier war.

Dennoch wusste Billy, dass er nichts falsch gemacht hatte. Sein Mund fühlte sich trocken an und seine Brust brannte.

»Ich muss jetzt zurück zu Rose«, sagte er und wollte ins Freie rennen, doch bevor er sich an der Gestalt vorbeidrücken konnte, wurde er von zwei starken Armen gepackt und festgehalten.

Unweit von ihm hörte Billy Stimmen und versuchte zu schreien, doch zwei große Hände legten sich über seine Nase und seinen Mund, und er brachte keinen Ton heraus.

Er kämpfte und trat um sich, doch schnell ging ihm die Puste aus. Über seinem Kopf hörte er eine Krähe und dachte an seinen neuen Drachen, der kaputt irgendwo im Gestrüpp lag.

Verzweifelt versuchte Billy, durch die Finger, die wie eine Eisenmaske auf seinem Mund und seiner Nase lagen, Luft in die Lunge zu kriegen.

Die Stimmen, die er zuvor gehört hatte, klangen nun gedämpft und sehr weit weg.

Langsam, wie wenn man das Licht dimmt, wurde alles um ihn herum sehr, sehr dunkel.

EINS

ROSE

Heute

Ich fahre mit dem Scanner über die beiden großformatigen
Catherine-Cookson-Romane, für deren Auswahl Mrs Groves
dreißig Minuten gebraucht hatte, und warte auf den Piepton.
Nachdem ich mich davon überzeugt habe, dass sie in das Biblio-
theksystem aufgenommen wurden, schiebe ich sie zurück über
den Tresen.

»Möchten Sie unsere Petition unterschreiben, Mrs Groves?«, frage ich.

Die alte Dame verstaut die Bücher in ihrer Einkaufstasche
und mustert die Unterschriftenliste, die ich ihr hinhalte.
»Wofür ist das, meine Liebe?«

»Wir möchten die Bibliothek retten«, erkläre ich. »Die örtlichen Behörden haben eine Liste mit Einrichtungen veröffent-
licht, die nächstes Jahr möglicherweise geschlossen werden,
und die Newstead-Bibliothek steht drauf.«

»Wirklich?« Mrs Groves runzelt die Stirn. »Das ist doch
absurd.«

»Ich weiß, aber das kann tatsächlich passieren, wenn wir

nicht aktiv etwas dagegen unternehmen«, führe ich aus. »Im ganzen Land schließt im Durchschnitt jeden Monat eine Bibliothek.«

Mrs Groves schaut mich an. »Wissen Sie, ich finde das toll, was Sie für unser Dorf tun, Rose. Dank Ihnen herrscht so eine gute Atmosphäre hier in der Bücherei ...« Ihr Gesichtsausdruck verändert sich, und sie reißt sich zusammen. »Und das trotz allem, was Sie durchgemacht haben ... der Tragödie, die Sie erleben mussten ...« Ihre Augen werden feucht.

»Danke.« Ich senke den Blick und setze *das Lächeln* auf, bevor ich weitermache. »Aber hier geht es darum, für etwas einzustehen, an das wir alle glauben. Diesem Dorf wurde schon so viel genommen.« Ich halte ihr die Unterschriftenliste noch näher unter die Nase.

Mrs Groves schiebt ihre Brille zurecht und greift nach Liste und Stift.

»Das stimmt wohl, aber unsere Bibliothek werden sie uns nicht nehmen.« Sie kritzelt ihre Unterschrift in die nächste freie Zeile und schaut dann entschlossen auf. »Dafür werde ich sorgen.«

Ich lächele und wünschte, es wäre so einfach. Newstead verfügt über eine der kleinsten Bibliotheken in der Grafschaft Nottinghamshire. Wir haben insgesamt nur drei Tage in der Woche geöffnet: Mittwoch den ganzen Tag und an den anderen Wochentagen entweder nur vormittags oder nur nachmittags.

Ich arbeite gern hier und hatte nie den Wunsch, zu einer der größeren Bibliotheken zu wechseln. Vor acht Jahren habe ich gleich nach der Universität hier als Bibliotheksassistentin unter Mr Barrow angefangen und wurde, nachdem er in den Ruhestand getreten war und ich das obligatorische Bewerbungsgespräch hinter mich gebracht hatte, zur Bibliothekarin befördert.

Die Bücherei befindet sich in einem Haus mit Flachdach jenseits der Hauptstraße gegenüber der Grundschule direkt am

Ortseingang. Bei gutem Wetter kann man vom Empfang aus den Wald hinter der viel befahrenen Hucknall Road sehen, an der unser Gebäude liegt.

Wenn die Sonne scheint, wird mein Arbeitsplatz von Vormittag bis Nachmittag in warmem Licht gebadet.

Die Inneneinrichtung der Bibliothek ist abgenutzt und stellenweise bereits schmuddelig. Die kratzigen grauen Teppiche sind dort besonders schäbig, wo sie am stärksten beansprucht werden, und der Stoff der Stuhlkissen in unserem gemütlichen Lesebereich ist an den Rändern rissig und ausgefranst.

Im Winter dringt die kalte Luft durch die maroden Holzfenster, und die antiquierte Heizung ist häufiger kaputt, als sie funktioniert.

Aber dennoch kommen die Leute gern hierher.

Miss Carter, die schon ihr ganzes Leben im Dorf verbracht hat, inzwischen Mitte achtzig ist und sich ihr Haus in der Abby Road mit dreizehn Katzen teilt, informiert mich verschwörerisch, sie könne spüren, dass die Bibliothek eine ›subtile, heilige Energie‹ hat. Vermutlich würde sie das anders sehen, wenn sie Jim Greaves, den Hausmeister in Teilzeit, laut in seinem breiten Newcastle-Dialekt fluchen hören könnte, wenn die Heizung mal wieder ausfällt.

Dennoch weiß ich, was sie meint. Obwohl sie dringend einer Renovierung bedarf, hat die Bibliothek etwas Gemütliches. Ich schiebe das auf die wundervollen Bücher, die wir hier haben. Ein Regal nach dem anderen voller interessanter Charaktere, faszinierender Geschichten und Welten, die sich so real anfühlen, dass man sich für Stunden oder auch Tage darin verlieren kann.

Jedes Jahr veranstalte ich Spendenaktionen, und von den Erlösen konnten wir ein paar bunte Sitzsäcke kaufen, die nun die Kindersitzecke ein wenig aufhübschen. Danach blieb sogar noch etwas Geld übrig für einen Wickelraum neben der Gästetoilette.

Im Flachdach hat sich letzte Woche schon wieder ein Riss gebildet, weshalb Jim von unseren spärlichen Ersparnissen einen farbenfrohen Eimer gekauft hat, und das gesamte Gebäude schreit förmlich nach einer gründlichen Renovierung. Aber ich arbeite gern hier.

Hier fühle ich mich wohl und sicher, trotz allem, was passiert ist.

Durch meinen Job bleibe ich in Kontakt mit den anderen Dorfbewohnern und sogar ein paar neu Hinzugezogenen, ohne allzu viel mit ihnen und ihrem Leben zu tun zu haben. Ich habe gelernt, während meiner Arbeitszeit eine Rolle zu spielen. Ich sage die richtigen Sachen, setze ein Lächeln auf und versichere jedem, dass es mir trotz der Tragödie, die sich vor sechzehn Jahren hier abgespielt hat, gut geht und ich mein Leben weiterlebe.

Denn nur das, so habe ich festgestellt, ist ihr Anliegen: mir zu zeigen, dass sie Billy nicht vergessen haben, und dass ich ihnen sage, *ja, es geht mir gut.*

Und genau das gebe ich ihnen und beobachte dann mit wachsender Resignation, wie die Erleichterung über ihr besorgtes Gesicht huscht.

Niemand erwähnt jemals Gareth Farnham.

Das ganze Grauen seiner Tat kann die Psyche des Dorfes noch immer nicht verkraften, aber sein Vermächtnis schwebt wie eine wogende Wolke fliegender Insekten über den Köpfen all derer, die sich erinnern.

Mit den Jahren habe ich die richtige Antwort auf jede Frage gelernt sowie die richtige Reaktion auf jeden mitfühlenden Blick und jede gut gemeinte Berührung meines Arms. Problemlos halte ich meine Fassade aufrecht, bis ich zu Hause ankomme und die Tür hinter mir schließe.

Dann fällt alles in mir zusammen.

Heute machen wir mittags zu, und deshalb habe ich vor, auf

dem Heimweg beim Co-op ein bisschen für mich und Ronnie, meinen Nachbarn, einzukaufen.

Wie ich so hier sitze und ein paar deutlich abgenutzten Büchern ein neues Gewand verpasse, mache ich mir unwillkürlich Sorgen um ihn.

Ronnie ist inzwischen Ende siebzig, ausgesprochen unabhängig, und hatte in den letzten Tagen mit einem hartnäckigen Magen-Darm-Infekt zu kämpfen. Darüber hinaus machen ihm seine Beine zu schaffen: Sie werden immer steifer und schmerzen, wenn er zu viel läuft. Trotzdem muss ich ihn nahezu anflehen, mich ihm helfen zu lassen.

»Du hast doch schon genug zu tun, Rose, du musst dich nicht auch noch um mich kümmern«, schimpfte er gestern, als ich bei ihm vorbeischaute und den spärlichen Inhalt seiner Vorratskammer und des Kühlschranks inspizierte.

Ich verdrehte die Augen. »Ronnie, ich hole morgen auf dem Weg von der Arbeit einfach Milch und Brot, okay?«

»Okay«, lenkte er ein und schenkte mir ein leichtes Lächeln.

Für mich ist Ronnie mehr als nur mein Nachbar, er ist wie eine Familie für mich. Schon mein ganzes Leben war er da. Ich bin in diesem Haus geboren worden und weiß noch, wie Mum mir erzählte, wie ich praktisch kaum dass ich laufen konnte, nach nebenan zu den Turners getapst bin, wo ich mit Süßigkeiten und Sheilas legendärem selbst gemachten Erdbeereis verwöhnt wurde.

»Ronnie hat immer das kleine Tor zwischen unseren Gärten hinter dem Haus ein Stückchen offen gelassen, damit du dich durchstehlen und Sheila besuchen konntest, wann immer du wolltest«, berichtete mir Mum mal wehmütig. »Und wenn Ronnie und dein Dad ein Bier trinken waren, hast du immer versucht, ihnen ins Station Hotel zu folgen.«

Sofort, als Billy verschwunden war, sind Ronnie und Sheila Turner für uns da gewesen. Ronnie blieb die ganze Nacht auf, um die Suche auf dem Gelände der Abbey und im Wald am frühen nächsten Morgen zu organisieren, und Sheila sorgte für Getränke und belegte Brote für alle, während wir auf Neuigkeiten warteten. Die Scharen von Polizeikräften, die aus ganz Nottinghamshire zusammengezogen wurden, sagten, so etwas hätten sie noch nie erlebt.

Als Billys Leiche zwei Tage später gefunden wurde, waren es Ronnie und Sheila, die uns auffingen. Wir waren wie Federn im Sturm. Tage wurden zu Wochen und zu Monaten, und sie waren stets für uns da und verhinderten, dass wir im Kummer versanken.

Sheila starb vor über fünf Jahren, und jetzt, wo auch Mum und Dad tot sind, gibt es nur noch Ronnie und mich. Und ich stehe tief in seiner Schuld.

Insofern macht es mir wirklich nichts aus, beim Einkaufen ein paar Sachen für ihn mitzubringen.

ZWEI

ROSE

Heute

An meinem Schreibtisch sitzend fixiere ich die Uhr und lausche dem endlosen Ticken der Zeiger in Richtung eins.

Die meisten Leute können es kaum erwarten, Feierabend zu machen, aber bei mir ist das anders. Mir graut jedes Mal davor.

Nachdem der letzte Kunde die Bibliothek verlassen hat, schließt Jim die Türen ab und steht dann da und spielt mit dem Schlüsselbund. Als ich ihm sage, dass ich noch ein paar Sachen erledigen muss, lässt er die Schultern fallen und verschwindet wieder in seinem Kämmerlein.

Ich habe ein schlechtes Gewissen, weil ich weiß, dass er bevor das Gebäude leer ist nicht nach Hause zu Janice gehen kann, seiner Frau, die seit vierzig Jahren an den Rollstuhl gefesselt ist.

Aber es gibt solche Tage, und ich fühle mich einfach noch nicht stark genug, um schon zu gehen. Ich muss mich seelisch darauf vorbereiten, mich auf den Heimweg zu machen.

Zuerst aktualisiere ich die LMS-Software, während ich

mehrere Bücher, die heute zurückgegeben wurden, aufeinan-
derstapele, um sie wieder in die Regale zu räumen.

Meine Assistentin Paula kommt nur mittwochs, wenn wir
den ganzen Tag geöffnet haben. An den halben Tagen bin ich
allein. Wogegen ich nichts habe; ich mag Abwechslung.
Außerdem bringen die einfachsten Aufgaben, zum Beispiel das
Einsortieren der Bücher in die Regale, angenehme Erinnerungen an die Zeit zurück, als ich noch ehrenamtlich hier gearbeitet habe und das Leben noch sicher und einfach war.

Die Bücher haben mir damals geholfen, wieder auf die
Beine zu kommen, und auch jetzt geht es mir immer am besten,
wenn ich unter Büchern bin. Manchmal wünschte ich, ich
könnte in meinem Büro ein Feldbett aufbauen und müsste nie
wieder nach Hause gehen.

Ich lade die Retouren auf einen Wagen und schiebe ihn bis
zum hintersten Regal, in dem sich die Krimis befinden, das
vermutlich beliebteste Genre in der Bibliothek.

Unsere Kunden lesen gern spannende Krimis. Die furchter-
regenden Geschichten und die schrecklichen Taten, die ihnen
in ihrem gewöhnlichen Leben widerfahren könnten, faszinieren
sie. Aber natürlich liegt das daran, dass sie sich trotz der Angst
sicher fühlen. Sie können das Buch jederzeit zuklappen und
haben somit jederzeit Kontrolle über diese Gefühle.

Als ich jünger war, habe auch ich genau aus diesem Grund
gern Kriminalgeschichten gelesen. Abends vor dem Einschlafen
las ich mit Vorliebe einen Klassiker von Agatha Christie oder
einen Thriller von Ruth Rendell.

Seit sechzehn Jahren jedoch habe ich kein solches Buch
mehr angerührt.

Das Lesen über verlogene Mitmenschen, die verborgene
Kehrseite der Gesellschaft und Charaktere, die in Wahrheit so
ganz anders sind, als sie vorgeben zu sein ... solche Themen
bereiten mir mittlerweile ein ausgeprägtes Unbehagen, das
tagelang anhalten kann.

Als die retournierten Bücher wieder in den Regalen sind und das Update durchgelaufen ist, gebe ich die neuen Bücher, die am Vormittag geliefert wurden, in das System ein.

Wir haben eine Ausgabe des neuen Romans von Jeffery Deaver und jeweils zwei der neuesten Bestseller von Martina Cole und Val McDermid erhalten. Alle sind bereits seit Wochen reserviert, das eine Buch von Martina Cole sogar von Jims Frau. Hoffentlich tröstet sie das etwas darüber hinweg, dass er mal wieder dank mir später nach Hause kommt.

Im Dorf gibt es viele fleißige Leser, die immer noch jeden Penny zweimal umdrehen müssen, selbst nach so langer Zeit seit der Schließung der Grube. Davon haben sie sich nie ganz erholt und werden es vermutlich auch nie. Das gilt vor allem für die älteren Einwohner. Einst leisteten sie einen wertvollen Beitrag zur nationalen Kohleversorgung des Vereinigten König-reichs, und jetzt, nun ja, kommen sie gerade so mit ihrer gekürzten Rente aus.

Und ganz bestimmt haben sie nicht das Geld, die neuesten gebundenen Bücher ihres Lieblingsautors zu kaufen.

Nachdem ich mit dem Einräumen fertig bin, schreibe ich E-Mails und rufe weniger technikaffine, ältere Kunden an und teile ihnen mit, dass ihr gewünschtes Buch wieder verfügbar ist.

Morgen werden sie dann mit strahlendem Gesicht und erwartungsvollem Lächeln vorbeikommen und für ein paar Stunden ihre Probleme vergessen.

Und wenn sie die Bücher zurückbringen, erzählen sie mir ausgiebig, was sie von der Geschichte, dem Schauplatz und den Figuren halten. Diese Gespräche sind einer der Höhepunkte meiner Arbeit und eine enorm wichtige Funktion dieser Bibliothek.

Jims Auge leuchten auf, als ich ihm das Buch überreiche.

»Das wird meiner Jan mehr gegen ihre Schmerzen helfen als jedes einzelne ihrer Medikamente.« Er sieht wirklich dankbar aus und streicht sanft über das Cover des Romans. »Es wird sie richtig aufheitern. Vielen Dank!«

Ich lächele und bin entschlossener als je zuvor: Genau wegen solcher Momente können wir es nicht zulassen, dass unsere Bibliothek geschlossen wird.

Kaum verlasse ich das Gebäude, weichen alle positiven Gedanken aus meinem Hirn, und ich falle wieder in meine quälende, ungute Gewohnheit zurück, alles überprüfen zu müssen.

Jeden einzelnen Tag seit wer weiß wie vielen Jahren schwöre ich mir, dass ich damit aufhöre. Aber kaum bin ich draußen, selbst wenn jede Menge Leute um mich herum sind, greift mein Automatismus wieder.

Und ich habe nicht das Gefühl, irgendetwas dagegen machen zu können.

Alle dreißig Sekunden drehe ich mich um und beobachte die Autos, die an mir vorbeifahren, um mich zu vergewissern, dass niemals dasselbe Fahrzeug mehrmals darunter ist. Wenn ich nach Hause oder sonst wohin laufe, höre ich nie Musik. Das könnte ich gar nicht. Ich muss jederzeit in der Lage sein, Schritte hinter mir zu hören, die womöglich näherkommen. Wenn ich an einem Gebüsch, einer Hecke oder Bäumen vorbeikomme, wechsele ich die Straßenseite, und um dunkle Gassen mache ich grundsätzlich einen großen Bogen.

Vor Jahren sagte meine Therapeutin Gaynor Jackson mal zu mir: »Diese Zwangshandlungen laugen Sie aus, Rose. Sie müssen damit aufhören.«

Und dennoch sind es diese Zwangshandlungen, die mir auch nach all der langen Zeit noch ein gewisses Gefühl der Kontrolle geben.

Einer der Gründe, weshalb ich die Therapie abgebrochen habe, ist, dass ich es nicht mehr ertragen konnte, den ewigen utopischen Ideologien zuzuhören, die Gaynor gebetsmühlenartig wiederholte.

Immer wieder hat sie dieselben Phrasen gedroschen: »Sie können lernen, Ihre Ängste zu beherrschen« und »Sie müssen zu einem Zustand des entspannten Bewusstseins finden«. Sie hat den ganzen Kram, den sie mir vorgebetet hat, tatsächlich geglaubt, war der Überzeugung, dass die Methode wirkt und mir hilft. Wäre es doch nur so einfach, wie es klang.

Gaynor meinte es gut, dessen bin ich mir sicher. Aber all ihre Ratschläge entsprangen irgendwelchen Lehrbüchern. Ihr sonniges Gemüt und ihr naiver Gesichtsausdruck, wenn ich versuchte, ihr meine Ängste zu beschreiben, zeigte mir deutlich, dass sie noch nie um ihr Leben hatte fürchten müssen.

Sie lag in den Sommermonaten nie wach und schwitzte im stickigen Schlafzimmer aus allen Poren, weil sie zu große Angst hatte, selbst das kleinste Fenster zu öffnen, weil sie befürchtete, jemand könnte die Regenrinne hinaufklettern und in ihr Zimmer eindringen.

Sie musste nie ins Badezimmer rennen und sich übergeben, weil sie im Dunkeln ein Geräusch im Garten gehört hatte und zu große Angst hatte, um einen Blick durch die Vorhänge zu werfen.

Dafür konnte Gaynor natürlich nichts. Mir ist schon vor langer Zeit klar geworden, dass man niemandem begreiflich machen kann, wie lähmend eine solche Angst ist, der sie nicht selbst erlebt hat.

Und wie sich das eigene sichere, stinknormale Leben von einem Moment auf den anderen in Luft auflösen kann.

DREI

Sechzehn Jahre zuvor

Zuerst bemerkte Rose gar nicht, dass jemand sie beobachtete, zu sehr war sie damit beschäftigt, eine riesige schwarze Kunstmappe, eine Umhängetasche und ein überdimensionales Mäppchen mit Pinseln und anderem Kunstbedarf zu jonglieren, wobei sie fast vom Bussteig fiel.

Die Bushaltestelle befand sich an der Hucknall Road, die an Newstead vorbei zur A611 in Richtung Nottingham führte. Auf der einen Seite der Straße lag das Dorf und auf der anderen der Wald – eine merkwürdige Verschmelzung von scharfen, stählernen Kanten einer sterbenden Industrie und dem weichen, grünen Flausch der Natur.

Seufzend setzte Rose einen Fuß auf den Bürgersteig. Nach dem Tag im College hatte sich während der Fahrt das vertraute Gefühl der Resignation auf ihre Schultern gelegt.

So war es jeden Tag. Je näher der Bus ihrem Zuhause kam, desto deprimierter und trübsinniger wurde sie. So war es schon immer gewesen, doch in den letzten Monaten hatte sich die Atmosphäre zu Hause sogar noch verschlechtert. Mum und

Dad schrien sich nur noch an und sagten beide Sachen, um den anderen mit voller Absicht zu verletzen.

Aber Rose war noch eine andere ungute Entwicklung aufgefallen: Wenn es ihre Eltern leid waren, sich gegenseitig zu beleidigen, wendeten sie sich geschlossen gegen ihre Tochter. Dann warfen sie ihr alles Mögliche vor, alles, was mit ihr nicht stimmte, was sie falsch gemacht hatte, womit sie sie immer wieder enttäuschte.

Und jeden Tag fragte sich Rose, wie lange sie das noch aushalten würde.

Im Juni wurde sie achtzehn, und der war nur noch zwei Monate hin. Wenn sie wirklich wollte, könnte sie dann das Dorf verlassen und irgendwo weit weg von hier neu anfangen. Und niemand konnte sie davon abhalten.

Bei dem Gedanken fühlte sie sich gut und selbstbewusst – zumindest, bis sie bei der Frage angelangte, wovon sie das alles bezahlen sollte. Außerdem wusste Rose, dass sie Billy niemals zurücklassen könnte. Insofern war ein Wegzug keine wirkliche Option, aber dennoch half es ihr, davon zu träumen, weil sie so die schwierige Situation zu Hause für eine Weile ausblenden konnte.

Die Pfützen hier und da auf dem unebenen Bürgersteig verrieten Rose, dass es früher am Tag ziemlich stark geregnet haben musste. Vorhin im College im warmen Klassenraum hatte sie gar nicht auf das Wetter geachtet, so sehr war sie mit ihrer Kunst beschäftigt gewesen.

Aber es hatte geregnet, und während Rose da stand und immer noch versuchte, ihren Krempel irgendwie auf beiden Armen zu balancieren, sog sie den Duft nach feuchter, alter Erde und frischen, jungen Blättern ein und dachte nicht zum ersten Mal, wie seltsam es war, dass sich direkt an der Straße ein Wald befand.

Sie hatte das Gleichgewicht auf ihren flachen, bequemen Schuhen noch nicht ganz wiedergefunden, als sich die Türen

hinter hier zischend schlossen und der Bus die Straße weiter-
rumpelte. Dabei rutschte ihr das sperrige Mäppchen aus der
Hand, fiel zu Boden, und die teuren Pastellkreiden verteilten
sich auf dem Asphalt.

»Seht aus, als bräuchtest du Hilfe«, sagte eine Stimme
hinter ihr. »Kann ich dir was abnehmen?«

Sie fuhr herum und sah einen Mann, der sie mit
amüsiertem Gesichtsausdruck musterte. Das Erste, was ihr
auffiel, war, dass er ein ganzes Stück älter aussah als sie. Sie
schätzte ihn auf Ende zwanzig. Als er unter dem Baum hervor-
trat, bemerkte sie, dass sowohl seine grüne Wachsjacke als auch
seine Haare patschnass waren und Letztere an Stirn und
Wangen klebten.

Sie schaute hinauf zum Himmel, doch es nieselte nur
leicht. Ganz bestimmt wurde man von dem bisschen Wasser
nicht dermaßen durchnässt.

»Ich weiß, und dennoch bin ich völlig durchweicht«, sagte
er und grinste dabei so breit, dass sie seine leicht schiefen Zähne
sehen könnte. Er war nicht unattraktiv. »Ich habe mich
zwischen den Bäumen durchgedrückt und dabei jeden Wasser-
tropfen von den Blättern mitgenommen. Alles für ein paar gute
Fotos.« Er hielt eine teuer aussehende Kamera hoch.

Rose fiel auf, wie ruhig es hier war, jetzt, wo der Bus weg
war. Niemand befand sich in der Nähe. Über ihren Köpfen
hatten sich Regenwolken versammelt, und sie überlegte, wie
lange es wohl dauern würde, bis sie sich entleerten.

Sie klemmte die Kunstmappe unter den linken Arm und
sammelte die Pastellkreiden ein, von denen zum Glück keine in
die Pfützen gefallen waren. Niemals konnten es sich ihre Eltern
leisten, ihr neue zu kaufen, und entsprechend würden sie sie
mal wieder ausschimpfen.

Er starrte sie an. Sie spürte, wie ihre Wangen trotz der Kälte
heiß wurden.

»Und, was sagst du?«

»Wie bitte?« Sie steckte den letzten Stift in das Mäppchen, stand auf und verlagerte die Kunstmappe in die rechte Hand.

»Kann ich dir beim Tragen helfen?«

»Oh, ja.« Wieder wurden ihre Wangen warm, und sie reichte ihm die Kunstmappe. »Danke.«

Obwohl sie ein gewisses Interesse an ihm nicht leugnen konnte, wäre es Rose lieber gewesen, der Fremde würde einfach seinen Weg gehen und sie in Ruhe lassen. Sie konnte sich leider denken, wie bescheuert sie gerade aussah mit den roten Wangen, die somit die gleiche Farbe hatten wie ihr zerzaustes Haar.

»Gareth Farnham«, stellte er sich vor. »Ich würde dir ja die Hand schütteln, aber du hast mich beladen wie einen Packesel.«

Immerhin hat er es angeboten, sagte sie zu sich. Rose schaute zu ihm auf und überlegte kurz, ob sie sich verteidigen sollte, doch dann grinste er wieder. Also lächelte sie zurück und senkte dann den Kopf.

»Geh du voran. Ich folge dir«, sagte er fröhlich.

Sie überquerten die Straße und machen sich auf den Weg ins Dorf. Es fühlte sich merkwürdig an, neben einem fremden Mann herzulaufen. Er war größer und breiter als sie, und ihr gefiel das Gefühl, das er in ihr weckte. Würde er sie bis nach Hause bringen?, überlegte sie. Immerhin wollte er ihr nur helfen. Es war ja nicht so, dass er sie womöglich mochte … oder?

Wie auch immer, er war sowieso zu alt für sie. Ihre Mum würde einen Anfall kriegen, wenn sie sie zusammen sah, und die Reaktion ihres Dad wollte sie sich gar nicht erst ausmalen. So, wie er in letzter Zeit drauf war, war es nicht ausgeschlossen, dass er ihr an die Kehle ging.

Dennoch sah Gareth echt gut aus. So viel erwachsener als die Typen im College, die sich immer noch wie Zwölfjährige verhielten.

Er hustete, und erst jetzt bemerkte sie, dass er etwas gesagt hatte.

»Tut mir leid, ich ...«

»Ich sagte, ich bin Gareth.« Er blieb stehen. »Du scheinst etwas abwesend zu sein ... machst du dir Sorgen wegen Hausaufgaben oder so? Vielleicht kann ich dir dabei helfen.«

Grinsend zwinkerte er ihr zu, woraufhin eine Hitzewelle langsam ihren Rücken hinaufkroch.

»Tut mir leid. Ich bin Rose«, stammelte sie, blieb ebenfalls stehen und drehte sich zu ihm um.

Er neigte den Kopf und runzelte die Stirn, als würde er angestrengt über etwas nachdenken. Dann rezitierte er laut und dramatisch:

»O du! im Schönheitsglanz gepflückt,

Sei nicht von einem Stein bedrück!!

Nein! nur des Jahres frühste Rosen,

Sie mögen deine Gruft umkosen,

Vom Schatten der Cypresse hold geschmückt!«

Er strahlte sie an und wartete auf ihre Reaktion.

»Ein Gedicht?«

»Von Lord Byron, dessen Bude, wie du weißt, auf der anderen Seite des Dorfes zu finden ist.« Er grinste. »Wie heißt die noch gleich?«

»Newstead Abbey.«

»Stimmt ja, Newstead Abbey. Ich dachte, ich könnte dich mit einem Gedicht beeindrucken, in dem dein Name vorkommt. Ich habe ein echt gutes Gedächtnis und somit nie Schwierigkeiten bei Prüfungen.«

»Ich bin beeindruckt«, antwortete sie und konnte sich ein Lächeln nicht verkneifen. Schüchtern kam sie zu dem Schluss, dass sie vielleicht etwas mehr zur Unterhaltung beitragen sollte. »Ich ... ich habe dich noch nie hier in der Gegend gesehen.«

»Natürlich nicht. Ich bin erst vor ein paar Tagen hierher gezogen«, erklärte er. »Ich wohne in einem der neuen Apparte-

ments an der Lacey Grove und habe noch nicht einmal ausge-
packt. Ich bin für das neue Wiederbelebungsprojekt zuständig.
Hast du mal davon gehört?«

»Ich glaube schon«, antwortete Rose und nickte. »An die
Stelle der alten Grube kommen ein Park und ein Angelsee hin,
stimmt's?«

»Genau das.« Gareth schien sich ehrlich darüber zu freuen,
dass sie von dem Projekt wusste. »Wenngleich das stark verein-
facht ausgedrückt ist. Es handelt sich um ein echt gehobenes
Vorhaben.«

»Oh«, sagte Rose.

»Lass es mich so sagen, ich musste mit ein paar wichtigen
Leuten in der Regierung verhandeln, um alle Genehmigungen
zusammenzukriegen.« Er machte eine Pause und schaute sie
erwartungsvoll an. Als sie nicht reagierte, fuhr er fort: »So
kommt neues Leben in das Dorf. Du wirst schon sehen!«

Schweigend gingen sie weiter, entfernten sich immer mehr
vom Wald, in dem das Regenwasser von den Blättern tropfte,
und näherten sich dem Dorf.

»Das Projekt klingt echt toll«, log Rose, die Angeln für die
reinste Tierquälerei hielt. Andererseits war es sicherlich gut,
dass das schwer gebeutelte Dorf Geld erhielt.

Die Pläne der Regierung waren gut gemeint, aber Rose kam
nicht umhin zu denken, dass es mehr als ein paar Grassamen
und Wasser brauchen würde, um den Geisterort, zu dem das
Dorf seit der Schließung der Grube im Jahr 1987 geworden
war, wiederzubeleben.

VIER

Sechzehn Jahre zuvor

Sie gingen um den Zaun der Grundschule herum. Es fing jetzt etwas stärker an zu regnen.

Der Anblick der bunten Kunststoffkinder entlang der Straße jagte Rose einen Schauer über den Rücken. Sie dienten als Poller, als optische Warnung für die Autofahrer, die an der Schule vorbeifuhren. Ihre blinden Augen verfolgten Rose, und ihre kleinen, unbeweglichen Münder signalisierten deutliche Missbilligung.

Nun kamen die Reihenhäuser aus Backstein in Sicht. Düster hoben sie sich vom grauen Himmel ab. Einst waren sie für die Minenarbeiter gebaut worden, und obwohl sie diesen Zweck nun nicht mehr erfüllten, standen sie dennoch da, wie die Glieder einer Eisenkette miteinander verschmolzen.

»Ich nehme dir das jetzt wieder ab«, sagte Rose, wurde langsamer und streckte den Arm, an dem bereits zwei Taschen hingen, nach der Kunstmappe aus. »Danke fürs Tragenhelfen.«

Gareth drückte die Mappe noch dichter an sich.

»Ich bringe dich gern bis nach Hause«, erwiderte er lächelnd.

Roses Herz schlug nun schneller. Was, wenn ihre Mum sie mit Gareth zusammen sah, oder noch schlimmer, ihr Vater? Sie wollte sie nicht gegen sie aufbringen.

Ihr Vater war seit der Schließung der Grube unberechenbar geworden und verbrachte den Großteil seiner Zeit im Station Hotel, wo er sich den ganzen Abend an einem einzigen Bier festhielt. Bei ihrem knappen Budget war kein Geld für mehr als ein oder zwei Bier drin, und wenn er mehr auf den Kopf haute, schrie ihre Mum ihn an – und darauf war er nicht scharf.

Bei Schließung der Mine war Ray Tinsley siebenunddreißig Jahre alt gewesen. Seit ganzes Leben hatte er dort gearbeitet, seit er mit fünfzehn von der Schule abgegangen war. Ray war Hauer gewesen und hatte als solcher zwölf Stunden am Tag und manchmal auch in der Nacht bei achtunddreißig Grad damit verbracht, durch Tunnel zu kriechen, die kaum breiter und höher waren als er selbst.

Dadurch, dass sie die härteste Arbeit verrichteten, aber auch das meiste Geld bekamen, genossen Ray und seine Kollegen im Dorf ein hohes Ansehen. Aufgrund der häufigen Überstunden war Geld im Hause Tinsley nie ein Problem gewesen.

An dem Tag, an dem die Grube geschlossen wurde, so erzählte ihre Mutter Stella es Rose ein paar Jahre später, eröffnete Ray ein Anlagekonto und zahlte seine Abfindung ein, weil er fest davon überzeugt war, nicht beim ›alten Eisen‹ zu landen, wie einige vorausgesagt hatten, und er deshalb das Geld in nächster Zeit nicht brauchen würde.

»Ich bin schließlich kein alter Mann und habe jede Menge zu bieten«, erklärte er selbstsicher, als er an seinem allerersten arbeitslosen Tag seine Frau und seine fünfjährige Tochter zu Hause ließ und sich auf den Weg zum Arbeitsamt machte.

Unermüdlich bewarb er sich auf zahlreiche Stellen in der

Gegend und sogar in den riesigen Strumpffabriken in Mansfield und Nottingham. Aber das taten viele der anderen entlassenen Bergleute auch, und einige davon waren jünger als Ray.

Zwei Monate nach seinem Jobverlust fiel Stella auf, dass ihr Mann immer seltener Bewerbungen abschickte. Sein Gang wurde langsamer, und er ließ den Kopf immer mehr hängen. Niemand wollte einen Mann einstellen, der kurz vor seinem vierzigsten Geburtstag stand.

»Also, was sagst du, Rosie?«

»Wie bitte?« Gareth hatte Rose aus ihren Gedanken gerissen, und sie spürte, wie ihr das Mäppchen fast wieder aus der Hand rutschte. Er hatte sie Rosie genannt. So hatte sie zuletzt ihr Granddad genannt, und damals war sie noch klein gewesen.

»Du warst ja völlig in Gedanken versunken«, bemerkte Gareth und lächelte sie an. »Ich habe gefragt, ob du Lust hast, mal ins Odeon in Mansfield zu gehen. Sagen wir am Mittwochabend?«

Sie schaute ihn an, wie er stirnrunzelnd zu den aufziehenden Regenwolken hinaufblickte. »Du musst natürlich nicht, es ist nur so, dass ich neu in der Gegend bin ... Ich kenne noch niemanden hier. Und jeden Abend allein vorm Fernseher zu hocken, ist schon ein bisschen eintönig.«

Rose dachte an die Zeit zurück, als sie neu aufs West Notts College in Mansfield gekommen war. Dort gingen auch andere Leute hin, die sie vom Sehen kannte, aber niemand studierte Kunst, und so hatte sie die Pausen und auch das Mittagessen stets allein verbracht und die anderen beobachtet, wie sie miteinander lachten und über den Unterricht plauderten.

Das hatte ihr so sehr missfallen, dass sie kurz davor war, das Kunststudium abzubrechen und irgendwo einen Job anzunehmen. In ihrer Fantasie floh sie vor allem, auch vor ihren Eltern. Doch dann hatte Cassie ihre Ausbildung als Friseurin und Kosmetikerin am Clarendon College in Nottingham hingeschmissen und war in Roses Kunstkurs gekommen.

So war Cassie eben. Mal hoch und mal runter, mal vor und mal zurück.

»Ich will dich gar nicht unter Druck setzen, aber was hältst du davon?«, fragte Gareth erneut. »Du kannst auch den Film aussuchen.«

Er war zu alt für sie. Andererseits wäre es unhöflich, einfach Nein zu sagen. Und der Gedanke, der angespannten Atmosphäre zu Hause zu entkommen, wenn auch nur für einen Abend, war verführerisch.

Hier passierte sonst nie irgendetwas Spannendes oder Neues, und jetzt war dem doch so.

Insofern wäre es dämlich von ihr, Gareth abzusagen. Abgesehen davon wäre Cassies Gesichtsausdruck, wenn Rose ihr erzählte, dass sie ein Date hatte, unbezahlbar.

»Danke«, hörte sie sich selbst sagen. »Kino wäre toll.«

Je näher sie ihrem Zuhause kamen, desto hibbeliger wurde Rose. Gareth plapperte immer noch, und sie musste ihn immer wieder bitten zu wiederholen, was er gerade gesagt hatte.

Wenn ihr Dad auf seinem Sessel mit der Häkeldecke im Rücken saß und aus dem Fenster schaute, wie er es oft tat, würde er sie nachher stundenlang verhören.

Wenn sie direkt in ihr Zimmer ging, würde er meckern, dass sie ihrer Mutter lieber mal mit dem Abendessen helfen sollte. Wenn sie zu lange unten blieb, würde er ihr Engagement für das Kunststudium infrage stellen. Rose hatte sein ständiges Mantra satt: »Deine Ausbildung kostet uns richtig Geld, nur damit du's weißt.«

Gareth schien ihr Unbehagen zu bemerken. Als sie die Straße erreichten, in der sie wohnte, reichte er ihr die mit Regentropfen benetzte Kunstmappe.

»Krieg ich deine Handynummer?«, fragte er und zog ein Nokia aus der Tasche.

»Ich … Ich habe gar kein Handy«, gestand Rose.

»Was? Wie kann das denn?«

Sie wollte ihm nicht erzählen, dass sie und ihre Familie kein Geld für Handys hatten. Sie konnte noch nicht einmal samstags jobben; es gab im Dorf schlicht keine Arbeit. Zwar hatte sie gerade angefangen, mittwochnachmittags, wenn sie keine Vorlesungen hatte, in der Bibliothek auszuhelfen, aber dafür wurde sie nicht bezahlt. Sie arbeitete nur gern mit Büchern.

Es war ihr zuwider, ihre Eltern ständig um Geld für Sachen bitten zu müssen. Dadurch fühlte sie sich wie ein kleines Kind und schuldig, weil sie keinen finanziellen Beitrag leistete. Vor allem, wenn der Geldmangel in letzter Zeit zu Streitigkeiten zwischen ihren Eltern führte.

»Schon okay.« Er zwinkerte ihr zu. »Dann gibt mir deine Festnetznummer, und ich rufe dich wegen Mittwoch an.«

Rose öffnete den Mund und schloss ihn wieder. Sie konnte Gareth nicht ihre Festnetznummer geben, weil sie nicht wollte, dass ihre Eltern wussten, dass sie sich mit ihm verabredete. Aber wenn sie ihm das sagte, würde sie wie ein dummes Kind klingen.

Gareth starrte sie eine Weile an und brach wieder in ein breites Grinsen aus. »Oh, ich verstehe. Ich soll dein schmutziges Geheimnis werden, oder?«

»Nein!«, rief sie erschrocken aus. »Darum geht es nicht. Es ist nur, weil ... mein Vater, er ist ...«

»Schon okay.« Gareths Finger schwebte über der Tastatur seines Handys. »Gib mir einfach die Nummer, und ich rufe dich morgen Abend an, ohne dass jemand weiß, dass ich es bin. Passt dir Punkt acht Uhr?«

»Aber ...«

»Du musst nur dafür sorgen, dass du selbst ans Telefon gehst. Dann denken sie, ich wäre eine Freundin.«

Rose fühlte sich mit diesem Arrangement nicht wohl, aber da er so erpicht darauf war, wollte sie ihn auch nicht vor den Kopf stoßen. Kurz überlegte sie, einen Zahlendreher einzubauen, aber wie sollte er sie dann erreichen? Er machte einen wirklich netten Eindruck. Und obwohl Rose vorhatte, Cassie die Tatsache, dass sie um ein Date gebeten worden war, ordentlich unter die Nase zu reiben, ging es im Grunde nur um einen Film und ein bisschen Gesellschaft, weil Gareth sonst niemanden in der Gegend kannte.

Da war nichts Schlimmes dran. Wäre ihr Dad in letzter Zeit nicht so angespannt, würde er es womöglich sogar verstehen.

Das Treffen mit Gareth schien ihr wie eine Chance, die sie sich nicht entgehen lassen wollte. Zwar war das noch verfrüht, das wusste sie, aber es könnte der Anfang einer positiven Wendung in ihrem langweiligen Dorfleben sein ... Wenn sie es nicht durch ihre eigenen Unsicherheiten und die Probleme mit ihrer Familie vermasselte.

»Hast du jetzt deine Telefonnummer vergessen?«, fragte Gareth, verengte seine dunkelblauen Augen, und für einen kurzen Moment glaubte sie, er wäre verärgert. Doch dann lächelte er und strahlte sie wieder mit freundlichen Augen an.

Rose diktierte ihm ihre Telefonnummer.

»Okay«, murmelte er und tippte die Ziffern in sein Handy. »Also dann morgen Abend um acht.«

Sie nickte. Er zwinkerte ihr zu und zeigte wieder dieses sexy Lächeln, das ihr Herz schneller schlagen ließ.

Als sie das Gartentor erreichte und sich umdrehte, bemerkte sie, dass er sie immer noch anschaute. Er hob die Hand, winkte, und sie lächelte. Zurückwinken konnte sie nicht, weil sie alle Hände voll hatte.

FÜNF

Rose drückte die Hintertür mit dem Fuß auf und drückte sich umständlich hindurch, darauf bedacht, ihre Kunstutensilien nicht fallen zu lassen.

Ihr achtjähriger Bruder Billy war offensichtlich kurz vor ihr nach Hause gekommen. Er saß auf einem Hocker in der Küche und zog sich gerade die abgenutzten Turnschuhe aus.

»Ich hab dich mit einem Typ an der Straßenecke stehen sehen.« Billy feixte, steckte sich eine Handvoll Colafläschchen in den Mund und beobachtete, wie Rose mit sich selbst kämpfte. »Er hat dein Zeug getragen. War das dein Freund?«

Ängstlich beäugte sie die Tür und überlegte, ob ihre Eltern sie hören konnten, aber da im Wohnzimmer der Fernseher lief und sie vermutlich davor zu Abend aßen, eher nicht.

»Red leise«, zischte Rose ihrem Bruder zu. »Und er ist nicht mein Freund.«

»Wie heißt er denn?«

»Gareth.«

»Woher weißt du, wie er heißt, wenn er nicht dein Freund

ist?«, fragte er lachend und wich ihrer Hand aus, mit der sie die Kunstmappe hatte fallen lassen und ihm gerade einen Schubs geben wollte.

»Er ist nicht mein Freund, Billy.« Rose biss sich auf die Unterlippe. »Willst du mich unbedingt in Schwierigkeiten mit Mum und Dad bringen?«

Er zog noch eine Handvoll Süßigkeiten aus der Tasche und schüttelte dabei feierlich den Kopf. Sie war nicht die Einzige, die unter den Launen ihres Vaters litt. Nach seinem verwuschelten Haarschopf zu urteilen, hatte er sich heute vermutlich noch nicht einmal gekämmt. Rose legte ihre Tasche und die Kunstutensilien auf dem Klapptisch ab und glättete seine zerzausten Locken. Billy drehte den Kopf weg, um ihren kämmenden Fingern zu entgehen.

»Dann sag das nicht immer wieder, sonst hören sie dich noch. Komm, wir trinken was.« Sie nahm zwei Gläser aus dem Regal, ging zum Kühlschrank und suchte nach Orangensaft, aber da war keiner. »Wie war's heute in der Schule?«

»Langweilig«, antwortete Billy und verzog das Gesicht.

Unzählige Male hatte sie Billy dazu angehalten, sich in der Schule mehr zu bemühen.

Sie seufzte. »Willst du immer noch Pilot werden, wenn du groß bist?«

Statt einer Antwort zuckte er nur mit den Schultern.

»Was soll das denn heißen?« Sie schenkte zwei Gläser Orangenlimonade ein.

»Carl Bennett in meiner Klasse hat gesagt, dass das nur ein bescheuerter Traum ist.« Billy schaute sie mit seinen traurigen braunen Augen über den Gläserrand hinweg an. »Er hat gesagt, dass Leute von hier nie einen der tollen Jobs kriegen, sondern nur in der Mine arbeiten können, weil's hier nichts anderes gibt.«

»Nicht mehr«, sagte Rose. »Die Mine ist inzwischen schon seit Jahren zu, und damit wurde Jungs wie dir ein Gefallen getan. Jetzt kannst du werden, was du willst. Du musst es nur wollen.« Sie trank einen großen Schluck Limonade. »Weißt du noch, was wir über die Wichtigkeit einer guten Ausbildung gesagt haben?«

Aber Billy hörte ihr schon nicht mehr zu. Stattdessen legte er seine Fußballkarten ordentlich an einer Kante des Tischs entlang aus.

Rose würde am liebsten Cassie anrufen und ihr von dem Date mit Gareth erzählen, aber das Telefon befand sich im Flur, und ihre Eltern würden mit Sicherheit alles hören können. Also musste sie die Neuigkeit erst einmal für sich behalten. Das war ihr pikantes Geheimnis, und nur sie entschied, wem sie davon erzählte.

Als Rose schließlich im Bett lag, dauerte es sehr lange, bis sie endlich einschlief.

Am nächsten Tag holte Cassie sie am College vom Bus ab und war sofort beeindruckt, als Rose ihr von Gareth erzählte.

»Und er hat dich echt nach einem Date gefragt?«, rief sie aus.

Erfreut stellte Rose fest, dass ihr fast die großen blauen Augen aus dem Kopf fielen.

»Wie alt ist er?«

»Weiß ich gar nicht so genau. Aber er sieht aus, als wäre er ein gutes Stück älter als ich.« Die beiden Freundinnen schlenderten die Nottingham Road entlang in Richtung West Notts College, das sich auf dem Berg befand. »Ich schätze so Mitte zwanzig.«

Cassie setzte ein breites Grinsen auf. »Ich wette, du machst es am Mittwoch mit ihm. Dann ist er dein Erster. Wart nur ab!«

»Cassie! Wir gehen doch nur zusammen ins Kino!«, rief Rose aus, konnte sich ein Lächeln jedoch nicht verkneifen.

»Klar, du kannst ja viel behaupten. Sieh dich doch nur an! Du kannst es doch kaum erwarten. Kleine Jungfrau.«

Sie kreischte und wich zurück, als Rose mit der Schultertasche nach ihr schlug. Dann tanzte Cassie um Rose herum und sag ›Like a Virgin‹ von Madonna.

»Cassie, hör auf damit«, zischte Rose und schaute sich um, ob jemand von den anderen Studenten, die unweit von ihnen in dieselbe Richtung liefen, ihr Gespräch mitangehört hatten.

»Ernsthaft, Rose, das ist ein echter Fortschritt.«

Cassie schloss wieder zu ihr auf. »Ich habe mir schon Sorgen gemacht, ob du Miss Carter als die offiziell älteste Jungfer im Dorf den Rang ablaufen möchtest.«

»Sehr witzig.«

Cassie war genauso alt wie Rose, aber viel erfahrener, wenn es um das andere Geschlecht ging. Sie hatte bereits drei Freunde gehabt und mit allen davon geschlafen. Es waren ausnahmslos gleichaltrige Mitstudenten am College gewesen, doch Rose war aufgefallen, dass sie eigentlich eher an Männern in Gareths Alter interessiert war.

»Ich würde dafür töten, mal mit einen älteren Mann zu poppen«, schwärmte sie. »Die haben so viel Erfahrung!«

»Cassie!«

»Aber es stimmt, das würde ich!« Sie streckte ihrer Freundin die Zunge heraus. »Wenn du einen auf Jean Brodie machen willst, kannst du mich ihm ja vorstellen. Ich könnte ihm schon ein oder zwei Sachen beibringen.«

»Und übrigens ...«, sagte Rose und ignorierte Cassies bissige Bemerkung, »er hat ein Gedicht von Byron für mich zitiert.« Sie erwartete, dass ihre Freundin blass vor Neid wurde.

»Okay, jetzt willst du mich auf den Arm nehmen«, prustete Cassie.

»Es stimmt!« Rose kicherte und stupste ihr in die Seite. »In dem Gedicht kam sogar mein Name vor. Irgendwas mit Rosenblättern, die früh im Jahr rumliegen.«

Cassies Grinsen verschwand aus dem Gesicht. »Rose, du Glückspilz, der klingt ja traumhaft. Versau's um Himmels willen nicht!«

»Inwiefern versauen?«

»Indem du so naiv bist. Du musst ihm zeigen, dass du kein Kind mehr bist, nur weil du viel jünger bist als er.«

»Und wie mache ich das?«

Cassie stieß einen tiefen Seufzer aus. »Darüber reden wir später. Komm heut Abend zu mir, und ich bringe dir bei, wie man sich einen Mann fängt.«

Sie drückte die Brust raus und stieß Rose absichtlich an. Anschließend brachen beide in lautes Gelächter aus.

Rose wurde ganz warm ums Herz. Das Leben war schön. Aufregend.

SECHS

ROSE

Heute

Ich betrete den kleinen örtlichen Co-op, in dem ich immer meine Lebensmittel einkaufe.

Im Umkreis von sechs Kilometern des Dorfs gibt es zwei große Supermärkte, und ich weiß sehr wohl, dass die dort mehr Auswahl haben und billiger sind, aber ich fühle mich wohler dabei, vor Ort einzukaufen.

Hier kenne ich alle Kassiererinnen ebenso wie die Regalauffüller und sogar den Marktleiter. Außerdem kann ich mir dort Zeit lassen und bei der Auswahl der Waren entspannen, soweit Entspannen in der Öffentlichkeit überhaupt möglich ist.

Essen ist mir wichtig, dem war schon immer so. Essen ist mein Freund, der keine Fragen stellt und nichts fordert.

Jeden Morgen, wenn ich aufwache, schiebe ich den ungesunden, unerwünschten Kram mit Gedanken an Essen aus meinem Kopf. Dann überlege ich, was ich frühstücken werde, was ich als Mittagessen mit zur Arbeit nehmen werde, und natürlich plane ich auch das Hauptevent des Tages: mein Abendessen.

Jeden Tag nehme ich mir vor, dass ich mich mehr anstrengen werde, dass ich mit diesem selbstzerstörerischen Essverhalten aufhören kann. Aber irgendetwas in mir ist kaputt, und ich enttäusche mich permanent selbst ... Spätestens am Abend sind alle Hoffnungen des Morgens wieder dem Selbsthass gewichen.

Der zweitürige Kleiderschrank in meinem Schlafzimmer ist voller alter Klamotten, die ich nicht mehr anziehe. Ich kann an einer Hand die Sachen abzählen, in denen ich noch okay aussehe: eine Jeans, eine schwarze Arbeitshose, eine Bluse und zwei farbige Strickwesten, mit denen ich meine vielen körperlichen Unzulänglichkeiten verstecken kann, die mir sofort ins Auge fallen, sobald ich in einen Spiegel blicke.

Ich weiß, dass ich die alten Kleidungsstücke bei eBay verkaufen und mit dem Geld ein oder zwei neue Teile von guter Qualität kaufen sollte, die mir dann auch passen. Wenn ich ein paar Kilo an den richtigen Stellen zunehmen könnte, hätte ich Duzende von Outfits, die ich anziehen könnte. So jedoch schlackern sie nur um meine schmalen Schultern und um die knochige Hüfte.

Ich weiß, dass es viele Menschen gibt, die gern meine Figur hätten. Aber auch nur, weil sie die ganze Geschichte nicht kennen. Ich bin nicht gesund, nicht gut aussehend dünn. Ich bin ausgetrocknet, mangelernährt, und ich habe Hunger.

Die meiste Zeit habe ich furchtbaren Hunger.

Immer mal wieder drängt mich eine Stimme in meinem Kopf dazu, etwas gegen den destruktiven Teufelskreis zu unternehmen, in dem ich mich befinde. Irgendwie weiß ich das ja auch. Viele Male habe ich das durchaus auch versucht, aber all die Diäten in den Frauenzeitschriften, bei denen einzelne Lebensmittel verboten sind ... die nähren die Angst eher, als dass sie sie lindern.

Letzte Woche habe ich mich online über Ernährungsweisen schlaugemacht und meine eigene Lösung gefunden.

Im Grunde geht es darum, drei vernünftige Mahlzeiten pro Tag zu essen, auf zuckerhaltige Snacks zu verzichten und sich überhaupt gesünder zu ernähren. Klingt in der Theorie ziemlich einfach. Doch schon, als ich meine Ideen zu den einzelnen Mahlzeiten notierte, wusste ich, dass die Angst vor der Gewichtszunahme vermutlich größer sein würde als die Wahrscheinlichkeit, dass ich jemals normal essen könnte.

Bei mir hat sich schon immer alles ums Essen gedreht. Ich muss es unbedingt haben, damit das Nichts in mir verdrängen, die Leere in mir füllen, die mich zersetzt wie Löcher den Schweizer Käse. Das Einzige, was ich unter Kontrolle habe, ist das, was passiert, wenn ich alles aufgegessen habe.

Als ich mein ›Essensproblem‹ entwickelte – so hat es mein Vater genannt, um das Stigma zu vermeiden, das mit dem offiziellen medizinischen Ausdruck einhergeht, und dabei bin ich geblieben –, dauerte es ewig, bis meine Klamotten weiter wurden. Doch als ich erst mal anfing abzunehmen, hörte es einfach nicht mehr auf.

Ich greife in meine Handtasche und hole die Liste heraus. Die habe ich gestern, als ich mich zum Mittagessen hingesetzt habe, mit der Hand geschrieben. Beim Anblick des Hühnchen-Wraps, der Tüte Cheese-and-Onion-Chips und der kleinen Banane, die ich am Morgen zu Hause eingepackt hatte, packte mich die blanke Panik.

Wenn ich weiter so essen würde, würde ich aufgehen wie ein Hefeteig und wieder dick werden.

Diese Wörter, die ihm von den fiesen, verzerrten Lippen kamen, als er mich an den Haaren packte und meinen Kopf nach hinten zog: ekelhaft ... widerlich ... fett ... abartig ...

Gestern waren sie mir im Kopf herumgesprungen wie ein Tischtennisball, und ich hatte den Drang verspürt, mal wieder zu versuchen, mich in den Griff zu kriegen.

In das von der Gemeinde betriebene Fitnessstudio in der

Nähe von Hucknall zu gehen mit all den fremden Leuten dort, kam nicht infrage, zumal ich dafür lange und allein durch die Felder laufen müsste, die das Dorf umsäumten. Dort gab es deutlich zu viele Versteckmöglichkeiten für Fremde, die mir Böses wollten. Doch ich wusste auch, dass wenn ich nichts unternahm, alles so weitergehen würde wie bisher, und ich in meinem negativen und gefährlichen Teufelskreis gefangen wäre.

Jetzt starre ich die Liste meiner optimistischen Ideen für nahrhafte, sättigende Mahlzeiten an, greife mir einen Einkaufskorb und steuere den ersten Gang an.

Schon bevor ich auch nur die Salate erreiche, habe ich Belanglosigkeiten mit anderen Dorfbewohnern und zwei Angestellten des Co-ops ausgetauscht. Glücklicherweise keine bohrenden Fragen, nur Geplänkel über das Wetter und die Tagesordnung der nächsten Sitzung des Dorfausschusses. So etwas krieg ich hin.

Ich lege einen Römersalat, zwei Tomaten und eine halbe Gurke in meinen Korb. Dazu kommen ein Karton Eier und ein Stück gedünsteter Lachs mit Chili-Ingwer-Soße aus dem Kühlregal dazu, und statt meiner üblichen zwei Liter Limonade entscheide ich mich für eine Zwei-Liter-Flasche Wasser.

Als ich um die Ecke zum nächsten Gang biege, schaue ich in den Korb, was ich bis jetzt habe. Für mich sieht alles fade und geschmacklos aus; es ist nichts dabei, worauf ich mich freue.

So sehr wünschte ich mir, dass das Essen keine so große Rolle in meinem Leben mehr spielt und ich es kontrolliere anstatt umgekehrt, aber beim Gedanken, auf die Gerichte zu verzichten, die ich so liebe, verlässt mich der Mut.

Wie um alles in der Welt soll ich die langen Abende mit ein paar Salatblättern und einem Stückchen Fisch füllen? Ich habe mich an meine ›endlosen Mahlzeiten‹ gewöhnt. Diese bestehen beispielsweise aus einer fertigen Lasagne oder Spaghetti Bolognese mit ein oder zwei Scheiben Knoblauchbrot, gefolgt von einer schönen frischen Sahnetorte.

All das spüle ich in der Regel mit einer Flasche gut gekühltem Sauvignon blanc herunter, von dem ich das erste Glas sofort trinke, wenn ich von der Arbeit nach Hause komme und die Tür hinter mir geschlossen und verriegelt habe. Dann gehe ich, wie ich es gern nenne, ›nach oben‹.

Wenn ich wieder nach unten komme, trinke ich einen Kaffee und gönne mir ein paar Schokoladenkekse oder auch Kräcker mit Käse.

Abschließen tue ich den Abend mit ein paar Gläsern eisgekühlten Baileys, und wenn ich wieder oben bin, schlafe ich mit einer Serie auf Netflix ein.

Mir ist klar, dass das nicht gerade nach einem schönen Abend klingt, aber das ist mein Leben. Ich bin es gewohnt, die Abende allein zu verbringen, in meinem selbst geschaffenen Zufluchtsort, mit viel Essen, Trinken und Fernsehen.

So versuche ich, alles zu vergessen; die Vergangenheit, in der alles passiert ist, und auch die Zukunft, auf die ich mich nicht freuen kann.

Manchmal funktioniert das sogar für eine kurze Zeit.

»Hallo, Rose.«

Miss Carter steht vor mir in Gang zwei, in der Hand ein Korb mit Katzenstreu und mehreren Dosen Thunfisch darin.

»Hallo«, antworte ich lächelnd.

»Das sieht ja alles sehr … gesund aus«, kommentiert sie meinen Korbinhalt. Dann schaut sie mich an und verengt die Augen. »Wie geht es dir so, Rose?«

Ich unterdrücke das Gefühl von Genervtheit, das in meiner Brust aufflackert. Diese sechs Wörter mögen belanglos klingen, aber was sie wirklich meint, ist: »Wie ich sehe, liegt in deinem Korb Salat … hast du wieder dein Essensproblem?«

»Mir geht es sehr gut, danke, Miss Carter«, sage ich betont fröhlich. »Mir geht es richtig gut.«

Sie mustert mich und ihr Blick bleibt ein oder zwei Sekunden am Bund meiner Hose hängen. »Das freut mich zu hören«, antwortet sie offensichtlich nicht überzeugt. »Aber übertreib nicht mit dem Salat. Du kannst ruhig noch ein paar Kilo zulegen.«

Eines der Nachteile, wenn man schon sein ganzes Leben in einem kleinen Dorf mit immer denselben engstirnigen Leuten wohnt, ist, dass irgendwie niemand bemerkt, dass man nicht mehr der ahnungslose Teenager ist, den sie von früher kennen ... dass man inzwischen erwachsen ist und ein eigenes Leben hat und ihre unhöflichen und oftmals gedankenlosen Tipps nicht gebrauchen kann.

Die Leute hier haben ein sehr gutes Gedächtnis. Man kann jeden beliebigen ehemaligen Grubenarbeiter fragen, und er zählt mit Freuden jeden einzelnen ›Verräter‹ auf; so werden diejenigen genannt, die damals im Jahr 1984 den Streik gebrochen habe.

Die Dorfbewohner wissen alles über die Bulimie. Wie auch nicht? Damals war sie unmöglich zu verbergen. Nach Billys Tod habe ich wochenlang alle paar Tage ein Pfund abgenommen und sah wegen meines kaputten Verdauungssystems aus wie der Tod persönlich.

Es war mein ausgesprochen öffentlicher, wenn auch erfolgloser Akt des Verschwindens.

Ich murmele eine Entschuldigung in Richtung Miss Carter und gehe in den nächsten Gang. Der Plastikschlauch um den Griff des Korbes rutscht in meiner klammen Hand, und ich spüre, wie sich ein feuchtes Rinnsal in der kleinen Kuhle an meinem unteren Rücken sammelt.

Einen Moment lang bleibe ich stehen und starre die Regale an. Als sich mein Blick endlich klärt, erkenne ich reihenweise Kuchen und Kekse.

Ich atme aus und spüre, wie sich meine Schultern entspannen. Endlich Trost.

SIEBEN

ROSE

Heute

Ich verlasse den Supermarkt und gehe mit übervollen Plastiktüten bepackt durch das Dorf, nicht ohne weiterhin alles um mich herum zu beobachten.

Es dauert nur ein paar Minuten zu Fuß, bis ich mein Zuhause erreicht habe, doch die fühlen sich an wie ein ganzes Leben.

Mein Herz schlägt nun noch schneller, und obwohl ich mir ziemlich sicher bin, dass niemand in meiner Nähe ist, von dem eine Gefahr ausgeht, konzentriere ich mich auf den Gehweg vor mir und fange an, meine Schritte zu zählen. Erst als das Mauerwerk meines Reihenhäuschens in Sicht kommt, fühle ich mich etwas besser. Zuhause ist gut. Danach sehne ich mich. Das brauche ich.

Durch meine Begegnung mit Miss Carter und deren Bemerkung über mein Essen war ein Damm gebrochen, worauf ich nicht vorbereitet gewesen war.

Manchmal kann ich einen Schutzwall aufbauen, wenn ich weiß, dass irgendjemand meine Vergangenheit zur Sprache bringen wird. Manchmal ist es nur jemand, der sich in der Bibliothek ein Buch ausleiht und mich fragt, ob es mir gut geht, nach dem, was vor langer Zeit geschehen ist. Das trage ich mit Fassung.

Wenn ich jedoch unvorbereitet bin, so wie heute im Supermarkt, können mich ein paar unbedachte Bemerkungen völlig aus der Bahn werfen, und dann brauche ich manchmal Tage, um mich wieder ins Gleichgewicht zu bringen.

Ich betrachte die übervollen Tüten, deren Griffe in das weiche Fleisch meiner Handflächen schneiden.

Bis ich nach meiner Flucht vor Miss Carter an der Kasse ankam, hatte ich meinen Plan der gesunden Ernährung auf unbestimmte Zeit verworfen. Und so trug ich schließlich zwei Einkaufskörbe voller ungesunder Leckereien in der Hand, die mich über die schmerzhaften Erinnerungen hinwegtrösten sollten, die gerade ungewollt aufgewühlt worden waren.

Mit schneller werdenden Schritten eile ich auf Nummer dreizehn zu, wo ich wohne. Doch bevor ich nach Hause gehen und die Tür hinter mir schließen kann, muss ich noch bei Ronnie vorbei und seine Einkäufe abliefern.

Ich drücke das kleine Holztor zu Nummer elf auf. Dann schaue ich hinter mich, um mich zu vergewissern, dass ich allein bin, und gehe zügig den kleinen Durchgang zwischen den Häusern entlang.

Meine Achseln werden feucht, was meine empfindliche Haut reizt. Keuchend erreiche ich die Rückseite der Häuser.

Unter meinen abgenutzten, flachen Sohlen spüre ich die rissigen und unebenen Betonplatten.

Ich schaue hinunter zu den Beeten mit Vogelmiere, die in den Fußweg ragt. Die grünen, blättrigen Büschel sind so hübsch zwischen winzigen, unschuldig aussehenden sternförmigen Blüten verteilt, verdrängen jedoch jede andere Lebensform im Keim.

Ronnie lässt seine Hintertür unverschlossen, wenn er im

Haus ist, also klopfe ich nur kurz ans Küchenfenster und trete ein.

Ich habe durchaus versucht, ihm klarzumachen, dass er Dieben und anderen ungebetenen Besuchern auch einfach eine Einladung schicken könnte, aber er hört leider nicht auf mich. Er hat immer noch nicht gemerkt, dass wir nicht mehr in den Achtzigerjahren leben, als er und die anderen Bewohner der Reihenhäuser einander vertrauen konnten und friedlich zusammen gelebt und gearbeitet haben. Diese Zeiten sind vorbei.

Mittlerweile gibt es im Dorf genauso viele neue Einwohner wie alte. Fremde. An jeder Ecke begegnet man einem unbekannten Gesicht.

Daraus resultiert eine Gefahr, die ich nur zu gut kenne.

Normalerweise, wenn ich bei Ronnie nebenan vorbeischaue, befindet sich dieser in der Küche und hantiert dort in seiner in letzter Zeit ihm eigenen zögerlichen und vergesslichen Art herum. Manchmal sitzt er auf dem einzigen Stuhl am winzigen Tisch über ein Kreuzworträtsel gebeugt, das er offensichtlich nicht mehr lösen kann.

Aber heute ist er nicht hier.

Ich stelle die Einkaufstasche mit seinen Lebensmitteln auf die Arbeitsplatte und die anderen Beutel sowie meine Handtasche an die Tür, damit ich sie mitnehmen kann, wenn ich wieder gehe.

»Hallo?«, rufe ich und durchquere die Küche. Normalerweise sitzt er nicht gern im Wohnzimmer, bevor das Abendprogramm im Fernsehen beginnt, insofern ist er vielleicht oben im Badezimmer.

An der Treppe angekommen, zögere ich. Schon mein ganzes Leben gehe ich bei Ronnie und Sheila aus und ein, und dennoch kommt es mir immer wieder merkwürdig vor, wenn ich so in diesem Haus stehe, das genauso aufgebaut ist wie meines, nur spiegelverkehrt, und sich dennoch so vollkommen anders anfühlt.

Ich stecke den Kopf durch die Tür zum Wohnzimmer und luge hinein. Die Möbel darin sind alle schon ganz schön in die Jahre gekommen, aber von so guter Qualität, dass sie sich recht gut gehalten haben. Ein blau-braun gemusterter Axminster-Teppich führt durch die Diele bis ins Wohnzimmer, wo ein Sideboard aus Nussbaumholz und ein Fernsehschrank den Raum füllen. Der polierte ochsenblutfarbene Chesterfield-Dreisitzer und der dazu passende hochlehnige Ohrensessel wirken in dem beengten Raum recht stattlich, und schwere Samtvorhänge in einem ähnlichen Farbton umrahmen das einzige Fenster mit Stores davor.

Der Raum ist düster und trostlos, aber Ronnie und Sheila waren noch nie Fans des hellen, minimalistischen Looks. Die stammten aus einer Generation, die kunstvolle Einrichtungsgegenstände bevorzugte; je mehr Schnörkel, desto besser. All diese qualitativ hochwertigen Möbel wurden einst mit Liebe ausgesucht und von dem guten Gehalt aus der Mine bezahlt, in der Ronnie früher als eine Art unterirdischer Vorarbeiter gearbeitet hatte.

Als Dad – der damals junge Raymond Tinsley – nach der Schule in der Zeche von Newstead anfing, hatte sich Ronnie dort bereits hochgearbeitet und war allgemein respektiert, und da er die Familie gut kannte, nahm er Dad unter seine Fittiche. So lief das hier früher jahrelang, als sich noch jeder um jeden gekümmert hat.

Ronnie ist auch nicht hier im Wohnzimmer.

Mit einem unguten Gefühl der Vorahnung steige ich die Treppe hinauf.

»Ronnie?«, rufe ich.

Ich höre ein Kratzen, und als ich fast oben bin, auch ein leises Stöhnen. Im ersten Stockwerk klopfe ich zögerlich und mit rasendem Herzen an die Badezimmertür.

Als ich die Tür öffne, bemerke ich sofort Ronnies Socken und die bleichen Knöchel darüber. Ich betrete den Raum, und da liegt er, auf dem Boden, mit vor Schmerz verzerrtem Gesicht.

Schnell gehe ich zu ihm, wobei ich die Hand über Mund und Nase halte, weil es so furchtbar nach Erbrochenem und Schlimmerem stinkt. Er schaut mich mit weit aufgerissenen Augen an und murmelt etwas, doch ich muss das Badezimmer verlassen und nach Luft schnappen.

»Keine Sorge, Ronnie, ich rufe einen Krankenwagen.«

Und dann renne ich nach unten und hole mein Handy.

ACHT

ROSE

Heute

Ich hole mein Handy aus der Handtasche, wähle sofort den Notruf und bete, dass der Krankenwagen nicht allzu lange brauchen würde.

Dann laufe ich wieder nach oben, lege ein zusammengefaltetes Handtuch unter Ronnies Kopf, spüle den stinkenden Inhalt der Toilette herunter und steige über seine Beine auf dem rissigen, abgenutzten Linoleum, um das kleine mit Milchglas versehene Fenster neben der Badewanne zu öffnen.

»Der Rettungswagen ist unterwegs, Ronnie«, informiere ich ihn. »Bist du ausgerutscht und hingefallen?«

Er antwortet nicht, doch seine Augen werden noch größer, und er schluckt schwer. Sein Mund ist ganz schief. Kurz überlege ich, ob er vielleicht einen Schlaganfall hatte, und bete, dass ich mich irre.

»Wahrscheinlich bist du nur ganz schwach von dem Infekt der letzten Tage, Ronnie«, versuche ich ihn zu trösten. »Bist du ohnmächtig geworden?«

Er flüstert seine Antwort so leise, dass ich ihn kaum verstehe. »Nein.«

Sein Mund bewegt sich, als würde er versuchen, noch etwas zu sagen, aber er schafft es nicht. Ich vergewissere mich, dass er es so bequem hat, wie ich es ihm machen kann, und laufe wieder nach unten, um auf den Krankenwagen zu warten. Nur Minuten später führe ich die beiden Sanitäter nach oben.

»Wie heißt der Patient?«, fragt der größere von beiden mich unterwegs.

»Sein Name ist Ronnie.«

»Und ist Ronnie bei Bewusstsein?«

»Ja, aber er bewegt sich nicht und kann wohl auch nicht sprechen«, erkläre ich.

»Wie ist das passiert?«

»Das weiß ich nicht. Ich habe ihn gerade so auf dem Boden gefunden, als ich ihm seinen Einkauf vorbeigebracht habe. Er hat seit ein paar Tage Probleme mit dem Magen, und es ging ihm nicht gut.«

»Wissen Sie, wie lange er schon da lag, bis Sie ihn gefunden haben?«

»Keine Ahnung, tut mir leid.« Ich fühle mich so nutzlos, als müsste ich irgendwie mehr hilfreiche Details liefern können.

Einer der Sanitäter bleibt im Flur stehen, da das Badezimmer zu klein ist, als dass beide mit Ronnie hineinpassen würden. Auch ich warte ein oder zwei Minuten vor der Tür, da ich aber nur im Weg herumstehe, gehe ich wieder nach unten.

Ronnie kommt für sein Alter ganz gut zurecht und kann das Haus sauber halten, aber jetzt, wo ich in der Küche sitze und nicht nur wie üblich reinkomme und gleich wieder rausgehe, erkenne ich die untrüglichen Zeichen der Überforderung. Der Fußboden müsste dringend mal wieder gewischt werden, und die Arbeitsflächen sind übersät mit Schmierflecken und alten Brotkrümeln. Ganz offensichtlich ist die letzte Reinigung schon eine Weile her.

Das schlechte Gewissen packt mich. Ich hätte viel früher auf die Idee kommen sollen, Ronnie meine Hilfe anzubieten.

Als Billy verschwand, waren die Turners immer für meine Familie da gewesen, und jetzt schäme ich mich dafür, dass es mir bisher noch nicht einmal in den Sinn gekommen ist, ein- oder zweimal die Woche vorbeizuschauen und Ronnie beim Haushalt zu helfen.

Erst kürzlich habe ich in der Nottingham Post gelesen, dass nahe der Stadt mehrere Rentnerkommunen gebaut werden. Die scheinen nur so wie Pilze aus dem Boden zu schießen: schicke und zweckmäßige Unterkünfte mit Installationen und Vorrichtungen, die das Leben der älteren, aber noch fitten Bevölkerung erleichtern sollen.

Ich kann mir Ronnie in einer solchen Einrichtung gut vorstellen, würde ihm diese Möglichkeit jedoch lieber nicht vorschlagen. Die älteren Dorfbewohner bleiben meist bis zum Ende ihrer Tage hier. Es ist, als würde ihnen der Staub aus der Mine im Blut liegen. Obwohl durch die Neubauten in Jasmine Gardens neue Leute hierhergezogen sind, hat man nicht das Gefühl, dass es sich bei ihnen um ›echte‹ Dorfbewohner handelt. Nicht so echt wie Ronnie und vermutlich auch nicht so echt wie ich.

»Könnten Sie uns bitte ein Glas Wasser raufbringen?«, ruft einer der Sanitäter.

Ich öffne mehrere Küchenschränke auf der Suche nach Gläsern und muss den Inhalt mit beiden Händen wieder rein- schieben, so voll sind sie mit Unrat. Endlich werde ich fündig und trage das Glas Wasser nach oben.

Ich reiche es dem Sanitäter. »Wie geht es ihm?«, frage ich.

»Leider nicht so gut. Der Arme. Er ist völlig dehydriert. Wohnt er hier allein? Hat er Familie in der Nähe?«

»Seine Frau ist vor rund fünf Jahren gestorben, seitdem ist er allein. Er hat einen Sohn, Eric, aber dessen letzter Besuch ist sicherlich schon mindestens zehn Monate her. Er wohnt mit seiner eigenen Familie in Cornwall.« Ich zucke entschuldigend mit den Schultern. »Aber ich wohne nebenan, und wir stehen uns als Nachbarn recht nahe. Ich komme jeden Tag vorbei, wobei ich meist nur kurz nachsehe, ob es ihm gut geht, und ihn frage, ob er was braucht.«

»Ich wünschte, es gäbe mehr Leute wie Sie«, sagte er betrübt. »Immerhin kostet es doch nicht allzu viel Zeit, mal nach seinen älteren Nachbarn zu schauen, oder?«

Der andere Sanitäter streckt den Kopf ins Badezimmer.

»Es war sehr gut, dass Sie heute nach ihm gesehen haben«, sagt er freundlich. »Er hat sich einen fiesen Virus eingefangen. Wir werden ihn mitnehmen müssen, wobei er zu schwach zum Laufen ist.«

Ich warte unten, bis sie den armen alten Ronnie auf einer Trage nach unten gebracht haben. Sein Gesicht ist bleich wie der Tod, und er scheint seit gestern um zehn Jahre gealtert zu sein.

»Mach dir keine Sorgen, Ronnie.« Ich drückte ihm die Hand und spüre seine kühle, papierartige Haut. »Ich schließe ab und füttere Tina. Ich kümmere mich um alles.«

Er öffnet den Mund, als ob er etwas sagen will, aber ihm bleibt die Luft im Hals stecken, und er muss husten.

»Ganz ruhig, Ronnie«, sagt der eine Sanitäter. »Einfach atmen, immer schön ein und aus. Und nicht sprechen.«

Sie warten, bis der Hustenanfall vorbei ist, bevor sie ihn weiter aus dem Haus tragen. Doch Ronnie murmelt erneut etwas.

»N... nicht ... ich ...«

»Was ist denn, Ronnie?« Ich beuge mich über ihn. »Was versuchst du zu sagen?«

»Geh nicht ...« Er hustet. Seine Stimme ist rau und fast nicht zu verstehen.

»Ich glaube, er möchte, dass ich bei ihm bleibe«, sage ich. »Ist es das, Ronnie? Du möchtest nicht, dass ich gehe?«

Er versucht es erneut, und endlich verstehe ich, was er die ganze Zeit sagen möchte.

»Geh ... nicht ... nach oben«, flüstert er.

NEUN

Sechzehn Jahre zuvor

Rose schlang den selbst gemachten Shepherd's Pie herunter, den ihre Mutter vor sie gestellt hatte, ließ sich eine Ausrede einfallen und verschwand so schnell wie möglich aus dem Haus.

Ihre Eltern stritten sich mal wieder über Geld. Selbst Billy hatte die Chance genutzt und war mit ihr verschwunden, um draußen Fußball zu spielen.

Cassie und ihre Familie wohnten in der Byron Street, die sich auf der anderen Seite des Dorfs befand. Zehn Minuten zu Fuß brauchte man von Roses Zuhause bis dahin, wenn man es eilig hatte.

Es war ein angenehmer Nachmittag, und so beschloss sie, den längeren Weg zu Cassie zu nehmen. Unterwegs machte sich Rose Gedanken über den Unterricht früher am Tag. Sie hatte sich für Kohlezeichnungen klassischer Figuren auf Papier entschieden, Cassie hingegen für leuchtende Pastellfarben, und ihre modernen Farbexplosionen waren das krasse Gegenteil der konservativen Bemühungen ihrer Freundin.

Cassie war ein Fan von Picasso und Banksy; Rose mochte lieber Van Gogh und Turner. Bei Cassie und ihr traf die Redewendung, dass Gegensätze sich anziehen, irgendwie zu.

Schon am ersten Tag in der Grundschule hatte Rose gewusst, dass sie vortrefflich miteinander auskommen würden. Damals hatten sie Kleiderhaken und Malschürzen getauscht: Cassie wollte die knallroten und Rose die blassrosafarbenen.

Jetzt wohnte Cassie mit ihrem älteren Bruder Jed bei ihrer Mutter Carolyn. Ihr Vater, den man im Ort nur unter dem Spitznamen Bomber kannte, der aber in Wirklichkeit Brian hieß, ist gut mit Roses Vater Ray befreundet gewesen. Als die Mädchen jünger waren, trafen sich die beiden Männer regelmäßig nach der Arbeit, um ein Bier trinken, und waren Mitglied im selben Billard-Club in Hucknall.

Bomber ist in der Grube umgekommen. Ray Tinsley war an dem Tag in derselben Schicht, arbeitete jedoch ein ganzes Stück von ihm entfernt. Das Dach war am Ende des Tunnels, in dem sich Bomber gerade befand, eingestürzt. Wochenlang machte damals im Dorf die Erzählung die Runde, wie alle anderen Männer, auch Ray, mit bloßen Händen nach ihrem Kumpel gegraben haben, bevor die Rettung eintraf.

Sie haben ihn auch gefunden. Leider war Bomber da bereits tot.

Als er an dem Abend nach Hause kam, war Ray ein gebrochener Mann. Rose hatte ihren Vater nur zweimal weinen sehen, und damals war eines davon. Ray sagte, so etwas habe er noch nie gesehen. Bombers Kopf sei platt wie ein Pfannkuchen gewesen. Das hatte Rose Cassie gegenüber nie erwähnt.

Noch Monate später hatte ihr Vater Albträume. Das Nationale Kohlenamt wies jede Schuld von sich, und das Gericht kam zu dem Schluss, dass es sich bei dem Einsturz des Dachs um ›Höhere Gewalt‹ gehandelt und das Unternehmen keine Sicherheitsvorschriften verletzt hatte.

Das Nationale Kohleamt hatte Carolyn eine kleinere

Summe angeboten, was die lokale Presse als ›Kulanzzahlung‹ bezeichnete.

Rose hob gerade die Hand, um an die Tür zu klopfen, als Cassies Bruder sie öffnete.

»Hallo, Jed«, begrüßte sie ihn.

Er brummte nur, drückte sich an ihr vorbei und verschwand die Straße entlang.

»Da hat es aber jemand eilig«, sagte Rose, als Cassie in der Tür erschien.

»Ignorier ihn einfach«, antwortete Cassie und verdrehte die Augen. »Er ist ein fieser Schmarotzer, der seiner Mutter auf der Tasche liegt. Sie hat ihm gerade einen Zehner gegeben, mit dem er sich im Station Hotel eins hinter die Binde kippen wird. Wir hatten gerade allesamt einen Riesenstreit deswegen. Wie auch immer ...«, sie trat einen Schritt zur Seite, »... jetzt schaffen wir dich erst mal nach oben und vor einen Spiegel. In null Komma nichts mach ich dich so zurecht, dass du aussiehst wie Christina Aguilera!«

Rose grinste und verzog das Gesicht. »Wie das denn, hast du da oben einen Zauberstab?«

»Nein, dafür brauche ich nur meine herausragenden künstlerischen Fähigkeiten. Hier entlang, die Dame.«

Oben in ihrem chaotischen Zimmer hatte Cassie ihre gesamten Schminkutensilien auf der Frisierkommode ausgebreitet. Gerührt, wie viel Mühe sich ihre Freundin gab, um ihr zu helfen, setzte Rose sich auf den Hocker. Cassie lag Rose schon seit Ewigkeiten in den Ohren, sie mal schminken zu wollen, und sie hatte zwar zugestimmt, aber bisher war immer wieder etwas dazwischengekommen.

»Ich muss um halb acht wieder zu Hause sein, für den Fall, dass Gareth zu früh anruft«, sagte Rose.

»Ja, das sagtest du bereits ... schon dreimal!« Sie seufzte. »Entspann dich, okay?«

Cassie drückte einen Knopf an ihrem CD-Player, und Britney Spears begann, ›I'm a Slave 4 U‹ zu singen.

Cassie hob eine hellbraune, mit Laufmaschen übersäte Strumpfhose vom Boden auf und legte sie sich um die Schultern. Dann begann sie sich zu drehen und zu tanzen und tat so, als wäre die Strumpfhose eine Schlange.

»Du siehst genauso aus wie Britney bei den VMAs, Cass... nicht!« Rose brach in lautes Gelächter aus, als Cassie die Strumpfhose von den Schultern riss und sie ihr entgegenschleuderte.

»Igitt.« Rose wehrte sie ab und lies sie auf den Boden fallen. »Nun leg schon los, sonst kriegen wir nichts gebacken, bevor ich wieder nach Hause muss.«

Cassie drehte die Musik etwas leiser.

»Du bist echt hübsch, weißt du das, Rose?«, sagte sie, nahm ihr langes, blassrotes Haar in die Hand, zwirbelte es zu einem dicken Knoten und befestigte es an Roses Hinterkopf. »Du musst lernen, das Beste aus dir selbst zu machen.«

Sie wies ihre Freundin an, sich auf dem Hocker mit dem Rücken zum Spiegel zu drehen.

»So ist es eine Überraschung, wenn ich fertig bin, so wie bei den Umstyling-Sendungen im Fernsehen«, erklärte sie.

Rose schaute sich im Zimmer um. Ihr fiel auf, dass das schmale Bett nicht gemacht war und die Bettwäsche schmuddelig aussah und dringend mal wieder gewaschen werden musste. Der Nachttisch war vollgestellt mit benutzten Kaffeebechern und Tellern sowie leeren Chipstüten, und in der Zimmerecke stapelte sich die Schmutzwäsche. Kein Wunder, dass es hier drin so ungut roch.

»Ja, ich weiß selbst, dass es hier etwas unordentlich ist«, meinte Cassie schulterzuckend, aber kein bisschen peinlich berührt.

Rose riss ihren Blick von der Unordnung los und konzentrierte sich stattdessen auf das Gesicht ihrer Freundin.

Cassie war immer noch ein Riesenfan von der Popband No Doubt, obwohl es von der schon seit einer ganzen Weile nichts Neues mehr gab. Sie trug ihr Haar wie die Frontsängerin Gwen Stefani hell gebleicht, dazu kräftiges Make-up und meist sehr knappe Kleidung. Die Ähnlichkeit war verblüffend.

Leider wusste Rose, dass aufgetakelt wie ein Popstar in einem kleinen Dorf herumzulaufen nicht dasselbe war wie eine echte Sängerin auf der Bühne zu sein. Statt bewundernde Blicke auf sich zu ziehen, weil sie wie eine berühmte Sängerin aussah, hatte sich Cassie schnell den Ruf eines Flittchens eingehandelt. Was nicht gänzlich unzutreffend war, dachte Rose. Cassie hatte eine Tendenz, immer über das Ziel hinauszuschießen.

»Ich würde lieber in den Spiegel gucken, damit ich sehe, was du tust«, beschwerte sich Rose. »Ich dachte, ich soll lernen, wie man das ganze Zeug aufträgt.«

»Das bringe ich dir schon noch bei«, sagte Cassie kurz angebunden, gab etwas Foundation auf ihren Handrücken und tupfte mit einem leicht versifft aussehenden Schwämmchen darin herum. »Aber zuerst will ich dir zeigen, wie gut du aussehen kannst. Also entspann dich.«

Aber Rose konnte sich nicht entspannen. Es gefiel ihr nicht, dass Cassie so nahe an ihrem Gesicht war. So nahe, dass sie sehen konnte, dass sie eine Augenbraue höher gezogen hatte als die andere, aber auch ihre drei Windpockennarben auf der linken Wange und den fiesen roten Pickel auf ihrer Stirn. Das einzig Gute an der Sache war, dass sie sich nicht selbst im Spiegel angucken musste. Rose hasste ihr tizianrotes Haar und ihre blasse Haut. Beide Eigenschaften verabscheute sie von ganzem Herzen.

Es kam ihr vor, als hätte sie stundenlang so dagesessen, weil sie die ganze Zeit die Augen zu hatte, doch als Cassie verkündete, fertig zu sein, stellte sie fest, dass es nur rund zwanzig

Minuten gewesen waren. »Tada!«, rief Cassie, ließ Roses Haar herunter und ordnete es locker fallend auf ihren Schultern an. »Du kannst dich jetzt umdrehen.«

ZEHN

Rose kniff die Augen zusammen, bis sie wieder in Richtung Spiegel gedreht war. Dann öffnete sie sie.

»Wow«, sagte sie staunend.

»Wow trifft es ziemlich genau«, stimmte Cassie zu. »Du siehst aus wie ein echtes Model. Als ob du zwanzig wärst und nicht mehr zwölf oder so.«

Rose zog ihrer Freundin eine Grimasse, doch dann besah sie sich wieder im Spiegel. Sie konnte sich gar nicht sattsehen.

Das mit dem Model war übertrieben, aber sie sah definitiv älter aus und deutlich erfahrener.

Erfreut stellte sie fest, dass Cassie ihre grünen Augen mit dezenten, rauchigen Braun- und Goldtönen umrahmt und ihre runden, tiefliegenden Augen mit einem schwarzen Eyeliner betont hatte. Jetzt, dachte Rose, sah sie weniger wie ein Schwein und mehr wie eine geschmeidige Katze aus.

Ihre blasse, fleckige Haut war nun glatt wie makelloses Porzellan, und zum ersten Mal überhaupt sahen ihre Lippen mit der dunkelvioletten Farbe voll und verführerisch aus.

»Du siehst absolut umwerfend aus«, bemerkte Cassie grinsend. »Wie findest du's?«

»Ich kann es gar nicht glauben. Das ist fantastisch!« Rose drehte sich auf dem Hocker um und drückte ihre Freundin enthusiastisch an sich.

»Pass auf, dass du nicht alles verschmierst«, meinte Cassie lachend und drückte sie leicht von sich weg. »Ich will nicht, dass meine ganze vortreffliche Arbeit umsonst war.«

»Vielen, vielen Dank, Cass.«

»De nada«, antwortete sie und machte eine wegwerfende Handbewegung. »Und jetzt reden wir darüber, was du im Kino mit Gareth machst. Irgendwelche Vorschläge?«

Rose runzele die Stirn. »Den Film angucken und anschließend darüber quatschen?«

»Nein, nein, nein!«, rief Cassie und schüttelte dabei entrüstet den Kopf. »Wenn du das Odeon verlässt, solltest du keine Ahnung haben, worum es in dem Film ging, Dummerchen.«

»Wieso das denn?«

»Weil du viel zu beschäftigt sein wirst, um den Film zu gucken, wenn du verstehst, was ich meine ...« Cassie setzte sich auf den Bettrand und klopfte mit der Handfläche auf den Platz neben sich. Rosie hockte sich gehorsam neben sie. »Also. Stellen wir uns mal vor, wie wären gerade im Kino, ja? Der Film hat bereits angefangen, und du fühlst dich wohl und bist entspannt. Nach zehn oder fünfzehn Minuten oder so legst du eine Hand auf sein Bein. Ungefähr so.«

Sie legte eine Hand auf Roses Oberschenkel und begann, sie verführerisch zu streicheln.

»Lass das!«, kreischte sie und sprang lachend auf.

»Rose! Das ist kein Spiel! Gareth ist kein Kind mehr, der ist es gewohnt, richtige Frauen zu daten. Selbstbewusste Frauen, die wissen, was sie tun. Verstehst du, worauf ich hinauswill?«

Rose setzte sich wieder neben sie.

»Wenn dir die Vorgehensweise zu offensiv ist, dann leg einfach nur den Kopf auf seine Schulter oder beweg dein Bein so, dass eure Knie sich berühren. Ungefähr so.«

Cassie drückte ihr Knie leicht gegen Roses.

»Okay«, antwortete Rose mit hörbarem Zweifel.

Die nächste halbe Stunde erklärte Cassie ihr alle Möglichkeiten: von einer leichten Berührung der Knie bis zum fast vollständigen Geschlechtsverkehr auf dem Kinositz. Rose hatte natürlich nicht vor, irgendetwas davon zu tun, sagte jedoch nichts und tat so, als würde sie aufmerksam zuhören.

Rose wusste schon seit der Grundschule, dass wenn Cassie sich in eine Idee verbissen hatte, sie nichts stoppen konnte. Insofern war es einfacher, sie einfach machen zu lassen.

Cassies Mum steckte den Kopf durch die Tür. »Ich gehe eben in Station Hotel mit Barbara was trinken. Himmel, bist du das, Rose? Du siehst umwerfend aus.«

»Danke, Carolyn«, bedankte sie sich schüchtern lächelnd. Es fühlte sich gut an, mal Komplimente für ihr Aussehen zu bekommen.

Nachdem Carolyn weg war, gingen die Freundinnen nach unten ins Wohnzimmer. Cassie legte eine Britney-CD ein und drehte sie doppelt so laut wie ihre Mutter es normalerweise erlaubte, während Rose die zwei Bacardi Breezer hervorholte, die Cassie zuvor für sie in der hintersten Ecke des Kühlschranks versteckt hatte.

Dann bewegten sie sich verführerisch zur Musik, mit im Takt schwingenden Hüften, während sie lässig aus ihren Flaschen tranken. Anschließend fielen sie erschöpft auf das Sofa und konnten vor lauter Lachen kaum sprechen.

Als Rose schließlich ging, war es schon fast dunkel. Mit zügigen Schritten lief sie die Straße entlang und genoss die kühle Luft sowie die relative Stille nach all der lauten Musik in ihren Ohren. Sie konnte den steten Verkehr auf der Hauptstraße durch das Dorf hören, doch auf den kleineren Seitenstraßen fuhren keine Autos.

Es war ein ausgesprochen unterhaltsamer Nachmittag bei Cassie gewesen. Als Rose sich nach der Schminkaktion erstmals im Spiegel gesehen hatte, fühlte sie sich wie ein Schmetterling, der aus seinem Kokon geschlüpft war. Sie hatte wirklich nicht gewusst, dass sie so ... attraktiv aussehen konnte.

War das wirklich ein Wort, mit dem sie sich selbst beschreiben konnte?

Jetzt, auf dem Weg nach Hause, hatte sie das Gefühl, als wäre sie aus dem anstrengenden Sein als Studentin gerissen und auf den Weg zur Frau geschubst worden. Ein Date mit einem richtigen Mann und ein neues sexy Image innerhalb nur weniger Stunden ... Bei dieser rasanten Veränderung kam sie kaum mit.

Das wird noch, sprach sie sich selbst gut zu. Sie würde sich daran gewöhnen, weil dieses neue Leben deutlich aufregender war als ihr bisheriges.

Als sie unter einer Straßenlaterne hindurchlief, warf Rosie einen Blick auf ihre Armbanduhr. Es war noch nicht einmal Viertel nach sieben, insofern hatte sie es noch nicht eilig, nach Hause zu kommen. Dort würde sie nur herunterklatschen und auf dem harten Boden der Realität landen und wieder die langweilige Rose sein. Dennoch freute sie sich auf das Telefonat mit Gareth, obwohl sie ein bisschen Angst davor hatte, dass ihr Vater herausfand, dass sie mit einem Mann sprach.

Sie beschloss, den langen Weg nach Hause einzuschlagen und anschließend die Abkürzung durch den Park, die sie in die Nähe ihrer Straße führte.

Wie sie so vor sich hin spazierte, kam ihr Gareth wieder in den Sinn: sein ordentliches dunkles Haar, seine durchdringenden braunen Augen. Er war weder muskulös noch dünn, sondern einfach für seine Körpergröße, die Rose auf rund einen

Meter achtzig und somit rund zehn Zentimeter größer als sie
selbst schätzte, perfekt gebaut.

Seine Stimme war tief und bestimmt. Er hatte so erfahren
und weise geklungen, als sie sich unterhalten hatten ... er war
einfach perfekt.

Bei der Vorstellung, wie es wäre, Gareth zu küssen, durch-
fuhr sie ein wohliger Schauder. Sie berat die kleine Rasenfläche
des Parks, auf der letztes Jahr ein Kinderspielplatz errichtet
worden war.

Spontan setzte sie sich auf die Schaukel und schwang mit
den Füßen auf dem Boden sanft vor und zurück. Sie schloss die
Augen, lächelte, lehnte den Kopf an die eiskalte Kette und
stellte sich vor, wie sie ihre Wange an Gareths Brust drückte.

Ein Geräusch zu ihrer Linken ließ sie die Augen unwillkürlich aufreißen. Sie stand auf und spähte in Richtung des
düsteren Gebüschs, aus dem das Geräusch, das wie Knacken
von Zweigen geklungen hatte, gekommen war.

»Hallo?« Sie trat näher heran und blieb dann wieder stehen
und horchte.

Nichts. Vermutlich nur eine Katze. Sie zuckte die Achseln
und kicherte in sich hinein bei der Vorstellung, wie sie sich
gerade auf der Schaukel einem Tagtraum hingegeben hatte. Das
kam davon, wenn man Alkopops trank und ausgelassen tanzte!

Dennoch konnte sie sich nicht erinnern, jemals so aufgeregt
und nervös zugleich gewesen zu sein.

Rose seufzte und kam zu dem Schluss, dass sie nun lieber
nach Hause gehen sollte, damit sie rechtzeitig zu Gareths Anruf
dort war.

Sie verließ den Park und überquerte die Straße, in der sich
ihr Haus befand, in deren vorderen Zimmer das Licht brannte.

Sie schaute nicht zurück und sah deshalb auch nicht, wie
die Gestalt aus dem Gebüsch trat und sie beobachtete, als sie
mit dem Schlüssel die Haustür öffnete.

ELF

Später im Bett konnte Rose nicht einschlafen. Als sie endlich wegdöste, wachte sie um zwei Uhr morgens voller Aufregung auf.

Es waren die Gedanken, die Möglichkeiten. Und hauptsächlich war es Gareths tiefe, verführerische Stimme in ihrem Kopf, die sie davon abhielt, zur Ruhe zu kommen.

Er hatte sie am Abend angerufen, genau wie er es versprochen hatte. Um Punkt zwanzig Uhr.

Das Warten auf den Anruf war stressig gewesen, weil Mums Freundin Kath überraschend um halb acht angerufen hatte. Da die beiden Frauen dafür bekannt waren, stundenlang quatschen zu können, war Rose erleichtert, als Stella den Anruf schon nach zwanzig Minuten beendete, damit sie *Masterchef* gucken konnte.

»Warum hockst du denn hier unten allein rum, Rose?«, fragte Billy laut, als er an der untersten Stufe vorbeikam, die sich direkt neben dem Telefontisch befand.

»Ich lese hier seit Neuestem gern«, antwortete sie angespannt lächelnd.

»Und wo ist dein Buch?« Der Junge war manchmal einfach schlauer, als er sein sollte. Aber sie wusste, wie sie ihn loswerden konnte.

»Wie war's heute in der Schule, Billy? Welche Stunden hattet ihr so?«

Er runzelte die Stirn, murmelte etwas Unverständliches vor sich hin und verschwand in der Küche. Sie hörte, wie die Hintertür geöffnet und wieder geschlossen wurde. Es war fast acht Uhr und eigentlich zu spät, als dass Billy noch rausgehen durfte. Warum rief ihre Mum ihn nicht zurück? Aber Rose konnte sich jetzt nicht damit befassen, denn Gareth würde gleich anrufen.

Die letzten fünf Minuten des Wartens waren die reinste Tortur. Ihr Dad stand von seinem Stuhl auf und ging an ihr auf der Stufe vorbei, ohne etwas zu sagen. Sie war sich noch nicht einmal sicher, ob er sie überhaupt bemerkt hatte. In letzter Zeit war er immer irgendwie in seiner eigenen Welt.

Rose hörte ihn in der Küche rumoren. Ein oder zwei Minuten später kam er wieder an ihr vorbei, diesmal mit einem Sandwich in der einen und einer Bierdose in der anderen Hand.

Rose fragte sich, ob sie überhaupt sprechen konnte, wenn das Telefon gleich klingelte. Ihre Lippen waren ganz trocken, und ihre Haut brannte immer noch an der Stelle, wo Cassie das Make-up verärgert weggeschrubbt hatte.

»Jetzt habe ich mir so viel Mühe gegeben, und du willst es runter haben«, hatte sie sich beschwert und Roses Gesicht mit einem Feuchttuch bearbeitet. »Da hättest du ja gleich sagen können, dass es dir nicht gefällt!«

»Cass, natürlich gefällt es mir. Aber was soll ich denn meinem Vater sagen, wenn ich so nach Hause komme?«

»Wie, so?«

»So aufgetakelt. Du hast mich wirklich toll hingekriegt, aber ich möchte nicht, dass meine Eltern Fragen stellen, wenn ich mich morgen Abend mit Gareth treffe.«

»Da hast du wohl recht«, gab Cassie launisch zu.

In Wahrheit hatte Cassie das Make-up zwar tatsächlich toll hingekriegt, aber je mehr sich Rose im Spiegel betrachtete, desto unbehaglicher fühlte sie sich. Sie sah gar nicht wie sie selbst aus. Nicht, dass ihr ihr normales Aussehen gefallen würde, aber vielleicht war es besser, wenn sie zu Anfang ein natürlicheres Make-up trug und nicht aussah wie jemand vollkommen anderes.

Aber das würde sie Cassie ganz bestimmt nicht sagen. Die Reaktion wollte sie nicht erleben.

Das schrille Klingeln des Telefons ließ sie auffahren.

»Ich geh schon ran, das ist vermutlich Beth vom College«, rief Rose in Richtung ihrer Eltern, die jedoch nicht reagierten. Sie griff nach dem Hörer.

»Hallo?«

»Hallo, Rose. Hier ist Gareth.«

Rose bekam Gänsehaut. »Oh, hallo.«

Sie versuchte verzweifelt, beiläufig und cool zu klingen, als ob sie mit einer Freundin vom College sprechen würde, aber vermutlich klang sie eher wie ein nervöser Teenager. Hoffentlich würde Gareth begreifen, dass Rose nur so komisch sprach für den Fall, dass ihre Eltern nebenan sie hörten.

»Kannst du reden, Rose?«, fragte er.

»Ja, klar, alles bestens.«

»Also, was hast du heute so gemacht?«

Sie konnte wohl kaum erzählen, wie ihr Tag am College gewesen war, immerhin redete sie vorgeblich mit Beth Teague, die in denselben Kunstkurs ging und der ihre Eltern mehrmals begegnet waren.

»Ich war vorhin bei Cassie.«

»Ach so, verstehe.« Gareth lachte. »Ich bin gerade eine

Kommilitonin von dir, stimmt's? Muss ich mir jetzt ein Kleid anziehen und Stöckelschuhe und über süße Jungs quatschen?«

Rose kicherte.

»Cassie ist eine Freundin von dir, nehme ich an?«

»Ja. Sie wohnt in der Byron Road.«

»Okay. Und was hast du dort gemacht?«

Rose zögerte. Sie konnte schlecht erzählen, dass Cassie ihr gezeigt hatte, wie sie Make-up auftragen und im Kino mit Gareth fummeln sollte.

»Tut mir leid. Kannst du die Frage nicht beantworten, weil deine Eltern zuhören?«

»Nein, nein. Wir waren einfach nur in ihrem Zimmer und haben Musik gehört und gequatscht. Du weißt schon. Das Übliche.«

»Teenagerinnen, die sich darüber austauschen, auf welche Jungs sie stehen, oder?« Sie konnte sein tiefes Lachen durch das Telefon hören.

Rose spürte, wie ihre Wangen rot anliefen, und überlegte verzweifelt, was sie dazu sagen sollte.

Cassie und sie studierten, waren beide über achtzehn und damit erwachsen. Sie waren keine dummen jungen Mädchen mehr, und so hörte es sich bei ihm an ... Hielt Gareth sie für jünger, als sie eigentlich war? Vielleicht hatte Cassie recht und sie brauchte eine Schicht Make-up im Gesicht.

Sie verabredeten sich für den folgenden Abend.

»Wenn du deine Straße raufgehst, warte ich an der Ecke neben der Schule«, versprach Gareth. »Ich fahre einen silbernen Ford Escort.«

Er hatte ein Auto! Aus irgendeinem Grund wurde Rose dadurch nur noch aufgeregter.

»Hast du dir schon überlegt, welchen Film du gern sehen würdest?«

Das hatte sie in der Tat. Sie hatte bereits die Liste der geneigten Filme in der Lokalzeitung studiert.

»Ich dachte vielleicht an ... *Shrek?*«

»*Shrek?*«

Sein Tonfall war so überrascht, dass ihr Vorschlag ihr nun peinlich war. Es handelte sich um die Sorte Film, die sie normalerweise mit Cassie guckte. Dann holten sie sich beide einen Eimer Popcorn und genossen Disney-Filme aus ihrer Kindheit.

»Ich dachte nur, der wäre ... Du weißt schon, nett. Lustig.«

»Okay. Ich habe dir die Entscheidung überlassen, also gucken wir *Shrek.*«

»Nein, ehrlich«, warf ich schnell ein, »wenn ein besserer Film läuft, dann ...«

»Okay ... Wie wäre es mit *Die Mumie kehrt zurück?*«

»Klingt gut, wenn du den lieber sehen möchtest.«

»Okay, abgemacht. Und wenn du Angst kriegst, musst du dich an mich kuscheln.« Der neckische Ton in seiner Stimme war nicht zu überhören. »Aber wenn du eigentlich lieber *Shrek* sehen möchtest, dann sag das einfach.«

»Nein, ehrlich. *Die Mumie kehrt zurück* klingt toll. Perfekt.«

»Super. Dann sehen wir uns morgen Abend um sieben. Vorher gehen wir noch was trinken.«

Rose verabschiedete sich von ›Beth‹ und beendete das Telefonat.

Danach blieb sie noch ein paar Minuten auf der untersten Treppenstufe sitzen und ließ die geheimnisvolle Dunkelheit des Flurs auf sich wirken. Wie hatte sie es nur verdient, dass ein so toller Mann wie Gareth mit ihr ausgehen wollte? Sie war zwar schon achtzehn, aber im Grunde doch nur eine Studentin, die in einem langweiligen kleinen Dorf wohnte, in dem nie irgendetwas passierte.

Sie wusste noch nicht einmal, wie man ordentlich Lidschatten auftrug!

Jetzt wurde ihr schlecht. Würde er sie in eine schnieke Cocktailbar ausführen?

Gareth hatte ihr erzählt, dass er gerade erst nach Newstead gezogen war, um seinen Job beim Wiederbelebungsprojekt anzutreten. Rose war sich sicher, dass ihm, wenn er die anderen jungen Frauen im Dorf sehen würde – zum Beispiel Cassie in ihren sexy Outfits oder Stephanie Barrett, die kurvige Brünette, die im letzten Jahr den dritten Platz bei der Miss-Mansfield-Schönheitskonkurrenz belegt hatte –, klar werden würde, dass er seine Zeit mit der blassen, uninteressanten Rose Tinsley nur verschwendete.

Zu Roses Schande und Cassies Belustigung hatte sie noch nie einen Jungen geküsst, und nun hatte ein gut aussehender Mann mit einem Job und einem Auto sie um ein Date gebeten.

Obwohl sie sich für das unscheinbarste Mädchen im Dorf hielt und sich Sorgen machte, dass Gareth womöglich zu alt für sie war, konnte Rose das stetige Prickeln der Erregung in ihrem gesamten Körper nicht ignorieren.

ZWÖLF

ROSE

Heute

Am Tag nach Ronnies Zusammenbruch gehe ich ein bisschen früher zur Arbeit als notwendig.

Die Tür zum Mitarbeiterzimmer der Bibliothek steht offen, aber ich stelle erfreut fest, dass von Jim nichts zu sehen ist. Ich mag ihn wirklich und bin gern in seiner Gesellschaft, aber manchmal weiß er einfach nicht, wann er aufhören zu quatschen und mich einfach nur in Ruhe meine Arbeit machen lassen soll.

Sein lautes, dröhnendes Lachen, sein Dialekt und seine witzige Art würden jede Bibliothekarin zusammenzucken lassen. Immerhin sind wir für unser Faible für diskretes Flüstern bekannt.

Die Bücherei muss erst in einer Viertelstunde geöffnet werden, und so koche ich mir einen Kaffee und nehme in einem der Sessel in der Leseecke Platz, um einen dicken Stapel durchzusehen. Das habe ich schon viel zu lange vor mir hergeschoben. Es handelt sich um offizielle Erklärungen der lokalen

Behörden darüber, warum sie beabsichtigen, bis zu fünfzehn Bibliotheken in der Grafschaft Nottinghamshire zu schließen.

Zuerst lese ich den Begleitbrief, in dem aufgeführt wird, wann die Zuständigen die jeweilige Bibliothek besichtigen und ein persönliches Gespräch mit den Angestellten führen. Ich trage den Termin für Newstead in meinen Kalender ein und lese weiter.

Ein Schauder jagt mir über den Rücken bei dem Gedanken, was ich tun soll, wenn ich meinen Job verliere. Hier fühle ich mich so sicher, in dieser Gegend kenne ich mich aus. Hier bin ich unter meinesgleichen und kenne fast alle Personen, die regelmäßig in die Bücherei kommen.

Doch dann werde ich mir einen anderen Job suchen müssen.

Zwar habe ich ein paar Ersparnisse, jedoch kaum mehr als in der Höhe von zwei Monatsgehältern. Allein beim Gedanken, woanders neu anzufangen ... vielleicht sogar gezwungen zu sein, ganz woanders hinzuziehen ... schnürt es mir die Brust zusammen.

Aber ich kann es mir nicht leisten, mich jetzt weiter damit zu beschäftigen. Ich bin noch nicht stark genug, um auch nur darüber nachzudenken, wie ich eine solche mein gesamtes Leben betreffende Veränderung durchstehen soll, wenn ich doch jeden einzelnen Tag zu kämpfen habe.

»Guten Morgen, Rose«, ertönt Jims Stimme über meiner Schulter, und ich fahre erschrocken zusammen. »Tut mir leid, wenn ich Sie erschreckt habe. Wie geht es Ronnie?«

Die Nachricht über Ronnies Zusammenbruch hatte bereits im Dorf die Runde gemacht. Nur ein paar Minuten, nachdem der Rettungswagen ihn ins Krankenhaus gebracht hatte, versammelte sich eine kleine, besorgte Gruppe unserer engsten Nachbarn und bot jede erdenkliche Hilfe an, die Ronnie gebrauchen könnte.

»Guten Morgen, Jim.« Ich atme tief durch, um mich wieder

zu beruhigen, und drehe mich auf meinem Stuhl zu ihm um.
»Ich habe heute Morgen als erste Handlung im Krankenhaus
angerufen und erfahren, dass er zwar eine etwas unruhige
Nacht hatte, es ihm aber inzwischen wieder gut geht. Ich
schaue heute Nachmittag bei ihm vorbei.«

»Grüßen Sie ihn von mir und Janice, ja? Und sagen Sie
ihm, dass wenn er Hilfe im Garten braucht oder so, er mir
Bescheid sagen soll. So jemanden wie Ronnie gibt es selten, so
viel ist sicher.« Jims Lächeln weicht einem besorgten Gesichtsausdruck. »Er hat alles für unseren Joe getan, was er konnte.
Das werde ich ihm nie vergessen. Er hat versucht, ihn direkt an
den Toren zur Grube wiederzubeleben, vor der gesamten
johlenden Menge. Ronnie Turner hat das Herz eines Löwen.«

Wir alle kennen die Geschichte. Jims Zwillingsbruder Jo
war einer von wenigen Minenarbeitern, die 1984 beschlossen
haben, nicht mitzustreiken. Von seinen streikenden Kollegen
wurden sie deshalb als ›Streikbrecher‹ beschimpft, verun-
glimpft und vor Ort immer wieder eingeschüchtert.

Eines Morgens fuhr der Bus des Nationalen Kohleamts mit
den Minenarbeitern an der wütenden Menge der streikenden
und mittellosen Männer vorbei, die die Absperrung der Polizei
durchbrachen. Als die Männer aus dem Bus stiegen, stürmte
die Menge nach vorn und warf mit Gegenständen.

Ein halber fliegender Ziegelstein traf Joe Greaves am
Hinterkopf. Joe kam nie wieder zu Bewusstsein, und der Täter
wurde nie gefunden.

Es gab viele ähnliche Vorfälle, weshalb diese Zeit im Volks-
mund ›unruhige Jahre‹ genannt wird, aber keiner war so
tragisch wie dieser. Da Joes Tod nie aufgeklärt wurde, brodeln
Verdächtigungen und Unzufriedenheit innerhalb der
Gemeinde noch heute.

»Ich richte Ronnie aus, dass Sie nach ihm gefragt haben,
Jim«, sagte ich und stand auf. »Sie können jetzt die Eingangs-
türen öffnen, wenn Sie mögen. Vermutlich wird es einen

Ansturm geben bei all den herrlichen neuen Büchern hier, die nur darauf warten, ausgeliehen zu werden.«

»Ja, Sie hätten Jans Gesicht sehen sollen, als ich ihr gestern das Buch mitgebracht habe. Sie hat sofort die Nase reingesteckt«, sagt er mit spöttisch-ernstem Gesicht. »Ich musste mir sogar meinen Tee selbst kochen!«

Ich grinse und nehme meine Stellung hinter dem Tresen ein, während Jim die Türen öffnet. Wie erwartet, stehen davor bereits eine Handvoll Leute, von denen ich den meisten gestern eine Nachricht geschickt habe. Aber die erste Frage betrifft nicht ihre lang ersehnten Bücher.

»Wie geht es dem armen Ronnie?« Mrs Brewster wuchtet ihre beachtliche Körpermasse in meine Richtung und beugt sich dann über den Tresen, um wieder zu Atem zu kommen. »Ich kann nicht aufhören, an ihn zu denken, seitdem ich davon gehört habe.«

Miss Carter folgt ihr, und ich erzähle beiden, was die Pflegekraft mir gesagt hat, als ich heute Morgen im Krankenhaus anrief.

»Ich dachte, wir könnten eine kleine Sammlung für Mr Turner starten«, schlägt Miss Carter schüchtern vor. Die spindeldürre, ältere Frau mit grauem Dutt schaut mich durch ihre Lehrerinnenbrille an. »Sofern Sie das nicht für zu anmaßend halten.«

»Ich halte das für eine sehr schöne Idee.« Ich lächele sie an und hoffe, dass sie mir nicht wieder Fragen zu meinen Essgewohnheiten stellt. »Ronnie wird sich sicherlich sehr drüber freuen.«

DREIZEHN

ROSE

Heute

Nach der Arbeit fahre ich direkt zum Kings-Mill-Krankenhaus zu Ronnie.

Ich weiß bereits, auf welcher Station er liegt, und gehe deshalb am Empfang vorbei und folge den Schildern, die Besucher in das obere Stockwerk lotsen.

Die Besuchszeit hat bereits begonnen, insofern muss ich in keiner Schlange warten, sondern betätige einfach den Buzzer der Gegensprechanlage neben der Tür zur Station. Dann lehne ich mich vor und rede mit der körperlosen Stimme. »Ich möchte gern Ronnie Turner besuchen. Ich bin eine Freundin, seine Nachbarin.«

Eine Antwort erhalte ich nicht, doch ich vernehme ein deutliches Klicken und drücke die schwere Pendeltür auf.

Der Geruch nach Desinfektionsmitteln schlägt mir entgegen, als ich die Station betrete. Hier ist es nicht mehr so leer wie draußen im Flur, stattdessen herrscht ein lebhaftes Gewusel aus Pflegepersonal und Besuchern. Ich wende mich an eine Pflegekraft am Eingangstresen und erkläre, wer ich bin. »Ich bin eigentlich mehr als Ronnies Nachbarin«, sage ich. »Vielmehr bin ich eine gute Freundin. Ich bin diejenige, die den Krankenwagen gerufen hat.«

»Verstehe. Allerdings schläft Ronnie im Moment«, antwortet sie. »Sein Zustand hat sich heute Vormittag kurzfristig verschlechtert.«

»Verschlechtert?« Ich schlucke schwer und habe Angst vor dem, was sie als Nächstes sagen könnte.

»Er hatte Schwierigkeiten beim Atmen, also haben die Ärzte ihm Sauerstoff und ein leichtes Sedativ gegeben.«

»Kann ich ihn sehen, wenn auch nur ein paar Minuten?«, frage ich, doch sie schüttelt den Kopf.

»Im Moment ist er nicht ansprechbar und würde noch nicht einmal merken, dass Sie da sind. Am besten, Sie versuchen es morgen noch mal, aber rufen Sie bitte vorher an, um nachzufragen, ob er Besucher empfangen kann.«

»Okay«, sagte ich und seufze. »Könnten Sie ihm sagen, dass ich hier war?«

Sie nickt und widmet sich dann einer anderen Besucherin.

Auf der Fahrt nach Hause denke ich darüber nach, was die Pflegerin gesagt hat, und wende meinen üblichen Trick an: Ich stelle mir vor, was noch Schlimmeres passieren könnte. Ich habe ein ganz schlechtes Gewissen, weil ich gehen musste, ohne Ronnie gesehen zu haben. Hoffentlich wacht er nicht auf und ist der einzige Patient, der niemanden an seinem Bett sitzen hat.

Das sind genau die Situationen, in denen sich ältere Mitmenschen verlassen und allein fühlen und den Eindruck haben, dass sich niemand mehr für sie interessiert.

Ich zerbreche mir den Kopf. Zwar kann ich im Moment nicht zu ihm, aber es gibt doch ganz bestimmt etwas, das ich für ihn tun kann, was ihm zeigt, dass ich für ihn da bin ... dass ich an ihn denke?

Und dann habe ich eine Idee.

Ronnies Haus sieht gar nicht mal so gut aus. Das Mindeste,

was ich tun kann, ist es aufzuräumen und zu putzen, damit er sich wohlfühlt, wenn er nach Hause kommt.

Das würde ihm sicherlich helfen, glaube ich.

Kaum bin ich zu Hause, mache ich mir ein Sandwich mit Tomaten und Käse sowie eine Tasse Tee. Auf etwas anderes habe ich keinen Appetit, obwohl meine Küchenschränke und auch der Kühlschrank immer noch voll von Leckereien von meinem impulsiven Frustkauf bei Co-op sind.

Meine Mutter hat immer gern gebacken und gesund gekocht, ich hingegen esse fast nur Fertigzeug. Manchmal habe ich das Gefühl, ich sollte mir mehr Mühe geben, selbst zu kochen.

Ich fürchte, das ist ein Generationending. Heutzutage wird den Frauen eingebläut, dass es wichtigere Dinge im Leben gibt als Kochen, als wären Hausarbeiten minderwertig, auch wenn man manche davon gern macht. Irgendwie scheint es immer jemanden zu geben, der besser weiß als wir selbst, was Frauen besser machen sollen.

Nachdem ich meinen Tee ausgetrunken habe, werde ich ziemlich müde. Ich bin und war nie jemand mit viel Energie. Eigentlich würde ich mir jetzt am liebsten ein Bad einlassen, mich für eine halbe Stunde in die Wanne legen und mich dann mit einem Becher Ben & Jerry's und meinem neuesten Roman, der auf der Shortlist des Man Booker Prize steht, ins Bett kuscheln.

Als Bibliothekarin fühle ich mich oftmals ein wenig unter Druck gesetzt, mit gutem Beispiel voranzugehen und anspruchsvolle Literatur zu lesen; die Sorte, bei der ich manche Seiten zweimal lesen muss, um zu verstehen, worum es geht.

Heute jedoch ist es definitiv Zeit für einen schönen seichten Frauenroman.

Leider hilft es Ronnie kein bisschen weiter, wenn ich jetzt bade und anschließend früh ins Bett gehe. Also hole ich stattdessen meine Putzutensilien aus dem Schrank, schlüpfe in ein paar alte Klamotten und mache mich auf den Weg nach nebenan.

Das Licht bei mir lasse ich an und schließe die Hintertür ab. Den Schlüssel stecke ich in die Tasche meiner Jogginghose. Draußen ist es inzwischen dunkel und merklich kühl an Gesicht und Händen.

Mein Puls wird schneller und unregelmäßig. Ich versuche, mich durch gutes Zureden zu beruhigen, so wie es mir meine Therapeutin vor Jahren beigebracht hat.

Mir geht es gut. Ich bin in Sicherheit. Ich atme und bin ganz ruhig.

Ich öffne das kleine Tor, das Tor, durch das ich als Mädchen schon so oft geschlüpft bin, wenn ich bei Ronnie und Sheila vorbeigeschaut habe.

Die Erinnerung überkommt mich, und ein paar Sekunden lang bleibe ich zögernd am Tor stehen und lasse sie zu. Stelle mir vor, wie Mum und Dad im Wohnzimmer sitzen. Billy baut gerade eines seiner Kunstwerke aus Lego, und ich stehe hier und will Sheila nur kurz die dieswöchige Ausgabe der Frauenzeitschrift bringen, die Mum bereits ausgelesen hat.

In einem anderen Garten irgendwo in der Nähe bellt ein Hund, und das Bild vor meinen Augen verschwindet. Ich drücke das Tor auf und spüre das feuchte, gesplitterte Holz unter meinen Fingern.

Den Moment, den ich gerade vor meinem inneren Auge gesehen habe, hat es einmal gegeben, doch damals habe ich ihm kaum Bedeutung beigemessen. Meine Familie war einfach da. Das war nichts, wofür ich dankbar war, ganz im Gegenteil, ehrlich gesagt. Damals hat mich eine Menge genervt: meine Eltern, die sich um Geld stritten, und Billy, der permanent alle möglichen Fragen stellte oder mich dazu überreden wollte, eine weitere endlose Runde Monopoly mit ihm zu spielen.

Sie haben mich genervt. Mehr Bedeutung habe ich ihnen damals nicht beigemessen.

Heute wünschte ich, sie wären noch hier und würden mich nerven. Ich wünschte, ich hätte mir die Zeit genommen, Dad zu fragen, wie es ihm geht, nachdem er an ein und demselben Tag seinen Job und seinen Status in der Dorfgemeinde verloren hat. Ich wünschte, ich könnte meine Mutter auffordern, mit mir auf dem Gelände der Abbey spazieren zu gehen, damit sie einfach mal aus dem Haus kommt und über etwas anderes quatschen kann als den Geldmangel und Dads Trinkerei.

Und Billy. Am allermeisten wünschte ich mir die Chance, mehr Zeit mit Billy zu verbringen.

Ich hätte tausend weitere Runden Monopoly mit meinem Bruder spielen und mit ihm darüber reden sollen, dass er sich vor Fremden hüten soll. Ich hätte ihm sagen sollen, dass es okay ist, sich umzudrehen und eine Situation zu verlassen, in der man sich nicht wohlfühlt.

Selbst wenn das bedeutete, dass man unhöflich ist, auch jemandem gegenüber, den man kennt.

Jemandem wie Gareth Farnham.

Ich höre, wie die Tür eines Autos auf der Straße zugeworfen wird, und schüttele den Nebel der Vergangenheit von mir ab. Diese Gedanken bringen niemandem irgendetwas, und schon gar nicht mir.

Bedauern hilft nicht weiter. Und vor allem bringt Bedauern mir meine Familie nicht zurück, so viel ist sicher.

Ich greife in die Tasche und hole Ronnies Ersatzschlüssel heraus. Der liegt seit Jahren in der Küchenschublade, und bisher hatte ich nie die Notwendigkeit, ihn zu benutzen.

Ronnie war noch nie krank, nie so wie jetzt. Er fährt auch nie in den Urlaub, noch nicht einmal übers Wochenende. Abgesehen von gelegentlichen Gängen in ein Geschäft vor Ort oder – deutlich seltener – auf ein Bier im Station Hotel verlässt er das Haus nie.

Eines weiß ich jedoch: Ich möchte mir eines Tages nicht wünschen, ich hätte etwas für Ronnie getan, als er mich gebraucht hat. Ich möchte ihn genau jetzt so gut unterstützen, wie ich kann, und ihm so für seine jahrelange Fürsorge mir und meiner Familie gegenüber danken.

Er war immer für alle da, und jetzt ist es an der Zeit, dass ich mich persönlich erkenntlich zeige. Ich denke an Miss Carter und ihre geplante Spendensammlung sowie an Jim und sein Angebot, Ronnies Garten in Ordnung zu bringen, solange er im Krankenhaus liegt.

Die ganze Dorfgemeinschaft liebt ihn.

Ich öffne die Haustür, betrete Ronnies Küche und schalte das Licht ein. Hier drinnen riecht es etwas muffig. Das war mir zuvor nicht aufgefallen, doch der Geruch kann nicht an einem einzigen Tag entstanden sein.

Dann stelle ich zu meiner Schande fest, dass es vieles gibt, was mir an Ronnie nicht aufgefallen ist. Bisher war er einfach nur eine tröstende Person im Hintergrund gewesen; er war immer da. So wie meine eigene Familie früher.

Ich stelle die Tasche mit den Putzutensilien auf der Küchenarbeitsplatte ab. Ronnies Krankenhausaufenthalt wird wohl etwas länger dauern, als ich ursprünglich erwartet habe, aber das war kein Problem.

Bis ich heute Abend nach Hause gehe, werden die Räume im Erdgeschoss frisch und sauber sein und nur darauf warten, dass Ronnie zurückkommt.

Und trotz Ronnies merkwürdiger Anweisung, kurz bevor er ins Krankenhaus gebracht wurde, habe ich durchaus vor, mir anschließend das obere Stockwerk vorzunehmen.

VIERZEHN

Sechzehn Jahre zuvor

Nachdem sie eine gefühlte Ewigkeit auf ihr erstes Date überhaupt gewartet hatte, war Rose endlich bereit, das Haus zu verlassen.

Sie hatte jede Menge Zeit, um die Straße hinaufzugehen und Gareth gleich hinter der Biegung zu treffen, wo er in seinem Auto warten würde, wie er gesagt hatte.

»Wohin, hast du noch mal gesagt, gehst du hin?«, fragte Ray Tinsley, trank einen Schluck aus seiner Bierdose und rülpste. Dabei warf er Rose einen missbilligenden Blick zu, als sie sich aus der Sicherheit des Flurs heraus verabschiedete.

»Du siehst toll aus, Rose«, flüsterte Billy hinter ihr, und sie griff mit der Hand nach seiner und drückte sie.

Entgegen Cassies ausdrücklichen Anweisungen hatte sich Rose schlussendlich dafür entschieden, sich nicht so sehr aufzutakeln. Sie hatte auch keine andere Wahl, wenn sie ihr Date geheim halten wollte.

Also trug sie eine schwarze, eng anliegende Hose. vernünftige Halbschuhe und eine weiße Seidenbluse, die ihre Mutter ihr letztes Jahr bei Marks and Spencer gekauft hatte. Im Grunde war es das Outfit, das sie letztes Jahr bei ihrem Vorstellungsgespräch für den Kunstkurs an der Uni getragen hatte.

Für Rose war das im Vergleich zu Jeans, T-Shirt und flachen Schuhen, die sie sonst von früh bis spät trug, ›aufgetakelt‹. Cassie hingegen würde in einem solchen Outfit nicht begraben werden und schon gar nicht auf ein Date gehen wollen.

»Schön zu sehen, dass du dich mal rausputzt. Du siehst echt gut aus.«

»Danke, Mum.« Dann wandte sich Rose ihrem Vater zu, um seiner Frage zuvorzukommen: »Ich treffe mich mit ein paar Leuten aus dem College. Wir gehen erst was trinken und dann ins Kino. Es wird nicht spät.«

»Das will ich doch schwer hoffen«, grummelte er. »Kaum hat dein Studium begonnen, hast du auch schon angefangen zu trinken.«

»Hey, Ray, das ist jetzt aber nicht fair.« Stella legte eine Hand auf den Arm ihrer Tochter. »Unsere Rose ist so brav und geht fast nie aus. Hast du genug Geld, Mausi?«

Rose nickte. »Ich bin dann mal weg.«

»Und wie kommst du da hin?«, rief ihr Vater fragend aus dem Hintergrund.

»Mit dem Bus«, antwortete sie höflich, als wäre das doch offensichtlich. Glücklicherweise sagte Ray nichts mehr dazu.

Rose ging in den Flur. »Ups, ich habe meine Jacke vergessen. Ich hol sie schnell von oben und geh dann.«

»Viel Spaß!«, rief ihre Mutter und nahm wieder mit einer Tüte Chips vor dem Fernseher Platz.

Rose lief nach oben und trug schnell etwas Rouge und blassrosa Lippenstift auf. Ihre Wimpern hatte sie bereits getuscht, aber nur so leicht, dass ihre Eltern keinen Verdacht schöpfen konnten.

Wenn Cassie sie so bieder zurechtgemacht sehen könnte,

nach all der Mühe, die sie am Vorabend in sie investiert hatte, würde sie durchdrehen.

Rose rauschte wieder nach unten und geradewegs durch die Hintertür aus dem Haus. Billy stand draußen im kleinen Garten. »Ich bring dich noch zur Bushaltestelle«, sagte er.

»Nein!« Ihr Herz schlug ihr bereits bis zum Hals. »Nicht heute, Billy.«

»Aber mir ist langweilig! Ich habe absolut nichts zu tun.«

Rose betrachtete ihn und fand, dass er tatsächlich verzweifelt aussah. Seit sie im September ihr Studium am College begonnen hatte, hatte sie nicht viel Zeit mit ihrem Bruder verbracht.

Er war zehn Jahre jünger als sie, aber sie liebte Billy abgöttisch. Früher hatten sie zusammen Gesellschaftsspiele gespielt: Cluedo, Scrabble und Billys Lieblingsspiel, das scheinbar endlose Monopoly.

Durch ihre Kunstkurse und die neue ehrenamtliche Tätigkeit in der Bibliothek hatte sie aber kaum noch freie Zeit zur Verfügung.

Während sie ihn betrachtete, drehte er sich leicht weg, und sie bemerkte einen Schatten auf seinem Kiefer.

»Ist das ein blauer Fleck?« Sie streckte die Hand danach aus.

»Da hat mich ein Ball getroffen«, erklärte er mürrisch und wich einen Schritt zurück. »Gestern Abend, als wir auf dem Feld Fußball gespielt haben.«

»Wie wär's, wenn wir morgen Abend was zusammen machen?« Sie betrat den gepflasterten Weg, der am Haus vorbei führte, drehte sich zu ihm um und schaute in sein trauriges Gesicht. »Versprochen.«

»Und was machen wir dann?«

»Keine Ahnung, Billy. Was immer du willst. Denk dir was Tolles aus und erzähl's mir morgen«, antwortete sie, ohne sich noch einmal umzudrehen. Sie musste wirklich los.

Rose erreichte den vereinbarten Treffpunkt an der Seitenstraße gut fünf Minuten zu früh und war überrascht, dort
bereits einen silberfarbenen Ford Escort zu sehen.

Sie spürte, wie ihr das Blut ins Gesicht schoss, und sie
musste sich zusammenreißen, um nicht auf der Ferse kehrt zu
machen und zurück nach Hause zu rennen.

Als sie sich dem Auto näherte, vernahm sie laute Musik
und bemerkte, dass Gareth sein Fenster heruntergekurbelt
hatte. »All Rise« von der Boyband *Blue* dröhnte aus den Auto-
lautsprechern und zog einen missbilligenden Blick eines
Hundebesitzers auf der anderen Straßenseite nach sich, den
Rose glücklicherweise nicht kannte.

Sie beugte sich nach unten und schaute durch das Beifah-
rerfenster, um sich zu vergewissern, dass tatsächlich Gareth am
Steuer saß. Er winkte ihr zu, und so holte sie tief Luft und
öffnete die Tür.

»Hallo, Rose«, begrüßte sie Gareth lächelnd und drehte die
Musik leiser. »Gut siehst du aus.«

»Danke.« Sie stieg ins Auto. Er drehte sich in seinem Sitz zu
ihr um und starrte sie an. Sie spürte, wie sie rot wurde. »Was ist
denn los?«, fragte sie.

»Nichts ist *los*.« Er lächelte und strich ihr mit den Fingern
über die Wange. »Ich sehe dich nur gern an. Das ist doch okay,
oder?«

»Ja«, antwortete sie mit quietschender Stimme und
wünschte im Stillen, der Boden würde sich unter ihrem Sitz
auftun und sie verschlingen.

Sie fühlte sich unwohl. Selbst ohne Spiegel wusste sie, dass
sie furchtbar aussah mit ihren roten Haaren und dem roten
Gesicht. Sie war völlig überfordert und hätte gar nicht erst
herkommen sollen.

Gareth wandte sich nun dem Lenkrad zu und drehte den
Zündschlüssel. Der Motor hustete, sprang jedoch nicht an. Er
versuchte es noch ein paar Mal.

»Ich mag die Farbe«, sagte er, als er bemerkte, wie sie ihr Haar aus dem Gesicht strich. »Dein rotes Haar und deine glatte Haut.«

Rose wollte nicht, dass er solche Sachen sagte, nur um ihr zu schmeicheln. Sie selbst gefiel sich gar nicht.

»Du bist toll.« Lächelnd schaute er zu, wie sie verlegen an ihrer Nagelhaut herumpulte. »Du bist Komplimente nicht so gewohnt, oder?«

Sie zuckte nur mit den Schultern und wünschte, er würde das Thema wechseln.

»Nun denn, dann solltest du dich daran gewöhnen, denn ich finde dich wunderschön.«

Endlich erwachte das Auto zum Leben, und Gareth fuhr auf die Hucknall Road. Erleichtert stieß Rose die Luft aus.

»Bist du gut aus Colditz rausgekommen?«

»Wie bitte?«

»An deinem Vater vorbei, meine ich. Ich dachte, wegen dem alten Mann sollte ich gestern Abend am Telefon so tun, als wäre ich eine Freundin vom College?«

Er grinste sie an, und Rose musste über seinen Kommentar lachen. Dadurch entspannten sich ihre Schultern etwas.

»Es hat gut geklappt«, antwortete sie. »Dad hat mich nur ein bisschen ausgefragt, wohin ich gehe und wie ich da hinkomme. Dann wollte mich mein kleiner Bruder Billy noch zur Bushaltestelle bringen, aber darauf konnte ich verzichten.«

»Du hast einen kleinen Bruder? Klingt nervig.«

»Er ist gar nicht so verkehrt, wirklich«. Rose lächelte schelmisch. »In kleinen Dosen.«

FÜNFZEHN

Sechzehn Jahre zuvor

Anfangs hatte Rose befürchtet, die Fahrt zum Kino würde sich wegen ihres mangelnden Selbstbewusstseins quälend in die Länge ziehen, aber sie unterhielten sich ganz locker über dies und das.

»Wo hast du gewohnt, bevor du hierher gezogen bist?«, fragte Rose.

Gareth spielte mit der Musik herum, drehte sie lauter und dann wieder leiser.

»Bevor du nach Newstead gekommen bist, meine ich«, fuhr sie fort. »Ich kann deinen Dialekt nicht zuordnen. Klingt nicht nach Nottinghamshire, aber ...«

»Ich wüsste gar nicht, wo ich anfangen sollte«, unterbrach er sie. »Ich habe an allen möglichen Orten gelebt. Im ganzen Land und sogar im Rest der Welt.«

»Wow«, sagte Rose ehrlich beeindruckt. »Wo denn zum Beispiel?«

»Ist das ein formelles Verhör? Brauche ich einen Anwalt?« Er lachte, und sie stimmte ein.

»Ich bin nur neidisch«, erklärte sie. »Ich war noch nie im Ausland.«

»Echt nicht?« Er schaute sie strahlend an. »Das ist ja süß.«

»Das ist nicht süß, sondern traurig.« Rose zog eine Schnute. »Das Weiteste, das ich bisher vom Dorf weg geschafft habe, war Newquay in Cornwall.«

»Du bist das nette Mädchen von nebenan, oder, Rosie? Rein und unverdorben.«

Sie presste die Lippen zusammen und schaute aus dem Fenster.

»Mein Dad war in der Armee«, erzählte er. »Er war in Deutschland stationiert, und so sind wir ständig umgezogen.« Er zögerte, bevor er fortfuhr. »Um ehrlich zu sein, haben sich meine Eltern getrennt, als ich klein war. Das ist zwar bescheuert, aber es schmerzt mich immer noch, darüber zu reden.«

»Oh! Tut mir leid«, sagte sie schnell und schalt sich selbst, dass sie nicht sensibler gewesen war. »Das verstehe ich völlig, und ich möchte dich auch gar nicht bedrängen.«

Über das Wiederbelebungsprojekt, an dem er beteiligt war, schien Gareth deutlich lieber zu reden.

»Wir haben eine ganze Menge Sachen geplant, die letztendlich Arbeitsplätze für die Menschen vor Ort schaffen werden.«

»Das klingt toll und ist genau das, was das Dorf braucht.« Sie strahlte. »Wenn sich die Lage hier verbessert, werden wir dir alle ganz schön dankbar sein, Gareth.«

Er lachte. »Für mich ist das keine große Sache, und ich mache auch nicht gern viel Aufhebens. Schon bald arbeitet ein ganzes Team aus Leuten am Projekt, darunter auch Freiwillige aus der Gegend. Weißt du was, wenn du willst ... ach, vergiss es.«

Rose schaute ihn an. »Was wolltest du sagen?«

»Nur dass, wenn du interessiert bist, wir vermutlich deine

Hilfe als Freiwillige gebrauchen können, aber du hast ja schon genug in der Bibliothek zu tun.«

Rose dachte an ihre tristen Nachmittage mit Mr Barrow, der jeden Tag pünktlich zur Mittagszeit sein Schinkensalat-Sandwich auspackte und die Buchrücken mit einem Lineal abmaß, damit sich die Beschriftung immer exakt auf derselben Höhe befand.

Sie arbeitete gern zwischen all den wundervollen Büchern, doch im Grunde war es dort eher langweilig und vorhersehbar und absolut nicht so aufregend, wie sie sich die Zeit mit Gareth und seinem Team vorstellte.

»Ich arbeite nur mittwochnachmittags in der Bibliothek«, sagte sie schnell. »Bestimmt finde ich die Zeit, um bei deinem Projekt mitzuhelfen.«

»Das wäre super, Rose.« Gareths Blick ruhte ein wenig länger auf ihr, als er sollte, denn immerhin müsste er eigentlich auf die Straße gerichtet sein. Sie hielt die Luft an, und er wandte seine Aufmerksamkeit wieder der Strecke vor sich zu. »Mit diesem Projekt kriegen wir das gesamte Dorf wieder auf die Beine, und es wäre so super, wenn du ein Teil davon wärst.«

»Ich hoffe wirklich, dass du recht hast«, antwortete Rose und wurde plötzlich ein wenig bedrückt. »Mein Vater ist nur noch ein Schatten seiner selbst. Seit dem Tag, an dem die Grube geschlossen wurde, ist er förmlich in sich zusammengefallen.«

»Hat er denn keinen anderen Job gefunden?«

Rose schüttelte den Kopf. »Er hat es durchaus jahrelang versucht, aber hier in der Gegend gibt es einfach nichts.«

Gareth bog rechts ab, und Rose bemerkte, dass sie sich auf einem Parkplatz befanden. Schlussendlich war die Fahrt nach Mansfield wie im Flug vergangen. Sie hatten sich locker unterhalten, und inzwischen fühlte sie sich deutlich entspannter. Sogar ihr Gesicht hatte wieder seine normale Farbe angenommen.

Gareth schaltete den Motor aus.

»Ich *habe* recht, was die Wiederbelebung des Dorfs angeht. Hoffentlich vertraust du meiner Kompetenz eines Tages.« Er zwinkerte ihr zu, und sie spürte, wie sie wieder rot wurde. »Halt dich an mich, und dein Leben wird so viel besser. Glaubst du, du kriegst das hin, Rose? Kannst du mir vertrauen?«

»Na ja ... ja, ich glaube schon.« Sie wand sich unter seinem intensiven Blick und überlegte, ob das bedeutete, dass er bereits plante, sie um ein weiteres Date zu bitten.

Später, wenn sie das Gespräch noch einmal im Kopf durchging, fand sie es ziemlich seltsam, dass er so etwas fragte, obwohl sie sich gerade erst kennengelernt hatten.

SECHZEHN

ROSE

Heute

Freitags hat die Bibliothek nur nachmittags geöffnet, von vierzehn bis achtzehn Uhr, und so beschließe ich, den Vormittag zu nutzen und meine Putzaktion in Ronnies Haus fortzusetzen.

Gestern Abend hat es mir trotz meiner Müdigkeit Spaß gemacht zu sehen, wie viel ich bewirken konnte, und so arbeitete ich noch spät in der Nacht nebenan, bis ich endlich zu Hause ins Bett fiel.

Oftmals ziehen sich meine einsamen Abende hin, weshalb ich meist früh ins Bett gehe, sofern nichts im Fernsehen läuft. Es ist immer wieder überraschend, wie langsam sich die Zeiger einer Uhr bewegen, wenn man niemanden hat, mit dem man sich bei einem Glas Wein darüber unterhalten kann, wie der Tag war oder wie man die Welt verbessern könnte.

Inzwischen sollte ich das eigentlich gewöhnt sein. Dennoch waren die Stunden, die gestern Abend wie im Flug vergangen waren, eine willkommene Abwechslung.

Ich fütterte Tina, Ronnies Katze, und fing dann in der

Küche an, wo ich alle Arbeitsflächen und Schranktüren abwischte. Kurz überlegte ich, ob ich alle Schränke leeren und sie von innen auswischen sollte, doch ich hatte Bedenken, dass ich damit etwas zu weit gehen würde. Ich wollte nicht, dass Ronnie das Gefühl hatte, dass ich in seine Privatsphäre eingedrungen war, während er nicht zu Hause war.

Abgesehen davon verriet mir ein flüchtiger Blick, dass ein paar der Schränke bis zum Rand mit allen möglichen bizarren Gegenständen gefüllt waren – Wollknäuels, ungeöffnete Schachteln mit nagelneuen Wäscheklammern und Nähmaterial. Die müssen dort seit Sheilas Tod vor fünf Jahren Staub angesetzt haben.

Nachdem ich alles geputzt und abgewischt hatte, schrubbte ich den Küchenboden, schloss die Tür hinter mir und ließ ihn trocknen.

Im engen Flur zog ich den kompakten Zylinderstaubsauger aus dem Schrank unter der Treppe und trug ihn ins Wohnzimmer.

Nach dem Staubwischen, Aufschütteln der Kissen und Saugen des fleckigen, abgenutzten Teppichs beschloss ich, am nächsten Tag die schweren Samtvorhänge aufzuziehen und die Fenster aufzureißen. Frische Luft würde dem Haus sicherlich guttun.

Und jetzt, an diesem Vormittag, ist es an der Zeit, die Aufgabe fertigzukriegen.

Ich trete hinaus in meinem kleinen Garten und atme die dunkle, erdige, frühe Morgenluft tief ein. Es ist nicht alles schlecht. Ich habe glückliche Erinnerungen daran, wie ich hier gespielt habe, als ich klein war.

Ich erinnere mich an verschiedene Familiengeburtstage, die mit Burgern und lauwarmer Limonade hier draußen gefeiert wurden und bei denen die Erwachsenen auf unbequemen, gestreiften Liegestühlen mit Metallrahmen saßen, die Papa auf unseren kleinen, sumpfigen Rasen gequetscht hatte.

Damals arbeitete er noch in der Grube und machte regelmäßig und reichlich Überstunden. Selbst nach Schließung der Grube hatte man immer noch das Gefühl, dass sich die Situation irgendwie ändern würde.

Wie schon Generationen vor ihm ging Dad davon aus, dass seine gesamte Zukunft vorgezeichnet war. Er würde bis zu seiner Rente für das Nationale Kohleamt NCB, wie es damals hieß, arbeiten, und sich dann mit ausreichend Geld zur Ruhe setzen. Jeden Penny davon hatte er sich ehrlich verdient, indem er Zehntausende von Stunden im Schmutz und in der Hitze mehr als tausend Meter unter Tage schuftete.

Mum war gern im Garten. Sie sorgte dafür, dass die Beete vom Frühling an in voller Pracht erblühten, und sie mähte den Rasen mit ihrem kleinen orangen Flymo. Sie war eine kreative Seele und am glücklichsten, wenn sie im Garten werkeln oder in der Küche backen konnte.

Ich selbst schaffe es gerade so, den Garten in Ordnung zu halten. Leider habe ich weder Mums grünen Daumen noch ihre Kreativität geerbt.

Ich trete durch das Tor in Ronnies Garten, wo es völlig anders aussieht. Die Fläche hinter seinem Haus ist komplett zubetoniert. Ich erinnere mich, dass er das vor einigen Jahren selbst gemacht hat.

»Ein Rasen macht viel zu viel Arbeit«, erzählte er Dad über den niedrigen Zaun hinweg. »Lieber das Leben leben, als sich im Garten den Rücken kaputtmachen, oder, Ray?«

Dann lachten sie, und Dad stimmte ihm zwar zu, warf dann aber Mum einen vielsagenden Blick zu, nachdem Ronnie wieder in seinem Haus war.

»Faule Socke«, schimpfte Dad. »So viel Arbeit ist es nun auch wieder nicht, eine Rasenfläche von der Größe einer Briefmarke in Ordnung zu halten!«

»Für *dich* ist es nicht viel Arbeit, aber für mich schon«, wies Mum ihn zurecht.

Jetzt ist der Beton in Ronnies Garten verschmutzt, und tiefe Risse ziehen sich von der Mitte an die äußeren Ränder wie stillgelegte Straßen auf einer veralteten Landkarte.

Ich betrete das Haus nebenan und stelle erfreut fest, dass die Küche nach meiner gestrigen Putzaktion so frisch und sauber aussieht wie seit Jahren nicht mehr.

Nachdem ich das kleine Fenster neben dem Ofen geöffnet habe, hole ich den gestreiften Teppich aus der Waschmaschine, in die ich ihn gestern Abend gesteckt habe, und hänge ihn auf die Wäscheleine vor der Hintertür. Die Luft ist heute trocken, und es weht eine leichte Brise, insofern weiß ich, dass es nicht lange dauern wird, bis er trocken ist.

Im Wohnzimmer ziehe ich die Vorhänge so weit auf wie möglich und öffne die beiden oberen Fenster.

Dabei kommt mir der Gedanke, dass ich vielleicht mal ein Wörtchen mit Ronnie darüber reden sollte, diese schweren Samtvorhänge durch kurze, ordentliche Gardinen aus einem leichteren Stoff zu ersetzen.

Zu gern würde ich mit ihm auch neue Sitzmöbel kaufen gehen, doch ich habe das unbedingte Gefühl, dass er einer Veränderung nicht aufgeschlossen wäre. In all dem Staub und den Falten waren zu viele Erinnerungen an Sheila konserviert.

Mit meiner Tüte voller Reinigungsmitteln in der Hand stehe ich am Fuß der Treppe, schaue hinauf und stelle fest, dass auch dort oben dringend mal wieder gründlich Staub gesaugt werden müsste.

Nie habe ich darüber nachgedacht, wie Ronnie es schafft, das Haus in Schuss zu halten. Wie bei den meisten Paaren in Ronnies und Sheilas Alter waren die Rollen im Haushalt für den Großteil ihres Ehelebens traditionell verteilt, und Sheila war eine hervorragende Hausfrau, die sehr darauf bedacht war, ihr Zuhause tadellos zu halten.

Als sie starb, muss er völlig überfordert gewesen sein, und so ließ er die Hausarbeit schleifen und gab sich seiner Trauer hin.

Ich steige hinauf in das erste Stockwerk und beschließe, die Treppe später zu saugen. Auf halbem Weg bleibe ich stehen, und Ronnies Worte hallen in meinem Kopf wider.

»Geh nicht nach oben«, war das Letzte, was er mir zuflüsterte, als er auf der Liege weggetragen wurde.

Ich glaube, ich weiß, warum er das gesagt hat. Aller Wahrscheinlichkeit nach ist es da oben nicht allzu aufgeräumt, und es ist ihm unangenehm, wenn ich das sehe. So ist Ronnie: Er macht sich Sorgen darum, was andere von ihm denken könnten, obwohl er viel mehr Energie darauf verwenden sollte, wieder auf die Beine zu kommen.

Natürlich habe ich nicht vor, mich einfach so über Ronnies ausdrückliche Anweisungen hinwegzusetzen, aber das Badezimmer muss vor seiner Rückkehr wirklich frischgemacht werden. Der fiese Gestank gestern sprach dafür, dass sich Ronnie darin übergeben hatte, bevor ich ihn fand. Sosehr mir der Gedanke daran auch den Magen umdreht, ich muss zumindest das Klo bleichen und den Boden wischen.

Glücklicherweise hat das winzige Badezimmerfenster die ganze Nacht offen gestanden, insofern riecht es hier nicht so streng, wie ich erwartet habe.

Ich gieße eine ordentliche Menge Bleiche in die Toilettenschüssel und lasse sie einwirken, während ich das Waschbecken und die Badewanne säubere.

Mein Herz zieht sich schmerzhaft zusammen, als ich auf dem Badewannenrand in der Ecke einige alte Toilettenartikel für Frauen entdecke.

Wieder eine Hinterlassenschaft von Sheila, von der sich der arme Ronnie augenscheinlich nicht trennen kann.

SIEBZEHN

ROSE

Heute

Ich verlasse das Badezimmer und will gerade die Treppe
hinunter und in die Küche gehen, um Wischmopp und Eimer
zu holen, um den Linoleum einer gründlichen Reinigung zu
unterziehen, als mir auffällt, dass die Tür zu Ronnies Schlafzimmer weit offen steht.

Wie in meinem Haus geht auch in diesem das Hauptschlaf-
zimmer zur Straße hinaus, während sich das kleinere, zweite
Schlafzimmer auf der Rückseite befindet. Die Neugier packt
mich, und ich beschließe, einen kurzen Blick in Ronnies
Zimmer zu werfen. Mir ist klar, dass ihm das peinlich wäre,
wenn er hier wäre, aber ich möchte wirklich gern das gesamte
Haus sauber für seine Rückkehr haben. Und da er nach seiner
Entlassung eine Weile ruhen werden muss, ist es sicherlich eine
gute Idee, die Bettwäsche zu wechseln und das Zimmer zu
lüften.

Ich drücke die Tür weiter auf und schaue mich um. Der
gute alte Ronnie hat sein Bett gemacht, und im Vergleich zum
Rest des Hauses ist es in seinem Schlafzimmer recht ordentlich.

Saugen kann ich hier, wenn ich unten fertig bin. Jetzt öffne ich nur ein Fenster, damit Luft reinkommt.

Als ich wieder im Flur bin, fällt mir auf, dass die Tür zum anderen Schlafzimmer verschlossen ist.

Wenn Ronnie so ist wie ich, gleicht das Gästezimmer vermutlich einer Abstellkammer, in der alles gelagert wird, was sonst nirgends hinpasst. Oder vielmehr Krempel, der schon vor Jahren hätte entsorgt werden sollen.

Wenn ich schon mal hier bin, kann ich mich genauso gut auch in diesem Zimmer umsehen, dann habe ich mir ein Bild von allen Räumen gemacht und kann genau einschätzen, was zu tun ist.

Ich gehe über den Flur, öffne die Tür einen Spalt und stecke meinen Kopf hindurch.

Dann kann ich mir ein Lächeln nicht verkneifen. Ich hatte recht. Ronnie nutzt dieses Zimmer tatsächlich als Abstellkammer, oder vielmehr als Müllhalde. Hier sieht es sogar noch schlimmer aus als in meinem Gästezimmer, und das will was heißen.

So viele Kartons mit Zeug darin. Alle sehen aus, als wären sie lange nicht mehr geöffnet worden, und ich frage mich, wann Ronnie das letzte Mal hier hineingesehen oder tatsächlich etwas gebraucht hat.

Ich schrecke auf, als ich Schritte und einen dumpfen Schlag hinter mir höre.

»Ach, du bist es nur, Tina«, sage ich zu der Katze, die mich vorwurfsvoll anschaut. »Ja, ich weiß. Ronnie hat gesagt, ich soll nicht nach oben gehen, und trotzdem bin ich hier. Aber das bleibt unter uns, okay? Komm, wir gehen nach unten und du kriegst was zu fressen.«

Ich greife nach dem Türgriff, um die Tür wieder zuzuziehen. In dem Moment stürmt Tina an mir vorbei und verschwindet zwischen den gestapelten Kisten.

Ich stoße einen Seufzer aus, lasse die Tür offen und gehe

nach unten. Sie wird schon wieder rauskommen, wenn sie so weit ist.

Dreißig Minuten später sauge ich die Treppe sowie den Flur oben, und Tina hockt *immer noch* im Gästezimmer. Ich wickele das Kabel des Staubsaugers auf und stehe mit beiden Händen in die Hüften gestemmt vor der Tür.

»Nun komm schon wieder raus, Tina«, rufe ich ihr über die Kartons hinweg zu.

Ein Rascheln, ein Kratzen und dann Stille. Ich frage mich, ob sie da hinten wohl eine Maus gefunden hat. Es riecht etwas komisch, aber das könnte daran liegen, dass das Zimmer die meisten Zeit fest verschlossen ist.

Das Fenster befindet sich an der gegenüberliegenden Wand, und der Weg dorthin ist mit Kartons und vollen Müllsäcken verstellt. Wenn Ronnie nur selten hier drinnen ist, lohnt es sich kaum, mir womöglich den Hals zu brechen, nur weil ich Luft hereinlassen will.

»Tina?«

Stille.

Ich stelle mir vor, wie sie irgendwo hockt und sich genüsslich über meine Ungeduld freut, wie es Katzen gern tun. Eine solche Meuterei verlangt nach deutlichen Maßnahmen. Ich gehe nach unten und komme mit einem Tütchen Katzenleckerli zurück, das ich auf der Küchenarbeitsplatte entdeckt habe.

Ich pfeife, schnalze mit der Zunge, und schüttele das Tütchen, um Tina anzulocken, aber sie bleibt stur.

»Okay, wie du willst«, sage ich seufzend und wende mich zum Gehen.

Ich kann ja die Tür zum Gästezimmer offen lassen, damit sie rauskommen kann, wann immer ihr danach ist. Aber dann fällt mir ein, dass ich gar nicht weiß, was sich in all den Kartons befindet. Vielleicht hält Ronnie ausgerechnet diese Tür aus gutem Grund geschlossen.

Und ich möchte nicht, dass er unerwartet nach Hause

kommt, während ich bei der Arbeit bin, und feststellt, dass Tina Stoffe ruiniert oder seine Erinnerungsstücke zerkratzt hat.

Und wenn ich die Tür offen lasse, weiß Ronnie, dass ich hier herumgeschnüffelt habe – was nicht wirklich der Fall ist, aber es könnte so aussehen.

Ich betrete das Zimmer und ziehe ein paar Kartons heraus, um einen Gang in die Mitte des Zimmers zu schaffen, wo ich Tina kratzen gehört habe. Wenn ich das kleine Mistvieh zu sehen kriege, kann ich es packen und hier rausschaffen. Dann merkt Ronnie auch nicht, dass ich hier war.

Die meisten Kartons sind solche, wie man sie kostenlos im Supermarkt mitnehmen kann. Es sind keine richtigen Umzugskartons, und sie sind auch nicht verschlossen, sodass ich bei den meisten sehen kann, was sich darin befindet.

Vergilbte Zeitungen, zweifelsohne mit Artikeln darin, die mal für Ronnie oder Sheila von Interesse waren, jede Menge alte, muffig riechende Kleidungsstücke sowie mehrere Kartons voller alter Kabel, die bestenfalls als antiquiert bezeichnet werden können.

Man kann wohl mit hoher Wahrscheinlichkeit davon ausgehen, dass Ronnie seit mindestens zehn Jahren nichts mehr weggeworfen hat.

Da entdecke ich ein Stück gelbbraunes Fell, als Tina sich tiefer im Zimmer hinter einen weiteren gestapelten Karton verkriecht. So sanft wie möglich packe ich zu und ziehe Tina heraus, was sie mit einem entrüsteten Aufjaulen quittiert.

»Du hast ja wohl nicht geglaubt, dass du mich austricksen kannst, oder, Madam?«

Ich versuche, ihren ausgefahrenen Krallen auszuweichen und sie auf Armlänge von mir entfernt zu halten, als ich mich umdrehe, um mir den Weg aus dem Zimmer zu bahnen, aber ich bin nicht schnell genug. Sie erwischt meinen Unterarm und hinterlässt einen veritablen roten Kratzer.

»Au!« Ich stolpere und stoße dabei einen kleinen Karton

um, der tatsächlich einen Deckel hat. Dieser fällt herunter, und der Inhalt entleert sich auf den Boden.

Ohne Tina loszulassen, steige ich über das Durcheinander, fest entschlossen, später wiederzukommen und es aufzuräumen, sobald ich das Tier wieder im Untergeschoss habe.

Da fällt mir ein kleines Dreieck aus rotem Stoff ins Auge.

Irgendetwas an der Struktur ... und der Farbe ...

Einen Moment lang steht die Welt still und mein Herzschlag hallt in meinem Kopf wider.

Sofort kommt mein Gehirn zu einem Ergebnis. Das sieht aus wie ...

»*Billys Decke*«, flüstere ich so leise, dass ich selbst nicht weiß, ob ich die Worte überhaupt ausgesprochen habe.

Nur am Rande bekomme ich mit, dass Tina faucht und aus meinen Händen springt, und erst dann wird mir klar, dass ich sie zu fest gehalten habe.

Ich bücke mich und berühre das Stück Stoff mit einer Fingerspitze. Gebürstetes Fleece. So weich.

Ich schwanke leicht. Dann geben meine Knie nach, und ich lande neben dem Karton.

Mit Zeigefinger und Daumen umfasse ich das Dreieck und ziehe sachte am Stoff. Die kleine, rote Decke löst sich aus dem anderen Krempel im Karton, und schließlich halte ich sie in den Händen.

Starre sie an. Manche Stellen sind ausgeblichen.

Ich halte sie mir vor das Gesicht und atme tief ein.

Es gibt jede Menge rote Decken da draußen, sagt eine Stimme in meinem Kopf. *Die hier sieht vermutlich einfach nur so aus wie die von Billy.*

Gut möglich, denke ich, und umfasse sie fester.

Und dann sehe ich es, genau da in der Ecke. Das kleine goldfarbene »B«, das meine Mum eingestickt hat. Unauffällig genug, damit es ihm nicht peinlich war, aber doch sichtbar, damit die Decke identifiziert werden konnte, sollte sie einmal verloren gehen.

Und genau diesen Zweck erfüllt es nun. Ohne jeden Zweifel handelt es sich bei dieser Decke um die von meinem Bruder.

Die Decke, die er für unser kleines Picknick bei der Newstead Abbey dabei hatte.

Die Decke, die die Polizei nie gefunden hat.

Die Decke, die Billy an dem Tag bei sich hatte, als er starb.

ACHTZEHN

ROSE

Heute

Nachdem sie jahrelang unter den Tüchern und gefalteten Kissenbezügen verborgen war, liegt die Decke meines Bruders jetzt auf meinem Schoß.

Ich habe keine Ahnung, wie lange ich schon hier in Ronnies Gästezimmer auf dem Boden sitze. Das Licht hat sich irgendwie verändert, und das Atmen fällt mir in der dicken Luft schwer.

Ich habe keine Uhr um, aber es müssen Stunden gewesen sein. Kurz huscht mir der Gedanke an meine Arbeit durch den Kopf, verschwindet aber auch wieder.

Ich bin in einem Paralleluniversum gefangen, in dem nichts Sinn ergibt. Wo der Tag in die Nacht übergeht, wenn ich mich nicht selbst aus diesem Zustand reiße, denn das wirkliche Leben existiert hier nicht.

Ich befinde mich in einem Zustand, in dem das Unmögliche geschieht.

Ich schaue hinunter zu Billys Decke auf meinem Schoß.

Wochenlang haben wir danach gesucht. Die Dorfbewohner, die Polizei und die Leute aus der Umgebung. Selbst nachdem man Billys Leiche gefunden hatte, wurde uns gesagt, dass es für die Ermittlungen unabdingbar sei, diese Decke zu finden.

Und dann kommt mir der Gedanke, dass ich sie womöglich nicht hätte anfassen sollen. Das ist nicht mehr die Schmusedecke meines Bruders, sondern ein Beweisstück. Das Spuren des Mörders enthalten könnte.

Ronnies Gesicht schießt mir durch den Kopf.

Erst vor ein paar Monaten hat er mich zu Billys Grab begleitet, so wie er es jedes Jahr tut, seit Mum und Dad ebenfalls tot sind.

Früher sind Sheila, Ronnie und ich gemeinsam gegangen, aber nach ihrem Tod waren nur noch Ronnie und ich jedes Jahr bei Billy auf dem Friedhof.

Nicht immer an dem Tag, an dem er gefunden wurde, sondern manchmal am Tag seiner Beerdigung. Der Termin war nicht wichtig, sondern dass wir uns erinnerten.

Damals, vor all den Jahren, als wir ihn verloren haben, musste ich mich zwingen, die Anzahl meiner Besuche an seinem Grab zu begrenzen. Meine Therapeutin hielt es für das Beste, weil ich sonst nie mit meiner Trauer fertigwerden würde. Doch erst durch Ronnies Worte habe ich begriffen.

»Du kannst dein Leben nicht leben, wenn du ständig die Toten besuchst, Rose«, hat er mitfühlend gesagt, als er mich in dem abgedunkelten Raum vorfand, den ich über ein Jahr nach dem Tod meiner Eltern kaum verlassen hatte. »Billy war voller Leben. Er hätte das hier nicht gewollt.«

Und durch den Nebel der Trauer, der mich so lange erstickt hatte, drang die Wahrheit in Ronnies Worten wie ein Lichtstrahl, und ich wusste instinktiv, dass er recht hatte.

Ronnie Turner hat kein Leben zerstört. Im Gegenteil, er hat es gerettet.

Er hat mir geholfen zu *leben*. Er hat uns allen durch die

schwere Zeit geholfen, als wir nach Billy weiterleben mussten ... Niemals kann er etwas mit dem Tod meines Bruders zu
tun haben.

Ich weigere mich, das überhaupt nur in Betracht zu ziehen.

All die wunderbaren Dinge, die Ronnie für mich getan hat,
wirbeln in meinem Kopf herum wie Fetzen zerrissenen Papiers
im Sturm. Ich möchte, dass das aufhört und alles ordentlich in
Schachteln verpacken, damit ich das Gefühl habe, die Kontrolle
zu haben, und der Denkprozess wieder von vorne beginnen
kann.

Es muss eine logische Erklärung dafür geben, warum Billys
Decke hier versteckt war, in diesem kleinen Zimmer, seit so
vielen Jahren.

Ich zerbreche mir den Kopf, aber die Sache übersteigt
meinen Verstand. Was ich hier heute Vormittag entdeckt habe,
ist schlicht zu schockierend, um mich überhaupt nur damit
auseinandersetzen zu können.

Ich vergrabe mein Gesicht in Billys Decke und atme erneut
den moderigen Geruch in Ronnies Gästezimmer ein. Das ist
alles, was noch da ist, alles, was es zu riechen gibt. Aber das ist
egal.

Es reicht mir zu wissen, dass mein Bruder dieses Stück Stoff
geliebt hat. Jede Nacht hat er die Decke mit ins Bett genommen
und am nächsten Tag in den Rucksack gesteckt, wenn es
niemand bemerkt hat. Er war so etwas wie ein Einzelgänger
und hatte keine Freunde, die ihn damit aufgezogen hätten.

Nach seinem Verschwinden bat die Polizei sie, sein Zimmer
durchzusehen und ihnen mitzuteilen, ob irgendetwas fehlte. Sie
sah sofort, dass sein Rucksack und seine Decke nicht da waren.

»Ich habe sie gefunden, Mum«, flüstere ich den leeren,
weißen Wänden zu.

NEUNZEHN

Rose betrachtete ihre ersten Dates als großen Erfolg.

Gareth entpuppte sich als riesiger Filmfan, und so gingen sie fast jedes Mal, wenn sie sich trafen, ins Kino.

Bei einem Detail hatte Cassie recht behalten: Rose bekam dabei kaum etwas vom Film mit. Allerdings lag das eher daran, dass sie sich ob der gruseligen und blutigen Szenen in den von Gareth bevorzugten Horrorfilmen die Augen zuhielt, und weniger daran, dass er seine Zunge in ihrem Hals hatte.

Ganz im Gegenteil: Gareth war der perfekte Gentleman.

Oftmals lud er sie anschließend in eine unscheinbare kleine Bar in der Nähe des Kinos ein. Gareth trank dann ein Bier und Rose eine kleine Weißweinschorle.

Ihre ursprüngliche Sorge, es könnte sich um eine schnieke Cocktailbar handeln, erwies sich als unbegründet. Die Bar war diskret und ruhig, und Rose fühlte sich dort sehr wohl.

Und Gareth ließ sie nicht einen Penny bezahlen, weder für die Getränke noch für die Kinokarten.

»Ich arbeite und verdiene dabei eine ganze Menge Kohle,

während du noch studierst. Lass mich das übernehmen, Rose, ich kümmere mich gern um dich«, sagte er bestimmt, als sie das erste Mal versucht hatte, ihr Popcorn selbst zu bezahlen.

Und sie ließ es gern zu, dass er sich um sie kümmerte. Sie ließ sich von ihm zu ihrem Platz führen, die Türen für sie offen halten, damit sie zuerst hindurchgehen konnte, und es machte ihr auch nichts aus, wenn er darauf bestand, die Eissorte für sie auszusuchen, nachdem er ihr versicherte, dass Schokolade mit Rosinen wesentlich besser schmeckte als die langweilige Vanille, die sie ursprünglich bestellen wollte. Und er hatte recht! Und seine Fürsorge gefiel ihr.

Es war ein schönes Gefühl, sich von ihm so umgarnen zu lassen, dachte Rose. Es fühlte sich an, als wäre sie ihm wirklich wichtig, obwohl sie wusste, dass es dafür viel zu früh war.

Ihre Laune besserte sich erheblich, weil sie weg kam von der gefühlt permanenten Kritik ihrer Eltern, der sie zu Hause ausgesetzt war. Jedes Mal, wenn sie sich trafen, behauptete Rose, mit Freundinnen aus dem College verabredet zu sein. Es war überraschend einfach, sich unbemerkt aus dem Staub zu machen und die Zeit außerhalb der bedrückenden Atmosphäre zu genießen.

Ihr fiel auf, dass Billy irgendwann aufgehört hatte zu betteln, ob er mitkommen dürfe, und obwohl er in letzter Zeit etwas ruhiger und zurückgezogener war, hatte er sich mit Roses Abwesenheit arrangiert.

Gareth behauptete, es würde ihm guttun, und sie glaubte ihm.

Nach dem Film fuhr er sie jedes Mal nach Hause und setzte sie pünktlich vor dem Zapfenstreich, den ihr Vater im Jahr zuvor festgelegt und nie angepasst hatte, an der Stelle ab, wo sie sich getroffen hatten.

Damals, als Rose noch kaum weggegangen war, hatte sie kein Problem mit dem Zapfenstreich gehabt. Jetzt schon.

»Wir wollen uns schließlich nicht mit deinen alten Leuten

anlegen, oder?«, meinte Gareth grinsend, als Rose erleichtert darüber, dass sie rechtzeitig zurück waren, die Luft ausstieß.

Er küsste sie wie immer züchtig auf die Wange und fragte, ob er sie am Freitagabend wiedersehen dürfe.

»Das Wetter soll super werden. Wir könnten spazieren gehen anstatt wie immer ins Kino. Hast du eine Idee?«

»Ja, wir könnten bei der Annesley-Kirche picknicken«, schlug sie vor. »Das Waldstück dort ist wunderschön.«

»Oh, ich dachte, wir könnten zur Newstead Abbey fahren und dort im Park herumlaufen. Und danach könntest du mit zu mir kommen und was trinken, wenn du magst«, meinte er. »Wie klingt das?«

»Toll«, antwortete Rose und nickte. Einerseits war sie aufgeregt, weil er sie zu sich eingeladen hatte, andererseits überlegte sie jetzt schon, welche Ausrede sie ihrem Vater auftischen sollte.

Gareth neigte den Kopf zur Seite. Er schien ihr Dilemma zu erkennen.

»Schaffst du es, aus Colditz zu entkommen, Rose?«

Sie zuckte die Achseln und biss sich auf die Unterlippe. »Ich denke mir schon was aus.«

Im Moment wollte sie sich keine Gedanken um ihre Eltern machen. Im Moment wollte sie einfach nur die letzten paar Minuten mit Gareth genießen.

Er bestand darauf, sie bis zum Anfang der Tilford Road zu bringen, und drückte dann, nachdem er sich prüfend umgesehen hatte, einen einzigen, zärtlichen Kuss auf Roses zitternde Lippen.

Am liebsten wäre sie nach Hause gehüpft, aber sie ging betont ruhig los und spürte seinen Blick auf ihrem Rücken. Er beobachtete sie den ganzen Weg die Straße entlang, und als sie den Schlüssel in die Haustür steckte, winkten sie sich gegenseitig zu.

Dieses vierte Date hätte nicht besser laufen können. Als

Rose das Haus verlassen hatte, hatte sie sich wie eine dumme, unerfahrene Studentin gefühlt, und als sie zurückkehrte wie eine echte Frau.

Gareth wäre für jede in der Gegend ein guter Fang, doch er hatte *sie* für ein Date ausgewählt und zu sich nach Hause eingeladen. Er schien sie wirklich zu mögen.

Cassie würde so was von eifersüchtig sein!

Am nächsten Tag schwebte Rose verträumt durch das College. Nachmittags im Bus nach Hause lächelte sie, als sie an Cassies Reaktion dachte, als sie ihr von ihrem Abend erzählt hatte.

»Ernsthaft, glaubst du, das könnte Liebe sein, Rose?«, hatte Cassie mit weit aufgerissenen Augen gefragt.

»Wie kann ich ihn denn *lieben,* du Dummerchen?«, hatte Rose lachend entgegnet. »Wir kennen uns doch kaum.«

Aber Cassie war schon immer verliebt in die Vorstellung, verliebt zu sein.

»Gareth klingt so begeistert und interessiert. Ich kann mir vorstellen, dass er in *dich* verliebt ist, selbst wenn es dir umgekehrt noch nicht so geht.« Cassie hatte sie in den Arm gekniffen. »Ich bin so was von eifersüchtig!«

Rose widersprach Cassies Behauptung wegen Gareth möglichen Gefühlen ihr gegenüber nicht. Ehrlich gesagt gefiel ihr diese Vorstellung sogar.

Cassie wollte jedes noch so kleine Detail über Roses Outfit und Make-up beim letzten Date wissen. Und wie erwartet war sie sauer, als Rose ihr die Wahrheit sagte.

»Echt jetzt? Du hast wirklich deine beknackte College-Jeans und ein T-Shirt angehabt?«, fragte Cassie entgeistert. »Du musst echt mal deinen Kopf untersuchen lassen. Du bist 'ne echte Streberin, Tinsley.«

»Gareth hat gesagt, ich sehe toll aus«, bemerkte Rose.

»Klar hat er das, er will ja auch bei dir landen!« Cassies

Stimme klang nun tiefer. »Hast du ... du weißt schon, habt ihr im Kino wenigstens gefummelt?«

»Nein.«

»Und im Auto, als er dich zurückgebracht hat?«

»Nein!«

Cassie schüttelte langsam den Kopf und starrte sie an, als wäre die Lage hoffnungslos.

»Mein Rat ist definitiv, nächstes Mal ranzugehen. Immerhin wart ihr inzwischen ein paar Mal miteinander aus, und, nun ja ... Du willst doch nicht, dass er sich langweilt, oder?«

Rose musste zugeben, dass sie das nicht wollte.

»Wann siehst du ihn wieder?«

»Freitagabend. Wir gehen bei der Newstead Abbey spazieren, und danach hat er mich gebeten, mit zu ihm zu gehen. Wobei ich dafür noch eine gescheite Ausrede für meine Eltern brauche.«

Cassies Gesichtszüge entgleisten. »Aber ich hab dir doch letzte Woche gesagt, dass meine Mutter bei Tante Noreen übernachtet, also haben wir sturmfreie Bude und machen hier Party, weißt du nicht mehr?«

»Oje, tut mir leid, Cassie. Das habe ich vollkommen vergessen.«

»Na super.« Cassie verschränkte die Arme vor der Brust.

»Kein Ding, ich sage Gareth ab.«

»Echt jetzt?« Cassie bedachte sie mit einem verschmitzten Lächeln. »Das ist ja süß von dir, danke, Rose. Ohne dich wäre es auch nicht dasselbe. Wie wäre es ...« Ihr Gesicht erhellte sich. »Wie wäre es, wenn du Gareth einfach mitbringst?«

»Oh!« Rose schluckte. »Ich weiß nicht, ich meine ...«

»Was?«

»Na ja, er ist ein bisschen älter als alle anderen, die da sein werden, und fühlt sich vielleicht nicht wohl.«

»Verstehe. Sind wir dir jetzt also nicht mehr gut genug?«

»Red keinen Quatsch.« Rose schubste sie im Spaß. »Ich frag ihn, okay?«

»Ja, mach das.« Cassie grinste. »Wir könnten einen Augenschmaus gebrauchen zwischen all den pickligen Studenten und Jeds pepplosen Kumpels.«

Gareth hatte erneut seinen Anruf für acht Uhr am Abend angekündigt, und Rose musste kichern, als er meinte, sie würden es wieder so machen wie beim letzten Mal, als sie ans Telefon gegangen war.

»Ich ziehe mir wieder mein Rüschenkleidchen an und spiele wieder deine Freundin vom College.«

»Beth«, stellte Rose klar.

»Genau die«, antwortete er. »Ich bin Beth.«

Als sie aus dem Bus stieg, überlegte sie, wie sie Gareth gegenüber die Planänderung für ihr Date ansprechen sollte.

Ehrlich gesagt war sie nicht im Geringsten scharf darauf, am Freitagabend zur Party bei Cassie zu gehen. Sie hatte solche ›Trinkgelage‹ schon mehrmals veranstaltet, und sie waren jedes Mal stinklangweilig, sofern man nicht betrunken war. Und Rose betrank sich nie.

Dennoch hatte sie ein schlechtes Gewissen, so kurzfristig abzusagen, weil sie ihrer Freundin immerhin schon zugesagt hatte.

Und Gareth würde das schon verstehen, da war sie sich ganz sicher.

ZWANZIG

Sechzehn Jahre zuvor

Gareth rief zur vereinbarten Zeit an, und Rose erzählte ihm gleich zu Beginn des Telefonats von der vergessenen Partyzusage.

»Was meinst du damit, willst du unsere Verabredung absagen?«

»Ich *will* das absolut nicht«, antwortete sie zögerlich. Ihre Eltern befanden sich nebenan im Wohnzimmer, insofern musste sie aufpassen, was sie sagte. Zum Glück lief der Fernseher. »Ich habe halt vergessen, dass ich Cassie versprochen habe, vorbeizukommen, und ihre Mutter ist an dem Abend nicht da.«

»Verstehe«, antwortete Gareth trocken. »Und ich nehme an, ein weiterer Grund ist, dass du nicht weißt, was du deinem Vater wegen unserem Date sagen sollst.«

»Äh ... ja.« Rose war erleichtert, dass er verstand, wie schwer ihr die Lügerei fiel. »Genau so ist es. Und außerdem wäre Cassie sauer, wenn ich sie hängen lasse.«

»Ich verstehe, dass du lieber zu deiner Freundin gehst als zu mir«, sagte er angespannt. »Dagegen kann ich wohl nichts machen, aber lass dir geraten sein: Sei vorsichtig, Rose.«

»Vorsichtig?«

»Ich weiß, dass du und Cassie beste Freundinnen seid, aber denk mal drüber nach: Eine beste Freundin würde sich jemandem, der ihr so wichtig ist, nicht in den Weg stellen.« Er seufzte. »Wenn du mich fragst, ist sie nur eifersüchtig, dass du jemanden kennengelernt hast, dem du wirklich etwas bedeutest. Sei einfach vorsichtig, dass sie nicht versucht, unsere Beziehung zu zerstören, das ist alles.«

Er klang wirklich angesäuert, und Rose hatte ein furchtbar schlechtes Gewissen. »Ich glaube nicht, dass sie das tun würde, sie freut sich für mich, aber es tut mir wirklich leid, dich enttäuscht zu haben. Ich ...«

»Ich wünschte nur, ich hätte die Chance auf ein Wochenende in London nicht abgelehnt.«

»London?«

»Ja, ein paar Freunde von mir machen am Freitagmittag eine Spritztour nach London. Normalerweise wäre ich ohne zu zögern mitgefahren, aber diesmal habe ich abgelehnt, weil ich mich lieber mit dir treffen wollte. Aber ist schon okay.«

»Oh!«

»Du brauchst jetzt kein schlechtes Gewissen zu haben, Rose, ich verstehe das schon«, sagte er freundlich. »Wir sehen uns dennoch irgendwann diese Woche im Dorf, und ich hoffe immer noch, dass du bald beim Projekt mithilfst.«

Rose dachte daran, wie viel Spaß sie auf ihren gemeinsamen Dates gehabt hatten und wie sie, bevor sie Gareth begegnet war, jedes Wochenende bei Cassie rumgehangen hatte, um einfach nur von zu Hause wegzukommen. Dort hatte sie die Wiederholungen der Simpsons angeguckt und sich zu Tode gelangweilt. Was sie bescheuert, auch nur in Erwägung zu ziehen, Gareth abzusagen?

Inzwischen klang es so, als könnte dieser Streit alles zwischen ihnen verändern.

»Bitte, vergiss, dass ich etwas gesagt habe«, bat Rose mit plötzlicher Entschlossenheit.

»Schon okay. Ich will dich nicht dazu zwingen, den Abend mit mir zu verbringen, wenn du lieber bei Cassie sein möchtest«, sagte er bestimmt.

»Aber sie ist mir nicht wichtiger als du!« Rose biss sich auf die Lippe und senkte ihre Stimme. Kaum lauter als ein Flüstern sagte sie: »Das ist mir jetzt klar. Ich möchte lieber dich sehen.«

»Und was ist mit deinem alten Herrn?«

»Mach dir um den keine Sorgen«, antwortete sie. »Ich denk mir was aus.«

Am Donnerstag stieg Rose lächelnd aus dem Bus und lief nach Hause.

Kaum zu glauben, dass ihr Leben innerhalb von nur ein paar Tagen so eine Wendung zum Guten genommen hatte. Die bisher langweiligen Tage und Nächte waren nun voller Erwartung und Aufregung darüber, was die Zukunft mit Gareth bereithalten könnte.

Heute am College war es für sie ein bisschen schwierig gewesen, Cassie zu beichten, dass sie am Freitagabend doch nicht kommen würde.

»Aha. Nett, dass du mich abservierst.« Cassie drückte beim Schattieren zu fest auf und zerbrach so den pastellfarbenen Stift in ihrer Hand.

»Cassie, so ist das absolut nicht«, erklärte Rose. »Ich habe einfach nur aus Versehen zwei Verabredungen zugesagt, das ist alles, und jetzt hat Gareth ein Wochenende in London abgesagt, weil er lieber mich sehen wollte.«

»Blöd für Gareth«, murmelte Cassie.

Rose betrachtete ihren Hinterkopf, als sich Cassie tiefer

über ihren Zeichenblock beugte. Sie tat, als wäre sie vollkommen auf ihr Kunstwerk konzentriert, aber Rose wusste, dass das nur ein Vorwand war, um sie nicht ansehen zu müssen.

Vielleicht hatte Gareth doch recht, und Cassie war tatsächlich eifersüchtig auf ihre Beziehung.

»Buh!«

Rose zuckte zusammen, als jemand in der Nähe ihres Hauses aus dem Nichts sprang.

»Billy!« Sie legte eine Hand auf ihr klopfendes Herz. »Wie oft habe ich dir schon gesagt, dass du das lassen sollst. Ich krieg noch mal einen Herzinfarkt.«

»Wollen wir Karten spielen?«, fragte er, als sie zur Rückseite des Hauses gingen.

»Ich bin gerade erst nach Hause gekommen, Billy«, meinte Rose und seufzte. »Und ich muss noch ...«

»Aber du hast gesagt, dass wir heute Abend was zusammen machen«, jammerte Billy.

»Das machen wir auch«, versprach Rose, die ihr Versprechen Billy gegenüber vollkommen vergessen hatte. »Weißt du denn schon, was du machen willst?«

»Monopoly können wir schon mal nicht spielen, weil Dad im Wohnzimmer beschäftigt ist«, sagte Billy und schmollte.

»Womit denn beschäftigt?«

»Keine Ahnung. Er redet da drin mit jemandem.« Billy zuckte die Achseln. »Mum hat gesagt, ich darf nicht rein.«

»Wir könnten das Spiel auf dem Küchentisch aufbauen«, schlug Rose vor. »Aber erst nach dem Abendessen, sonst sind wir Mum im Weg. Zuerst muss ich eh noch ein bisschen was fürs College tun.«

Stella befand sich in der Küche und rollte Teig aus, als Rose zur Hintertür hereinkam.

»Hallo, Mausi«, sagte sie und wischte sich mit dem bemehlten Handrücken über die Augenbraue. »Hattest du einen schönen Tag?«

»Ja, danke, Mum.« Sie deutete mit dem Kopf in Richtung der geschlossenen Wohnzimmertür. »Was macht Dad denn da drinnen?«

Stella lächelte. »Er hat gesagt, dass ich dich sofort zu ihm schicken soll, wenn du da bist.«

»Darf ich auch?«, mischte Billy sich ein.

»Nein, Billy«, antwortete Stella bestimmt. »Nur Rose.«

Schmollend ließ sich der Junge auf einen wackeligen Hocker in der Ecke fallen.

»Mit wem redet Dad?«, fragte Rose erneut.

»Weiß ich nicht genau, Mausi. Geh einfach rein.«

Rose zog sich die Schuhe aus und legte ihre Collegetasche auf der unteren Treppenstufe ab. Dann stand sie eine Weile einfach nur da und versuchte, die gedämpften Stimmen zu erkennen, doch ohne Erfolg.

Als sie die Tür aufdrückte, schlich sich Billy an ihr vorbei ins Wohnzimmer, aber sie bemerkte ihn kaum.

Rose blieb die Luft in der Kehle stecken, als sie den Besucher ihres Vaters erkannte.

EINUNDZWANZIG

Sechzehn Jahre zuvor

»Da bist du ja!«, rief Ray aus, und beide Männer standen auf. »Gareth, das ist meine Tochter Rose.«

Gareth trat einen Schritt auf sie zu und streckte die Hand aus.

»Hallo, Rose, ich bin Gareth Farnham. Schön, dich kennenzulernen.« Er schaute ihr verschmitzt und eindringlich in die Augen. »Dein Vater hat mir schon erzählt, was für eine begnadete Künstlerin du bist.«

Ihr Dad hatte tatsächlich etwas Nettes über sie erzählt?

Rose lief rot an. Ihr gesamter Körper fühlte sich überhitzt an. Warum war Gareth *hier*? Wie konnte das angehen? Er wusste, wo sie wohnte – natürlich wusste er das, weil er sie mehrmals nach Hause gebracht hatte –, aber ...

»Wo sind nur deine Manieren, Rose?«, herrschte ihr Vater sie an. »Hat es dir die Sprache verschlagen?«

»Tut mir leid«, antwortete Rose freundlich und nahm Gareths Hand. Seine Finger umschlossen ihre, er drückte beherzt zu und zwinkerte dabei verstohlen in ihre Richtung.

Billy trat vor und deutete auf Gareth. »Hey, Rose, ist das nicht der ...«

»Billy!«, rief Rose schnell aus, weil ihr sofort klar wurde, dass Billy sich daran erinnerte, sie beide nur zwei Tage zuvor gemeinsam am Ende der Straße gesehen zu haben. »Du solltest doch gar nicht hier sein. Geh und hilf Mum, den Tisch für das Abendbrot zu decken.«

Billy schlich aus dem Zimmer, und Rose stellte erleichtert fest, dass ihr Vater Billys Worten keine Bedeutung beigemessen hatte.

»Gareth arbeitet mit am Wiederbelebungsprojekt, Rose. Davon stand letzte Woche was in der Zeitung«, erklärte ihr Vater fröhlich. »Sie suchen nach Dorfbewohnern mit Erfahrung, die dabei helfen können, und offensichtlich fiel dabei mein Name.«

Rose betrachtete den hoffnungsvollen, aufgeregten Gesichtsausdruck ihres Vaters, und ihre Brust zog sich schmerzhaft zusammen.

»Das sind doch gute Nachrichten, oder, Rose? Ich kann's noch kaum glauben.«

»Das klingt wirklich toll, Dad«, antwortete sie, ohne Gareth anzusehen.

»Ich habe deinem Vater gerade erklärt, dass seine Tätigkeit erst mal nur ehrenamtlich wäre«, sagte Gareth sanft. »Aber wir expandieren schnell, und wenn die Sache läuft, brauchen wir definitiv Leute für bezahlte Jobs.«

»Ich kann's noch gar nicht glauben«, sagte Ray erneut. »Nach all den Jahren auf dem Abstellgleis könnte ich endlich wieder einen guten Job an Land ziehen, und das auch noch direkt vor unserer Haustür. Um die Wahrheit zu sagen, dachte ich schon, ich wäre am Ende, Gareth.«

Während Ray aus dem kleinen Fenster auf die Straße starrte, warf Rose Gareth einen verstohlenen Blick zu, schaffte es jedoch nicht zu lächeln.

»Sie sind ganz und gar noch nicht am Ende, Mr Tinsley. Wir brauchen Leute wie Sie an unserer Seite. Leute, die das Dorf und die Bewohner kennen. Ich würde mich wirklich freuen, Ihre Ideen für die Zukunft zu hören.«

»Ray. Bitte, Gareth, nennen Sie mich Ray.«

»Okay, Ray. Also, Rose, ich habe deinem Vater gerade erzählt, dass ich neu in der Gegend bin und mich noch zurechtfinden muss. Er meinte, du kennst dich ganz besonders gut mit der Newstead Abbey aus. Und genau die würde ich mir wirklich gern mal ansehen.«

»Da stimmt doch gar nicht, ich kenne mich gar nicht so gut ...« Gareth warf ihr einen bedeutungsschwangeren Blick zu. »... aber ich würde Ihnen gern alles erzählen, was ich weiß.«

»Toll. Ich dachte, ich schaue morgen nach der Arbeit mal dort vorbei.« Er wandte sich wieder an ihren Vater. »Gibt es eine Abkürzung durch das Dorf, Ray?«

»Warum gehst du nicht mit ihm mit, Rose?«, schlug Ray vor, augenscheinlich inspiriert durch Gareths Frage. »Du könntest ihm alles über die Geschichte der Newstead Abby erzählen, wenn ihr schon mal dort seid.«

Sowohl Gareth als auch ihr Vater schauten sie erwartungsvoll an. Rose schluckte, doch ihr Hals war wie zugeschnürt. Ihr Herz pochte. Sie versuchte immer noch, die Tatsache zu verarbeiten, dass Gareth hier war, bei ihr zu Hause, und mit ihrem Vater redete.

Und jetzt ermutigte Ray sie auch noch, sich mit ihm zu treffen. Das fühlte sich alles so hinterhältig an.

Vielleicht sollte sie sich freuen, aber ehrlich gesagt wollte sie nicht, dass ihr Vater an der Nase herumgeführt wurde. Er hatte schon genug gelitten, hatte jahrelang in der Gegend einen Job gesucht, und jetzt ... nun ja, jetzt sah er so optimistisch aus. So fröhlich hatte sie ihn schon sehr, sehr lange nicht mehr gesehen.

Aber warum hatte Gareth sie nicht vorgewarnt, dass er bei ihr vorbeischauen würde?

Ray räusperte sich. »Also, was sagst du, Rose? Zeigst du Gareth am Freitag die Newstead Abby oder nicht?«

»Ja«, antwortete Rose vorsichtig lächelnd. »Das ist eine gute Idee, Dad. Das mache ich wirklich gern.«

ZWEIUNDZWANZIG

Sechzehn Jahre zuvor

Am Freitag holte Gareth sie von zu Hause ab.

Man könnte meinen, ihr Dad wäre derjenige, der auf ein Date ging, dachte Rose, so wie er im Zimmer auf- und ablief und alle paar Minuten durch das Fenster guckte.

»Da ist er, Rose!«, rief Ray aufgeregt aus und schob die Gardine zur Seite.

Als sie Gareths Auto entdeckte, verkrampften sich ihr Nacken und ihre Schultern.

Ray hob die Hand und freute sich sichtlich, als Gareth zurückwinkte. »Viel Spaß, meine Liebe«, sagte er zum Abschied. Sie kam nicht umhin zu denken, wie anders dieses Date im Vergleich zu ihrem ersten war, mit der Flut seiner peinlichen Fragen davor.

»Du siehst wieder toll aus«, lobte Gareth und strahlte, als sie auf dem Beifahrersitz Platz nahm. Er ließ den Motor an. »Wir fahren lieber sofort los. Unter der Beobachtung deines Vaters sollten wir nicht allzu lange hier rumsitzen. Es könnte sonst sein, dass ich die Hände nicht von dir lassen kann.«

Diesmal wusste Rose, dass er scherzte, weil sie überhaupt kein Make-up aufgetragen und ihr Haar zu einem Pferdeschwanz gebunden hatte. Außerdem trug sie ihre übliche langweilige Jeans und ein T-Shirt. Ihr Vater hatte ein großes Interesse daran, dass sie das Haus verließ, insofern musste ihm alles normal erscheinen.

»Vergiss nicht, Rose. Erzähl Gareth alles über meine Managertätigkeit in der Zeche, wenn sich die Chance ergibt«, hatte Ray sie instruiert. »Ich will nicht, dass er denkt, ich wäre da unten nur der Karrengaul gewesen.«

Manager war ein bisschen überzogen, aber Rose hatte ihm lächelnd versichert, dass sie das Thema ansprechen würde. Immerhin hatte ihr Vater seit Gareths Besuch kaum ein böses Wort zu ihr gesagt.

Am Ende der Straße blinkte Gareth und bog in die Seitenstraße ein, in der er sie das erste Mal abgeholt hatte. Er hielt an, beugte sich zu ihr und küsste sie auf die Wange.

»Hey, warum ziehst du so ein Gesicht?« Er legte die Finger unter ihr Kinn und drehte ihren Kopf, sodass sie ihn ansehen musste.

»Ich bin einfach nur ein bisschen gestresst«, antwortete Rose unbedarft.

»Aha, mit ein paar Stiften am College herumzumalen ist also stressig?«

Sie betrachtete sein Gesicht und versuchte zu ergründen, ob er das ernst meinte, als sein Mund sich zu einem breiten Grinsen verzog. »Ich mach nur Witze, Rose. Du bist so angespannt. Was ist denn los, meine Hübsche?«

Rose zuckte ob des peinlichen Kompliments zusammen. »Du bist einfach so bei mir zu Hause aufgetaucht. Das war ... nun ja, überraschend.«

»Aber es hat funktioniert, oder? Du bist hier, und das auch noch mit dem Segen deines alten Herrn. Nenn mich ein Genie!«

»Ich wünschte nur, du hättest mich in die Planung mit einbezogen«, sagte sie schüchtern. »Dann wäre das nicht so ein Schock für mich gewesen.«

»Es war eine spontane Idee.« Er zuckte die Achseln. »Mir war nicht klar, dass es ein Problem für dich wäre, wenn ich deine Familie kennenlerne.«

»Das ist es nicht«, sagte sie schnell, als sie sein enttäuschtes Gesicht sah. »Es ist nur ... Ich hätte gern gewusst, was du vorhast, und ... und ...«

»Red weiter.«

»Ich möchte einfach nicht, dass mein Vater sich Hoffnungen macht, wenn ...«

»Wenn was?«

»Wenn du ihm nur erzählt hast, dass er beim Projekt mitarbeiten kann, um bei ihm gut Wetter zu machen, meine ich.«

»Was denkst du denn von mir, Rose?« Er senkte den Blick zu seinen Händen. »Ich kann nicht glauben, dass du denkst, ich hätte so eine Nummer nur zum Spaß abgezogen.«

»Tut mir leid, ich wollte dich nicht aufregen. Es ist nur so, dass mein Dad ein völlig anderer Mensch ist, seit du bei uns warst.« Sie hatte Gareth mit ihren schlecht gewählten Worten wohl beleidigt und versuchte nun angestrengt, die Situation zu retten. »W-weißt du, als die Grube geschlossen wurde, hat er alles verloren. All die Jahre war er vollkommen leer. Und in der kurzen Zeit, die du gestern mit ihm gesprochen hast, hat er wirklich Hoffnung geschöpft.«

Gareths Gesicht verdunkelte sich. »Und warum machst du mir dann Vorwürfe, wenn er doch glücklich ist?«

»Ich mache dir keine Vorwürfe, Gareth. Ich frage mich nur, ob dein Angebot echt ist. Dass mein Vater am Projekt mitarbeiten könnte, meine ich.«

»Ja, das ist echt. Bist du jetzt zufrieden?«, antwortete Gareth knapp. »Es tut mir leid, dass du so ein schlechtes Bild von mir hast, Rose. Ich habe deinem Dad wahrheitsgemäß erklärt, dass es sich erst mal um eine ehrenamtliche Tätigkeit handelt. Deutlicher kann ich mich wohl kaum ausdrücken, oder?«

»Nein. Und es tut mir leid«, entschuldigte sie sich erneut. »Es ist wirklich schade, dass du so schlecht über mich denkst, und auch über deinen Vater. Du scheinst ja der festen Auffassung zu sein, dass er ein hoffnungsloser Fall ist.«

»Das stimmt nicht«, sagte Rose verletzt. »Es ist nicht Dads Schuld, dass es hier in der Gegend keine Jobs gibt, und es ist auch nicht seine Schuld, dass die Mine geschlossen wurde.«

Gareth schaute auf seine Armbanduhr und runzelte die Stirn. »Wenn du mich wirklich für so skrupellos hältst, dann sollten wir den Besuch der Abbey vielleicht lieber ausfallen lassen«, sagte er knapp. »Und vielleicht ist es auch keine gute Idee, deinen Dad in das Projekt einzubinden, wenn du glaubst, ich würde ihn nur an der Nase herumführen.«

Eine ganze Flut von Bildern schoss Rose durch den Kopf. Der erschütterte Optimismus ihres Vaters, Cassies ungläubiger Gesichtsausdruck und ihr eigenes, langweiliges, eintöniges Leben, in das sie drohte, wieder zurückkehren zu müssen.

»Nein!«, hörte sie sich selbst sagen. »Ignorier mich einfach. Es tut mir leid. Ich wollte dich ehrlich nicht beleidigen. Ich ...«

Er legte einen Zeigefinger auf ihre Lippen, und sie verstummte.

»Ich vergebe dir«, sagte er zärtlich. »Schwamm drüber, okay?«

»Okay.« Sie seufzte erleichtert auf. »Es tut mir wirklich leid, Gareth.«

»Lass uns das jetzt erst mal vergessen«, sagte er und schaute ihr tief in die Augen. »Du kannst das ja später wieder bei mir gutmachen.«

Rose verspürte einen Anflug von Panik, doch dann bemerkte sie sein Grinsen, und ihr wurde klar, dass er sie mal wieder auf den Arm genommen hatte. Sie lächelte zurück. Er war ein echter Witzbold.

»Ich hoffe, du hast nichts dagegen, Rosie, aber ich hab was für dich.« Er öffnete das Handschuhfach und holte ein kleines, silbernes Handy mitsamt Ladekabel heraus. »Es ist aufgeladen und eingerichtet. Ich weiß doch, wie unangenehm es dir ist, wenn wir über das Festnetztelefon miteinander sprechen. Jetzt kann ich dich ganz diskret in deinem Schlafzimmer anrufen.«

»Oh! Bist du sicher? Das war doch sicherlich teuer.«

»Natürlich bin ich mir sicher. Für mein Mädchen ist mir nichts zu teuer.«

Rose nahm das Handy mit leuchtenden Augen an. »Danke!«

»Ich fühl mich besser, wenn ich weiß, dass du mich jederzeit kontaktieren kannst.« Er beugte sich vor und küsste sie auf die Wange. »Wenn du möchtest, meine ich natürlich.«

Ein warmes Gefühl breitete sich in ihrem Solarplexus aus. Cassie würde vor Neid grün werden.

Sie lief rot an. »Das ist wirklich nett von dir.«

»Ich hab noch was.« Er langte auf den Rücksitz. »Bevor wir weiterfahren, möchte ich dir noch das hier geben. Tut mir leid, dass es nicht eingepackt ist.«

Er reichte ihr ein ziemlich abgenutztes, olivgrünes Buch mit Stoffeinband und verblasster goldener Schrift auf dem Cover. Sie schaute genauer hin und versuchte, den Titel zu lesen.

»Es ist ein Buch mit Gedichten von Byron«, erklärte er.

»Oh, danke!«, sagte Rose atemlos, schlug die vergilbten Seiten auf und atmete den typischen muffigen Duft eines echt alten Buchs ein. »Es ist wunderschön.«

»Da steht auch unsere Elegie drin, schau!« Er nahm ihr das Buch aus der Hand, blätterte zur richtigen Stelle und öffnete die Seiten.

»Hier ist sie.«

Rose bemerkte, dass Gareth mit Bleistift eine Zeile hinzuge-fügt hatte, die nun lautete: *Meine Rose ist hier.*

»Meine Rose«, sagte er, als sie die Worte im Stillen las. »Niemals werde ich zulassen, dass dich mir jemand wegnimmt.«

DREIUNDZWANZIG

ROSE

Heute

Manchmal ist das Elend ein Trost für die Seele ... wie ein bitterer Wickel.

Seit so vielen Jahren legt sich die Trauer wie ein schwerer Umhang um mich, sobald ich durch die Tür trete, sobald ich in die Zimmer voller Erinnerungen und Gegenständen meiner Familie komme.

Sechzehn Jahre, nachdem es passiert ist, habe ich immer noch nicht das Gefühl, bereit zu sein, das alles hinter mir zu lassen.

Ich will weder meiner Familie noch der Vergangenheit entkommen. Durch meine Entdeckung bin ich gezwungen, den tiefen Schmerz von damals erneut zu durchleben.

Jetzt sitze ich in meiner Küche und kann fast Billys Füße die Treppe hinauf- und hinuntertrampeln hören, Mums Schreien, dass er leise sein soll, und Dads frustriertes Aufstöhnen im Wohnzimmer, weil Forest schon wieder ein Tor durchgelassen hat.

Sonst erinnert mich die Stille daran, wie einsam ich bin.

Und im Hintergrund tickt wie immer die Westminster-Kaminuhr mit Glockenspiel aus den 1930er-Jahren, auf die meine Mutter so stolz war. Immer wieder hat sie uns erzählt, dass sie sich seit Jahren im Besitz ihrer Familie befindet, eine wertvolle Antiquität und Tausende von Pfund wert war.

Nach ihrem Tod habe ich ähnliche Uhren bei eBay herausgesucht und festgestellt, dass man dafür höchstens fünfzig Pfund bekam.

Ich bin froh, dass Mum das nicht wusste. In unserem Leben gibt es immer wieder kleine Dinge, die für andere unwichtig sind, uns jedoch mit einem Sinn und einem Glauben erfüllen.

Im Haus gibt es noch jede Menge anderen Kram. Dads Schallplattenspieler, Mums Nähkästchen und Billys zerschlissene Filzpantoffeln. Ich hebe all diese Sachen im Wohnzimmer auf, damit ich sie abends, wenn ich fernsehe oder lese, in meiner Nähe habe.

Manchmal schaue ich sie an und habe das Gefühl, dass sich seit jenem Tag vor sechzehn Jahren nichts verändert hat.

Für manche Leute mag sich das armselig anhören. Sie wissen, welche ich meine. Die von der Sorte »es ist Zeit für einen Neuanfang«.

Diesen Satz habe ich gut und gern tausendmal gehört, immer gemurmelt von Leuten, die es gut meinen, aber noch nie in ihrem Leben neu anfangen mussten.

Die nie eine neue Existenz auf der Asche einer Tragödie aufbauen mussten.

Ein Neuanfang kann niemals auslöschen, was passiert ist, oder das Geschehene wiedergutmachen.

Doch meine Entdeckung von heute Vormittag ist wie Benzin auf der Glut meiner Trauer, und ich weiß jetzt, dass sich alles, was ich zu wissen geglaubt hatte, bereits verändert hat.

VIERUNDZWANZIG

ROSE

Heute

Der Gedanke daran, was ich finden könnte, wenn ich weiter in Ronnies Haus herumstöbere, erfüllt mich mit Grauen, aber instinktiv weiß ich, dass jetzt nicht die Zeit zum Zaudern ist.

Zum Glück liegt er noch im Krankenhaus. Das könnte meine einzige Chance sein.

Ich schlucke den bitteren Geschmack in meinem Mund herunter, greife nach dem Telefon und wähle die Nummer des Krankenhauses mit der Durchwahl zur Station, auf der Ronnie liegt.

»Ich ... ich wollte nur nachfragen, wie es Ronnie Turner geht«, stotterte ich, als jemand den Anruf entgegennahm. »Und fragen, wann er voraussichtlich entlassen wird. Ich kümmere mich um sein Haus, wissen Sie.«

Die Pflegerin legt kurz eine Hand auf das Mikrofon, und ich höre, wie sie mit jemandem spricht. Alle Geräusche und Stimmen sind gedämpft. Ich stelle mir vor, wie Ronnie in seinem Krankenhausbett liegt. Macht er sich gerade Sorgen, was ich in seiner Abwesenheit finden könnte?

»Hallo?«, fragt die Pflegerin ungeduldig, und mir wird klar, dass sie schon zuvor etwas zu mir gesagt hat.

»Tut mir leid«, sage ich. »Ich höre.«

»Es geht ihm gut, es gibt noch kein genaues Datum für seine Entlassung, aber lange sollte es nicht mehr dauern.«

Ich danke ihr und beende das Gespräch.

Offen gesagt mache ich mir keinen Kopf mehr darum, wie es Ronnie geht. Ich bin erleichtert, dass er aus dem Weg ist und ich weitere Nachforschungen betreiben kann.

Ich muss so viele Beweise sammeln wie möglich, bevor ich zur Polizei gehen kann.

Fünfzehn Minuten später bin ich wieder nebenan.

Mit klammen Händen fest am Geländer steige ich die Treppe hinauf. Ich traue meinem Gleichgewichtssinn gerade nicht.

Die Luft um mich herum ist geschwängert von meiner eigenen Angst, und dennoch weiß ich, dass sich hier nichts verändert hat. Was ich heute Vormittag in Ronnies Gäste-zimmer entdeckt habe, war *immer* dort.

Jedes Mal, wenn ich in der Küche der Turners saß und mit Sheila geplaudert habe.

Jedes Mal, wenn Mum und Dad vorbeigekommen sind, um ihnen für ihre Hilfe zu danken.

Jedes Mal, wenn Ronnie mit mir auf dem Friedhof war.

Billys Decke ist die ganze Zeit hier gewesen, vergraben, wie mein Bruder in der kalten, harten Erde.

Mein Herz schlägt mir bis zum Hals. Ich könnte schwören, dass man es in der ohrenbetäubenden Stille hören kann. Ich weiß nicht, ob es mich warnen will oder mich zum Weitergehen drängt, aber ich weiß, dass ich das hier tun muss.

Ich schulde es Mum und Dad.

Ich schulde es meinem armen, toten Bruder.

Systematisch packe ich jeden einzelnen Karton vollständig aus und anschließend wieder ein, bevor ich zum nächsten übergehe.

Ich weiß nicht, wonach ich suche, aber ich mache immer weiter.

Ich habe drei Stunden, bis ich bei der Arbeit sein muss, aber weil das Krankenhaus nicht davon ausgeht, dass Ronnie in nächster Zukunft entlassen wird, habe ich auch nicht vor, mich krankzumelden. Die nächsten Tage sollten mir dicke reichen, hier fertig zu werden.

Ich bin gerade mit ungefähr einem Drittel der Kartons durch, als ich aufstehe, stöhne und mir die Hände in den unteren Rücken drücke. Meine Klamotten sind mir viel zu weit, aber ich bin völlig unfit und versteift. Mein Rücken tut mir inzwischen heftig weh.

Ich beuge mich vor und stütze mich eine Weile ab, bevor ich mich auf in Ronnies Schlafzimmer mache.

Alles, was ich hier sehe, setzt weitere unwillkommene Assoziationen in Gang: ein Paar schäbige, schwere Stiefel, die neben dem Eichenschrank stehen, ein Spazierstock mit einem Wolfskopf aus Messing als Griff, ein massiver Briefbeschwerer aus Glas auf dem Nachttisch.

Alles völlig gewöhnliche Gegenstände, es sei denn, man bringt sie mit einem Monster in Verbindung. Mit einem Mörder.

Ist Ronnie Turner ein Mörder? Ein Monster?

Ich ignoriere das berückende Gefühl in meiner Brust und gehe weiter. Durchsuche ein paar Schubladen, wühle im Kleiderschrank herum, sehe unter dem Bett nach. Ich öffne einen verstaubten alten Ottomanen aus Holz am Bettende und finde darin jede Menge gestreifte Bettwäsche aus gebürsteter Baumwolle, wie sie auch meine Granny hatte, als ich noch klein war.

Vorsichtig nehme ich alles heraus und packe es anschließend wieder genauso ein, wie ich es vorgefunden habe.

Das ist alles.

Ich finde absolut nichts.

FÜNFUNDZWANZIG

Sechzehn Jahre zuvor

»Es tut mir leid, dass ich gesagt habe, dass wir kommen würden, Gareth. Es dauert wirklich nicht lange, versprochen.« Rose lag auf ihrem Bett und sprach flüsternd in ihr Handy. »Cassie will dich halt unbedingt kennenlernen. *Jeder* will dich kennenlernen.«

»Wir bleiben aber höchstens eine halbe Stunde«, antwortete Gareth.

»Ich weiß. Das habe ich ihr bereits gesagt.«

»Wenn du sagst, dass mich *jeder* kennenlernen will, wen genau meinst du damit?«

»Nur meine Freunde. Beth, Carla, Clare.« Rose dachte angestrengt nach. »Andy, Pete und Jed, Cassies Bruder und vermutlich ein paar seiner Kumpels.«

Er schwieg eine ganze Weile. Dann sagte er: »Da sind auch Männer dabei? Davon hast du nie etwas erwähnt.«

»Das sind nur ein paar Typen vom College.« Rose zuckte die Achseln und fixierte eine Stelle an der Decke, an der der

Putz bröckelte. »Wir chillen manchmal zusammen in der Mittagspause.«

»*Du* hältst sie vielleicht nur für Freunde, aber ich garantiere dir, dass Männer grundsätzlich anderes im Sinn haben. Die wollen dir ans Höschen.«

»Gareth! Das ist ja eklig!«

»Eklig trifft es sehr genau. Was glaubst du denn, was die Leute hinter deinem Rücken über Mädchen reden, die ihre Mittagspause mit Jungs verbringen?«

»Wir quatschen doch nur. Wir sind halt alle im selben Kurs.« Immer wieder passierte ihr das. Sie machte den Mund auf, ohne nachzudenken, und brachte Gareth mit irgendetwas gegen sie auf. »Tut mir leid«, sagte sie versöhnlich.

Das Schweigen am anderen Ende der Leitung dauerte so lange, dass Rose das Handy vom Ohr nahm und überprüfte, ob die Verbindung vielleicht beendet war.

»Hallo?«

»Gib mir Cassies Adresse. Wir treffen uns um acht dort.«

»Tut mir leid, wenn ich dich aufgebracht habe«, sagte sie erneut, nachdem sie ihm die Adresse genannt hatte. »Da ist nichts dabei, wirklich nicht. Wir chillen nur manchmal zusammen.«

»Mir gefällt das nicht, Rose«, murmelte er. »Ich hätte dich nicht für die Art Mädchen gehalten, die mit männlichen Kommilitonen flirtet.«

Und wieder machte sie den Mund auf, ohne nachzudenken. »Du versuchst mir einzureden, dass das irgendwie verwerflich wäre, aber das ist es wirklich nicht. Wir sind einfach nur Kumpel. Warum verstehst du das nicht?«

Eigentlich erwartete sie, dass eine ähnlich angriffslustige Entgegnung käme, doch nach einer kurzen Pause war seine Stimme sanft und versöhnlich.

»Warum denkst du immer so schlecht von mir, nach allem, was ich für dich und deine Familie tue? Ich versuche doch nur, auf meine Freundin aufzupassen. Tut mir leid, wenn dich das stört, Rose.« Er klang aufrichtig besorgt.

»Entschuldige«, antwortete sie zerknirscht. Er hatte sie seine Freundin genannt. Das hatte er tatsächlich gesagt, und auch mit allem anderen hatte er recht. Er hatte so viel getan, um die Hoffnung und das Vertrauen ihres Vaters wiederherzustellen. Warum konnte sie nicht einfach glücklich sein?

»Mir gefällt der Einfluss von Cassie nicht, Rose. Dir vertraue ich bedingungslos, aber deine Freundin scheint leider keine Moral zu kennen.«

Rose verspürte den Drang, Cassie zu verteidigen, doch sie sagte nichts. Sie wollte eine unschöne Situation nicht noch unschöner machen.

Sie schluckte das ungute Gefühl hinunter, das jedes Mal in ihr aufstieg, wenn Gareth verärgert war. Erst letzte Woche hatte sie einen Artikel in einer Zeitschrift gelesen, in dem Frauen vor den Anzeichen gewarnt wurden, dass sie sich in einer Beziehung mit einem kontrollsüchtigen Mann befanden: Wenn man ständig auf rohen Eiern läuft, aus Angst, das Falsche zu sagen. Das machte ihr Sorgen.

»Versprich mir, dass du damit aufhörst. Und nicht mehr die Mittagspausen mit männlichen Wesen verbringst.« Gareth seufzte. »Ich bin doch nur so, weil du mir wichtig bist, Rose. Du bist mir so wichtig, dass es mir manchmal körperlich wehtut.«

Sie konnte kaum glauben, dass sie diese wunderschönen Worte wirklich von seinen Lippen kommen hörte.

»Ich verspreche, dass ich damit aufhöre«, sagte sie und vergab ihm seine Unterstellungen von vorhin sofort.

Er versuchte nicht, sie zu kontrollieren, das war ihr jetzt klar. Sie war Gareth *wichtig*.

Vielleicht war sie so sehr daran gewöhnt, von ihren Eltern angeschnauzt zu werden, die sich ständig stritten, dass sie vollkommen vergessen hatte, wie es sich anfühlte, wenn sich jemand um sie kümmerte. Jemand, dem sie wirklich wichtig war.

Rose ging davon aus, dass das manchmal bedeutete, dass der andere Sachen sagte, die sie nicht unbedingt hören wollte.

Kurz darauf beendete Gareth das Gespräch, weil er noch wichtige Unterlagen bearbeiten musste.

Rose konnte seine Verärgerung darüber verstehen, dass sie ohne sein Wissen einer Verabredung mit ihren Freunden zugesagt hatte, aber Cassie hatte ihr schier das Ohr abgekaut, so unbedingt wollte sie ihn kennenlernen.

Wie auch immer, sie hatte keinen Grund, sich schuldig zu fühlen, beschloss sie. Es war doch völlig natürlich, dass sie wollte, dass er ihre Freunde kennenlernte, oder? Hoffentlich würde es seine Zweifel ausräumen, wenn er sah, dass ihre Clique völlig harmlos war.

Sie waren nun schon eine ganze Weile zusammen und konnten ihre Beziehung immer noch vor ihrem herrischen Vater geheim halten, der, wie durch ein Wunder, inzwischen Gareths größter Fan war.

Es fühlte sich an, als ob ihre Beziehung immer stärker werden würde.

Sie spürte das.

SECHSUNDZWANZIG

Sechzehn Jahre zuvor

Rose hatte mit Cassie verabredet, direkt nach dem College zu ihr zu gehen, um ihr bei den Partyvorbereitungen zu helfen.

Sie ging direkt nach oben, vorbei an Jed und seinen johlenden Kumpels, die sich im Wohnzimmer einem Computerspiel hingaben. Rose schob den Gedanken daran, wie verärgert Gareth wäre, wenn er sie hören könnte, beiseite.

»Die sind gleich weg«, versicherte Cassie Rose, als sie oben in ihrem Zimmer ankam. »Immerhin haben wir so Zeit, uns fertig zu machen. Heute Abend ist die Gelegenheit, Gareth zu zeigen, wie erwachsen und glamourös du aussehen kannst.«

Rose wollte gerade einen Einwand vorbringen, überlegte es sich dann jedoch anders. Es wäre sowieso sinnlos gewesen. Also konnte sie Cassie genauso gut machen lassen.

Zwanzig Minuten später trug Cassie mit einem Schwung die letzte Schicht Mascara auf und verkündete: »Tada!«

Rose drehte sich um und betrachtete ihr Spiegelbild. Cassie hatte ihre Augen stark geschminkt, viel stärker als beim letzten Mal. Mit dem pflaumenfarbenen Lippenstift und den rosa schimmernden Wangen sah Rose eher aus wie eine bemalte Puppe. Und das nicht im positiven Sinne.

Cassie runzelte die Stirn. »Halte deine Begeisterung bloß nicht zurück.«

»Tut mir leid. Das sieht toll aus, du hast ganze Arbeit geleistet, Cass.« Rose presste die Lippen aufeinander. »Ich weiß nur nicht, ob der Look wirklich zu mir passt.«

»Red keinen Unsinn! *Natürlich* passt der Look zu dir. Du siehst völlig anders aus.«

»Ich weiß, und genau das ist das Problem. Ich bin mir nicht sicher, ob es Gareth gefällt, wenn ich ...«

»Vergiss Gareth. Wichtig ist nur, was *dir* gefällt, und du willst doch glamourös aussehen, oder?« Cassie toupierte und zerzauste ihr Haar, bis Rose wie eine verrückte Wilde aussah. »Es wird ihm gefallen, vertrau mir. Und überhaupt ist er dein Freund, nicht dein Aufseher.«

Rose seufzte und setzte sich auf das Bett, während sie dabei zusah, wie ihre Freundin sich die Augen mit den Farben des Regenbogens schminkte.

»Von denen habe ich zwei.« Cassie hielt zwei ausgesprochen knappe Hotpants hoch – eine in Schwarz und eine in Pink. »Und ich habe zwei dazu passende enge weiße Tops.«

Rose weigerte sich, sich in den Hotpants zum allgemeinen Gespött zu machen, zog jedoch das Top über und fand, dass es an den richtigen Stellen ausgesprochen gut passte.

Sie betrachtete sich von allen Seiten im Spiegel, bewunderte ihre schlanken Kurven und stellte sich vor, wie Gareth reagieren würde, wenn er sie so weiblich sah.

Als sie hörten, dass Jed mit seinen Kumpels in den Pub aufbrach, gingen die beiden Freundinnen nach unten und begannen mit den Vorbereitungen für die Party.

Während Cassie aufräumte und die Musik-CDs ordnete, schüttete Rose Chips und Nüsse in Schalen und verteilte sie in dem schäbigen Wohnzimmer.

Dann schleppten sie die großen braunen Bierflaschen und die Alkopops, die Cassie hinter dem baufälligen Gartenschuppen versteckt hatte, damit Jed und seine durstigen Freunde sie nicht fanden, durch den Garten ins Haus.

Als Rose auf die Uhr schaute, stellte sie überrascht fest, dass es schon halb acht war. Cassie befand sich gerade im Badezimmer, als es an der Haustür klopfte. Rose rief zu ihrer Freundin nach oben, doch als sie keine Antwort bekam, öffnete sie zögerlich die Tür. Und wich dann überrascht zurück.

»Gareth, du bist aber früh dran!«, rief sie aus. Dann trat sie lächelnd auf ihn zu und streckte ihm das Gesicht entgegen in Erwartung eines Kusses. »Es ist noch niemand zur Party da, aber komm rein, dann kannst du Cassie kennenlernen.«

Gareth bewegte sich nicht.

»Stimmt was nicht?«, fragte sie, trat einen Schritt zurück und schaute ihn mit großen Augen an.

»Was hast du denn mit dir angestellt?« Seine Stimme klang tief und merkwürdig.

»Du meinst das hier?« Grinsend deutete sie mit dem Finger auf ihr Gesicht und ihre Haare. »Cassie hat mich für die Party zurechtgemacht. Ich ... ich wollte heute Abend gut für dich aussehen.«

Rose lächelte zwar, spürte jedoch, wie sie unter ihrer dicken Make-up-Schicht rot anlief.

Da er nichts sagte, legte sie ihre Hände auf seine Schultern.

»Ich freue mich, dass du hier bist«, meinte sie lächelnd.

»Rose«, sagte er langsam. »Du siehst nicht wie du selbst aus. Absolut nicht.«

»Genau das war der Plan«, sagte sie kichernd. Sein schockierter Gesichtsausdruck freute sie. Wenn er sie bisher als kleine Studentin betrachtet hatte, sah er sie mit ihrem neuen Image nun offensichtlich mit anderen Augen. »Ich wollte zur Abwechslung mal glamourös aussehen.«

»Aber du siehst billig aus, Rosie.«

Er musterte das enge Top, das sich an ihren Körper schmiegte, und sie verschränkte die Arme vor der Brust.

»Du brauchst dieses ganze Zeug auf deinem hübschen Gesicht nicht.« Er betrat die Küche und packte sie an den Oberarmen. »Du brauchst deinen Körper niemandem so zu präsentieren. Das passt nicht zu dir, Rose.«

Ihr wurde heiß, und ihr Magen rumorte, als müsste sie sich jeden Moment übergeben. Sie hatte sich von Cassie überreden lassen, etwas anderes auszuprobieren, und der Schuss war gehörig nach hinten losgegangen.

Gareth zog sie an sich heran und schlang die Arme um sie. »Du bist wunderschön, genau so, wie du bist, Rose, eine *natürliche* Schönheit. Du braust dieses ganze Zeug nicht.« Er leckte an seinem Finger, legte ihn auf ihre Lippen und zog ihn dann langsam über ihre Wange.

Tränen traten ihr in die Augen, als sie spürte, wie ihr Lippenstift über ihr Gesicht schmierte. Scham stieg in ihr auf, prickelte unter ihrer Haut und schwamm in ihren Augen.

»Ich wollte dir doch nur zeigen, wie erfahren ich aussehen kann«, schluchzte sie. Die Tränen liefen nun unkontrolliert über ihre Wangen, und sie wäre am liebsten im Boden versunken.

Gareth wischte sich die verschmutzten Finger an der Vorderseite ihres Tops ab und drückte sie dann an sich. Seine Brust fühlte sich massiv und verlässlich an. Es tat ihr leid, dass sie ihn so verärgert hatte, doch gleichzeitig verstand sie nicht, warum er so wütend war.

»Ich möchte nicht, dass du erfahren aussiehst. Du gefällst mir frisch und natürlich.« Gareth küsste sie auf den Haaransatz und beugte sich dann herunter, um ihr ins Ohr zu flüstern: »Du gefällst mir, wenn du jung aussiehst.«

Gänsehaut bildete sich auf ihren Unterarmen, und sie löste sich von ihm.

»Was meinst du damit, dass ich dir gefalle, wenn ich *jung* aussehe?«

Das klang so ... irgendwie ekelhaft. Als ob Gareth ein Perversling wäre.

Er lachte und zog sie wieder an sich.

»*So* meine ich das nicht, Dummerchen. Ich meinte, ich möchte, dass du wie du selbst aussiehst: jung und unerfahren. Nicht wie irgendeine angemalte ...« Er zögerte. »Nicht wie Cassie.«

Warum hatte er das gesagt? Er hatte Cassie noch nicht einmal gesehen!

Aber sollte sie sich darüber aufregen, dass er sie so mochte, wie sie war, und nicht die sexy und glamouröse Version? Die meisten Frauen wären glücklich darüber.

»Ich will nur das Beste für dich, Rosie, das kannst du mir glauben.« Er hielt sie zärtlich in den Armen, und sie stieß einen Seufzer der Erleichterung aus.

Das war es also. Er dachte nur an sie.

Er dachte immer an sie.

SIEBENUNDZWANZIG

Sechzehn Jahre zuvor

Rose hörte Cassies hüpfende Schritte durch die Decke über ihren Köpfen.

Sie löste sich aus Gareths Umarmung und wischte sich hastig die feuchten Augen mit dem Handrücken ab. Dieser war anschließend schwarz und lilafarben verschmiert, und sie wollte sich gar nicht vorstellen, wie ihr Gesicht nun aussah.

Sie blickte hinunter auf ihre Brust und auf den deutlich roten Fleck, den Gareth auf ihrem blütenweißen Top hinterlassen hatte.

Cassie erschien am Fuß der Treppe.

»Cassie, das ist Gareth«, sagte Rose hastig und schluckte ihre eigene Panik herunter.

»Was um Himmels willen ist denn mit deinem Make-up passiert?«

»Ich ... ich glaube, ich mach's lieber ab, Cass.«

Cassie runzelte die Stirn, schaute Gareth an, verengte die Augen und zählte eins und eins zusammen. »Hast du sie zum Weinen gebracht?«

Zuerst antwortete Gareth nicht. Sein Blick wanderte von ihrem engen Top über ihre noch engeren pinkfarbenen Shorts und ihre Beinen, die durch den Fake-Tan orange glitzerten, bis zu ihren High Heels mit Schnürung. Dann wanderte er wieder hoch bis zu ihrem stark geschminkten Gesicht.

Rose trat von einem Fuß auf den anderen.

»Bist du nervös, Rose?«, fragte Cassie und schob das Kinn nach vorn.

Gareths Mundwinkel verzogen sich, als würde er etwas Ekliges schmecken. »Und selbst wenn ich Rose zum Weinen gebracht habe, was geht *dich* das?«

Entsetzt schaute Rose von einem zum anderen. Ihre beste Freundin und ihr neuer Freund kriegten sich bereits in die Haare. So hatte sie sich das nicht vorgestellt.

»Es geht mich etwas an, weil sie meine beste Freundin ist und reizend aussah, bevor du hergekommen bist.«

»Du siehst auch reizend aus, Cassie«, sagte Rose kleinlaut.

Gareth warf den Kopf zurück und lachte. »Reizend ist eine interessante Wortwahl, Rose.«

»Lässt du es etwa zu, dass er so mit mir redet?« Cassie starrte Rose mit vor Empörung funkelnden Augen an.

Rose stand schweigend da und schaute zu Gareth. Seine Arme hingen an den Körperseiten herunter, und die Finger tippten aneinander.

»Geh rauf und wasch dir das Gesicht, Rose«, sagte Gareth ruhig. »Und dann gehen wir.«

»Aber die Party ...«, setzte Rose an.

»Du musst dich entscheiden, Rose«, sagte Cassie. »Entweder sagst du diesem ... diesem *Kerl*, den du gerade erst kennengelernt hast, dass er sich verpissen und aufhören soll, dich zu kontrollieren, oder du versetzt deine beste Freundin, die du seit dreizehn Jahren kennst, und gehst mit ihm. Es liegt bei dir.«

»Könnt ihr beide euch nicht einfach entschuldigen und neu

anfangen?«, platzte Rose heraus und schaute panisch von einem zum anderen. »Das ist doch furchtbar. So sollte das nicht laufen.«

Gareth nahm ihre Hand. Seine Finger fühlten sich sanft und kühl an. Er drückte zärtlich und ermutigend zu.

»Geh rauf und wisch dir das Zeug vom Gesicht, Rosie. Sei ein braves Mädchen«, sagte er und zeigte das Lächeln, das ihre Knie weich werden ließ. »Ich führe dich zum Essen aus. Irgendwohin, wo es schön und romantisch ist. Nur wir beide.«

Rose schaute erst ihn an und dann Cassie. Die beiden lieferten sich ein Blickduell. Ihr wurde von der Anspannung ganz übel.

Die Hintertür stand einen Spalt offen, und sie konnte Vögel in Cassies kleinem, vernachlässigtem Garten singen hören. Die Luft war warm, doch um diese Jahreszeit noch nicht drückend schwül. Während sie da stand und fassungslos überlegte, was sie tun sollte, streifte eine kühle Brise ihre klamme Haut.

Der heutige Abend hätte perfekt werden sollen. Stattdessen war nun alles ruiniert.

Um fair zu sein, hatte Cassie Gareth sofort angegriffen, kaum dass sie die Treppe hinuntergekommen war. Rose wusste, dass sie sie nur schützen wollte, aber dennoch ...

Sie ließ Gareths Hand los und ging auf die Treppe zu.

»Tut mir leid, Cassie«, sagte sie. »Ich kann nicht bleiben.«

»Wenn das deine Entscheidung ist, ist das eben so.« Cassie drehte sich um und schaute aus dem Fenster. »Wenigstens weiß ich jetzt, woran ich bin.«

Gareth zwinkerte ihr zu, als sie an ihm vorbeiging.

Als sie oben ihr Gesicht mit Seife abschminkte, überlegte Rose, ob sie sich in der Küche wohl immer noch anstarrten.

Sie waren beide stur und weigerten sich, zuerst aus dieser stillen Schlacht auszusteigen.

———

Eine volle Woche verging, in der Cassie keinen Anruf von Rose annahm und ihr auch nicht die Tür öffnete.

Sie hatte Rose jeden Tag am College standhaft ignoriert und sie bloßgestellt, indem sie sich einer Clique anderer Kommilitoninnen anschloss, mit denen sie sich normalerweise nicht freiwillig abgegeben hätten. Sie kicherten jedes Mal, wenn Rose an ihnen vorbeiging, weshalb sie ihnen so weit wie möglich aus dem Weg ging.

Als sie am Donnerstagnachmittag gehen wollte, drängte Cassie sie im Gemeinschaftsraum in eine Ecke. Roses Herz machte einen hoffnungsvollen Satz.

»Glaub bloß nicht, dass ich wieder mit dir befreundet sein will, Rose.« Cassie packte sie am Arm. »Du hast deine Entscheidung getroffen. Angesichts der schönen Zeiten, die wir miteinander hatten, muss ich dir jedoch etwas sagen.«

Rose hielt die Luft an und wartete. Sie hatte das mulmige Gefühl, dass diese Unterhaltung nicht gut enden würde.

»Sei vorsichtig mit Gareth Farnham. Wie lange kennst du ihn schon, so richtig?« Cassie wartete nicht darauf, dass Rose antwortete. »Drei oder vier Wochen, höchstens. Er ist ein totaler Kontrollfreak, Rose. Siehst du das denn nicht?«

Rose wand sich aus Cassies Griff und starrte ausdruckslos aus dem Fenster. Es war verständlich, dass Cassie Gareths Motive voreilig infrage stellte, aber sie sah nicht seine andere Seite – wie liebevoll er sie behandelte, als wäre sie zerbrechlich.

Aber jetzt war nicht der richtige Zeitpunkt, um ihr zu erklären, dass Gareth sie nur beschützen wollte und wie respektvoll er mit ihr umging, wenn sie allein waren. Cassie würde sie nur auslachen und sich vermutlich mit ihren neuen Freundinnen über sie lustig machen.

Andererseits hatte Rose auch nicht vor, sich Cassies verbitterte Anschuldigungen anzuhören. Gareth hatte sie davor gewarnt, dass genau das hier passieren würde. Er hatte gesagt, dass er sicher war, dass Cassie den Streit letzte Woche bei ihr mit Absicht vom Zaun gebrochen hatte, weil sie eifersüchtig auf die Beziehung zwischen Rose und Gareth war.

»Du willst es vermutlich nicht hören, aber er kontrolliert dich, Rose. Er kontrolliert dein Aussehen, mit wem du dich abgibst ... er kontrolliert sogar deinen eigenen Vater, jetzt, wo er ihm ehrenamtlich beim Wiederbelebungsprojekt des Dorfes hilft.«

Rose seufzte, machte sich jedoch nicht die Mühe zu antworten.

Cassie hatte sonst niemanden. Carolyn, Cassies Mutter, erlaubte ihr und Jed absolut alles. Carolyn verbrachte deutlich zu viel Zeit trinkenderweise bei Cassies Tante Noreen in Mansfield Woodhouse.

Rose war die Person, die Cassie ihr ganzes Leben am nächsten gestanden hatte, und jetzt war sie verbittert und wütend. Sie hatte ehrlich gehofft, dass Cassie und Gareth Freunde werden könnten, aber jetzt hatte sich Cassie gegen beide gewendet. Und zwar richtig.

»Rose, du tust alles, was Gareth dir sagt, und das ist nicht okay. Du hast sogar erzählt, dass er bestimmt, welche Sorte Eis du essen sollst. Er nimmt dir deine eigene Persönlichkeit, merkst du das denn nicht?«

Rose bereute inzwischen zutiefst, Cassie so viel über ihre Dates erzählt zu haben.

»Es tut mir leid, dass es so weit gekommen ist, Cassie«, sagte Rose ruhig. »Aber Gareth liebt mich. Er will nur mein Bestes, und wenn du das ›kontrollieren‹ nennst, dann ist das dein gutes Recht.«

»Red dir das ruhig ein. Ich versuche nur, dir deutlich zu machen, was hier gerade passiert«, entgegnete Cassie eindringlich und kam mit ihrem Gesicht nahe an das von Rose. »Wenn er so toll ist, warum trifft er sich dann hinter dem Rücken deines Vaters mit dir? Vielleicht sollte jemand mal deine Eltern darüber informieren, was genau da vor sich geht. Dann wäre die Sache mit dem schleimigen Gareth Farnham erledigt.«

Rose erschrak, doch bevor sie etwas entgegnen konnte, stürmte Cassie davon.

ACHTUNDZWANZIG

Sechzehn Jahre zuvor

Roses Arbeit war für eine Sonderausstellung in der College-Galerie ausgewählt worden. Dort sollte sie diesen Freitag gezeigt werden, doch Rose blieb zu Hause und behauptete ihrer Mutter gegenüber, sie fühle sich nicht wohl.

Ihre Eltern waren beide unterwegs. Ray arbeitete am Wiederbelebungsprojekt. Erst gestern Abend hatte er Rose stolz erzählt, dass Gareth ihm die Aufgabe zugeteilt hatte, sich um die Organisation der anderen Ehrenamtlichen zu kümmern.

»Er hat erkannt, dass in mir eine Menge unentdeckter Fähigkeiten schlummern, noch aus meiner Zeit in der Zeche«, prahlte Ray. Rose lächelte in sich hinein, als er die Brust schwelte wie einer der Pfauen an der Newstead Abby. Es war schön, ihn so motiviert zu erleben. Als positiver Nebeneffekt war er weniger streitlustig, sodass sich die Atmosphäre zu Hause ungemein gebessert hatte. »Außerdem kenne ich alle, die dort aushelfen, und ich weiß auch, wer was gut kann.«

Stella versorgte die Leute auf der Baustelle mit Snacks und Getränken, um alle bei Laune zu halten. Gestern Abend hatte sie Pfannkuchen herausgebraten und Muffins gebacken und in der Küche fröhlich vor sich hin gesummt. Rose hatte ihre Eltern noch nie so engagiert bei etwas gesehen, das ihnen beiden wichtig war.

Man konnte ihn hassen oder lieben, aber Gareth hatte ihr monotones Leben grundlegend verändert.

Um halb eins ging Rose zu Gareths kleinem Apartment, wie sie es verabredet hatten, als sie ihm zuvor getextet hatte, dass sie mit ihm reden müsse. Just in diesem Moment pingte ihr Handy mit einer Nachricht von ihm, dass er seine Mittagspause etwas verschieben müsse und deshalb zehn Minuten zu spät komme.

Sie wartete neben dem Haus, außer Sichtweite der neugierigen Nachbarn. Gareths Wohnung lag im ersten Stock eines neuen Wohngebäudes, das von vorne wie ein Einfamilienhaus aussah, in dem sich jedoch vier kleine Apartments befanden.

Sie erschrak, als eine gebeugte Gestalt mit zwei großen Müllsäcken in den Händen erschien. Rose hatte den Mann zuvor schon mal im Dorf gesehen und hielt ihn für den Großvater einer Kommilitonin, war sich jedoch nicht sicher. Zwar kannte sie die meisten Dorfbewohner vom Sehen, aber nicht immer beim Namen.

»Wer sind Sie denn?« Der bucklige alte Mann starte sie mit wässrigen blauen Augen an.

»Ich warte nur auf meinen Freund«, erklärte sie rasch und betete, dass Gareth nicht ausgerechnet jetzt auftauchen würde. Dieser Mann mochte zwar alt sein, aber wenn er auch nur annähernd so war wie die anderen älteren Dorfbewohner, dann würde er ziemlich viel tratschen.

»Na, dann hoffe ich mal, dass es heute Abend nicht wieder so laut wird. Der Kerl in der Wohnung über mir macht gern Party.« Der Mann bedachte sie mit einem finsteren Blick und schob sich dann an ihr vorbei, um zu den Müllcontainern zu gelangen. Sie hörte das Scheppern des Metalldeckels, und als er auf dem Rückweg wieder an ihr vorbeikam, sagte er nichts.

Rose sah sich nervös um und fragte sich, wo Gareth wohl blieb.

Er hatte ihr noch keinen Schlüssel zu seiner Wohnung gegeben. Vielleicht würde er das auch erst tun, wenn sie schon länger zusammen waren.

Das erste Mal hatte Gareth Rose vor etwas über einer Woche zu sich eingeladen, bevor er und Cassie sich in die Haare gekriegt hatten.

»Das war's dann wohl«, hatte Cassie gesagt und geseufzt, als Rose ihr erzählt hatte, dass sie am Abend in seiner Wohnung vorbeischauen würde. »Sag tschüss zu deiner Jungfräulichkeit, Rose.«

Rose schüttelte vehement den Kopf, aber Cassie runzelte die Stirn. »Du hast es hier nicht mit einem unreifen Schuljungen zu tun. Gareth ist ein erwachsener Mann. Und du kommst rüber wie ein dummes Kind, wenn du dich zu lange zierst.«

»Ich werde mich nicht dazu drängen lassen, etwas zu tun, womit ich mich nicht wohlfühle«, entgegnete Rose bestimmt.

»Du bist wirklich ein hoffnungsloser Fall«, behauptete Cassie. »Beantworte mir eine Frage: Bist du scharf auf ihn, Ja oder Nein?«

»Ja!«

»Und willst du, dass eure Beziehung weitergeht?«

»Natürlich will ich das.«

»Was ist dann das Problem?« Cassie schüttelte frustriert den Kopf. »Es ist doch selbstverständlich, dass ihr in nächster Zukunft Sex habt. Es überrascht mich, dass er überhaupt so lange Geduld hatte.«

»Vielleicht ist es für dich selbstverständlich«, antwortete Rose mürrisch. »Aber ich fühle mich noch nicht bereit dazu, und außerdem hat er mich auf ein Abendessen und einen Film zu sich eingeladen, nicht zu einer Orgie.«

Cassie kicherte. »Du wirst *so was* von enden wie Miss Carter mit ihren Katzen.«

Rose schob sich einen halben Pringle in den Mund und starrte in den stummgeschalteten Fernseher. Gleich fing eine weitere Folge der Simpsons an.

»Wir könnten mal durchsprechen, was zu tun ist, wenn du magst. So eine Art *Vorspiel*«, witzelte Cassie.

»Nein, danke«, lehnte Rose höflich ab. »Könntest du bitte den Ton vom Fernseher anmachen?«

Später bei Gareth zu Hause wünschte Rose, sie hätte Cassies Angebot, ihr zu erzählen, ›was zu tun ist‹, angenommen. Von der Mischung aus Aufregung und Angst wurde ihr ganz übel.

Der Abend war nicht ganz so romantisch geworden, wie sie ihn sich vorgestellt hatte. Statt Kerzenschein gab es Tiefkühlpizza mit einem lauwarmen Bier für jeden. Rose hatte das ungute Gefühl, dass er das Essen so schnell wie möglich hinter sich bringen wollte. Nachdem sie die Teller abgeräumt hatte, nahmen sie auf dem Kunstledersofa Platz.

Gareth küsste sie auf die Lippen. Diesmal verweilten seine Lippen auf ihren, und sie erwiderte den Kuss erst, löste sich dann jedoch behutsam von ihm.

»Hey.« Er strich ihr über die Wange. »Alles gut, Baby?«

»Ja, alles bestens«, antwortete sie und versuchte vergeblich, cool zu klingen. »Gucken wir uns jetzt den Film an?«

»Entspann dich, Prinzessin.« Er schmunzelte. »Ist es nicht schön, Zeit miteinander zu verbringen? Nur du und ich, ohne dass dein nerviger kleiner Bruder uns stört.«

Er stupste sie an, um zu zeigen, dass er nur scherzte, aber sie mochte es gar nicht, wenn er so über Billy redete. Doch sie sagte nichts, weil sie den Abend nicht verderben wollte.

»Ja«, antwortete sie. »Es ist sehr schön, so zusammen zu sein.«

Er küsste sie erneut, und diesmal spürte sie das sanfte, aber bestimmte Drängen seiner Zunge in ihrem Mund. Dabei strich seine rechte Hand von ihrem Arm über ihre Brust.

Rose wich zurück. Seine Hand war zwar auf ihrer Kleidung, aber dennoch stieg Panik in ihr auf.

»Was ist denn los?« Er ließ die Hand fallen und schaute sie an.

»Nichts!«, erklärte sie atemlos. »Ich bin nur, du weißt schon, etwas nervös, das ist alles.«

Gareth lachte leicht. »Du hast absolut keinen Grund, nervös zu sein, Rose.«

»Ich weiß, aber ...«

»Aber was?«

»Ich bin nicht so gut in solchen Sachen. Ich habe noch nie ...« Ihr gesamtes Gesicht, ihr Hals und ihre Brust brannten. Sie kam sich völlig bescheuert vor. »Was ich meine, ist ...«

Sie presste die Lippen aufeinander. Das alles war dann doch zu unangenehm.

Gareth sog die Luft ein. »Versuchst du mir zu sagen, dass du noch Jungfrau bist, Rose?«

Sie nickte nur kurz und schaute auf ihre Hände. Ihr Herz und ihr Kopf pochten im schauerlichen Einklang.

»Das muss dir nicht peinlich sein.« Gareth strich zärtlich über ihre Finger. »Das wusste ich schon, und ich finde es toll.«

Sie schaute ihn an.

»Du *wusstest* es?«

»Ja. In dem Moment, als ich dich sah, dachte ich mir, ich habe eine echte Schönheit gefunden. Eine unverdorbene, unschuldige Schönheit in einem Meer von nuttigen Möchtegerns.«

»Gareth!«

»Aber es stimmt doch, Rose. Du bist wie frischer Wind. Du bist innerlich und äußerlich schön, und ich liebe dich.«

Sie schaute weg.

»Ich liebe dich«, wiederholte er. »Und deshalb möchte ich dir nahe sein. So nahe wie möglich.«

Die Haut ihrer Hände kribbelte. Sie wollte ihn festhalten und gleichzeitig ganz weit weg rennen.

»Ich muss dich einfach anfassen«, flüsterte er ihr ins Ohr. »Ich will ein Teil von dir sein ... in dir.«

Seine Hand strich über ihren Unterarm und ihren Körper hinauf, massierte ihre Brust durch die Kleidung. Rose hielt den Atem an. Sie schluckte den stillen Protest herunter.

Entspann dich, Rose, sagte sie zu sich selbst. *Entspann dich einfach.*

NEUNUNDZWANZIG

Sechzehn Jahre zuvor

Sie wollte ihn, sie wollte ihn wirklich. Doch dann wurde ihr schlecht beim Gedanken daran, dass sie überhaupt keine Erfahrung hatte in dem, was sie hier tat.

Wenn sie zu früh Sex hatten, konnte alles Mögliche schiefgehen. Unter anderem würde herauskommen, was für ein unerfahrenes, junges Dummerchen sie war. Ganz sicher war es besser zu warten, bis es sich mehr als etwas Besonderes anfühlte als jetzt und wenn sie sich wohler fühlte in ihrer Haut.

Gareth nahm die Hand weg, und sie hatte das Gefühl, wieder frei atmen zu können. Doch dann berührten seine Finger die Haut an ihrem Bauch, und blitzschnell huschte seine Hand unter ihr Oberteil und den Draht ihres BHs. Sie setzte sich kerzengerade auf, und seine Hand verschwand wieder.

»Hey ...« Er holte tief Luft, und sein Tonfall wurde schärfer. »Was ist denn los, Rose? Magst du mich denn gar nicht?«

»Doch! Natürlich. Ich bin nur ...«

»Dann *bitte*, lass uns miteinander schlafen. Ich habe bis

jetzt gewartet, weil ich dich absolut respektiere, das weißt du doch, oder?«

»Ja«, antwortete sie leise. Sie kämpfte immer noch damit, das Gefühl, dass ihr das alles viel zu schnell ging, abzuschütteln.

»Nun denn. Ich liebe dich, du liebst mich. Lass es uns tun, dann gehören wir richtig zueinander.«

Rose biss sich auf die Lippe, und Gareth schaute auf seine Hände.

»Ich wollte das eigentlich nicht erwähnen, aber seit ich hierher gezogen bin, haben sich mir alle möglichen Frauen an den Hals geworfen. Wusstest du das?«

Sie schaute ihn an. Das hatte sie nicht gewusst.

»Aber ich achte kaum auf sie, Rose, weil ich nur Augen für dich habe. Ich will nur *dich*.«

Cassies Worte hallten in ihrem Kopf wider, als sie gesagt hatte, dass Gareth sie kindisch finden würde, wenn sie sich nicht herrichtete. Er war ein Mann, kein pickeliger Student. *Natürlich* warfen sich die Frauen in der Gegend ihm um den Hals. Das war nur logisch. Junge Frauen wie Cassie, sie sich ohne zu zögern jedem hingaben.

Sie waren nun schon ein paar Wochen zusammen, und Gareth war stets der perfekte Gentleman gewesen. Er hatte sie zu nichts gedrängt. Sie wünschte, sie könnte ihm begreiflich machen, wie sie sich fühlte.

»Ich möchte einfach nur nichts überstürzen«, versuchte sie es erneut, obwohl sie sich selbst nicht leiden konnte, wenn sie so jämmerlich jung klang.

»Natürlich willst du das nicht, und ich auch nicht«, antwortete Gareth zärtlich. »Aber wir überstürzen ja auch nichts. Immerhin sind wir schon eine ganze Weile zusammen. Das hier ist einfach nur die natürliche Entwicklung unserer Beziehung. Vertraust du mir, Rose?«

»Klar.« Sie nickte, dachte jedoch bei sich, dass es dennoch

erst ein paar Wochen waren, egal wie er ihr das verkaufen wollte.

»Dann beweise es mir.« Sein Bein drückte gegen ihres. Sie konnte seinen heißen Atem an ihrer Wange spüren und erschrak, als seine Hand nun zwischen ihre Beine fuhr. »Es wird Zeit, Rose. Ich möchte, dass du mir gehörst.«

»Ich bin nur ...« Rose wand sich unter seinen fordernden Händen. »Ich weiß nicht, Gareth.«

Rose schluckte, als er sich plötzlich auf sie legte und sie mit seinem Gewicht nach unten drückte.

»Willst du die Meine sein, Rose?« Seine Zunge schob sich in ihren Mund, bevor sie antworten konnte.

Völlig starr lag sie unter ihm. Ihr gesamter Körper war eine brodelnde Masse. Sie konnte nicht einordnen, ob sie erregt war oder Angst hatte, konnte jedoch nur daran denken, dass sie wollte, dass er aufhörte.

»Liebst du mich?«, drängte er sie weiter, presste seinen Unterleib gegen ihren und nahm die Hand von ihrer Brust, um den Reißverschluss ihrer Jeans zu öffnen.

»Ja«, keuchte sie. »Aber ...«

»Dann entspann dich«, befahl er und löste den Knopf ihrer Hose. »Ich muss wissen, dass du zu mir gehörst, Rose. Ich will nur dich, das weißt du doch, und ich will, dass wir uns ganz nahe sind. Verstehst du?«

Rose wusste, dass es jede Menge Frauen in der Gegend geben musste, die ganz verrückt nach ihm waren. Und irgendwann musste es ja sowieso geschehen. Immerhin konnte sie nicht für den Rest ihres Lebens jungfräulich sein.

Immerhin war Gareth nett und liebte sie, und sie liebte ihn auch. Wirklich. Und ganz bestimmt würde sie niemals so enden wie Miss Carter, auch wenn Cassie ihr das scherzhaft prophezeit hatte.

»Ja«, flüsterte Rose, öffnete den Reißverschluss und zog die Jeans über ihre Hüfte. »Ich verstehe.«

Seitdem war sie fast jeden Tag in Gareths Wohnung. Sie gingen kaum noch miteinander aus. Kaum war sie dort, wollte er nichts anderes als mit ihr ins Bett.

Und jetzt war sie wieder hier und wartete in seiner Mittagspause auf ihn.

Sie hörte Schritte um die Ecke auf dem Weg zum Haus, und plötzlich stand er vor ihr.

»Tut mir leid, Prinzessin.« Er verdrehte die Augen. »Diese idiotischen Freiwilligen sind echt dumm wie Toastbrot. Die hätte man allesamt in der Mine verrotten lassen sollen, als sie geschlossen wurde.«

Er bemerkte ihren Gesichtsausdruck und lachte. »Ich meine natürlich nicht deinen Vater, Rosie, nur ein paar der anderen.«

Sie folgte ihm in seine Wohnung.

Er warf einen Blick auf seine Armbanduhr und wandte sich ihr zu. »Wollen wir für eine halbe Stunde ins Bett?«

Plötzlich kam ihr ein Gedanke. »Weißt du, wer unter dir wohnt?«

»Irgend so 'n alter Kerl.« Gareth zuckte die Achseln. »Warum?«

»Als ich draußen gewartet habe, hat dieser alte Kerl gesagt, dass der Mann über ihm letzte Nacht eine Party veranstaltet hat.«

»Aha. Ich war das jedenfalls nicht.« Gareth lachte höhnisch. »Vielleicht einer der anderen Mieter. Hey, was ist los, Süße? Du siehst aus, als hättest du was auf dem Herzen.«

»Ich ... ich wollte nur mit dir reden«, erklärte sie und spürte, wie ihr die Tränen in die Augen stiegen.

»Hey, nicht weinen, Rosie.« Er führte sie durch das kleine Wohnzimmer mit Küchenzeile.

»Ich weiß nicht, was ich ohne dich machen würde«, sagte

sie, als er ihr eine warme Hand auf die Schulter legte. »Du bist der einzige Mensch, der noch was mit mir zu tun haben möchte.«

»Ich bin immer für dich da, Rose, das weißt du doch«, flüsterte er und fuhr ihr mit den Fingern durchs Haar, wie er es gern tat. Manchmal zog er daran, sodass sich ihr Gesicht verzog. »Ich gehöre dir und du gehörst mir. Jeder Zentimeter von dir gehört mir, von deinen zauberhaften roten Haaren bis zu deinen süßen kleinen Zehen.«

Sie nickte erleichtert und dankbar und vergrub das Gesicht an seiner Schulter. Auf Gareth konnte sie sich verlassen.

Deshalb hatte sie zugestimmt, mit ihm zu schlafen. Er war zärtlich und zuvorkommend gewesen und hatte sogar behauptet, ihre Schüchternheit und fehlende Erfahrung machten sie nur umso liebenswerter.

DREISSIG

Sechzehn Jahre zuvor

Nach Jahren des Daseins als Couch-Potato schien ihr Vater mittlerweile irgendwie dauernd aus dem Haus und mit seiner Tätigkeit als Freiwilliger beim Wiederbelebungsprojekt des Dorfs beschäftigt zu sein.

»Er ist ein völlig neuer Mensch«, hatte Stella ihrer Tochter gegenüber mehr als einmal gesagt. »Wir haben Gareth Farnham so viel zu verdanken. Du solltest wirklich freundlicher zu ihm sein, wenn er hier ist, Rose.«

Aber Gareth hatte ihr gesagt, es sei wichtig, die Beziehung noch geheim zu halten. Wenn er also bei Rose zu Hause war, um mit ihrem Vater über das Projekt zu reden, machte sie sich deshalb rar.

»*Wir* wissen, dass ein Altersunterschied von zehn Jahren nichts ist, aber deine Eltern sind hoffnungslos altmodisch«, hatte er erklärt. »Ich pflanze die Saat, lasse sie aber denken, es wäre ihre Idee, sich mehr in das Projekt einzubringen, und dann haben wir eine Ausrede, um mit ihrem Wissen jede Menge Zeit miteinander zu verbringen.«

»Warum sollte ich freundlicher zu ihm sein?«, entgegnete Rose ihrer Mutter und überlegte, wie sie wohl reagieren würde, wenn sie und Gareth schließlich verkündeten, dass sie zusammen waren. »Ich dachte, du findest, dass er zu alt für mich ist.«

Stella verdrehte die Augen. »Ich meine nicht *so* freundlich. Er hat deinem Dad gesagt, dass er dich wie eine jüngere Schwester sieht. Er hat so viel für unsere Familie getan und wird der Boss deines Dads sein, wenn er einen richtigen Job beim Projekt bekommt. Deshalb solltest du dich bemühen, höflicher zu ihm zu sein, das ist alles. Und ein bisschen mehr beim Projekt mithelfen.«

Rose wandte sich ab und lächelte in sich hinein. Wie eine jüngere Schwester! Aber es sah aus, als würde Gareths Plan funktionieren.

Es war schon toll, wie gut er verstand, wie ihre Eltern tickten. Er war so einfühlsam und weise. Er wusste immer das Richtige zu tun, und deshalb ertappte sie sich dabei, wie sie immer häufiger auf seine Vorschläge einging. Sie vertraute ihm vollkommen.

Aber jetzt brach sie nach der einwöchigen Tortur mit Cassie im College in Gareths Armen zusammen.

»Was ist denn los, Rose?«

»Ich bin nur etwas bedrückt, das ist alles«, antwortete sie. »Ich wollte dich einfach nur sehen und mit dir reden.«

»Rosie. Ich finde, du solltest darüber nachdenken, das College an den Nagel zu hängen.«

»Was?« Entgeistert riss sie die Augen auf. »A-aber ich habe noch achtzehn Monate vor mir bis zum Abschluss des Kurses.«

Er führte sie zum Sofa.

»Aber wenn du vorher aussteigst, dauert es nicht mehr so lange. Ich kann dir einen Job beim Wiederbelebungsprojekt beschaffen, dann sind wir die ganze Zeit zusammen.«

Bei der Vorstellung, mit Gareth zusammenzuarbeiten,

verspürte sie eine Aufregung in der Magengegend, dicht gefolgt von der Sorge, was ihre Eltern dazu sagen würden. Dann fiel ihr Cassies Warnung wieder ein.

Er hob ihr Kinn mit einem Finger an. »Was ist denn los?«, fragte er erneut und schaute ihr eindringlich in die Augen. »Sag mir, was dich bedrückt.«

Sie erzählte ihm, was Cassie gesagt hatte, dass sie der Ansicht war, dass Gareth sie kontrollierte.

Eigentlich hatte sie die Unterhaltung ihm gegenüber nicht erwähnen wollen, weil sie sich vorstellen konnte, dass er nicht allzu gut darauf reagieren würde. Aber natürlich hatte er ihre Bemühungen, etwas vor ihm zu verbergen, durchschaut.

»Das ist natürlich Blödsinn«, schloss Rose, nachdem sie Cassies beleidigende Bemerkungen über ihn nahezu Wort für Wort wiedergegeben hatte. »Ich weiß, dass es falsch ist, was sie über dich sagt. Sie ist völlig verpeilt.«

Erleichtert, sich die Sache von der Seele geredet zu haben, lächelte sie ihn an, doch Gareth lächelte nicht zurück.

»Das ist mehr als falsch. Das ist Rufmord. Widerliche Lügen.« Er biss die Backenzähne zusammen und spannte den Kiefer an. »Diese miese Schlampe will uns unbedingt auseinanderbringen.«

»Ich glaube wirklich, dass sie es gut meint«, beschwichtigte ihn Rose, die unbedingt eine erneute Phase der schlechten Laune vermeiden wollte, die Gareth in letzter Zeit immer häufiger heimsuchte. »Sie glaubt, sie müsste mich zur Vernunft bringen.«

»Verteidige sie nicht auch noch«, knurrte Gareth. »Sie ist schlicht und einfach eifersüchtig. Eifersüchtig auf *uns*.«

Das klang logisch, und Rose nickte. »Sie hat selber zugegeben, dass sie gern mal einen älteren Freund hätte. Und sie konnte es kaum erwarten, dich kennenzulernen. Genau deshalb verstehe ich ja nicht, warum sie auf einmal so komisch reagiert.«

»Wie gesagt, das ist pure Eifersucht. Ich war immer höflich zu ihr«, erklärte er.

Rose musste daran denken, wie Gareth eine Woche zuvor abfällig über Cassie hergezogen hatte, kam jedoch zu dem Schluss, dass es wenig hilfreich wäre, das zu erwähnen. Immerhin war er bereits verärgert.

»Da … ist noch was«, sagte Rose zögerlich, fand jedoch, dass er es wissen sollte. Nur für alle Fälle.

Er zog eine Augenbraue hoch und wartete.

»Sie hat gedroht, meinem Dad von uns zu erzählen«, platzte es aus Rose heraus. »Ich glaube nicht, dass sie es wirklich tun würde, aber ein bisschen mache ich mir schon Sorgen.«

Eine ganze Weile stand Gareth nur schweigend da, aber Rose entging nicht, dass er die Hände zu Fäusten ballte.

»Das sollte sie lieber lassen. Wenn sie uns in die Quere kommt, wird sie sich noch wünschen, niemals geboren worden zu sein.« Sein Mund verzog sich zu einem derart grausamen Grinsen, dass Rose das Blut in den Adern gefror. »Dafür werde ich sorgen.«

EINUNDDREISSIG

ROSE

Heute

Der Krankenwagen fährt vor Ronnies Haus vor, und ich hole tief Luft und atme anschließend langsam wieder aus, so wie man es tun soll, um den Schmerz zu lindern.

Atme, Rose, atme, spreche ich mir selbst im Stillen zu.

Der Gedanke, ihm zu begegnen, mit ihm zu reden ...

Durch die Gardinen hindurch schaue ich zu, wie die Sanitäter Ronnie vorsichtig durch das schmale Holztor schieben. Ich gehe zur Haustür und mache sie weit auf.

Ich schaffe das. Ich muss das schaffen.

»Kommen Sie rein«, fordere ich die Sanitäter auf, und sie heben Ronnie aus dem Rollstuhl und helfen ihm, sich in seinen Lehnsessel zu setzen.

Er sieht kleiner und dünner aus. Seine Haut ist so zerknittert wie weggeworfenes Geschenkpapier. Er schaut hinunter auf seine Hände, aber als ich seinen Namen sage, sieht er auf und lächelt ganz sachte, als würde er gerade erst bemerken, dass ich da bin.

»Rose«, sagt er mit leiser und heiserer Stimme, als müsste er sich daran erinnern, wer ich bin. Die Vertrautheit scheint ihn zu beruhigen, und er wirkt erleichtert darüber, zu Hause zu sein.

»Hallo, Ronnie«, sagte ich, doch ich bekomme die Worte kaum heraus. Ich räuspere mich. »Wie geht es dir?«

»Kann mich nicht beschweren«, antwortet er. »Ich bin froh, zurück zu sein.«

Sein Mund verzieht sich zu einem breiten Grinsen. Seine dünnen Lippen sind dunkelrot und haben hier und da lila Flecken. Sein Kinn sieht wund aus und ist mit grauen Stoppeln bedeckt. Mir dreht es den Magen um.

»Entschuldige mich kurz«, murmele ich und renne in die Küche. Dort spritze ich mir etwas Wasser ins Gesicht und bleibe eine ganze Weile über die Spüle gebeugt.

»Sind Sie okay?« Die Sanitäterin steht in der Tür und betrachtet mich besorgt.

»Ja, alles gut.« Ich stelle mich gerade hin und wische mir den Mund mit dem Handrücken ab. »Tut mir leid, mir war nur ein bisschen übel.«

Sie schaut mich neugierig an. »Sind Sie eine Verwandte von Ronnie oder ...«

»Seine Nachbarin. Wir wohnen schon seit Jahren nebeneinander.«

»Könnten Sie ab und an nach ihm sehen und dafür sorgen, dass er seine Medikamente nimmt? Er ist wohl etwas verwirrt und immer noch recht wackelig auf den Beinen.«

Es gefällt mir gar nicht, wie sie mich mit zur Seite geneigtem Kopf nachdenklich betrachtet. Es ist, als könne sie durch die dünne Fassade sehen, die ich so sehr aufrechtzuerhalten versuche.

Beim erneuten Anblick von Ronnie muss ich wieder würgen, habe deswegen jedoch nun fast Schuldgefühle. Womöglich hat Ronnie gar nichts falsch gemacht. Tatsächlich habe ich Schwierigkeiten, überhaupt nur die Möglichkeit in

Betracht zu ziehen, dass er auch nur im Entferntesten etwas mit Billys Tod zu tun gehabt haben könnte.

Das würde ich sicherlich wissen. *Irgendjemand* damals hätte es gewusst.

Sheilas Gesicht erscheint vor meinem inneren Auge. Ich blinzele langsam und entschlossen. Ich muss mich unbedingt in den Griff bekommen.

Mir wird klar, dass ich die Sanitäter loswerden und Ronnie in die Spur kriegen muss, damit ich allein mit ihm reden kann.

»Wir bekommen das schon hin«, sage ich so zuversichtlich wie möglich. »Sollte es irgendein Problem geben, rufe ich sofort das Krankenhaus an.«

»Perfekt.« Sie dreht sich um und geht zurück ins Wohnzimmer. »Wenn Sie mitkommen möchten, können wir Ihnen zeigen, welche Medikamente wann und wie einzunehmen sind. Und das sind leider eine ganze Menge.«

Erneut folge ich ihr durch den kurzen Flur und setze mich so in den Sessel, dass ich Ronnie nicht ansehen muss. Noch nicht.

»Hier sieht es viel ordentlicher aus«, meint Ronnie auf meiner Linken. »Du hast ja sauber gemacht, Rose.« Jetzt drehe ich mich zu ihm, und er lächelt dem Sanitäter zu. »Sie ist immer so gut zu mir, wissen Sie.«

Mein Herzschlag dröhnt laut in meinen Ohren, und ich kralle die Finger in die Armlehnen.

»Das ist gut, denn Sie werden alle Hilfe brauchen, die Sie kriegen können, Ronnie«, höre ich den Sanitäter sagen. Seine Stimme klingt, als würde er sich von mir wegbewegen. »Sie hatten einen richtig fiesen Virus und werden noch eine ganze Weile geschwächt sein. Lassen Sie es langsam angehen, und gönnen Sie Ihrem Körper die Zeit, wieder gesund zu werden.«

»Ich habe die Küche und das Badezimmer geputzt. Ich habe überall geputzt, Ronnie«, höre ich mich selbst mit einer hohen und angespannten Stimme sagen. »Oben und unten.«

Unsere Blicke treffen sich, und ich bin mir sicher, dass er zusammenzuckt, als hätte ihm jemand einen Schlag auf den Hinterkopf versetzt.

»Hast du das?«, krächzt er und schaut weg. »Mir wird warm ... Ich glaube, ich muss mich übergeben.«

Aber er muss sich nicht übergeben, und nachdem die Sanitäter sich ein paar Minuten um ihn gekümmert haben, gehen sie endlich.

Ich führe sie hinaus und setze mich dann gegenüber von Ronnie hin. Und sehe ich an.

Im Zimmer ist es düster, und ich kann das Ticken der Uhr hören. Jedes Ticken fühlt sich an wie ein Pfeil in meinem Herzen. Ich kann nicht mehr. Ich kann nicht mehr schweigen.

»Ronnie«, sagte ich sanft. »Kann ich dich was fragen?«

»Weiß ich nicht.« Das Atmen scheint ihm schwerzufallen. »Ich fühle mich ganz schwach und habe immer noch das Gefühl, mich übergeben zu müssen.« Er umfasst die Nierenschale aus Pappe, als hinge sein Leben davon ab.

Ich frage mich, ob ich mir nur einbilde, dass Ronnie umgehend nicht mehr übel war, als das Thema meiner Putzaktion vom Tisch war.

»Ich habe nur eine Frage«, sage ich. »Eine sehr wichtige Frage.«

Ronnie setzt sich in seinem Lehnsessel etwas anders hin. Dann schließt er die Augen und atmet durch die Nase ein und aus.

»Weißt du noch, als sie dich vom Badezimmer nach unten gebracht haben, kurz nachdem ich dich dort oben zusammengebrochen auf dem Boden gefunden habe?«

Er öffnet die Augen.

»Als du nach draußen getragen wurdest, hast du mir etwas gesagt. Weißt du noch, was das war?« Er antwortet nicht. »Du hast gesagt ›Geh nicht nach oben‹. Das war das Letzte, was du zu mir gesagt hast, Ronnie, bevor sie dich ins Krankenhaus gebracht haben. Was meintest du damit? Warum wolltest du nicht, dass ich nach oben gehe?«

Wieder Stille. Nur die Uhr tickt.

Ich kann das Gewicht des Gästezimmers über uns fast spüren, als wolle es seine Geheimnisse endlich preisgeben.

»Ronnie?«

»Ich kann mich nicht erinnern, das gesagt zu haben.« Es klingt, als würde ihm das Sprechen sehr schwerfallen.

»Du musst dich auch nicht daran erinnern, Ronnie, ich schwöre, das waren exakt die Worte, die du zu mir gesagt hat. Und ich muss wissen, was du damit gemeint hast.«

»Ich wusste nicht, was ich sage, Rose. Ich war sehr krank.« Er schweigt kurz und atmet angestrengt ein. »Sie meinten, wenn du mich nicht so schnell gefunden hättest, hätte ich ... hätte ich da oben sterben können.«

»Ich weiß, dass du wirklich krank warst, Ronnie, und ich weiß, dass du immer noch nicht zu hundert Prozent wiederhergestellt bist, aber denk bitte nach. Das ist wichtig.«

Er murmelt etwas in sich hinein.

»Ronnie?«

»Ich kann nicht klar denken«, sagt er und gräbt die Finger in die Armlehnen. »Tut mir leid. Ich kann nicht.«

Ich stehe auf, gehe auf ihn zu und lege meine Hände auf seine geschundenen Arme. Arme, die einmal stark und muskulös waren, wie ich mich nur zu gut erinnern kann.

Der Mann, der er mal war, vor so vielen Jahren ... diese Person ist immer noch irgendwo da drinnen.

Die Wahrheit verschwindet nie und verlässt uns nie; sie ist immer da und leuchtet stark. Sie kann verdeckt und verschleiert werden, aber sie ist immer noch da. Man muss nur wissen, wo man sie finden kann.

»Ronnie«, sagte ich sanft. »Du warst immer da. Du warst vor Billy und nach Billy hier. Wir sind wie Familie, du und ich.

Und deshalb muss ich dich fragen: Warum hast du mir ausdrücklich gesagt, dass ich nicht nach oben gehen soll?«

Ronnies faltige Hand greift nach meiner, und er drückt meine Finger.

»Tut mir leid«, flüstert er, »aber ich kann mich wirklich an nichts mehr erinnern, Rosie.«

ZWEIUNDDREISSIG

ROSE

Heute

Ich habe nicht geschlafen. Ich habe buchstäblich die ganze Nacht wach gelegen.

In die Bibliothek kommen ständig Leute und behaupten beiläufig »Ich habe letzte Nacht kaum geschlafen« oder »Ich war ab zwei Uhr morgens hellwach« ... Das sind nur Phrasen, die man so drischt, wenn man erzählen möchte, dass man Schlafstörungen hat, aber ich meine es tatsächlich so. Ich habe *die ganze* Nacht nicht geschlafen.

Ich kann so nicht weitermachen. Nicht, wenn ich nicht all die Jahre der Therapie und des Arbeitens an mir selber, um weiter funktionieren zu können, zunichtemachen möchte.

Ich gebe durchaus zu, dass ich im Vergleich zu manch anderen kein wirkliches Leben habe. Aber es ist irgendwie doch ein Leben, gestützt durch Routinen, die ich mir selbst erschaffen habe, um durch den Tag zu kommen. Und ich möchte, dass das so bleibt.

In den langen Stunden der letzten Nacht starrte ich also an

die Decke, lief im Haus herum, saß in der Küche bei meinem dritten Kaffee ... und dachte immer wieder über dasselbe nach.

Nicht darüber, was vor sechzehn Jahren passiert ist, nicht darüber, dass ich Billys Decke gefunden habe, sondern über Folgendes: Was mache ich jetzt mit diesem Wissen?

Ich weiß nicht, was ich von Ronnie erwartet hatte, als ich mit ihm reden wollte.

Vermutlich habe ich irgendwie gehofft, dass er den Besitz der Decke umgehend zugeben, aber auch eine total plausible Erklärung dafür haben würde, warum sie sich in seinem Haus befand. Irgendetwas, was ich absolut nachvollziehen könnte.

Ich stellte mir vor, wie ich traurig lächelte und mir klar wurde, dass die Fantasie mit mir durchgegangen war. Ich dachte, ich wäre erleichtert, dass nun alles geklärt war und mein Leben wieder in normalen Bahnen verlaufen würde.

Ronnie hat so zerbrechlich ausgesehen, so frisch aus dem Krankenhaus, dass ich es nicht über mich gebracht habe, ihm zu erzählen, was ich im Gästezimmer gefunden hatte. Womöglich wäre er in Ohnmacht gefallen, zusammengebrochen oder so ... Ich hatte das Gefühl, keine andere Wahl zu haben, als die Zeit für mich arbeiten zu lassen, auf den richtigen Moment zu warten, wenn er stark genug war, um sich zu erklären.

Ich schwanke permanent zwischen dem festen Glauben an Ronnies Unschuld und seiner offensichtlichen Schuld. In meinem Kopf sitzen Geschworene, und ich präsentiere ausgesprochen überzeugend beide Seite einer Auseinandersetzung, die ich unmöglich gewinnen kann.

Ich weiß, dass Billy seine Decke bei sich hatte, als er an jenem Tag bei der Newstead Abbey war. Ich habe mit eigenen Augen gesehen, wie er sie aus seinem Rucksack gezogen hat.

Als jedoch seine Leiche und der Rucksack gefunden wurden, fehlte von der Decke jede Spur. Und die Polizei hat sie trotz der sorgfältigen Durchsuchung des Geländes auch nie gefunden.

Und jetzt habe ich nach all der Zeit eben diese Decke in Ronnies Gästezimmer entdeckt.

Wie um Himmels willen sollte er *das* erklären können?

Mein Kopf pocht, und mir ist schlecht. Seit dem Abendessen gestern habe ich nichts mehr zu mir genommen und kriege um diese frühe Tageszeit sicherlich auch nichts runter.

Wie auf Autopilot schaffe ich es, mich für die Arbeit fertig zu machen, und bemerke, dass nicht geschlafen zu haben ein bisschen so ist, wie wenn man nichts gegessen hat. Man erreicht einen Zustand, in dem man das Tief irgendwie überwunden hat und einfach irgendwie weitermacht.

Mir ist klar, dass dies nur eine kurze Erholungsphase ist und der Schlafmangel später mit voller Wucht zurückkommt, aber im Moment kann ich immerhin geradeaus sehen.

Ich betrachte den Stift und das Papier auf dem Küchentisch. Um drei Uhr heute Morgen, wenn ich mich recht erinnere, habe ich meine Optionen notiert, die mir um die Zeit aufgefallen sind:

1. *Nichts tun*
2. *Zur Polizei gehen*
3. *Noch mal mit Ronnie reden*

Jetzt, im kalten Tageslicht, kann ich Option eins definitiv verwerfen.

Ich kann das Finden der Decke nun mal nicht rückgängig machen, auch wenn die Stimme in meinem Kopf mir in den letzten acht Stunden immer wieder eingebläut hat: Du weißt doch, dass es Gareth Farnham war. Du weißt es. Er sitzt seine lebenslange Haftstrafe ab, durch die er dafür bestraft wird, was er getan hat. Die Polizei war damals zufrieden mit ihrer Arbeit. Also belasse es dabei.

Aber wenn ich jemals wieder ruhig schlafen können will,

weiß ich, dass ich mich mit der Bedeutung meines Funds nebenan auseinandersetzen muss. Ich muss es einfach.

Option zwei: zur Polizei gehen.

DCI Mike North war die Person, die genauso für die Aufklärung von Billys Tod gelebt und geatmet hat wie ein Familienmitglied. Für ihn war der Verlust von Billy nicht nur Teil seines Jobs.

Natürlich hatte ich während der eigentlichen Ermittlungen nicht allzu viel mit ihm zu tun. Er ist jedes Mal mit Mum und Dad ins Wohnzimmer verschwunden, und ich habe alle Neuigkeiten aus zweiter Hand von ihnen erfahren.

Aber ich kann mich daran erinnern, dass Mum in einer Unterhaltung nur ein paar Monate nach Billys Tod mal erwähnt hat, dass Mike North aus gesundheitlichen Gründen in Rente gegangen ist.

Ich bezweifele, dass irgendjemand, der bei den damaligen Ermittlungen etwas zu sagen hatte, noch bei der Polizei von Nottinghamshire arbeitet. Soweit ich mich erinnere, waren Mike North und seine leitenden Kollegen allesamt Ende vierzig oder schon in den Fünfzigern.

Wenn ich zur Polizei gehe, muss ich somit alles jemandem erklären, der keine Ahnung hat, was hier passiert ist. Und *was* überhaupt soll ich genau sagen? Dass ich möchte, dass Ronnie zur Vernehmung einbestellt wird, weil er behauptet, sich nicht daran erinnern zu können, wie Billys Decke in sein Gästezimmer gekommen ist?

Je mehr ich darüber nachdenke, zur Polizei zu gehen, desto beknackter klingt die Idee. Die anderen Dorfbewohner werden nach meinem Blut lechzen, und Ronnie, der gerade erst aus dem Krankenhaus entlassen wurde, wird sich furchtbar aufregen.

Andererseits ... vielleicht gibt es einen Kompromiss.

Vielleicht kann ich nicht zur Polizei und Ronnie direkt beschuldigen, aber wenn ich mit Mike North reden könnte,

könnte ich den Fall von damals mit ihm besprechen und herausfinden, ob er tatsächlich so wasserdicht war, wie es damals den Anschein hatte.

Ich kennen niemanden bei der Polizei von Notting-hamshire, den ich informell nach den Kontaktdaten von Ex-DCI Mike North fragen könnte, aber ich kenne Sarah und Tom ausreichend gut, und die sind unsere Dorfpolizei. Ich will sie zwar nicht in eine unangenehme Lage bringen, indem ich sie um Weitergabe personenbezogener Daten bitte, aber sie wären immerhin ein Anfang.

Option drei: Ich kann auch noch einmal mit Ronnie reden. In ein oder zwei Tagen geht es ihm hoffentlich wieder körper-lich besser, und er ist nicht mehr so verwirrt. Ich weiß, dass ich tief in mir immer noch hoffe, dass Ronnie alles aufklären und all meine Zweifel aus dem Weg räumen kann.

Es ist etwas weit hergeholt, aber mehr habe ich nicht. Ich werde später erneut mit ihm sprechen, wenn er sich hoffentlich etwas besser fühlt. Das Krankenhaus hat arrangiert, dass sich tagsüber zwei Pflegekräfte um ihn kümmerten, und ich habe mich bereit erklärt, nachts ein Auge auf ihn zu haben und jeden Morgen nach dem Rechten zu sehen.

Trotz meiner logischen Argumentationen kommen die schrecklichen Gedanken immer wieder hoch.

Hatte Ronnie etwas mit Billys Tod zu tun?

Hat er gelogen, als er behauptet hat, sich an nichts erinnern zu können?

Wenn die Antwort auf nur eine dieser Fragen *Ja* lautet, wie kann ich es dann über mich bringen, ihm zu helfen? Wie kann ich jemals wieder mit ihm reden? Für den Moment muss ich diese furchtbaren Gedanken beiseiteschieben.

So oder so brauche ich Antworten, damit ich alles wieder sicher in die Kisten in meinem Kopf verpacken kann. Damit alles wieder so ist wie vorher.

Ich muss meine Entscheidungen jetzt durchziehen, sonst

riskiere ich, langsam wieder in das bodenlose Loch des Wahnsinns zu fallen, in dem ich schon einmal gewesen bin und in das ich nie wieder zurückkehren möchte.

Ich fürchte nur, ich bin nicht stark genug, um all das noch einmal durchzumachen.

DREIUNDDREISSIG

Sechzehn Jahre zuvor

Als das hohe Kreischen der Sirenen erstmals einsetzte, verschmolz es mit Roses Traum und wurde ein Teil davon.

Erst als die Sirenen näherkamen, wachte sie auf. Sie hörte Stimmen auf der Straße. Unten wurden Türen geknallt.

Die roten Ziffern ihres Weckers verrieten, dass es halb zwei Uhr nachts war.

Schnell sprang Rose aus dem Bett und schlüpfte in ihren Bademantel aus Fleece. Barfuß schlich sie den Flur entlang zur Treppe und horchte nach unten.

Merkwürdiges, dringlich klingendes Flüstern schwebte zu ihr hinauf, und sie hörte die Stimme ihres Vaters.

»Bist du sicher ... dass es definitiv Cassie ist?«

Rose rannte nach unten.

»Was ist denn los?« Sie drücke sich an ihrem Vater vorbei und fand eine kleine Gruppe von Nachbarn vor ihrer Haustür vor. Allen stand der Schock ins Gesicht geschrieben. Dann wurde ihr klar, dass sie um Jed herumstanden und ihn stützten, weil seine Beine drohten nachzugeben.

»Bringt ihn besser rein«, sagte Ray und trat einen Schritt zur Seite.

»Jed, was ist denn los? Was ist passiert?« Erst dachte Rose, er wäre betrunken und lallte, doch dann wurde ihr klar, dass er weinte.

»Cassie. Es ist unsere Cassie ...« Und dann, als könnte er die Gedanken und Gefühle nicht mehr ertragen, die ihn überwältigten, brach er in lautes Schluchzen aus, riss sich von den Leuten los und stolperte auf die Straße.

Während die anderen Nachbarn ihm folgten, fasste Stella Rose behutsam am Arm und führte sie zurück ins Haus. Ray nahm seine Stiefel, setzte sich und begann mit dusterem und schmerzverzerrtem Gesicht die Schnürsenkel zu lösen. Die Haare in Roses Nacken stellten sich auf.

Sie riss sich von ihrer Mutter los, weil ihre Haut plötzlich brannte.

»Mum, Dad? Jetzt sagt mir endlich, was passiert ist!«

»Es geht um Cassie, Mausi«, antwortete Stella behutsam. »Sie wurde ... überfallen.«

Rose schlug die Hand vor den Mund.

»Sie wurde vergewaltigt, Rose«, ergänzte Ray finster und steckte die Füße in die Stiefel. »Irgendein Mistkerl hat sie vergewaltigt.«

»Ray, nicht solche ...«

»Sie ist keine zwölf mehr, Stella«, herrschte Vater sie an. »Rose muss wissen ... muss wissen, welche Gefahren da draußen lauern. Sie wird es sowieso herausfinden. Das halbe Dorf ist auf den Beinen und sucht nach ihm.«

»Aber – wie ...« Rose hatte Schwierigkeiten, ein Wort an das nächste zu reihen. »Wo ist das passiert?«

»Zu Hause«, antwortete Stella. »Carolyn und Jed waren beide unterwegs. Cassie war abends allein daheim.«

»Wissen sie, wer es war, wer das getan hat?«, hörte Rose sich selbst fragen, doch ihre Stimme klang merkwürdig weit weg. Cassie und sie hatten die Freitagabende sonst immer zusammen verbracht und normalerweise bei Cassie ferngesehen und ungesundes Zeug gegessen. Zumindest war dem so gewesen, bevor sie Gareth kennengelernt hatte.

Stella schüttelte den Kopf. »Man weiß nicht, wer es war. Offensichtlich hat er nichts gesagt und eine Sturmmaske getragen.«

»War es jemand, den sie kannte? Ich meine ...« Roses Mund war zwar offen, doch die Worte weigerten sich, ihr über die Zunge zu kommen.

»Mach dir keine Sorgen, Mausi.« Ray schaute sie an. »Wir finden heraus, wer das war, und dann hängen wir den Wichser auf. Mehr musst du im Moment nicht wissen.«

Als Rose wieder in ihrem Zimmer war, lag sie im Bett und starrte an die Decke.

Gareths Gesicht kam ihr ihn den Sinn. Sie würde ihn gleich anrufen. Er gab ihr das Gefühl von Sicherheit, und sie wusste, dass er sie beruhigen konnte.

Seine letzten wütenden Worte über Cassie klangen ihr in den Ohren, aber sie schob sie beiseite. Gareth würde schockiert sein, wenn er hörte, was passiert war. Alle waren schockiert.

Solche Sachen passierten hier einfach nicht. Die Dorfpolizei lief manchmal die Straßen ab und sprach hauptsächlich mit Mr Sandhu, dem Besitzer des Dorfladens. Außerdem plauderten sie manchmal mit den Teenagern, die abends und an den Wochenenden vor dem Bergarbeiterheim herumhingen, weil sie nichts anderes zu tun hatten.

Das vermutlich Schlimmste, was im letzten Jahr in Newstead passiert ist, war, als jemand einen Stein durch das Fenster einer Fish-and-Chips-Bude geworfen hat. Später allerdings stellte sich heraus, dass es nur Daft Davey gewesen war, ein großer, gutmütiger Kerl in den Dreißigern, der mit seinen betagten Eltern in der Mosley Road wohnte.

Augenscheinlich war er verärgert darüber gewesen, dass

man ihm nicht alle restlichen acht Portionen Pommes frites verkaufen wollte, sodass der Rest der Schlange leer ausgegangen wäre. Jeder wusste, dass Darf Davey ohne seine Pommes nicht leben konnte.

Aber jetzt ist dieser Albtraum passiert. Und er ist *Cassie* passiert.

In Newstead war es immer so friedlich, dachte Rose. Was allerdings Cassie widerfahren war ... Es war wirklich ein Schock, dass so etwas hier passiert war, mitten im Dorf. Es fühlte sich an, als wäre der geliebte Familienhund, dem man immer vertraut hat, ohne Vorwarnung auf einen losgegangen.

Solche Sachen kamen in einem so sicheren, verlässlichen Ort, in dem Generationen friedlich zusammen lebten und an dem jeder jeden kannte, schlicht nicht vor. Oder etwa doch?

Rose griff unter ihr Kopfkissen, wo sie das Handy aufbewahrte, von dem Gareth wollte, dass sie es immer eingeschaltet hatte. Selbst nachts, für den Fall, dass er sie erreichen wollte. Er war ihm wichtig, dass er immer in Kontakt mit ihr blieb, dass sie in Sicherheit war.

Sie drückte auf die Kurzwahltaste. Im Telefon war nur eine einzige Telefonnummer eingespeichert, und das war die von Gareth.

Rose horchte, und ihr Herz schlug schneller, während sie darauf wartete, dass es am anderen Ende der Leitung klingelte. Doch der Anruf landete direkt auf der Mailbox. Sie hätte so gern Gareths beruhigende Stimme gehört, stark und gefühlvoll, doch es handelte sich nur um die Standardansage.

Sie versuchte es innerhalb der nächsten halben Stunde noch viermal, doch jedes Mal mit dem gleichen Ergebnis.

Wo konnte er nur sein? Er hatte einen Termin nach der Arbeit erwähnt, der lange dauern würde, und dass er früh ins Bett wollte, da er am nächsten Morgen zu einer Wochenend-Eintageskonferenz in Birmingham musste.

Gut, es war fast zwei Uhr morgens, aber sie ging davon aus,

dass auch er sein Handy die ganze Nacht eingeschaltet ließ, so wie er es von ihr verlangte. Doch er hatte es wohl ausgeschaltet. Vielleicht hatte der Termin deutlich länger gedauert als erwartet, überlegte sie.

Leise Tränen des Kummers und des Bedauerns liefen über Roses gerötete Wangen. Am liebsten würde sie jetzt Cassie sehen und alles zwischen ihnen wieder in Ordnung bringen. Sie wollte in der Stunde der Not für ihre beste Freundin da sein.

In dem Moment wurde ihr klar, dass die Person, mit der sie wirklich reden wollte, Gareth war.

Sie hinterließ ihm eine Nachricht auf der Mailbox.

VIERUNDDREISSIG

Sechzehn Jahre zuvor

Am nächsten Morgen gingen Rose und Stella bei Cassie vorbei.

Carolyn öffnete die Haustür im Morgenmantel. Ihr Gesicht war tränenüberströmt, und ihr dauergewelltes Haar stand in alle Richtungen vom Kopf ab. Jeder wusste, dass sie gern ein Glas oder auch drei trank, aber Rose konnte sich nicht erinnern, sie jemals so durch den Wind gesehen zu haben.

Stella stürmte ins Haus und nahm Carolyn fest in die Arme. Rose erwartete, dass sie unkontrolliert zu schluchzen anfangen würde, doch das tat sie nicht. Sie stand einfach nur steif und still da, die Arme wie festgefroren auf beiden Seiten des Körpers, und starrte mit weit aufgerissenen Augen ins Leere.

Das war fast noch verstörender, als sie zusammenbrechen zu sehen.

»Ich koche uns einen Tee«, verkündete Rose und ging an den beiden älteren Frauen vorbei in die Küche.

»Nein!«, rief Carolyn aus und riss sich aus Stellas Umarmung. »Sie haben gesagt, dass wir da noch nicht wieder rein dürfen.«

Rose blieb vor dem gelben Klebeband in der Tür wie angewurzelt stehen und schaute sich um. Es sah aus, als hätte jemand den halben Inhalt der Schränke ausgeräumt und auf der Arbeitsplatte verstreut.

Hier musste es passiert sein. Ihre Aufmerksamkeit wurde von den dunklen Flecken auf den Teppichfliesen in der Nähe der Hintertür angezogen.

Rose wurde übel. Sie drehte sich um und ging ins Wohnzimmer. Carolyn war gerade am Erzählen.

»Ich bin fast nicht hingegangen, du weißt schon, zu Noreen. Ihr ging es nicht so gut, aber ich habe sie davon überzeugt, dass ein Drink ihr guttun würde.« Sie schlug ihre nikotingelben Finger vor das Gesicht.

»Carolyn, mach dir keine Vorwürfe«, sagte Stella tröstend und strich ihr über das zerzauste, harte rote Haar auf dem Hinterkopf. »Die einzige Person, die sich Vorwürfe machen muss, ist dieses ... dieses *Monster,* das Cassie das angetan hat.«

»Sag's nicht!«, heulte Carolyn. »Ich kann noch nicht einmal daran denken. Niemand hat unseren Jed gesehen; er hat sich irgendwo verkrochen. Die Polizei weiß davon, sagt jedoch, er ist erwachsen und kommt wieder, wenn er so weit ist, aber er kann nicht damit leben. Ich mache mir Sorgen, dass er sich etwas antun könnte, Stella.«

Rose ging zum durchgesessenen, gemusterten Velourssofa und setzte sich auf die andere Seite ihrer Mutter. Jed war völlig neben sich gewesen, als sie ihn letzte Nacht die Straße entlang hatte eilen sehen. Hoffentlich irrte sich Carolyn, was seinen psychischen Zustand anging.

Plötzlich schaute Carolyn auf und sagte im vorwurfsvollen Ton: »Du bist doch sonst immer hier an den Freitagen, Rose. Warum nicht diese Woche?«

Rose begriff, dass Cassie ihrer Mutter offensichtlich nichts von ihrem Streit erzählt hatte.

»Ich war mit ein paar Freundinnen vom College unterwegs«, log Rose, denn eigentlich war sie bei Gareth gewesen.

Stella nickte. »Sie war um elf Uhr wieder zu Hause, stimmt's, Mausi?«

»Sie muss ein paar Tage im Krankenhaus bleiben«, sagte Carolyn, und Roses Atmung normalisierte sich, als sie erleichtert feststellte, dass sie sich nicht weiter verteidigen musste.

»Können wir sie besuchen?«, fragte Rose. »Ich würde sie wirklich gern sehen.«

»Die haben dort alle möglichen furchtbaren Untersuchungen durchgeführt«, fuhr Carolyn fort, als hätte Rose nichts gesagt. »Sie hat eine Gehirnerschütterung und viel Blut verloren. Sie hat wohl nach einem Messer gegriffen, vermutlich, um sich zu verteidigen, hat sich jedoch beide Hände zerschnitten.«

Rose musste an die rostig aussehenden dunklen Flecken denken, die ihr auf den Teppichfliesen in der Küche aufgefallen waren.

»Das ist ja furchtbar«, stieß Stella aus. »Die Ärmste!«

»Können wir heute bei Cassie vorbeischauen, Mum?«

»Natürlich«, antwortete Stella. »Wenn das für dich okay ist, Carolyn?«

Carolyn nickte langsam und verfiel wieder ihn ihren sonderbaren, tranceähnlichen Zustand. »Ich gehe nachher um elf hin. Ihr könnt mitkommen, wenn ihr wollt. Sie würde dich sicherlich gern bei sich haben, Rose.«

Carolyn erschien am Ende des Krankenhausflurs und schlurfte langsam auf Rose und ihre Mutter zu.

Ihre Mundwinkel hingen vor Müdigkeit herab, und ihr Gesichtsausdruck war der einer gebrochenen Frau.

»Rose, es tut mir leid. Cassie will dich nicht sehen.«

Carolyn hob beide Handflächen nach oben und schüttelte verwundert den Kopf. »Sie will nicht sagen, warum, beharrt jedoch drauf.«

Rose schaute zu ihrer Mutter.

»Sie scheint ausgesprochen verwirrt zu sein.« Carolyn verschränkte die Hände, sah Stella an und meinte mit flehendem Ton: »Sie ist nicht sie selbst.«

»Das ist absolut verständlich«, meinte Stella schnell. »Mach dir keinen Kopf, Carolyn. Vielleicht können Rose und ich ja vorbeikommen, wenn Cassie wieder zu Hause ist und es ihr ein bisschen besser geht?«

»Natürlich«, sagte Carolyn, und dann an Rose gerichtet: »Es tut mir wirklich leid.«

Rose seufzte. »Bitte sagt ihr, dass ich hier war und für sie da sein wollte. Grüß sie von mir, ja?«

»Das mache ich. Danke, dass du gekommen bist, Rose.«

Als Carolyn sich wieder von ihnen entfernte und in Cassies Zimmer verschwand, tastete Stella nach der Hand ihrer Tochter.

»Nimm's nicht persönlich, Rose. Die arme Cassie ist sicherlich traumatisiert, da ist dieses Verhalten nur natürlich. Nach so einem Trauma könnte niemand von uns vernünftig handeln. Sie wird gerade mit allerlei Gefühlen zu kämpfen haben: Scham, Angst ...«

»Ich weiß, Mum«, stimmte Rose leise zu.

Die beiden Frauen gingen zusammen zur Bushaltestelle, steigen jedoch in unterschiedliche Busse. Stella hatte einen Termin beim Optiker in Hucknall und Rose schwindelte, dass sie ein paar Freistunden im College hätte und deshalb nach Hause fahren würde.

Kaum saß sie im Bus, holte Rose ihr Handy aus der Tasche und schaltete den Klingelton wieder ein.

Sie hatte sechs versäumte Anrufe und eine Textnachricht – alle von Gareth.

FÜNFUNDDREISSIG

Sechzehn Jahre zuvor

Gareth holte sie vom Bus ab und sie brach in seinen Armen zusammen, ohne darauf zu achten, wer sie womöglich sah.

»Hey, was hast du denn?« Er drückte sie sachte von sich weg und schaute ihr in die Augen. »Was ist denn los mit dir, mein Mädchen?«

Unter Tränen und Schniefen erzählte Rose, was passiert war.

»Was? O mein Gott, wie furchtbar ... die arme Cassie!«

Sie kaute an ihren Fingernägeln. »Sie wurde *vergewaltigt*. Irgendein fieser Wichser hat ...«

»Das habe ich verstanden, Rose«, sagte er schnell. »Die Ärmste. Das muss furchtbar gewesen sein, auch für dich als ihre Freundin. Ich möchte nicht, dass du nach Einbruch der Dunkelheit noch allein raus gehst.«

Rose schüttelte langsam den Kopf. Gareth sagte zwar das Richtige, aber es klang so – *unecht*. Mit seiner Drohung, dass Cassie sich noch wünschen würde, nie geboren worden zu sein, die in ihrem Kopf widerhallte, hatte sie Schwierigkeiten, seine jetzige Reaktion einzuordnen.

»Was ist denn?« Er starrte sie an.

»Ich ... Ich kann einfach nicht glauben, was passiert ist«, stotterte Rose.

»Natürlich ist das furchtbar, aber du hast mir selbst erzählt, dass Cassie mit ihrer eigenen Sicherheit recht sorglos war.«

»Wie bitte?« Sie spürte, wie sie innerlich anfing zu brodeln. »Was willst du denn damit sagen? Völlig egal, wie Cassies Lebensstil war, sie hat es nicht verdient, im Krankenhaus zu liegen und ...«

»Natürlich hat sie das nicht verdient«, unterbrach sie Gareth angespannt. »Das habe ich auch nicht behauptet.«

»Sie ist meine beste Freundin, und ich ...«

»Beste Freundin? Reden wir hier von derselben Person?«

Gareth lachte kurz verbittert auf. »Tut mir leid, ich dachte, Cassie wäre diejenige, die dich die ganze Woche lang ignoriert und Drohungen gegen uns beide ausgestoßen hat.«

Rose schluckte schwer.

»Wir sind schon unser ganzes Leben lang befreundet«, stieß Rose aus. »Und ihre Drohungen waren nur ein Ausrutscher.«

»Ein Ausrutscher? So nennst du das also, dass sie gedroht hat, deinem Dad von uns zu erzählen?«

»Ich bin mir sicher, dass sie das nicht so gemeint hat. Sie hat es nur im Affekt gesagt.«

»Wach auf, Rose. Deine *Freundin* ist womöglich nicht der Engel, für den du sie hältst.«

»Hör auf! Ich will mir diesen Unsinn nicht mehr anhören.« Rose schüttelte seine Hände ab und trat einen Schritt zurück. »Ich kann nicht damit umgehen, wenn du so bist, Gareth. Ich verstehe nicht, warum du solche schrecklichen Sachen sagst. Es ist, als ob ...«

Sie zögerte.

»Red weiter, Rose.« Er trat einen Schritt auf sie zu. »Du warst gerade so schön in Fahrt und hast fast offenbart, bei wem deine Loyalität liegt. Es ist, als ob *was?*«

Rose spürte, wie ihr die Sache entglitt, doch sie konnte nichts dagegen tun. Die Worte verließe ihre Zunge, bevor sie sie sich verkneifen konnte.

»Du scheinst gar nicht überrascht zu sein, dass Cassie überfallen wurde. Und ich muss immerzu daran denken, wie du gesagt hast, dass du dafür sorgen würdest, dass sie sich wünscht, sie wäre nie geboren. Warum hast du das überhaupt gesagt?«

Gareth packte ihre Hand und drückte zu. Er drückte so fest zu, bis sie wimmerte.

»Glaubst du etwa, ich war das, Rose? Glaubst du, ich bin gestern Abend zu deiner Freundin nach Hause gegangen und habe sie vergewaltigt?«

»Nein! Sag das nicht.«

»Es hätte ihr nämlich gefallen. Ich wollte dir das eigentlich nicht sagen, aber als du oben warst, um dich abzuschminken, hat sie mich angegraben.«

»Was?« Rose taumelte rückwärts. Sie konnte den Verkehr auf der Straße sowie die Krähen im nahe gelegenen Wald hören, doch dann verschwammen die unterschiedlichen Geräusche in ihren Ohren.

»Sie hat versucht, mich zu küssen, Rose. Und sie hat mich gefragt, ob ich nicht lieber mit einer richtigen Frau wie *ihr* zusammen sein möchte als mit einem naiven Mädchen wie *dir*.«

»Du lügst«, flüsterte Rose. »Cassie würde so was nicht tun. Niemals.«

»Das ist ja interessant, Rose«, stieß er durch die zusammengebissenen Zähne aus. »Cassie darf also Sachen sagen, die sie nicht so meint. Aber wenn mir mal was Dummes rausrutscht, reibst du mir das unter die Nase.«

»Du hast gesagt, dass sie schon bald wünschen würde,

niemals geboren worden zu sein, und dann wurde Cassie überfallen.« Rose seufzte und schaute auf ihre Hand. »Ich glaube nicht, dass du etwas damit zu tun hattest, Gareth.«

»Das klingt für mich aber anders.« Er schaute sie eindringlich an. »Es tut mir leid, wenn ich zu fest zugedrückt habe, Rose. Aber du kannst dich ja einfach rächen.«

»Wie meinst du das? Rächen?«

»Wenn du der Polizei erzählst, was ich gesagt habe, buchten die mich ein. Dann bin ich der Hauptverdächtige.« Er schaute zu Boden. »Und ich könnte es dir nicht verdenken, wenn du das tun willst.«

Auf die Idee, zur Polizei zu gehen, war Rose gar nicht gekommen.

Gareth trat näher an sie heran und schlang die Arme um sie. »Verstehst du denn nicht, Rosie? Die suchen nach einem Schuldigen, und ich wäre der perfekte Sündenbock. Ein Fremder, der am Abend vor dem Überfall bei Cassie zu Hause war. Ich kann die Dorfbewohner jetzt schon tratschen hören. Ich wäre das Highlight ihres jämmerlichen Lebens.« Er zog die Nase hoch. »Vielleicht sollte ich einfach selbst zur Polizei gehen und ihnen erzählen, was ich gesagt habe. So erspare ich ihnen die Umstände.«

»Was?«

»Ich erzähle ihnen von meinem unbedachten Kommentar, damit du mich nicht verpfeifen musst«, erklärte Gareth. »Aber ich weiß, wie der Hase in solchen Orten läuft. Die Dorfbewohner werden ein Scheingericht einberufen, und das wird mich für schuldig befinden. Dann verliere ich meinen Job und muss hier aus der Gegend weg.«

»Sag das nicht.« Rose schüttelte den Kopf. »Das wird nicht passieren.«

»Ach nein? Die Leute hier sind also von der versöhnlichen Sorte, Rose?«

Plötzlich erinnerte sich Rose an einen ungepflegt aussehenden jungen Mann, einen Wanderer, der sich ein paar Jahre
zuvor ungefähr eine Woche lang im Dorf aufgehalten hatte. Die
Leute behaupteten, er würde einen heruntergekommenen
Schuppen auf dem Kirchengelände besetzen.

Rose sah ihn manchmal im Dorf, wo er auf dem Bürgersteig
lag oder saß, blass und mager, und um ein paar Münzen
bettelte.

Ein paar Dorfbewohner brachten ihm Essen und Decken,
und Jim Greaves lud ihn sogar auf ein Hühnchen mit Pommes
im Station Hotel ein.

Dann wurde nachts in die Gartenhäuser verschiedener
Leute eingebrochen, und Gegenstände wurden entwendet.
Jemand gab an, er habe den Bettler auf einem Fahrrad gesehen,
das genau so aussah wie das, das den O'Reillys in der Bryon
Street geklaut worden war.

Schnell waren die Dorfbewohner nicht mehr so wohlgeson-
nen. Ein paar Männer besuchten ihn in seiner provisorischen
Behausung und stellten ihm Fragen. Dann verständigten sie die
Polizei, die ihn festnahm. Danach hatte Rose ihn nie wieder
gesehen.

»Ich werde der Polizei nichts erzählen«, flüsterte Rose. »Ich
weiß, dass du nichts Falsches getan hast und es nur eine unbedachte Bemerkung war.«

»Du musst tun, was du für das Richtige hältst, Rose«, sagte
Gareth und wandte sich ab. »Wenn du glaubst, Cassie auf
meine Kosten unterstützen zu müssen, dann mach ruhig. Ich
kann nicht erwarten, dass du mir gegenüber loyaler bist als
jemandem, den du schon dein ganzes Leben kennst.«

»Gareth ...« Sie streckte die Hand nach ihm aus und zog ihn
sachte an sich. »Meine Loyalität gilt dir. Ich will mit *dir*
zusammen sein. Ich ... ich liebe dich.« Es gefiel ihm, wenn sie
das sagte, doch diesmal fühlten sich die Worte merkwürdig an,
als würde sich etwas in ihr dagegen wehren.

Er fuhr ihr mit den Fingern durchs Haar und küsste sie auf die Stirn.

»Halt dich von Cassie fern«, murmelte er. »Sie ist eifersüchtig auf das, was wir haben. Siehst du das denn nicht, Rose? Wir brauchen die anderen alle nicht.«

SECHSUNDDREISSIG

ROSE

Heute

Ich gebe die Postleitzahl von Ex-DCI Mike North bei Google Maps ein und mache mich mit dem Auto auf den Weg nach Colwick, einem Vorort östlich von Nottingham und ungefähr dreißig Minuten vom Dorf entfernt.

In letzter Zeit fahre ich nicht mehr oft, und obwohl ich anfangs immer etwas nervös bin, kann ich, wenn ich erst einmal unterwegs bin, entspannen und die Fahrt genießen.

Ich glaube, es hat etwas mit der Barriere aus Metall zu tun, die ein Auto bietet. Man kann aus dem Auto heraus gucken, doch die Fußgänger sehen selten hinein. So fühle ich mich beschützter als zu Fuß.

Ich würde auch lieber nicht durch das Dorf zur Arbeit und wieder nach Hause laufen, aber leider sind diese Spaziergänge wichtig, damit ich mich nicht zu sehr einigele.

Ich wünschte nur, es würde einfacher werden.

Bei der Arbeit bin ich völlig überraschend an Mikes Kontaktdaten gekommen und habe mir dann eingeredet, das wäre ein »Zeichen« dafür, dass ich mein Vorhaben, mit ihm zu sprechen, unverzüglich in die Tat umsetzen sollte.

Miss Carter hat, als sie in der Bibliothek war, erwähnt, dass sie bei einer Veranstaltung in der Nähe von Nottingham gewesen war und dort keine geringere als eine Anwältin im Ruhestand namens Tessa North gesprochen hatte.

»Sie hat einen sehr eloquenten Vortrag über Frauen gehalten, die Karriere als Juristin machen möchten, und war sehr interessiert zu hören, dass ich in Newstead wohne«, erzählte Miss Carter ein wenig selbstgerecht.

»Ach, und warum das?«, fragte ich und versuchte, einen interessierten Eindruck zu machen, obwohl ich viel lieber weiter den Stapel von Bibliotheksausweisen für neue Nutzer überprüft hätte.

»Ihr Mann ist ein ehemaliger Detective und hatte dort mal einen großen Fall. Mike North heißt er.« Plötzlich schien sie zu bemerken, mit wem sie sprach, und dass sie Billys Fall nicht ausgerechnet mir gegenüber hätte erwähnen dürfen. Die Farbe wich aus ihren Wangen. »Oh! Tut mir leid, meine Liebe. Ich habe nicht nachgedacht. Ich wollte nicht ...«

»Schon okay«, sagte ich und setzte mich auf meinem Stuhl aufrecht hin. »Hat sie erwähnt, wo sie jetzt wohnen? Ich gehe nicht davon aus, dass Sie zufällig ihre E-Mail-Adresse haben?«

»Ich habe sogar was Besseres, meine Liebe«, antwortete sie und lächelte schon wieder so selbstgefällig. Dann wühlte sie in ihrer Handtasche herum und beförderte eine Visitenkarte zutage. »Sie hat uns allen eine von denen hier gegeben.«

Später wählte ich die Handynummer und hinterließ eine Nachricht, wer ich war, sowie meine Telefonnummer. Zu meiner Freude und Überraschung rief Mike höchstselbst zurück und war einverstanden, sich mit mir zu treffen. Noch überraschter war ich, dass er als Treffpunkt seine Privatadresse vorschlug.

»Ich komme nicht mehr so viel unter die Leute«, erklärte er. »Es wäre schön, hier mal ein neues Gesicht zu sehen.«

Auf der Fahrt dorthin bin ich erwartungsgemäß angespannt. Das Radio schalte ich nicht ein und überlege stattdessen, wie ich Mike um Rat fragen kann, ohne Ronnie zu erwähnen – zumindest noch nicht.

Einmal Polizist, immer Polizist, so sagt man, und Mike North könnte sich verpflichtet fühlen, alle Einzelheiten, die ich preisgebe, den diensthabenden Kollegen weiterzuleiten.

Sollte mein Nachbar unschuldig sein, und dessen bin ich mir immer noch zu neunundneunzig Prozent sicher, muss ich ihn beschützen. Zumindest für den Moment.

Ich biege in die Riverside Crescent ein und fahre an einer Reihe exklusiver Apartmenthäuser vorbei bis zum zweiten Besucherparkplatz am Ende, so wie Mike mich angewiesen hatte.

Die Apartments befinden sich am Ufer des Flusses Trent, und obwohl man ihn von hier aus nicht sehen kann, bieten der Parkplatz und die Balkone den Blick auf das Wasser.

Ich schnappe mir meine Handtasche und gehe auf das imposante Gebäude zu.

Es besteht aus jeder Menge Stahl und Glas, und die Fenster glitzern im schwachen Sonnenlicht. Ich nähere mich Block Sieben, gebe Mikes Wohnungsnummer ein und betätige dann die Taste mit der Glocke.

»Hallo«, begrüßt mich eine weibliche Stimme, als ich meinen Namen nenne. »Kommen Sie rauf, wir wohnen in der ersten Etage.«

Ich ignoriere den feudalen Fahrstuhl und steige die Treppe zum ersten Stock hinauf. Als ich oben ankomme, öffnet sich die Tür zu einem der drei Apartments.

Ich gehe auf die lächelnde Frau mit den kurzen blonden Haaren zu.

»Sie müssen Rose sein«, sagt sie und schüttelt mir die

Hand. »Ich bin Tessa. Mike freut sich schon den ganzen Tag auf Sie.«

Tessa sieht aus wie Anfang fünfzig, ist braun gebrannt und attraktiv und trägt eine kurze weiße Jeans sowie ein weites weißes T-Shirt. Ihre Füße sind nackt.

»Ich bringe Sie durch zu Mike«, sagt sie, als wir im Flur stehen. »Und dann hole ich Ihnen etwas Kaltes zu trinken. Selbst gemachte Limonade oder Wasser?«

»Limonade klingt gut, danke«, antworte ich lächelnd und mache Anstalten, meine flachen Pumps auszuziehen.

»Oh, lassen Sie die ruhig an«, meinte sie und winkte mich durch. »Mike wartet draußen auf dem Balkon auf Sie.«

Ich nicke und gehe an ihr vorbei den Flur entlang, der in einem großen, lichtdurchfluteten Foyer endet. Die bodentiefen Fenster und die Schiebetür sind geöffnet und geben einen beeindruckenden Blick auf den Fluss frei.

»Hallo, Rose«, ruft Mike vom Korbstuhl aus. »Kommen Sie doch raus.«

Da er nicht aufsteht, durchquere ich das Foyer und trete hinaus in den makellosen, gefliesten Balkon mit Glasscheiben.

»Wow«, entweicht es mir. »Wenn ich jeden Tag mit diesem Ausblick aufwachen würde, würde ich auch nicht viel unter die Leute kommen.«

Er lacht und streckt mir sehr langsam die Hand entgegen. Und in dem Moment bemerke ich, dass sie zittert. Es handelt sich jedoch nicht um ein einfaches Zittern, sondern um einen ausgewachsenen Tremor.

Ich schüttele ihm die Hand, und er zieht seinen Arm steif wieder zurück.

»Parkinson«, erklärt er knapp. »Ziemlich lästig, wie Sie sehen können.«

»Das tut mir sehr leid zu hören, Mike«, sage ich und habe ein ganz schlechtes Gewissen, dass ich durch mein Eindringen seinen Frieden störe. »Ich hatte keine Ahnung, und wenn ich das gewusst hätte, wäre ich nie ...«

»Sie brauchen sich nicht zu entschuldigen, Rose.« Er schüttelte den Kopf. »Ich freue mich, Sie nach all den Jahren wiederzusehen. Sie waren ja noch im Teenageralter, als die Tragödie Ihre Familie erschüttert hat.«

Einen kurzen Moment lang schweigen wir beide und geben uns der Erinnerung hin.

»Ich war erschüttert, als ich das von Ihren Eltern gehört habe. Beide so zu verlieren, nach dem, was Billy passiert ist, nun ja ... Ich kann mir kaum vorstellen, wie Sie das überstanden haben.«

»Danke, Mike. Sie haben beide viel von Ihnen gehalten, wie Sie sicherlich wissen.«

Er lächelt, und ich betrachte sein faltiges Gesicht. Es ist sechzehn Jahre her, seit ich ihn das letzte Mal gesehen habe, und meine Erinnerung an damals ist getrübt, aber er sieht viel älter aus, als ich erwartet habe. Viel älter als seine Frau. Ich bin mir fast sicher, dass das an der Parkinsonkrankheit liegt, mit der er leben muss.

Wir drehen uns um, als Tess mit einem Tablett herauskommt, auf dem zwei hohe Gläser mit eisgekühlter Limonade stehen.

»Wie nett«, sagte ich, nehme mir ein Glas und fächele mir mit der anderen Hand Luft zu. Unten auf dem Parkplatz ist es nicht so heiß gewesen.

»Hier ist es immer so warm«, erklärte Tessa und stellte Mikes Glas mit einem extralangen Strohhalm darin auf dem Tisch neben ihm ab. »Alle Balkone gehen zum Süden hin, und selbst an relativ kühlen Tagen heizt es sich hier schnell auf, weil die Balkone so windgeschützt sind.«

Ich nippe an meiner Limonade und komme nicht umhin zu denken, dass es Mike recht gut gehen muss, erst mit seinem Gehalt als Detective und nun mit seiner Pension.

»Wir können uns das hier nur dank Tessa leisten«, erzählt Mike, als hätte er meine Gedanken gelesen. Er schaut hinaus auf den Fluss. »Sie war Partnerin in einer Anwaltskanzlei, hat den Job aber aufgegeben, um sich um mich zu kümmern. Die Glückliche.«

»Passen Sie auf, Rose.« Tessa zwinkert mir zu, bevor sie wieder nach drinnen geht und die Glastür zuzieht. »Bevor Sie sich versehen, erweckt er Ihr Mitleid für ihn. So hat er mich rumgekriegt.«

Mike lacht und wirft ihr einen Luftkuss zu. Das Ehepaar hat sicherlich einen schweren Weg vor sich aufgrund von Mikes Erkrankung, aber sie lieben sich offensichtlich sehr. Das ist schön zu sehen.

Ich lege eine Hand an die Stirn, um meinen Augen Schatten zu bieten, und schaue den Fluss entlang bis zur Biegung. In den paar Minuten, die ich erst hier bin, habe ich bereits Teichhühner, Blesshühner und einen prächtigen Kormoran gesehen, der tief und schnell über das Wasser flog.

Mike hat nach all den furchtbaren Fällen, mit denen er in seinen über dreißig Jahren bei der Polizei von Nottinghamshire zu tun hatte, sein eigenes kleines Stück vom Himmel gefunden.

Was mit Billy passiert ist, ist Teil einer Vergangenheit, die er lieber vergessen möchte, und ich bin hier, um ihn daran zu erinnern.

SIEBENUNDDREISSIG

ROSE

Heute

Ich versuche, ihn nicht anzustarren, als Mike sich mit deutlichen Schwierigkeiten vorbeugt und mit zitternder Hand den Strohhalm zum Mund führen will.

»Kann ich Ihnen helfen?«, frage ich verlegen.

»Danke, aber nein. Ich erfreue mich an den kleinen Dingen, die ich noch in der Lage bin zu tun.« Er verdreht die Augen.

»Armselig, oder? Aber man weiß nie, wann es schlimmer wird.«

Ich schüttele den Kopf. »Sie machen das toll. Sind Sie krank geworden, nachdem Sie in Rente gegangen sind?«

»Nein, nein.« Er lehnt sich umständlich wieder im Stuhl zurück und betrachtet das glitzernde Wasser des Flusses. »Das war schon vorher. Bei Billys Fall ist mir etwas passiert.«

Ich setze mich etwas gerader auf. »Wie meinen Sie das?«

»Hier drin hat sich etwas verändert«, erklärt er und tippt sich auf die Brust. »Ich war nicht mehr mit dem Herzen bei der Arbeit.«

»Das verstehe ich.«

»Billys Fall, wie ich ihn immer genannt habe, hat mir etwas genommen.« Er schaut hinter sich, vermutlich um sich zu vergewissern, dass Tessa nicht in der Nähe ist. »Ich habe in all den Jahren viel mit wirklich schlimmen Sachen zu tun gehabt, Mord, Vergewaltigung, Drogendeals mit Todesfolge … alles Mögliche. Nach dreiunddreißig Jahren bei der Polizei hat man absolut alles gesehen, das garantiere ich Ihnen.«

Schweigend sitze ich da und höre zu. Ich will ihn nicht unterbrechen, kann es aber kaum erwarten zu sagen, warum ich hier bin, bevor mich der Mut verlässt.

»Aber irgendetwas an diesem Jungen, an Ihrem Bruder, hat mich zerrissen. Ich bin nach vierzehn Arbeitsstunden nach Hause gekommen und habe dann noch vier oder fünf Stunden am Küchentisch gearbeitet.« Bei der furchtbaren Erinnerung daran schüttelt er langsam den Kopf. Immer noch mit Blick auf das Wasser fährt er fort: »Ich habe Familiengeburtstage verpasst, den Schulabschluss meiner ältesten Tochter, und Tessa und ich, nun ja, wir standen kurz vor der Trennung.«

Nachdem ich sie heute so glücklich zusammen gesehen habe, kann ich das kaum glauben. Ich habe ein schlechtes Gewissen. Mike hat all das durchgemacht, um Gerechtigkeit für Billy zu bekommen. Und für uns.

»Der Fall hat mich verschlungen.« Er schaut mich an. »Ich will damit nicht behaupten, dass ich so sehr gelitten habe wie Sie und Ihre Eltern, Rose; das ist natürlich nicht der Fall. Aber Sie sind inzwischen vermutlich die einzige Person, die auch nur annähernd nachvollziehen kann, wie sich das angefühlt hat.«

Ich nicke. Worte sind nicht nötig.

»Wie auch immer …« Er schüttelt den Kopf, als wolle er die Erinnerungen loswerden. »Nachdem der Fall abgeschlossen und Farnham Gott sei Dank in Haft war, musste ich feststellen, dass ich keine Energie für weitere Fälle mehr hatte. Ich fing an, Sachen wie Besteck fallen zu lassen, und hatte Schwierigkeiten, einen Stift zu halten und mit der Hand zu schreiben. Steife Gelenke ... Sie wissen schon.«

»Lag das am Parkinson?«

Mike zuckte die Achseln. »Wie üblich habe ich die Anzeichen ignoriert, solange ich konnte, und Wege gefunden, das Zittern zu verbergen. Dann, eines Tages, ist es Tessa aufgefallen, und sie hat keine Ruhe mehr gegeben. Nur einen Monat später hatte ich die Diagnose und bin in den Ruhestand gegangen.«

»Tut mir leid, all das zu hören, Mike«, sage ich und verspüre echte Traurigkeit. »Meine Eltern haben immer gesagt, was für ein Glück wir hatten, dass Sie für den Fall zuständig waren. Dass es Sie wirklich mitgenommen hat, was mit Billy passiert ist. Ich fürchte, keinem von uns war bewusst, wie viel Sie selbst aufgegeben haben.«

»Nun ja.« Er seufzt und scheint sich wieder zu fangen. »Genug des Selbstmitleids. Ich freue mich sehr, Sie zu sehen, Rose. Zu sehen, dass es Ihnen gut geht, trotz allem, was Ihre Familie durchmachen musste.«

Plötzlich bin ich mir meiner dürren Oberschenkel auf dem Stuhl und den knochigen Schultern, die sich deutlich unter dem Top abzeichnen, bewusst.

Ich muss an mein beschissenes, trauriges Leben denken. Es fühlt sich absolut nicht an, als würde es mir gut gehen.

»Sie sagten am Telefon, dass Sie meinen Rat benötigen?« Er möchte den Grund wissen, aus dem ich hier bin, und ich zögere. Allerdings möchte ich ihm auch nicht zu lange zur Last fallen, und so ist es an der Zeit zu sagen, warum ich hier bin.

Ich hole tief Luft. »Die Sache ist etwas schwierig, Mike. Ich habe die letzten sechzehn Jahre damit verbracht, nicht daran zu denken, was mit Billy passiert ist, und die Erinnerung an Gareth Farnham aus meinem Kopf zu streichen.«

»Das kann ich absolut verstehen«, sagt er und nickt. »Nehmen Sie sich die Zeit, die Sie brauchen, Rose.«

»Ich muss Sie um einen großen Gefallen bitten. Und ich meine einen wirklich *riesigen* Gefallen.«

»Was immer ich tun kann, um Ihnen zu helfen.« Er hält die zitternde Hand vor seinem Körper. »Das wissen Sie.«

»Ich würde gern rein theoretisch ein bestimmtes Szenario durchsprechen, wenn das okay ist.«

Mike lächelt. »Ah, verstehe, das gute alte Was-wäre-wenn-Szenario. Also möchten Sie keine Fakten besprechen? Das ist für mich in Ordnung, Rose. Schießen Sie los.«

Will ich das immer noch tun?, frage ich mich selbst.

Ronnies müdes Gesicht erscheint vor meinem inneren Auge. Er war so krank und ist es immer noch, er liegt im Bett im Haus neben meinem, ganz allein in seinem fortgeschrittenen Alter.

Dann hole ich tief Luft. Ich muss das hier tun, für mich und für Billy.

Ich habe keine wirkliche Wahl.

ACHTUNDDREISSIG

ROSE

Heute

Ich schaue Mike an, und dann sprudelt es nur so aus mir heraus.

»Was wäre, wenn viele Jahre nach einem furchtbaren Verbrechen etwas ans Licht kommt, das alles infrage stellt, was man glaubte, über denjenigen zu wissen, der das Verbrechen begangen hat?«

Mike umfasst die Armlehne seines Stuhls und schaut mich an. »Was ist passiert? Gibt es einen neuen Beweis?«

Ich schaue weg, und Mike reist sich zusammen.

»Tut mir leid, Rose, ich habe ganz vergessen, dass wir rein theoretisch sprechen, stimmt's?«

Ich nicke kurz und wünschte, ich könnte die Arme heben, um Luft darunter zirkulieren zu lassen. Mein Herz schlägt nun heftig, aber ich ignoriere es. Ich kann jetzt nicht aufhören.

»Okay. Wenn etwas ans Licht gekommen wäre, würde es davon abhängen, was dieses *etwas* ist«, mutmaßte Mike. »Wenn es sich um einen neuen stichfesten Beweis handelt, dann sollte der Finder damit zur Polizei gehen. So einfach ist das.«

»Aber würden die zuhören? Und würden sie sich darauf einlassen, erst Maßnahmen zu ergreifen, wenn der Finder sich dazu bereit fühlt?«

Mike schaut mich ungläubig an. »Das ist kein Spiel, Rose. Sollte ein Unschuldiger sechzehn Jahre lang hinter Gittern sitzen – oder wie lange unser theoretischer Bösewicht auch immer eingebuchtet ist – für ein Verbrechen, das er nicht begangen hat, dann muss das in Ordnung gebracht werden. Er muss entlassen und der Mordfall neu aufgerollt werden.«

Gareth Farnham ist alles andere als unschuldig. Der Gedanke, dass mein Handeln dazu führen könnte, dass er ein neues Leben beginnt, macht mich ganz krank. Er wäre frei, und bis jemand anderes verurteilt wird, wäre Billys Tod ungesühnt.

Ich sehe Mike an und könnte schwören, dass er dasselbe denkt.

»Es gibt nur Schwarz und Weiß.« Er zuckt die Achseln. »Wenn es einen wichtigen neuen Beweis gibt, dann sollte die Polizei darüber informiert werden. Die Person, die den Fund meldet, verliert in dem Moment die Kontrolle, in der sie die Aussage tätigt. Danach gibt es keinen Verhandlungsspielraum, ob der Sache nachgegangen wird oder nicht.«

»Aber wenn da niemand mehr arbeitet, der damals bei dem Fall dabei war?«

»Irrelevant.« Mike zuckt die Achseln. »Der Fall müsste wieder aufgenommen werden, wenn der neue Beweis zeigt, dass die Verurteilung womöglich ungerechtfertigt war.«

Ich nehme ein Taschentuch aus meiner Tasche und wische mir Stirn und Kinn ab.

»Sollen wir lieber reingehen, wo es kühler ist, Rose? Ich kann Tessa bitten, mir zu helfen.«

»Nein, alles gut«, sage ich schnell. Ich muss diese Sache hinter mich bringen, also rede ich weiter. »Wenn es einen neuen Beweis gäbe, der eine andere Person belastet, eine

Person, die die ganze Zeit frei herumgelaufen ist, was würde dann passieren?«

Mike seufzt. »Es ist schwer, das zu beurteilen, ohne das Gesamtbild zu kennen. Was ich sagen kann, ist Folgendes: Es muss schon etwas Hieb- und Stichfestes sein, damit die Polizei einen Fall wiederaufnimmt, der bereits zur vollen Zufriedenheit abgeschlossen worden ist. Insbesondere, wenn es sich um den Mord an einem Kind handelt. Dann würde das gesamte Land aufhorchen.«

Ich verspüre einen Anflug von Panik.

»Die Person, die das neue Beweisstück gefunden hat, müsste zur Polizei gehen und eine vollständige Aussage abgeben«, fuhr er fort. »Dann würde entschieden, ob und was zu tun ist.«

»Aber was wäre, wenn das Beweisstück nicht das ist, wonach es aussah, und eine unschuldige Person zum Verhör geschleppt wird und ...« Ich presse die Handballen gegen meine Stirn. Es ist alles so ein riesiges Chaos. Jetzt bin ich sogar noch verwirrter als zuvor. »Könnte ich nicht erst privat mit jemandem reden, bevor ich den nächsten Schritt wage und zur Polizei gehe?« Ich fasse mich wieder. »Theoretisch, natürlich.«

»So funktioniert das leider nicht.« Mike presst die Lippen aufeinander. »Diese alte Art der Polizeiarbeit gibt es schon lange nicht mehr. Ein Polizist würde abgemahnt oder gar gefeuert werden, wenn herauskommt, dass er inoffiziell in einem geschlossenen Fall herumschnüffelt. Dafür braucht man die Genehmigung von höchster Stelle. Heutzutage hat man schlicht nicht die Ressourcen, um Fälle zu öffnen, die schon längst erledigt sind. Die Polizei steht unter einem enormen Druck.«

»Wenn also jemand hingeht und alles erzählt, würde Gareth Farnham entlassen und der Fall wiederaufgenommen werden?«

»So einfach ist das nicht«, antwortet Mike. »Solche Sachen

passieren nicht über Nacht, Rose. Die Polizei kann nicht einfach verurteilte Verbrecher entlassen und Mordfälle wieder öffnen, nur weil irgendjemand irgendetwas behauptet.«

Ich nicke, und mir wird klar, dass ich mich in Mikes Ohren recht einfältig anhören muss. Ich weiß, dass ich die ganze Sache zu einfach sehe, und ich weiß auch, dass dem so ist, weil ich will, das Farnham schuldig ist, und bete, dass es eine total simple Erklärung dafür gibt, dass ein Hauptbeweisstück die ganze Zeit in Ronnies Haus versteckt war.

Mike schaut hinauf in den Himmel und denkt eine Weile nach. »Wenn sich die Verantwortlichen einig wären, würden sie der neuen Spur vermutlich nachgehen und dann entscheiden, ob es sich lohnt, das Urteil infrage zu stellen oder nicht.«

»Aber was wäre, wenn die *neue* verdächtige Person sich dann doch als unschuldig herausstellt? Was, wenn es nicht so war, wie es aussah? Dann wäre sie doch völlig traumatisiert.«

»Und genau deshalb kann die Polizei nicht einfach so handeln.« Mike schaut mich an. »Schlussendlich muss der Gerechtigkeit genüge getan werden, unabhängig davon, ob jemand sich darüber aufregt, weil er befragt wird. Diese ›theoretische Unterhaltung‹ ist ein bisschen frustrierend, oder? Warum erzählen Sie mir nicht einfach, was passiert ist, und vielleicht kann ich Ihnen dann einen guten Rat geben?«

»Das kann ich nicht, ich kann einfach nicht.« Meine Stimme bricht, und ich drücke meine Handtasche fest an mich. Mein Herz klopft nun wie ein Presslufthammer, und mir ist schlecht. »Kann ich Sie noch etwas fragen, Mike?«

»Alles.«

»Als Sie Gareth Farnham verhaftet haben, waren Sie sich da zu hundert Prozent sicher, dass Sie den Richtigen hatten?«

»Tut mir leid, Rose.« Er seufzt. »Ich habe alles gesagt und will Ihnen wirklich so gut ich kann helfen, aber Sie wissen auch, dass ich keine Fälle, an denen ich beteiligt war, mit Ihnen besprechen darf. Da sind mir die Hände gebunden.«

Zwei verschiedene Bilder tauchen immer wieder in meinem Kopf auf.

Das hasserfüllte Gesicht von Gareth Farnham und das traurige, freundliche Gesicht von Ronnie. Ich bin so sehr versucht, Mike alles zu erzählen.

Sag's ihm einfach, drängt die Stimme in meinem Kopf. *Sag's ihm und lindere den Druck, bevor er dich kaputtmacht.*

Ich stehe auf. »Tut mir leid Mike, ich hätte das nicht fragen dürfen. Ich weiß auch nicht, ich bin im Moment völlig durch den Wind. Bitte vergessen Sie alles, was ich gesagt habe. Ich muss jetzt gehen. Um eins muss ich bei der Arbeit sein.«

»Sie brauchen sich nicht zu entschuldigen, Rose. Nach allem, was Sie durchgemacht haben – und ich meine Sie persönlich –, muss es traumatisch sein, auch nur den Namen des Mistkerls zu erwähnen. Die furchtbaren Dinge, die er getan hat ...«

Ich schüttele den Kopf. »Sagen Sie es nicht, Mike, bitte.«

Mike ruft nach Tessa, und sie erscheint fast umgehend in der Balkontür.

»Ich bringe Sie zur Tür«, sagt sie.

Ich danke Mike, dass er sich die Zeit für mich genommen hat, und er sagt mir zu, jederzeit da zu sein, wenn ich wieder reden möchte.

Doch als Tessa und ich gerade in den Flur zur Haustür treten wollen, ruft Mike uns hinterher: »Rose!«

Ich drehe mich um und sehe ihn in der Balkontür stehen und mich anblicken. Offensichtlich hat er große Schmerzen, denn seine Knie zittern leicht und sein Gesichtsausdruck ist angespannt. Tessa läuft zu ihm zurück, um ihm zu helfen.

»Gareth Farnham verdient die volle Verachtung dafür, was er Ihnen und Cassie angetan hat«, sagt Mike ein wenig außer Atem. »Ich habe nicht eine Minute Schlaf darüber verloren, dass er eingebuchtet wurde; er hat es verdient. Aber ich muss Ihnen gegenüber zugeben, dass irgendetwas an dem Fall schon immer nicht gestimmt hat. Ich wusste und weiß allerdings nicht, was. Und ich glaube, dass ist der Grund, warum er mir so nahe ging.« Tessa ist nun bei ihm, und er stützt sich erleichtert auf sie. »Tut mir leid, Rose. Die Antwort auf Ihre Frage ist *Nein*. Ich war mir nie zu hundert Prozent sicher, dass wir den Richtigen hatten, und trotz meiner tiefen Abneigung gegen Gareth Farnham bin ich es auch heute nicht.«

NEUNUNDDREISSIG

Sechzehn Jahre zuvor

»Ich möchte, dass du dieses Wochenende zu mir kommst«, sagte Gareth. »Und einen ganzen Tag in meiner Wohnung verbringst.«

»Das wäre toll«, meinte Rose. In letzter Zeit fühlte sie sich so furchtbar erwachsen.

»Ich dachte, ich koche uns am Samstag was zu Mittag, und dann machen wir uns zusammen einen faulen Nachmittag. Wie findest du das?«

»Oh, das hört sich gut an, aber ich habe versprochen, Billy am Samstagnachmittag zum Fußballspiel zu begleiten«, antwortete Rose. »Vielleicht könnte ich stattdessen am Vormittag vorbeikommen?«

»Da muss ich mich mit Papierkram beschäftigen«, erklärte Gareth brüsk. »Und du musst doch nicht ständig mit Billy da hin, oder? Kann deine Mum oder dein Dad ihn nicht bringen?«

»Ich war schon seit einer halben Ewigkeit nicht mehr mit ihm bei einem seiner Spiele, und er wäre furchtbar enttäuscht, wenn ich ihn jetzt hängenlasse.« Gareth schaute genervt, und so versuchte Rose, ihm die Sache näher zu erklären. »Es ist nur so, dass das sonst immer unsere gemeinsame Zeit war, und diese Woche steht er zum ersten Mal im Tor. Das ist eine ganz große Sache für ihn.«

Gareths Nasenflügel flattern, doch er sagt nichts.

»Kann ich ehrlich zu dir sein, Gareth? Seit ich aufs College gehe und in der Bibliothek arbeite und dich kenne, habe ich das Gefühl, Billy zu vernachlässigen«, erklärte sie. Es war ihr wichtig, dass er sie verstand. »Ich muss mir wirklich wieder mehr Zeit für ihn nehmen ... vielleicht können wir ja mal was zu dritt unternehmen.«

»Oh, ich verstehe schon. Es ist alles meine Schuld.« Gareth nahm seine Hand von ihrem Knie.

»Das habe ich doch gar nicht gesagt!«

»Und was ist mit Zeit für *mich* ... für uns?«

»Ich fühle mich halt verantwortlich für ihn«, versuchte Rose weiter, sich zu erklären. »Er ist so klein und einsam, und ich ...«

»Aber er ist nicht *dein* Kind, oder?«, warf Gareth ein. »Ihr seid doch keine dieser gruseligen Inzestfamilien wie in der *Jerry Springer Show*, oder? Wo das Kind denkt, seine Mutter wäre seine Schwester?«

»Nein!« Rose grinste, war jedoch durchaus verärgert. »Er ist definitiv mein kleiner Bruder.«

»Na, dann bist du auch nicht für ihn verantwortlich. Sollen doch deine Eltern ihn zum Fußball bringen. Du machst es ihnen viel zu leicht.«

Rose seufzte. Gareth begriff nicht, worum es ihr ging. Sie *wollte* Billy zu diesem Spiel begleiten.

»Ich habe mich sehr darauf gefreut, Zeit mit dir zu verbringen«, sagte er nun mit sanfterer Stimme. »Aber wenn du deine Familie vorziehst, dann ist das eben so. Ich bin wohl selber schuld, dass ich sonst niemanden hier im Dorf kenne. Vielleicht habe ich mich zu sehr auf dich konzentriert, Rosie.« Er küsste sie zärtlich auf die Wange. »Ich finde schon eine andere Beschäftigung. Irgendwo wird es schon andere Leute geben, die gern Zeit mit mir verbringen.«

Rose verspürte einen Anflug von Panik, als die attraktiven Gesichter der anderen Frauen im Dorf wie eine Diashow vor ihrem inneren Auge auftauchten. Die meisten davon waren älter als sie und hatten Jobs in Mansfield oder Nottingham, putzten sich heraus und kleideten sich aufreizend.

Sie wollte Gareth gern am Wochenende sehen, aber auch ihr Versprechen halten und Billy zum Fußballspiel bringen.

Wenn Gareth doch nur etwas flexibler wäre, dann könnte sie beides unterbringen, aber er hatte sehr deutlich gemacht, dass das für ihn nicht infrage kam.

»Ich frage meine Mutter, ob sie Billy hinbringen kann«, sagte sie resigniert.

»Braves Mädchen«, lobte Gareth und lächelte.

»Du kannst mit uns mitkommen, wenn du magst«, sagte Rose fröhlich.

Ihre Eltern waren beim Wiederbelebungsprojekt, und Gareth war unter dem Vorwand vorbeigekommen, Roses Wissen über den Nottingham-&-Beeston-Kanal anzuzapfen.

»Schon okay, Rose«, meinte Billy. »Ich schau mal, ob jemand aus der Schule auf dem Feld ist.«

»Aber du guckst dir doch gern Kanalbote an«, drängte sie.

»Ich will aber nicht«, schmollte Billy und schaute zu Gareth.

»Es ist doch okay, wenn Billy mit uns kommt, oder, Gareth?«

Gareth zuckte die Achseln. »Er hat doch gerade gesagt, dass er nicht will.«

Rose bemerkte die aufgeladene Stimmung zwischen ihnen.

Sie konnte förmlich fühlen, wie die Luft zwischen Billy und Gareth knisterte.

»Was ist denn los mit euch beiden?« Sie schaute verwirrt von einem zum anderen. »Irgendwas ist doch passiert.«

»Bild dir doch nicht schon wieder was ein, Rose«, meinte Gareth besänftigend und starrte Billy an. »Nichts ist passiert. Billy kann sich selbst beschäftigen. Immerhin ist er schon acht Jahre alt und keine drei mehr.«

Sie schaute zu ihrem Bruder und spürte, wie sich ihr Herz zusammenzog. Aus irgendeinem Grund war Billy in der Schule nicht sonderlich beliebt. Er hatte ein oder zwei Freunde, aber die wohnten am Rand von Hucknall, mehrere Kilometer vom Dorf entfernt.

Er war schon immer irgendwie ein Außenseiter gewesen, und jetzt vermittelte ihm Gareth in seiner eigenen Familie ein ungutes Gefühl. Sie hatte nachgegeben und Billy nicht zum Fußballtraining begleitet, aber jetzt erwartete Gareth, dass sie ihn schon wieder ausschloss.

»Billy, ich fänd's wirklich gut, wenn du mitkämst. Ich ...«

Gareth fasste sie am Unterarm. »Lass gut sein, Rose. Wir gehen allein zum Kanal und fertig.«

»Au!« Sie zog ihren Arm weg und rieb die schmerzende Stelle.

»Tu meiner Schwester nicht weh«, stieß Billy drohend aus. Er trat einen Schritt vor und ballte seine kleinen Hände zu Fäusten.

Gareth warf den Kopf zurück und stieß ein übertriebenes Lachen aus. »Warum, was tust du sonst, du dürrer kleiner Kümmerling?« Er verpasste Billy einen kräftigen Schups. Billy taumelte rückwärts und schlug sich den Arm an der Kante der Kommode an. Tränen liefen über seine Wangen.

Rose lief umgehend zu ihm.

»Was sollte das denn?«, fuhr sie Gareth an. »Du gehst jetzt besser.«

Bevor sie begriff, was passierte, stürmte Gareth zu ihr, wie sie vor Billy hockte und seinen Arm rieb, und packte sie an den Haaren.

Sie schrie auf, als er sie aufrecht hochzog. Billy begann zu heulen. In seinem Gesicht stand die blanke Angst.

»Wir gehen zum Kanal, ob du willst oder nicht, Rose. Und jetzt steig ins Auto. Sofort.« Seine Stimme war ruhig und gefasst und weckte Panik in ihr.

»Gareth, bitte! Nein! Ich kann Billy nicht einfach allein lassen, ohne dass sich jemand um ihn kümmert!«

»Rein da.« Er schob sie unsanft in Richtung Küche. Sie schlug sich die Schulter am Türrahmen an und schrie vor Schmerz auf. »Und du ...« Gareth drehte sich zu Billy um, der in der Ecke kauerte, hob den Zeigefinger und legte ihn an die Lippen. »Du hältst die Klappe, du kleine Nervensäge, oder ich tu deiner Schwester richtig weh.«

In der Küche baute sich Gareth bedrohlich vor Rose auf.

»So weit hast du mich also gebracht.« Seine Stimme klang völlig monoton. »Wenn ich mit dir fertig bin, gehst du wieder da rein und überzeugst deinen Bruder davon, seine blöde Klappe zu halten. Sonst verliert dein Vater seinen Posten beim Projekt und den bezahlten Job bekommt jemand anderes.«

Rose kniff die Augen zusammen. Tränen flossen ihre Wangen hinunter.

Als sie die Augen wieder öffnete und ihn anschaute, fragte sie sich, wie eine so zuvorkommende und liebevolle Person zu so einem ... *Monster* hatte werden können.

Er drohte ihr, ihrem Vater seinen neuen Lebenssinn zu nehmen. Ray hielt so hohe Stücke von Gareth. Erst jetzt wurde ihr klar, wie perfide er sich in ihrer aller Leben geschlichen hatte. Nun kontrollierte er ihren Vater genauso wie er sie selbst und Billy kontrollierte ... und sie konnte nichts dagegen tun. *Cassie hatte die ganze Zeit recht gehabt.*

»Ich sag ihm, dass er nichts verraten soll«, flüsterte sie und wischte sich die Augen mit dem Handrücken ab.

»Braves Mädchen. Sehr vernünftig.«

Sie öffnete die Küchentür und ging zurück ins Wohnzimmer, wo Billy in der Mitte des Raums stand und völlig apathisch schaute.

Rose wusste, dass wenn sie ihrem Vater erzählen würde, was passiert war, er Gareth sofort vor die Tür setzen würde. Job oder kein Job. Sie hatte nicht den geringsten Zweifel, dass er seine potenziell rosige Zukunft opfern würde, wenn er wüsste, dass Gareth Farnham sie und ihren Bruder misshandelte.

Doch das konnte Rose ihrem Dad nicht antun. *Sie* war diejenige, die Gareth Farnham in ihrer aller Leben gelassen hatte. Es war ihre Aufgabe, ihren Vater und ihren Bruder zu beschützen und einen Ausweg aus dieser Misere zu finden.

Dummerweise hatte sie fast jeden, dem sie einmal wichtig gewesen war, aus ihrem Leben verbannt. Sie hatte ernsthaft geglaubt, dass Gareth wollte, dass sie mit ihm zusammen war, weil er sie so sehr liebte. Aber jetzt erkannte sie endlich die Wahrheit, die Cassie ihr so unbedingt hatte vermitteln wollen.

Gareth fühlte sich von jedem bedroht, der Rose wichtig war, und war eifersüchtig. Auch auf ihren achtjährigen Bruder.

Sie beschloss zu schweigen und zu versuchen, Gareth von Billy fernzuhalten ... bis sie eine Lösung gefunden hatte.

VIERZIG

Sechzehn Jahre zuvor

Sie wartete in der Mittagspause vor dem Büro des Projekts auf ihn.

Es war ein sonniger Tag, nicht kalt, und Rose schaute sich auf dem riesigen Grundstück um. Sie versuchte, über die Erdhügel und das abgestorbene Gras hinwegzusehen und sich die ausgeklügelte Landschaftsgestaltung und den geplanten Angelsee vorzustellen, die auf den Lageplänen verzeichnet waren, die ihr Vater zu Hause auf dem Tisch ausgebreitet hatte. Was alles andere als leicht war.

Es war noch so viel zu tun – noch mindestens achtzehn Monate, hatte Gareth gesagt. Und dann musste das ganze Ding noch verwaltet, die Arbeitskräfte mussten angeleitet und die breite Öffentlichkeit musste einbezogen werden. Letzterer fiel die Hauptaufgabe zu: die Nutzung der neuen Angebote.

Gareth plante, langfristig im Dorf zu bleiben, und Rose wurde klar, dass sie sich der Situation nicht entziehen konnte. Sie musste auch an Billy denken. Er war erst acht Jahre alt, und sie hatte ihn gebeten, für sie zu lügen, von ihm erwartet, einen Mann zu schützen, der sie beide wie Dreck behandelt hatte.

Jetzt kam es Rose vor, als hätte sie sich eine Zeit lang treiben lassen von etwas, was sie für Liebe gehalten hatte. Sie hatte jedes Kompliment aufgesogen, jede gut durchdachte Instruktion, die Gareth ihr erteilt hatte.

Und all das hatte sie getan, ohne auch nur darüber nachzudenken, weil sie geglaubt hatte, dass er wirklich nur ihr Bestes wollte.

Dieser Traum war nun verpufft, dadurch, wie er sie behandelt hatte, und noch viel wichtiger, wie er Billy behandelt hatte.

Es war, als hätte jemand mit einem hellen Scheinwerfer in eine dunkle Ecke geleuchtet ... und sie würde all diese Dinge nicht mehr ungesehen machen können. All die Plattitüden, die sie sich selbst eingeredet hatte, um Gareths kontrollierendes Gehabe zu entschuldigen, klangen nun leer in ihrem Kopf.

Sie war schlicht und einfach eine Närrin gewesen.

Rose drehte sich um und schaute durch das Fenster des Projektbüros. Das Meeting war gerade beendet, und die Leute standen auf und schüttelten sich gegenseitig die Hände.

Ihr Vater schaute auf und hob die Hand, um sie zu grüßen. Sein Gesicht strahlte. Er war zum ersten Mal seit einer langen Zeit mal wieder Teil von etwas.

Ein paar Sekunden später hörte sie den Kies hinter sich knirschen, als Ray in seinen schweren Stiefeln mit Metallspitzen und einem Overall aus dem Büro trat.

»Rose! Bist du wegen mir hier oder wegen Gareth?«

»Ich treffe mich hier mit Gareth, Dad.« Sie lächelte ihn schwach an. »Er braucht bei irgendwas meine Hilfe.«

Ihr Vater drehte sich um und lächelte. »Wenn man vom Teufel spricht, da kommt er ja.«

»Hallo, Rose.« Gareth zögerte ein wenig, und seine Augen schauten von Vater zu Tochter. »Alles gut?«

»Ich bin hier, um mit dir über die Sache zu reden, von der

du wolltest, dass ich sie mir mal ansehe.« Ihre Stimme klang selbst in ihren Ohren etwas schroff, aber ihrem Vater schien es nicht aufzufallen.

»Ah, ja, natürlich. Ray, könntest du dem Bauunternehmer die Stelle zeigen, wo er mit dem Ausheben des Bodens anfangen soll, während ich Roses Wissen zu etwas anzapfe?«

»Wird erledigt«, antwortete Ray und drückte den Rücken durch. »Tschüss, meine Liebe.«

»Tschüss, Dad«, sagte sie schwach und schaute zu, wie er geschäftig von dannen schritt.

Am liebsten wäre sie ihm hinterhergelaufen, hätte ihn am Arm gepackt und alles erzählt, was in den letzten Wochen geschehen war. Stattdessen wandte sie sich Gareth.

»Ich muss mit dir reden«, sagte sie. »Sofort.«

Sein Büro befand sich in einem beengten Container auf der Baustelle. Gareth streckte den Arm aus und gebot Rose, sich auf einen der beiden Stühle vor seinem Schreibtisch zu setzen. Sie fühlte sich wie auf einem Geschäftstermin mit ihm.

Sein Schreibtisch war aufgeräumt, die Schreibunterlage darauf makellos. Kein Schnickschnack und keine Notizen; der Schreibblock war weiß und unberührt. Der Hefter, der Locher und der Halter mit den Kugelschreibern und Bleistiften waren penibel neben dem kompakten schnurlosen Telefon aufgereiht. Nur ein paar schlecht gefaltete Pläne auf der rechten Seite störten das Bild.

Gareth setzte sich in seinen Bürostuhl, lehnte sich zurück und presste die Fingerspitzen aneinander, als würde er gleich einen Vorschlag machen.

Aber er sagte nichts.

Rose holte tief Luft.

»Ich ... ich habe viel nachgedacht und ich glaube, es ist das Beste, wenn wir ... nun ja, wenn wir uns nicht mehr treffen.«

Sie hatte damit nicht so herausplatzen wollen, aber immerhin hatte sie es jetzt hinter sich.

Sie hatte wütende Worte erwartet, Vorwürfe, wüste Beschimpfungen, aber nichts davon geschah. Gareth schaute sie einfach nur schweigend an.

»Es ist, weil ...« Sie sog Luft in ihre Lunge, fühlte sich aber dennoch atemlos. »Ich ... ich kann nicht vergessen, was neulich passiert ist, wie du mich und Billy behandelt hast, und ... es gibt noch andere Gründe, aber ich möchte das jetzt nicht alles ausdiskutieren.«

»Das verstehe ich vollkommen, Rose«, sagte er ruhig.

»Tust du?«

»Absolut. Ich habe mich unmöglich benommen.« Er seufzte und schaute aus dem kleinen, beschlagenen Fenster. »Ehrlich gesagt hatte ich hier bei der Arbeit ganz schön viel Stress, aber das allein ist keine Entschuldigung für mein Verhalten. Alles, was ich sagen kann, ist, dass es mir furchtbar, furchtbar leidtut.«

Rose öffnete den Mund und schloss ihn wieder. Sie hatte in ihrem Kopf eine Menge Möglichkeiten durchgespielt, wie dieses Gespräch verlaufen könnte, aber seine reumütige Reaktion war keine davon gewesen.

»Ich bin ein Idiot. Ich habe durch meine eigene Arroganz die Frau verloren, die ich liebe, und ich habe den kleinen Billy verängstigt, den ich wirklich sehr gern mag.«

Bisher hatte Gareth von Billy immer gesprochen, als wäre er ein Ärgernis ... hatte Rose sonst noch etwas falsch verstanden?

»Das klingt, als hättest du dir deine Entscheidung sehr sorgfältig überlegt, also muss ich sie respektieren«, meinte Gareth sanft. »Aber ich flehe dich an, können wir Freunde bleiben, Rose? Ich kann den Gedanken nicht ertragen, dass wir uns mal auf der Straße begegnen und uns noch nicht einmal begrüßen. Das würde ich nicht aushalten.«

»Natürlich«, antwortete sie schnell. Die Anspannung, die

sich in den letzten Stunden aufgebaut hatte, wich plötzlich aus ihren Muskeln.

»Es tut mir so leid«, sagte er erneut, und sie fand, dass er ausgesprochen zerknirscht aussah, wie er da saß, so voller Reue.

»Entschuldigung angenommen.« Rose lächelte. »Ich bin froh, dass wir noch Freunde sein können. Vielleicht kann ich meinem Vater ja dann und wann hier auf der Baustelle helfen.«

»Das wäre toll.« Er nickte und schob seinen Stuhl zurück. »Mach's gut, Rose. Ich hoffe wirklich, dass wir bald noch mal miteinander reden können.«

Mit diesen Worten wurde Rose höflich, aber unerwartet hinausgeführt.

Auf dem Weg nach Hause fühlte sie sich seltsam benommen, sogar irgendwie kopfscheu.

Der Wind wehte durch ihr langes, offenes Haar, und dann fiel ihr ein, was sich so seltsam angefühlt hatte, so deplatziert.

Gareth war ihr wie ein vollkommen anderer Mensch vorgekommen.

EINUNDVIERZIG

Sechzehn Jahre zuvor

Rose erfuhr von ihrer Mutter, dass Cassie aus dem Krankenhaus entlassen worden war.

»Gib ihr ein oder zwei Tage, Mausi«, sagte Stella, als Rose darüber sprach, bei ihr vorbeizuschauen. »Ich weiß, dass es untypisch ist für Cassie, aber das Trauma, das sie durchgemacht hat ... du musst verstehen, dass ...«

»Aber ich möchte ihr helfen, darüber hinwegzukommen«, sagte Rose und drehte Stella den Rücken zu. »Ich will, dass sie weiß, dass ich für sie da bin.«

Immer, wenn sie an den Überfall auf Cassie dachte, verspürte sie das starke Bedürfnis, sich wieder mit ihr zu vertragen. Rose wusste nicht, was sie ob des Geschehenen tun konnte, aber dies war die perfekte Gelegenheit, Cassie zu zeigen, dass das alles nicht mehr wichtig war. Sie dachte, für ihre Freundin da zu sein, wäre genug.

»Warte noch einen Tag, und dann komme ich mit dir«, versprach Stella. »Wie klingt das?«

Rose zuckte die Achseln und verließ die Küche. Anscheinend hatte sie sowieso keine andere Wahl.

Eigentlich hatte sie vorgehabt, Mr Barrow nur kurz ausrichten zu lassen, dass sie ihr Ehrenamt in dieser Woche nicht erfüllen konnte. Aber wenn Cassie noch nicht bereit war, sie zu sehen, dachte Rose, konnte sie genauso gut arbeiten.

Das kam ihr sinnvoller vor, als herumzusitzen und wegen Gareth oder Cassie Trübsal zu blasen, ohne etwas an der Situation mit beiden ändern zu können.

»Ah, Rose, da sind Sie ja«, begrüßte sie Mr Barrow, der kurz von seinem Papierkram aufschaute. »Ich habe heute Vormittag etwas aufgeräumt und Ihnen da drüben einen kleinen Stapel hinterlassen. Ich hoffe, Sie haben nichts dagegen.«

Mit einer Kopfbewegung deutete er auf den kleinen quadratischen Tisch hinter sich und lächelte sie schuldbewusst an. Darauf stapelten sich mehrere abgenutzt aussehende gebundene Bücher.

»Die müssen alle dringend repariert werden.« Er stand auf und schaute sie durch die schmale, längliche Brille an, die sich nie von der Spitze seiner langen Nase bewegte. »Ich hoffe, es macht Ihnen nichts aus.«

»Schon okay«, antwortete Rose seufzend. Es machte ihr tatsächlich nichts aus. Es wäre schön, sich einen Nachmittag mit etwas Unwichtigem, aber ausgesprochen Befriedigendem zu beschäftigen.

Sie hörte kaum zu, als Mr Barrow über seinen Schrebergarten plauderte. Dann und wann nickte sie, als es angebracht schien, und das genügte ihm offenbar.

Dabei sortierte sie die Bücher in Stapel, die sie im Stillen benannte: Buchrücken, Seiten und Einband. Mr Barrow hatte bereits das Reparaturband in Archivqualität, den PVA-Kleber und die Zellophanfolie bereitgelegt.

Abgenutzte Bücher zu reparieren, die Wörter darin zu bewahren, damit mehr Leute sie lesen und sich an ihnen erfreuen konnten, hatte etwas Befriedigendes.

Während sie sich bei ihrer Arbeit entspannte und die geflüsterten Gespräche um sie herum ausblendete, drängte sich Roses größte Sorge aus dem hintersten Winkel ihres Kopfes in den Vordergrund.

Wer hatte Cassie überfallen?

Rose konnte sich keinen Reim darauf machen, warum Cassie sie so völlig mied. Ja, sie hatten sich zum ersten Mal überhaupt heftig gestritten, aber dennoch ... zählten all die Jahre der Freundschaft davor denn gar nicht?

Hatte sie das Richtige getan, als sie mit Gareth Schluss gemacht hatte? Er war so reumütig gewesen und hatte sich entschuldigt. Er hatte sich ihr und dem armen Billy gegenüber furchtbar verhalten, doch zu ihrer Überraschung hatte er das auch zugegeben. Trotz allem vermisste Rose ihn bereits. Er war für eine lange Zeit das einzig Gute in ihrem Leben gewesen und er hatte zwar nicht darum gebeten, aber war sie bescheuert, ihm keine zweite Chance zu geben?

Rose wusste nicht, ob sie verhindern konnte, dass ihr Vater zumindest von einem Teil dessen, was passiert war, erfuhr. Es war falsch gewesen, einen Achtjährigen aufzufordern, Geheimnisse vor seinen eigenen Eltern zu haben und jemanden zu verteidigen, der ihn verletzt hatte. Aber was sonst hätte sie unter den gegebenen Umständen tun sollen?

Sie versuchte, alle zu beschützen, auch den Job ihres Dads. Bei dem Gedanken wurde ihr ganz schwindelig.

»Miss Rose Tinsley?«

Sie riss den Kopf hoch, als sie ihren Namen hörte. Mr Barrow drehte sich um, lächelte und winkte sie zum Hauptschalter hinüber. Dort stand ein Lieferant mit einem riesigen Strauß blutroter Rosen in den Armen.

»Heute ist Ihr Glückstag«, sagte er lächelnd und reichte ihr die Blumen mit beiden Händen, als würde er ihr ein Baby übergeben.

»Himmel, Rose ...«, der Bibliothekar zog eine Augenbraue hoch. »Sie haben aber nichts zu feiern, oder?«

»Nein«, murmelte sie und fischte einen kleinen Umschlag zwischen den Blüten hervor. »Ich habe keine Ahnung, wer mir die geschickt hat, Mr Barrow.«

Mr Barrows Aufmerksamkeit galt schon wieder seinem Computerbildschirm. Rose schaute sich um, und ein paar Kunden nickten und gratulierten ihr stumm zum gelieferten Blumenstrauß, doch sie ging zurück zum Tisch und drehte allen anderen den Rücken zu.

Dann griff sie nach einer Schere und öffnete damit den Briefumschlag. Sie zog ein weißes Kärtchen heraus, deren Rand mit roten und rosa Blütenblättern verziert war.

Sie schluckte schwer und las dann im Stillen die mit sauberer Handschrift geschriebene Nachricht immer und immer wieder.

Für immer mein. G. x

Punkt sechzehn Uhr verabschiedete Rose sich von Mr Barrow und verließ die Bibliothek durch den Hinterausgang.

Zehn Minuten vor Feierabend war ihr aufgefallen, dass sie seit über zwei Stunden dasselbe Buch reparierte. Mr Barrow hatte einen Blick auf den praktisch unberührten Stapel geworfen, aber nichts gesagt.

Sie war mit dem Kopf ganz woanders gewesen, nur nicht bei ihrer aktuellen Tätigkeit.

Was wollte Gareth damit erreichen, dass er ihr Blumen schickte? Gestern hatte er einen völlig vernünftigen Eindruck gemacht, ihre Entscheidung akzeptiert und sie gefragt, ob sie Freunde bleiben könnten.

Als sie seine Nachricht gelesen hatte, diese besitzergreifenden Worte, war es ihr eiskalt den Rücken hinuntergelaufen.

Rose ging davon aus, dass ein Blumenstrauß bei der Empfängerin das Gefühl, etwas Besonderes und wertgeschätzt zu sein auslösen sollte, aber irgendetwas an diesem Strauß hatte sich ... merkwürdig und ... unangebracht angefühlt.

Sie bemerkte, dass Mr Barrow sie aus dem Augenwinkel besorgt beobachtete. Die Karte hatte sie in den Papierkorb geworfen und die Blumen auf der Küchenzeile im Hinterzimmer deponiert.

Gerade wollte sie um die Ecke biegen, als sie jemanden nach ihr rufen hörte und innehielt. »Rose!« Sie drehte sich um und sah Jim Greaves, den Hausmeister der Bibliothek, auf sie zukommen. In den Armen trug er den zurückgelassenen Blumenstrauß. »Sie haben Ihre wunderschönen Blumen vergessen!«

Innerlich verfluchte sie Jims unverfrorene Einmischung. Das hatte ihr gerade noch gefehlt.

»Gut, dass ich Sie noch erwischt habe.« Mit einem Strahlen im Gesicht hielt er ihr den Strauß hin. »Wie geht es Billy, dem kleinen Racker?«

»Es geht ihm gut, danke, Jim«, antwortete sie schwach.

»Sagen Sie ihm, er soll mal vorbeikommen, wenn er Zeit hat. Seine Tante Janice würde ihn gern mal wieder sehen und hören, was er so getrieben hat.«

»Ich sag's ihm«, versprach sie und schüttelte dann mit Blick auf den Blumenstrauß den Kopf. »Danke, Jim, aber ich will sie nicht.«

»Hä?«

»Die Blumen. Wie wär's, wenn Sie sie Janice mitbringen?« Lächelnd berührte sie seine Schulter. »Wir sehen uns nächste Woche.«

Als sie um die Ecke bog, drehte sie sich um und sah, dass Jim immer noch da stand und ihr verwundert nachschaute.

ZWEIUNDVIERZIG

Sechzehn Jahre zuvor

»Konntest du die Sache mit Gareth klären, meine Liebe?« Die Stimme ihres Vaters dröhnte über den Fernseher hinweg, als Rose im Wohnzimmer vorbeischaute und Hallo sagte.

Sie hustete, um sich vor einer Antwort zu drücken, und ihre Mutter schaute von ihrer Zeitschrift auf.

»Gestern, meine ich«, fuhr Ray fort. »Als du bei der Baustelle warst.«

»Ach ja«, sagte Rose und wühlte geschäftig in ihrer Handtasche herum. »Ja, das ist alles geklärt.«

»Gareth hat eine Schwäche für unsere Rose, ist dir das mal aufgefallen?« Er zwinkerte Stella zu. »Fragt ständig, wie es ihr geht, wo sie ist und mit wem sie zu tun hat.«

»Dad!«

»Ich sag's ja nur. Er ist ein guter Kerl, dieser Gareth. Gegen ihn als Schwiegersohn hätte ich nicht einzuwenden.«

Rose lief rot an.

»Aber Ray, der ist doch viel zu alt für sie.« Stella verdrehte die Augen in Richtung ihrer Tochter. »Sie braucht einen netten jungen Mann in ihrem Alter, stimmt's, Rose?«

»Ich gehe rauf in mein Zimmer«, murmelte sie und wandte sich zur Tür. »Ich muss noch was fürs College morgen vorbereiten.«

Oben traf sie auf Billy, der im Flur mit seinen Autos spielte.

»Komm mal mit in mein Zimmer, Billy.« Sie verwuschelte ihm die Haare, als sie an ihm vorbeikam.

»Warum?«

»Ich will nur kurz mit dir reden.«

Billy folgte ihr und setzte sich auf die Kante ihres Bettes. Er sah blass und müde aus. Rose überlegte, ob er wohl Schlafstörungen hatte.

»Wie geht's dir so, kleiner Mann?«

»Ganz gut.« Billy zuckte die Achseln und pulte an seinen schmutzigen Nägeln herum.

Rose seufzte. »Billy, es tut mir wirklich leid wegen neulich, dass ich Gareth damit habe davonkommen lassen, wie mies er uns behandelt hat. Und es tut mir leid, dass ich dich gebeten habe, Mum und Dad nichts zu sagen. Das war nicht fair von mir.«

»Schon gut«, murmelte er.

»Es ist alles andere als gut«, widersprach Rose, setzte sich neben ihn und legte ihm einen Arm um die knochigen Schultern. »Niemand hat das Recht, uns so zu behandeln, Billy. Niemand. Und deshalb habe ich Gareth gesagt, dass ich ihn nie wiedersehen will.«

»Aber ich hab gar nicht gewusst, dass er dein richtiger Freund war.« Billy schaute böse zu ihr hoch. »Du hast gesagt, dass du ihm nur mit Sachen hilfst, so wie Dad auf der Baustelle.«

Rose zuckte zusammen und schob die Lüge beiseite.

»Das ist jetzt alles nicht mehr wichtig«, erklärte sie. »Die

Hauptsache ist, dass er uns nicht mehr im Weg stehen wird, wenn wir was zusammen unternehmen wollen.«

»Darf ich dann wieder nach unten?«

»Wie meist du das?«

»Gareth hat gesagt, ich darf nicht nach unten kommen, wenn er da ist und Mum und Dad weg sind.«

»Das hat er gesagt?« Sie schlug sich mit der Hand vor den Mund. »Warum hast du mir nichts davon erzählt?«

»Weil er gesagt hat, wenn ich dir das erzähle, dann kann Dad nicht mehr bei Gareths Projekt helfen. Aber jetzt magst du ihn ja nicht mehr, da kann ich dir das wohl erzählen.«

Rose sog die Luft ein und schluckte etwas herunter, was sich wie ein Haarballen in ihrem Hals anfühlte.

Was um alles in der Welt hatte sie mit ihrer aller Leben angerichtet, als sie sich auf Gareth Farnham eingelassen hatte?

Am nächsten Tag nach dem College stieg Rose in den Bus nach Hause und blinzelte die Tränen weg.

Sie vermisste Cassie so sehr. Was Rose betraf, hatten sie sich nie überworfen. Sie erinnerte sich nur an das Lachen, an all die guten Zeiten, die sie im Kurs zusammen gehabt hatten.

Die Leute hatten versucht, Rose zu fragen, was genau mit Cassie passiert war.

Gerüchte machten die Runde im College, und niemand wusste sicher, was vorgefallen war. Die Lokalpresse hatte von einer jungen Frau berichtet, die überfallen worden war, jedoch ohne weitere Details. Und so wurde Rose zu einer beliebten Anlaufstelle für Fragen nach Cassies Befinden und besorgte, aber auch neugierige Fragen zum Überfall.

Sie reagierte immer gleich: »Cassie hat mich gebeten, allen für ihr Mitgefühl zu danken, aber die Polizei hat sie angewiesen, noch keine Details zum Vorfall öffentlich zu machen.«

Auf diese Standardantwort, die sie sich selbst ausgedacht

hatte, war sie recht stolz. Dadurch klang Cassie immer noch wie ihre beste Freundin.

Nachdem sie die »Botschaft« ihrer Freundin beim Mittagessen mehrmals heruntergeleiert hatte, war Rose sich sicher, dass zwischen ihnen bald alles wieder okay sein würde. Insbesondere, wenn sie Cassie gestand, dass sie die ganze Zeit recht gehabt hatte, was Gareth Farnham betraf.

Und dann war Vicky Sparkes an sie herangetreten, als gerade alle aus dem Gebäude strömten. Vicky war Teil der Clique, mit der Cassie seit ihrer Meinungsverschiedenheit gechillt hatte.

»Hey, Rose«, rief Vicky. Rose wandte sich ihr zu und war wie hypnotisiert von der kleinen weißen Kaugummikugel, die unter der Zunge der Mitstudentin hin und her huschte. »Ich habe eine Nachricht von Cassie für dich. Halt dich von ihrem Haus fern.«

Drei andere Kommilitoninnen, alle Teil von Vickys Clique, tauchten auf und umstellten sie. Ihre streitlustige Haltung zog interessierte Blicke von Passanten auf sich.

»Cassie will dich nie wieder sehen. Kapiert?« Vicky warf ihr Haar mit den Strähnchen zurück und grinste. Alle starrten Rose an.

»Du brauchst mir keine Nachrichten von Cassie zu überbringen«, sagte Rose höflich. »Ich kann selbst mit ihr reden.«

»Sie tut so, als wüsste sie alles darüber, was mit Cassie passiert ist«, erklärte Vicky den anderen und zwirbelte dabei eine Haarsträhne um ihren Finger. »Aber Cassie will dich noch nicht einmal in ihrer Nähe haben, stimmt's, Rose?«

»Mir egal«, nuschelte Rose und ging weg.

Vicky rief ihr noch etwas nach, doch Rose konnte nicht verstehen, was. Das Rauschen in ihren Ohren war zu laut.

DREIUNDVIERZIG

Sechzehn Jahre zuvor

Rose klopfte an Cassies Haustür, und Jed öffnete.

Ihre Mutter hatte ihr erzählt, dass er wieder zu Hause war, aber Carolyn machte sich immer noch Sorgen um ihn. Carolyn hatte Stella erzählt, dass er sich die Schuld an dem Überfall auf Cassie gab.

»Sie ist im Bett«, sagte er und schaute dabei über ihren Kopf hinweg ins Leere.

»Ich möchte nur kurz mit ihr reden«, flehte Rose und trat einen Schritt vor. »Bitte, Jed, nur fünf Minuten würden mir reichen.«

Jed verlagerte sein Gewicht, sodass er die Türöffnung fast vollständig ausfüllte.

»Sie ist im Bett und hat mich unmissverständlich gebeten, nicht gestört zu werden«, sagte er roboterartig.

Sie starrte ihn an, doch er zeigte keinerlei Reaktion.

»Warum tut sie das?« Rose verlor ein wenig die Fassung. »Ich bin seit Gott weiß wie vielen Jahren ihre beste Freundin, und nun behandelt sie mich wie eine Fremde.«

Er stand einfach nur regungslos und mit unverändertem Gesichtsausdruck da.

»Komm schon, Jed«, sagte sie nun mit sanfter Stimme. »Sie ist traumatisiert, und es wird ihr alles andere als guttun, wenn sie allein da oben rumhockt. Du machst dir doch sicherlich Sorgen um sie, und ich kann ihr helfen. Und das weißt du auch.«

»Tut mir leid, Rose, du kannst nicht reinkommen.« Schnell trat er einen Schritt zurück und schloss die Tür direkt vor ihrer Nase.

Frustriert schlug sie gegen die Tür und wandte sich dann um. Tränen liefern über ihr Gesicht, weil sie sich so ungerecht behandelt fühlte. Sie verstand, dass Cassie niemanden sehen wollte, aber doch wohl *sie,* um Himmels willen.

Ihre Freundschaft hatte in letzter Zeit ein paar Rückschläge erlitten, hauptsächlich wegen ihrer Beziehung mit Gareth, und Rose verstand immer mehr von dem, was Cassie ihr versucht hatte zu sagen.

Deshalb wollte sie nur ein paar Minuten allein mit ihr. Um ihr zu sagen, dass sie jetzt wusste, dass sie *recht* gehabt hatte.

Nur ein paar Wochen zuvor hätte Cassie nach Rose gefragt, wenn es ihr schlecht ging, und sie nicht so abgewiesen.

Sie brauchten einander jetzt mehr denn je. Cassie war die einzige Person, der sich Rose wirklich anvertrauen konnte.

Ihr Dad würde Gareth verprügeln, wenn er wüsste, wie er sie und Billy behandelt hatte, auch wenn er dadurch die einzige Chance auf eine sichere Zukunft verlieren würde.

Als sie immer noch wütend über Jeds schroffe Zurückweisung die Straße entlangging, in der Cassie wohnte, fuhr ein silberfarbenes Auto ganz langsam am Ende der Straße vorbei. Rose dachte sich nichts dabei, bis es ein paar Minuten später wieder vorbeifuhr.

Sie war zu weit weg, um den Fahrer sehen zu können, bekam jedoch etwas Angst. Die Straße war sehr ruhig. Hier herrschte sonst so gut wie kein Verkehr, und sie hatte bisher auch keinen anderen Fußgänger gesehen.

Sie lief ein oder zwei Minuten weiter. Das Auto war jetzt weg, und sie schüttelte den Kopf und lachte über ihre eigene Paranoia. Vermutlich hatte sich nur jemand verfahren oder suchte nach einer bestimmten Straße. Wenn man sich nicht auskannte, erschien einem das Dorf wie ein Gewirr aus Straßen, die alle gleich aussahen.

Sie erreichte das Ende der Straße und verließ den Bürgersteig, als plötzlich aus dem Nichts das Auto auf sie zuraste. Schnell sprang sie zurück auf den Gehweg und schrie auf, als sie ausrutschte, hinfiel und sich den Knöchel verdrehte.

Sie versuchte aufzustehen, doch der Fuß tat zu sehr weh. Sie würde zur Mauer kriechen und sie als Stütze nutzen.

Durch den Schmerz hörte sie das Aufheulen eines Motors. Sie schaute auf und entdeckte das Auto nun auf der anderen Straßenseite stehen. Das Fahrerfenster war heruntergelassen.

»Hallo, Rose«, sagte Gareth und stieg aus dem Wagen.

Erneut versuchte sie aufzustehen, konnte jedoch spüren, dass sie sich den linken Knöchel verstaucht hatte. Nur Sekunden später war Gareth bei ihr.

»Ich kann dir ins Auto helfen oder dich ziehen, Rosie«, sagte er freundlich. »Für mich macht das keinen Unterschied.«

Rose schaute zu ihm auf. Sie hatte Angst, dass er sie jeden Moment packen könnte. Sie musste auf die Füße kommen.

»Gareth, wir haben doch darüber gesprochen. Wir sind nicht mehr zusammen. Ich will ...«

»Ich möchte nur mit dir reden. Das ist alles. Mach da keine große Sache draus.«

Sie schaffte es, den Großteil ihres Gewichts auf das gesunde Bein zu verlagern, stütze sich auf die Mauer neben sie und kämpfe sich Zentimeter für Zentimeter in die Aufrechte.

»Ich kann jetzt nicht reden, ich muss wieder nach Hause.«

Seine Bewegungen waren schnell. Mit einer Hand

umfasste er ihren Oberarm, und mit der anderen griff er ihr ins Haar. Rose schrie vor Schmerz in ihrem Kopf und ihrem Knöchel auf, als er sie halb über die Straße zog und halb trug.

»Lass das!«, kreischte sie. »Bitte, lass mich einfach in Ruhe!«

Gareth nahm seine Hand aus ihrem Haar und legte sie ihr auf den Mund. Sie schrie weiter, doch es war nur ein gedämpftes Stöhnen zu hören.

Mit den Augen suchte sie die Umgebung ab, doch es waren weder Autos noch Fußgänger zu sehen. Rose betete, dass jemand sie sah, dass jemand aus den Reihenhäusern entlang der Straße *irgendetwas* von ihrem Kampf sehen konnte. Die Dorfbewohner waren in der Regel recht neugierig, und sie hoffte so inständig wie nie darauf.

Niemand wusste, wo sie war. Ihre Eltern wussten noch nicht einmal, dass sie mit Gareth zusammen und sogar in seiner Wohnung gewesen war. Ihr Vater hatte nicht die geringste Ahnung, was vor sich ging, und auch nicht, dass seine Zukunft beim Projekt so gut wie nicht existent war.

Und Billy ... der arme kleine Billy, der Rose geschworen hatte, dass er kein Sterbenswort darüber verraten würde, wie Gareth sie beide behandelt hatte. Zu dem Zeitpunkt hatte es sich richtig angefühlt, ihn zu überzeugen, den Mund zu halten, aber jetzt hoffte und betete sie, dass er alles verriet, wenn sie nicht nach Hause kam.

Sie war so dumm gewesen, auf Gareths Wunsch hereinzufallen, dass sie Freunde bleiben könnten. Sie hatte gedacht, ihn so in Schach halten zu können.

Gareth verfrachtete sie unsanft auf den Beifahrersitz und schlug die Tür zu. Während er um das Auto herum zur Fahrerseite ging, versuchte sie, die Tür wieder zu öffnen, aber er hatte wohl eine Art Kindersicherung aktiviert, denn die Tür war blockiert.

Als die Fahrertür aufging, versuchte Rose, dadurch zu

entkommen, doch Gareth drückte sie brutal zurück auf ihren Sitz und schlug sie mit der flachen Hand auf die Kopfseite.

»Das nächste Mal kriegst du meine Faust zu spüren, also halt lieber die Klappe.«

Er fuhr los, und sie kauerte sich auf dem Sitz zusammen und beobachtete ihn aus den Augenwinkeln. Er umklammerte mit beiden Händen das Lenkrad, beugte sich vor und starrte mit weit aufgerissenen Augen auf die Straße.

Sie wusste gar nicht mehr, wer diese Person war.

Als das Auto vor seinem Wohnhaus langsamer wurde, drehte Gareth den Kopf zu ihr.

»Wir können das hier auf die nette oder die weniger nette Tour machen«, erklärte er ruhig. »Ich will nur mit dir reden, und dann kannst du nach Hause. Ich ziehe bald aus dem Dorf weg, und wenn du vernünftig bist, kann dein Dad seinen Job behalten. Ich will nur reden, das ist alles.«

Sie hatte geplant, so laut zu schreien, wie sie konnte, sobald er die Autotür öffnete, aber was er gesagt hatte, schnürte ihr die Kehle zu.

Wenn sie mit ihm redete, konnte immer noch alles gut werden.

Alles könnte sich für ihren Dad zum Guten wenden, und Gareth wäre bald aus ihrer aller Leben verschwunden.

Also erlaubte sie ihm, ihr die Treppe hinauf in seine Wohnung zu helfen. Er schien jetzt ruhiger zu sein. Paradoxerweise schien er sich tatsächlich wieder Sorgen um sie zu machen.

In der Wohnung angekommen, bugsierte er sie zum Sofa.

»Bin gleich wieder da.« Er lächelte und ging zur Küchenzeile.

Rose starrte ins Leere. Da war ein dumpfer Schmerz, tief in ihrem Inneren, als sie die Erkenntnis darüber, was sie getan hatte, mit voller Wucht traf.

Sie hatte den gravierenden Fehler begangen, diesem Mann

zu trauen. Sie hatte ihm geholfen, ihre Beziehung geheim zu halten, von Billy verlangt, Stillschweigen zu bewahren, ihre Familie und Freunde ausgeschlossen ... all die Leute, denen sie etwas bedeutete, waren belogen und hinters Licht geführt worden.

Und das Schlimmste war, dass das alles mit ihrem Wissen passiert war. Sie war bei Gareth Farnhams Betrug seine willige Komplizin gewesen.

Ein Glas Orangenlikör erschien vor ihrem Gesicht.

»Deine Kehle fühlt sich vermutlich rau an nach dem ganzen Theater, das du auf der Straße veranstaltet hast«, sagte er.

Gareth war verrückt. Gefährlich. Sie musste ruhig bleiben, damit er dachte, alles wäre normal, und dieses Gespräch so schnell wie möglich hinter sich bringen.

Sie hatte zugelassen, dass diese Situation viel zu lange viel zu weit gegangen war. Job hin oder her, es war an der Zeit, mit ihrem Vater zu reden.

Sie trank einen großen Schluck aus dem Glas. Die kühle, süße Flüssigkeit war die reinste Wohltat für ihren rauen Hals. Für einen kurzen Moment fragte der dümmere Teil von ihr, ob jetzt alles wieder gut werden würde, obwohl sie die Antwort natürlich kannte.

Es dauerte nicht lange, da fühlte sie sich seltsam. Er sagte etwas zu ihr, und da bemerkte sie, dass zwei Gareths vor ihr standen. Als er lachte, klang seine Stimme langsam und verzerrt.

Sie ließ das Glas fallen und streckte die Hände nach ihm aus. In ihrem Kopf formten sich die Worte, aber der Ton, der aus ihrem Mund kam, war nur ein einziger, langer, wimmernder Schrei.

VIERUNDVIERZIG

Sechzehn Jahre zuvor

Rose wachte auf und wusste für einen Moment lang nicht, wo sie war.

Die Wände waren weiß, und keine Bilder hingen daran. Am Fenster hing ein Rollo mit Blattmuster, und von der Straße draußen war nur das gelegentliche Brummen eines vorbeifahrenden Autos zu hören.

Da begriff sie. Sie lag in Gareths Bett.

Sie versuchte, ihren Kopf zu drehen, aber der pochende Schmerz, der einsetzte, wenn sie sich nur einen Millimeter bewegte, war unerträglich.

Sie fühlte sich wund. Überall.

Sie hatte das Gefühl, allein im Raum zu sein, was bestätigt wurde, als die Tür aufging und Gareth mit einem Tablett auf den Händen hereinkam.

»Ich habe dir Tee und Toast gemacht«, verkündete er fröhlich. »Setz dich auf, Prinzessin.«

Hier stimmt was nicht, sagte die Stimme in ihrem Kopf. Sie wusste, dass dieser Mann Gareth Farnham war, ihr Ex-

Freund ... konnte sich jedoch nicht erinnern, wie sie hierhergekommen war. In dieses Zimmer.

Und warum war sie in seinem Bett?

Sie zermarterte sich das Hirn, aber es fühlte sich an, als
hätte jemand alles darin ausradiert.

Sie öffnete den Mund und wollte etwas sagen, doch ihre
Zunge war dick und schwer und weigerte sich, auch nur ein
Wort zu formen.

Gareth half ihr, sich im Bett aufzusetzen, und sie schrie ob
des Schmerzes in ihrem Kopf auf.

»Nimm zwei Paracetamol«, sagte er trocken und wedelte
mit einem Blister vor ihren Augen herum.

Sie schaute an sich herunter und erschrak. Sie war vollkommen nackt. Panisch griff sie nach dem Laken und bedeckte
sich damit.

Gareth lachte. »Das kommt ein bisschen spät, ich habe
schon alles gesehen. Und mehr. Und Beweise habe ich auch.«

Er verließ das Zimmer, und sie schloss die Augen wieder in
der Hoffnung, dass die dröhnenden Kopfschmerzen dann
nachließen.

Ein Erinnerungsfetzen ... *wie sie vor Cassies Haustür mit
Jed sprach.*

Sie öffnete die Augen und hörte Bremsen quietschen ...
Gareths Auto auf der Straße.

Rose nahm die Tasse vom Tablett und trank einen Schluck
Tee, als der nächste Erinnerungsfetzen vor ihrem inneren Auge
erschien ... wie sie kämpfte und um sich schlug, um sich aus
Gareths festem Griff zu befreien ... in das Auto gezwungen
wurde ... und dann ...

FÜNFUNDVIERZIG

ROSE

Heute

Ich renne aus dem Apartmenthaus von Mike North. Und ich meine wirklich *rennen*.

Eine Frau und ihr kleiner Sohn betreten das Haus, sehen mich und bleiben mit offenem Mund stehen. Ich taumele die Treppe hinunter und stolpere hinaus in die frische Luft.

Mikes Worte, die ich so sehr gefürchtet habe, hallen in meinem Kopf wieder: *Ich war mir nie zu hundert Prozent sicher, dass wir den Richtigen hatten.*

In meinem Kopf schwirren so viele Gefühle herum, dass ich sie nicht einordnen kann. Ich weiß nur, dass sie mich in ihrer Gesamtheit dazu bringen, wegrennen und mich an einem engen, dunklen Ort verkriechen zu wollen.

Aber die Jahre in der Therapie zeigen Wirkung. Gaynor hätte mich nie mit der simplen Antwort *Ich weiß es nicht* auf die Frage, wie es mir geht, davonkommen lassen. Sie hat mich gelehrt, einen Schritt zurückzutreten, mich selbst zu betrachten und jedes verschlungene Seil der Emotion zu entwirren, und sei es noch so schmerzhaft.

Als ich also mein Auto erreiche, bleibe ich eine Weile darin sitzen und tue genau das.

Wut.

Es hat mich vollkommen überrascht, dass ich eine solche Wut auf Mike verspüre. Wenn er zum Zeitpunkt der Ermittlungen Zweifel hatte, warum hat er dann nichts gesagt? Er war es uns schuldig, und Billy ... und sich selbst ..., die Wahrheit zu enthüllen und dafür zu sorgen, dass der Gerechtigkeit Genüge getan wurde.

Hat er seine Zweifel Mum und Dad gegenüber geäußert? Das werde ich wohl nie erfahren.

Ich bin furchtbar wütend auf mich selbst, weil ich ihm diese Frage überhaupt gestellt habe. Kann sich ein Detective jemals zu hundert Prozent sicher sein, dass der wahre Täter geschnappt wurde? Ich hätte das Thema Mike gegenüber nie ansprechen sollen.

Angst.

Ich habe Angst, dass das die eine Sache, von der ich sicher war, dass sie über jeden Zweifel erhaben ist – die eine Sache, derer sich das *gesamte Dorf* sicher war – jetzt alles andere als sicher ist. Hat Gareth Farnham Billy getötet?

Ich habe Mike heute besucht in der Hoffnung, dass er mir bei meinem Dilemma helfen kann, und anstatt es zu lösen, hat er mir noch eines beschert.

Wenn ich auf Mike höre, gerate ich in Zugzwang. Ich werde mehr als jemals zuvor das Gefühl haben, umgehend handeln zu müssen.

Der Stress einer Anschuldigung könnte Ronnie den Rest geben ... und er könnte unschuldig sein.

Er ist gebrechlich, und es geht ihm nicht gut, und selbst wenn die Vernehmung von einem einfühlsamen Polizisten behutsam durchgeführt wird, wird Ronnie wissen, wessen ich ihn verdächtige.

Das gesamte Dorf wird wissen, dass ich Ronnie verraten

habe. Ich werde wegziehen und irgendwo allein neu anfangen müssen. Unter Fremden.

Die Angst steigert sich zu unbändiger Wut, wenn ich daran denke, dass ich, indem ich zur Polizei gehe, unwillkürlich den Prozess zur Befreiung von Gareth Farnham in Gang setzen könnte.

Das mag fies klingen, aber ich möchte nicht, dass er freigelassen wird und auf der Straße herumläuft. Selbst wenn er mich in Ruhe lässt, ist er dennoch ein Täter. Männer wie er ändern sich nicht, und es würde nicht lange dauern, bis er die nächste naive junge Frau ins Visier nimmt.

Er hat das Leben vieler Leute ruiniert, und unabhängig davon, was die Gutmenschen sagen, bin ich mir einer Sache vollkommen sicher: dass dieser Mann es verdient, den Rest seines Lebens hinter Gittern zu verbringen.

Und dennoch sitze ich hier, und meine Gedanken kreisen, und ich komme immer wieder zu derselben Frage:

Was wäre, wenn Ronnie Billy getötet hat?

Was wäre, wenn er – die ganze Zeit, in der er sich um meine trauernde Familie gekümmert hat und uns eine riesige Hilfe war – hinter unserem Rücken gelacht hat?

Alter Mann hin oder her ... warum sollte er sein Leben in Freiheit genießen dürfen?

Ich starte das Auto, und ein paar Minuten später biege ich in die Colwick Loop Road ein.

Ein tiefes, langes Hupen lässt mich laut aufschreien, und ich reiße das Lenkrad nach links. Ich bin in die Mitte der Umgehungsstraße geraten, und ein herannahender Lastwagen, der in die andere Richtung fährt, hat mich unmissverständlich auf meinen Fehler aufmerksam gemacht.

»Tut mir leid«, sage ich vor mich hin, als das riesige Fahrzeug an mir vorbeirattert.

Ich öffne das Fenster, um etwas Luft hineinzulassen.

Schlussendlich wird das Problem mich umbringen,

entweder durch den Stress oder durch die Reifen eines Lastwagens.

Ich hole eine Wasserflasche aus meiner Handtasche, trinke einen Schluck und wünschte, Mike hätte mir mehr über seine Gefühle bei der damaligen Ermittlung erzählt. Waren seine Zweifel nur vorübergehend gewesen oder war es mehr als das?

Er hat gesagt, deshalb habe der Fall ihm so am Herzen gelegen, und erklärt, wie viel zusätzliche Zeit er investiert hatte, indem er jeden Abend zu Hause weitergearbeitet hatte.

Was hat er während dieser zusätzlichen Stunden getan? Nach einem fehlenden Hinweis gesucht oder ist er die Vernehmungsprotokolle durchgegangen auf der Suche nach einem falschen Wort ... oder war es mehr als das gewesen?

Doch ich habe wohl kaum das Recht, mich über Mikes ausweichende Antworten zu beschweren. Ich war diejenige, die die Regeln für unsere Unterhaltung festgelegt hat, indem ich nur »theoretisch« sprechen wollte.

Eine einzige Sache in all der Verwirrung jedoch ist fix. Eine Sache kann nicht ignoriert werden, egal wie viele Optionen ich im Kopf durchspiele: *Billys Decke.*

Man muss nur den richtigen Leuten die richtigen Fragen stellen. Jemand hat die Decke in einen Karton im Gästezimmer der Turners deponiert. Wer, wann und warum ... Auf all diese Fragen brauche ich unbedingt Antworten.

SECHSUNDVIERZIG

ROSE

Heute

Eine halbe Stunde später bin ich zu Hause. Ein Auto, das ich noch nie zuvor gesehen habe, steht vor Ronnies Haus.

Ich beschließe, zu mir zu gehen und mich umzuziehen, bevor ich auf dem Weg zur Arbeit bei Ronnie vorbeischaue und nachsehe, wie es ihm geht. Sich um Ronnie zu kümmern, fühlt sich an wie beim Tauziehen. Helfe ich Billys Mörder? Oder kümmere ich mich um einen älteren und wirklich liebenswerten Nachbarn?

Ich versuche angestrengt, solche Gedanken aus meinem Kopf zu verbannen, denn sonst kann ich nicht funktionieren.

Ich schließe die Tür hinter mir ab, überprüfe, dass im Erdgeschoss alles so aussieht, wie ich es verlassen habe, und gehe nach oben in mein Schlafzimmer.

Dort ziehe ich Jeans und Oberteil aus und stelle fest, dass mein Rücken klatschnass ist. Dadurch fühle ich mich so unwohl, dass ich beschließe, schnell zu duschen. Zehn Minuten später fühle ich mich frischer, und ich schlüpfe in meine schwarze Arbeitshose sowie eine weiße Bluse.

Auf dem Weg nach unten vernehme ich ein lautes Grummeln und stelle fest, dass es aus meinem Magen kommt. Ich habe seit gestern nichts mehr gegessen; sobald ich an Essen denke, macht mein Kopf angewidert dicht.

Ich weiß noch, dass ich schon einmal so weit war. Damals, in der Zeit des größten Schmerzes, hat mir die Kontrolle über das Essen das Gefühl der Kontrolle über mein Leben gegeben. Heute weiß ich, dass diese Denken nicht logisch ist und für einen vernünftigen Menschen auch wenig Sinn ergeben würde, aber ich kenne mich selbst gut genug, um zu akzeptieren, dass das *meine* Realität war.

Ich muss etwas essen. Ich weiß das. Aber nicht jetzt.

Die Haushaltshilfe ist bei Ronnie.

»Hallo«, begrüßt sie mich fröhlich mit ihrem osteuropäischen Akzent, als ich die Küchentür öffne und ins Haus komme. »Ich bin Claudia, ich komme jeden Tag für eine Stunde am Morgen und eine Stunde am Nachmittag und helfe Mr Turner, bis er wieder gesund ist.«

»Hallo, Claudia.« Wir schütteln uns die Hände. »Ich bin Rose, Ronnies Nachbarin.«

»Ah, ja, er hat mir von Ihnen erzählt, Rose. Er hat gesagt, Sie sind ein Engel! Er ist heute gut drauf, weil sein Sohn zu Besuch kommt.«

»Eric?« Ich bin überrascht.

»Ja, Eric aus Australien«, antwortet sie strahlend.

Ich kaue auf der Innenseite meiner Wange herum. »Wie geht es Ronnie?«

»Es geht ihm gut. Möchten Sie ihm sein Getränk bringen? Ich bringe ihm gleich sein Sandwich.«

Ronnie sitzt im Bett.

»Rose!« Er lächelt. »Unser Eric kommt in ein paar Tagen her. Ich habe ihm deine Telefonnummer in der Bibliothek gegeben, damit er dir die Einzelheiten durchgeben kann, und hoffe, das ist okay.«

»Natürlich, Ronnie.« Ich stelle sein Getränk auf dem Nachttisch ab und schiebe mal wieder angestrengt alle anderen Gedanken beiseite. Er sieht so alt und gebrechlich aus in seinem Pyjama und ans Bett gefesselt. »Wie geht es dir?«

»Du kennst mich doch, Rose«, sagt er mit einem schwachen Lächeln. »Ich bin in null Komma nichts wieder kampfbereit.«

»Aber bis dahin müssen Sie sich ausruhen, Ronnie«, schimpft Claudia ihn spielerisch, als sie das Zimmer betritt. »Nichts mit Kämpfen.«

»Erzähl Claudia mal, wie ich drauf war, als ich noch jünger war.« Er zwinkert. »Stark wie ein Ochse, oder, Rose?«

Ich erstarre. Ich sehe Billy vor mir, wie er auf dem Gelände der Newstead Abby seinem Drachen hinterherjagt. Der Ronnie von früher taucht aus dem Nichts aus, packt meinen Bruder, nimmt ihn gewaltsam in den Schwitzkasten, zerrt ihn ins Gebüsch und ...

»Rose?«

Ich löse die Fäuste und atme tief durch.

»Geht es Ihnen nicht gut, Rose?«, fragt Claudia besorgt.

»Doch, alles bestens. Tut mir leid, aber ich muss los.« Ich wende mich mit brennenden Augen an Ronnie. »Ich komme später wieder vorbei, Ronnie. Dann mache ich uns einen Tee, und wir können uns unterhalten.«

Er löst den Blick von Claudia und starrt mich an.

»Ist das für dich in Ordnung?«, frage ich ihn.

»Ja«, sagt er mit dem Hauch eines Lächelns auf seinen Lippen. »Das ist in Ordnung, Rose.«

SIEBENUNDVIERZIG

Sechzehn Jahre zuvor

Gareth hatte ihr das Handy weggenommen, und im Zimmer gab es keine Uhr, aber Rose schätzte, dass sie seit rund zwei Stunden wach war.

Das Licht im Raum verriet ihr, dass es noch früh am Morgen war. Ihre Erinnerung funktionierte zwar nicht richtig, aber einzelne Fetzen fügten sich zusammen. Angesichts des Schreckens dessen, woran sie sich erinnerte, wünschte sie sich fast, ihr Gedächtnis wäre ausgelöscht.

Die Schlafzimmertür wurde geöffnet. Er war für die Arbeit gekleidet und setzte sich zu ihr aufs Bett.

»Du hast mir gesagt, dass mit uns Schluss ist. Du hast nicht gesagt, dass du mich nie wiedersehen möchtest, Rose. Kannst du dir vorstellen, wie sich das für mich angefühlt hat?« Seine Stimme war ruhig und sanft und verstärkte ihre Angst nur noch. »Sag mir, dass du es nicht so gemeint hast.«

»Ich ...« Sie suchte nach den richtigen Worten. In der Vergangenheit hatte sie gelernt, dass sie auf Gareths Ton achten musste, um zu wissen, wie sie reagieren sollte. Andererseits hatte sie das in diesen Schlamassel gebracht. »Ich fände es am besten, wenn wir Freunde bleiben.«

»Ist das dein beschissener Ernst?« Er stand auf und schaute mit geballten Fäusten auf sie herunter.

»Bitte tu mir nicht mehr weh«, rief sie aus. »Du hast mich doch mal geliebt!«

Er ging neben ihr in die Hocke. »Und ich liebe dich noch, Rosie. Aber ich habe all die anderen Leute in deinem Leben satt, die versuchen, unsere Beziehung zu zerstören.«

»Wie meinst du das? Es weiß doch niemand von uns ... abgesehen von Billy.«

»Der macht mich verrückt, wenn er um uns herumschwirrt.«

»Er ist noch ein Kind, und ich liebe ihn mehr als ...«

Sein Gesichtsausdruck veränderte sich, und ihr wurde klar, was sie gesagt hatte. Sie biss sich auf die Zunge.

»Mehr als was, Rose? Mehr als mich?«

»Das ist nur so eine Redewendung, zu sagen, dass man jemanden mehr liebt als alles andere.« Sie seufzte. Sie war so müde und hatte Schmerzen und die Nase voll davon, immerzu das Falsche zu sagen.

»Aber du hast nie gesagt, dass du *mich* mehr liebst als alles andere.«

Gareths obere Schneidezähne gruben sich in seine Unterlippe. »Das hast du bisher nur über ihn gesagt.«

»Er ist mein Bruder!«, entgegnete sie.

»Und ich sollte dein Seelenverwandter sein.«

Rose schwieg. Es hatte keinen Sinn, mit ihm zu diskutieren.

Er stand auf. »Du kommst nicht von mir weg, Rose. Du gehörst zu mir. Und wenn du es versuchst, ruiniere ich dein Leben und das deiner gesamten Familie.«

Damit meinte er, dass er ihren Vater als Freiwilligen rauswerfen würde, nahm Rose an. Aber ihr Leben ruinierte er bereits. Sie war noch nie so unglücklich gewesen, und er hatte Billy verletzt und bedroht. Das konnte sie nicht dulden.

»Ich bin nicht dein Haustier, Gareth. Du besitzt mich nicht«, erklärte sie und klang dabei mutiger, als sie sich fühlte. »Wenn die Leute hören, wie du mich und Billy behandelt hast, steckst du richtig in Schwierigkeiten.«

»Und genau deshalb habe ich mir die Freiheit genommen, mir eine kleine Versicherung zuzulegen.« Er schmunzelte und holte eine kleine Kamera aus der Tasche. »Wenn ich diese hübschen Bilder entwickeln lasse, wird niemand mehr glauben, was die kleine schmutzige Rose sagt.«

Sein Lachen jagte ihr einen Schauer über den Rücken.

»Ich sperre dich ein«, informierte er sie sachlich. »In der Mittagspause komm ich wieder her, und falls du dich das gefragt hast: Die Fenster haben Schlösser, und ein Telefon gibt es hier auch nicht.« Er wedelte mit der Kamera vor ihren Augen herum. »Mach keine Dummheiten, oder diese Fotos werden jeden Laternenpfahl im gesamten Dorf schmücken.«

»Warum tust du das?«, flüsterte sie.

»Weil du zickig bist«, antwortete er und ging zur Tür. »Und bis du wieder zur Vernunft kommst, wird dein Leben alles andere als angenehm sein.«

Er schloss die Tür, und sie hörte, wie er auf der anderen Seiten einen Riegel vorschob. Ein Schloss auf der Außenseite der Schlafzimmertür?

Es war, als hätte er die ganze Zeit geplant, sie hier gefangen zu halten.

ACHTUNDVIERZIG

ROSE

Heute

Ich schaue vom Computermonitor auf und sehe Jim vor mir stehen und mich anstarren.

»Geht es dir gut, Rose?«, fragt er. »Ich habe dich jetzt schon zweimal gefragt, bis um wie viel Uhr du mich heute brauchst.«

»Tut mir leid, Jim.« Ich klicke mich aus dem Online-Verlagskatalog, den ich vorgegeben habe anzusehen. »Gleich nach Schließung kannst du gehen, ich muss heute nach Hause.«

Zur Abwechslung kann ich es mal kaum erwarten, nach Hause zu kommen und die Tür hinter mir abzuschließen. Immerzu so zu tun, als ginge es mir gut, ist anstrengend, und ich will nur noch die Vorhänge zuziehen und mich auf dem Sofa einrollen.

Jim stößt einen Seufzer der Erleichterung aus. »Das ist toll, Rose, danke. Janice hat heute Nachmittag einen Termin im Krankenhaus, weißt du, und wenn ich nicht rechtzeitig von hier wegkomme, wird das für mich knapp, wenn ich dabei sein möchte.«

»Kein Problem.« Ich lächele und habe ein schlechtes Gewissen, dass er überhaupt fragen musste.

»Wie geht's Ronnie?«

Ich schaue ihn verständnislos an.

»Ronnie«, wiederholt Jim. »Geht es ihm besser?«

Ich schlucke, will ihm nicht sagen, dass Ronnie zu Hause ist, denn dann würde das ganze Dorf vorbeikommen, um ihn zu besuchen, und ich muss später in Ruhe mit ihm reden.

»Es geht ihm etwas besser. Auf seiner Station war heute Vormittag viel los, insofern haben sie mir nicht viel gesagt.«

»Ach so.« Er nickt. »Die armen Pflegekräfte haben aber auch immer viel zu tun. Aber immerhin kümmern sie sich um Ronnie. Dort geht es ihm am besten, bis er sich wieder fit fühlt.«

»Ja«, sagte ich.

Ronnies Gesicht taucht vor meinem inneren Auge auf: seine faltigen Gesichtszüge, die Sonnenstrahlen um seine Augen, wenn er lacht, seine gelben Zähne, die sich zum Zahnfleisch hin verengen, die über seinen Lippen spannende Haut und seine Wut und sein Trommeln an das Küchenfenster, wenn er eine Katze aus der Nachbarschaft in seinem Garten entdeckt.

Ich stehe auf. Plötzlich will ich unbedingt weg von Jim und Miss Brewster, die ich gerade auf den Tresen zukommen sehe.

»Bin gleich wieder da«, stammele ich und werfe fast meinen Stuhl um. »Ich muss nur eben …«

Ich stürme an Jim vorbei in das Mitarbeiter-WC und bekomme noch mit, wie er einen besorgten Blick mit Miss Brewster austauscht. In der größeren Kabine schließe ich die Tür ab und lehne mich gegen das rissige Waschbecken und starre im Spiegel auf mein eigenes blasses Gesicht und die irren Augen.

Wie soll ich Ronnie nachher nur gegenübertreten? Allein der Gedanke, Zeit mit ihm zu verbringen, bereitet mir Übelkeit.

Dann gehe ich den umgekehrten Weg: Wenn das Gefühl nachlässt, fange ich an, mich zu hinterfragen.

Es muss eine logische Begründung dafür geben, dass die Decke bei ihm ist. Ich meine, wenn Ronnie irgendetwas mit dem Geschehenen zu tun hatte, warum zum Teufel sollte er so ein wichtiges Beweisstück aufheben?

Er hätte es verbrennen können, es in einen öffentlichen Mülleimer werfen ... alles Mögliche.

Das ergibt überhaupt keinen Sinn.

Um die Zeit totzuschlagen, bastele ich an der Buchbestandsdatenbank herum, als sich jemand räuspert. Als ich aufsehe, stehen ein Mann und eine Frau, beide in dunklen Anzügen, am Tresen.

»Tut mir leid!« Ich räume die Papiere beiseite. »Ich war ganz woanders. Kann ich Ihnen helfen?«

Die Frau hält eine laminierte Karte hoch, die an einem Schlüsselband um ihren Hals hängt. »Cynthia Colton und Greg Allsop von der Kreisverwaltung Notts. Wir dachten eigentlich, dass Sie uns erwarten.«

O Gott. O Gott. O Gott!

Die Inspektion der Bibliothek wegen der Schließung! Diesen Termin habe ich vollkommen vergessen. Ich kann mich nicht erinnern, wann ich das letzte Mal in den Terminkalender der Bibliothek geschaut habe. Früher war das meine erste und meine letzte Handlung am Tag.

»Oje, ist es schon so weit?« Verzweifelt versuche ich, meine Überforderung zu verbergen. »Ich weiß natürlich durchaus, dass Sie kommen wollten, aber irgendwie, fürchte ich, ist mir heute Vormittag die Zeit davongerannt.«

Die beiden wechseln einen Blick miteinander.

Aus dem Augenwinkel erkenne ich, dass die Kinderecke nach der letzten Vorleserunde für Kleinkinder gleich nach der

Mittagspause noch nicht aufgeräumt wurde. Außerdem bin ich mit den Retouren im Rückstand, und um den Rand des geschwungenen Empfangstresens stapeln sich Bücher, die eigentlich in die Regale gehören, wie eine kleine Barriere. Alles andere als perfekt.

»Möchten Sie etwas zu trinken? Etwas Warmes, vielleicht, oder vielleicht ein Glas kaltes Wasser?«, brabbele ich.

»Nein, danke, wir wollen Sie auch gar nicht lange aufhalten.« Cynthia lächelt mich angespannt an. »Wie wir in unserem Brief bereits angekündigt haben, möchten wir uns gern in Ihrer Bibliothek umsehen.«

»Natürlich.« Ich kann spüren, dass ich viel zu breit lächele. »Ich sage nur eben unserem Hausmeister Mr Greaves Bescheid, damit er Sie herumführen kann.«

Ich piepe Jim an und versuche, Cynthias Reptilienaugen zu ignorieren, die gerade das Chaos meines Schreibtischs betrachten. Mit etwas Glück kann ich Jim zu verstehen geben, dass er ihnen erst die Büros und den kleinen Garten im hinteren Bereich zeigen soll, damit ich hier schnell ein bisschen Ordnung schaffen kann.

»Sie haben gerufen, Ma'am?« Jim erscheint in seiner üblichen lockeren Art grinsend in der Tür.

Ich hüstele. »Äh, ja. Cynthia und Greg sind heute wegen der Inspektion hier, von der ich Ihnen erzählt habe«, antworte ich höflich und reiße die Augen weit auf, um ihn aufzufordern, mitzuspielen. »Sie wollten sie herumführen, nur eine kleine Tour durch das Bibliotheksgebäude, wenn Sie sich erinnern.«

Für einen kurzen Moment schaut Jim perplex aus der Wäsche, doch dann kapiert er. »Ah, ja, jetzt erinnere ich mich. Möchten Sie durchkommen?«

Fast falle ich in Ohnmacht vor Erleichterung, als sie die Bibliothek selbst durch die Hintertür verlassen. Jim grinst, zwinkert mir zu und folgt ihnen.

NEUNUNDVIERZIG

ROSE

Heute

Ausgerechnet jetzt kommen plaudernd und lachend Mrs Brewster und Miss Carter.

»Hallo, Rose«, ruft Mrs Brewster und beginnt, gefühlt Dutzende von Büchern, die sie zurückgeben will, aus den Tiefen ihres Einkaufstrolleys zu holen und auf dem Tresen zu stapeln.

Normalerweise würde ich jetzt lächeln und ein wenig mit den Kundinnen plaudern, aber nicht heute. Kaum habe ich den Tresen aufgeräumt, stellt Mrs Brewster ihn wieder voll. Ich seufze, gebe auf und widme mich stattdessen der Kinderleseecke.

»Sie sehen nervös aus, Rose«, meint Mrs Brewster. »Was ist denn los?«

Ich schaue mich verschwörerisch um, bevor ich ihr zuflüstere: »Die Leute von der Kreisverwaltung sind da zur Inspektion.«

»Hat das was mit der Schließung unserer Bibliothek zu tun?« Miss Carters Nasenflügel flattern.

»Ja, leider«, antworte ich und nicke. »Um zu entscheiden, welche Bibliotheken geschlossen werden, müssen sie erst eine Inspektion durchführen. Vermutlich, damit sie anschließend behaupten können, dass wir völlig überflüssig sind. Wie auch immer, ich hatte den Termin völlig vergessen und ...«

Plötzlich weiß ich nicht mehr, was ich sagen wollte.

»Geht es Ihnen gut, meine Liebe?« Miss Carter und Mrs Brewster tauschen einen Blick aus. »Sie sehen etwas ... desorientiert aus.«

Mein Mund ist trocken, und ich schwitze so sehr, dass mir mein Oberteil an Rücken und Armen klebt. Ich antworte nicht.

Da höre ich Jims durchdringende Stimme.

»Was sollen wir denn Ihrer Ansicht nach tun, wenn wir die Eimer wegstellen? Dann steht da hinten alles unter Wasser.«

»Genau das ist der Punkt, Mr Greaves«, antwortet Greg mit monotoner Stimme. »Aus Gründen des Gesundheitsschutzes und der Sicherheit sollten Sie sich überhaupt nicht in einem Überflutungsraum aufhalten.«

»Das ist nur ein undichtes Dach, Mann«, antwortet Jim und macht eine wegwerfende Handbewegung. »Als ich jung war, stand unser Haus voll mit Eimern, in das das Wasser getropft ist, und ich hab's überlebt.«

Ich atme mehrmals tief durch, um mich zu beruhigen, aber ohne Erfolg. Zum Glück ist es nicht so kalt, dass wir die Heizung einschalten müssen. Wenn sie wüssten, dass der Boiler fast jeden Tag ausfällt, hätten sie dazu vermutlich auch einen Kommentar.

»Ich überlasse die beiden ... *Inspektoren* dann mal Ihnen, Rose, ist das okay?«, grummelt Jim, als alle drei wieder an meinem Tresen stehen.

»Danke, Jim«, antworte ich fröhlich. Dann wende ich mich Cynthia und Greg zu und lächele sie an, doch sie starren nur ernst zurück. Offensichtlich haben unsere hinteren Räume keinen allzu guten Eindruck bei ihnen hinterlassen.

»Also, das hier ist der Bibliotheksbereich.« Ich führe sie durch den Raum zur hintern Wand. »Hier bieten wir eine große Auswahl an Belletristik und Sachbüchern. Und wir versuchen, Schul- und Lehrbücher vorrätig zu haben, die für den nationalen Lehrplan nützlich sind. Miss Jennings, eine hiesige Lehrerin, hilft uns bei der Auswahl ...«

»Wie viele Endkunden nutzen aktuell diese Einrichtung?« Cynthia konsultiert ihr Handheld-Gerät. »Sieht aus, als wären Ihre Zahlen in den letzten Jahren deutlich gesunken.«

»Endkunden? Sie meinen Leser?«

»Wir bezeichnen sie als Endkunden«, erklärt Cynthia trocken.

»Wenn die Bibliothek geschlossen wird, was passiert dann mit unseren Jobs?«, platzt es aus mir heraus. »Werden wir dann einfach entlassen?«

»Vielleicht werden Sie ausgewählt, woanders zu arbeiten, sofern es eine freie Stelle gibt. Vielleicht in einer Schule oder ...«

»Das kann ich nicht!« Feuchtigkeit bildet sich auf meiner Stirn, und ich lehne mich an ein Regal, bis der Schwindel sich wieder gelegt hat.

»Geht es Ihnen gut, Miss Tinsley?«

»Ja.« Ich stelle mich wieder aufrecht hin. »Ein Umzug wäre für mich allerdings ungünstig, aus ... gesundheitlichen Gründen.«

»Nun überstürzen Sie mal nichts«, näselt Cynthia. »Was die Zukunft dieser Bibliothek angeht, ist noch nichts entschieden.«

Nach einem kompletten Rundgang befinden wir uns nun wieder am Ausgangspunkt. »Und hier befindet sich unsere Kinderleseecke«, sage ich und schaffe es, mich ein wenig zu fangen. »Sie wird sehr gern genutzt. Von der örtlichen Grund-schule kommen ein- oder zweimal die Woche Schulklassen her, sofern keine Ferien sind, und zweimal pro Woche finden mittags Erzählstunden für Mütter und Kleinkinder statt.«

Cynthias Augen weiten sich. »Sieht aus, als könnte hier mal wieder aufgeräumt werden!«

»Ja, es ist etwas unordentlich, aber bis kurz vor Ihrer Ankunft fand hier eine Lesestunde statt«, erkläre ich. »Heute bin ich allein hier, aber das wird noch vor Feierabend erledigt.«

»Außerdem könnte hier überall ein neuer Teppich rein«, bemerkt Greg.

»Wir tun unser Bestes!«, höre ich mich selbst mit fester Stimme sagen. »Wir tun unser Bestes unter schwierigen Umständen.«

Ein bisschen befürchte ich, dass Mrs Brewster jeden Moment die Augen aus dem Kopf fallen, aber nun ist es zu spät. Gesagt ist gesagt.

»Das ist uns völlig klar, Miss Tinsley ...«

»Es tut mir leid, würden Sie mich bitte entschuldigen?« Ich drücke mich an ihnen vorbei und eile auf das Büro in den Hinterräumen zu. »Tut mir leid, aber ich ... ich brauche nur einen Moment.«

FÜNFZIG

ROSE

Heute

Ich habe keine Ahnung, wie ich es geschafft habe, den Nachmittag in dieser Benommenheit zu überstehen und aus der Tür zu gehen, aber ich finde mich nach der Arbeit auf dem Heimweg wieder.

Davor bin ich, als die Inspektoren die Bibliothek verlassen haben, in Tränen ausgebrochen.

Jim, Mrs Brewster und Miss Carter sind alle herbeigestürmt, um mich zu trösten, aber ich habe sie alle abgewehrt. Ich fand nicht, dass ich ihr Mitgefühl verdient hatte.

»Es ist nicht Ihre Schuld, Rose«, wiederholte Jim immer wieder. »Sie machen einen sehr angespannten Eindruck. Vielleicht wächst Ihnen das Ganze über den Kopf.«

Ich sagte nichts und vergrub mein Gesicht in das Taschentuch, das mir Miss Carter gereicht hatte, aber in meinem Kopf schimpfte ich mit mir selbst. Über eine Woche hatte ich von dem Termin gewusst, aber weil ich mit dem Kopf woanders gewesen war, hatte ich absolut nichts dafür vorbereitet. Ganz im Gegenteil, ich hatte ihn sogar vollkommen vergessen, und in

Anbetracht des Ausdrucks auf ihren Gesichtern war ich mir sicher, dass sie das auch wussten.

Ich mache Fehler, vergesse wichtige Sachen und plaudere Sachen aus, ohne an die Konsequenzen zu denken.

Da geraten gewöhnliche, alltägliche Aufgaben schon mal in Vergessenheit. Selbst meine Sicherheitskontrollen sind heute nur halbherzig.

Mein Magen hat den ganzen Vormittag so laut geknurrt, dass ein oder zwei Personen sich darüber lustig gemacht haben. Jim hat mir angeboten, eben rauszugehen und mir ein Sandwich zu holen, aber ich kann den Gedanken, irgendetwas zu essen, nicht ertragen. Es müsste das richtige Essen sein. Alles andere hilft nicht.

Doch es dauert nicht lange, bis ich meine Umgebung nicht mehr so unbekümmert wahrnehme. Mein Herz beginnt unruhig zu pumpen, und mein Mund ist trocken wie Sägemehl. Ich laufe schneller, weil ich einfach nur nach Hause will.

Als ich um die Ecke biege, entdecke ich das vertraute und sichere Zeichen des örtlichen Co-op vor mir, und bevor ich überhaupt eine bewusste Entscheidung treffen kann, führen meine Füße mich dorthin.

Im Laden durchlaufe ich die Gänge in Rekordzeit und fülle meinen Einkaufskorb. Dann entscheide ich mich für die kürzere Schlange bei den Selbstbedienungskassen, wo ein junger Mann, der glücklicherweise kein Freund einer gepflegten Konversation zu sein scheint, Wache schiebt und verwirrten Kunden hilft.

Nur fünfzehn Minuten später trage ich meine zwei Einkaufstüten nach Hause.

Dort angekommen, schließe ich die Haustür hinter mir ab, lasse die Einkaufstüten auf den Boden fallen und ziehe die Vorhänge im vorderen Zimmer zu. Dann trage ich die Einkäufe durch die Küche, ziehe das Rollo herunter und vergewissere mich, dass der Riegel an der Hintertür noch vorgeschoben ist.

Ich schenke mir ein großes Glas Fizzypop ein, setze mich an den Küchentisch und beginne das Prozedere, von dem ich weiß, dass es mir zweifellos Erleichterung verschaffen wird.

Zuerst esse ich drei Schokoladen-Eclairs. Der Brandteig ist so leicht, dass ich kaum kauen muss, bevor die Schokoladencreme meine Kehlen hinuntergleitet.

Während ich mit der einen Hand an der Verpackung des großen Zitronenkuchens herumzupfe, stopfe ich mir mit der anderen ein paar Schoko-Hobnob-Kekse in den Mund und spüre endlich, wie sich die Verspannungen in meinem Nacken und meinen Schultern zu lösen beginnen.

Mit einem Teller halte ich mich gar nicht erst auf, sondern schneide ein großes Stück Kuchen ab und gebe einen ordentlichen Klecks Sahne darauf. Mein Mund ist fast zu voll, um kauen zu können, aber ich schaffe es gerade so und genieße die feuchte, klebrige Süße.

Ich schließe die Augen, und alle Sorgen – alle schlechten Gedanken, die mich plagen – verschwinden. Nur das herrliche Gefühl in meinem Mund ist noch wichtig, das alles andere um mich herum ausblendet.

Innerhalb von Minuten habe ich die Hälfte der Sahne und zwei Drittel des Kuchens verschlungen und mache mich über den großen Becher Eis mit Keksteig-Geschmack her. Es lässt meinen Mund und meine Kehle gefrieren, betäubt den Schmerz und begräbt ihn unter dem Gewicht der Kalorien.

Als der Becher leer ist, taumele ich ins Wohnzimmer und lege mich auf das Sofa. Ich schließe die Augen und versuche, das Rumoren meines Magens zu ignorieren, konzentriere mich stattdessen auf das warme, beruhigende Gefühl, das mich nun umhüllt wie eine wärmende Decke.

Ich drifte in den merkwürdigen Zustand zwischen Schlaf und Wachen, und nach einer Weile zwinge ich mich, mich aufzusetzen.

Es wird Zeit.

Ich gehe nach oben. Unterwegs öffne ich meine Arbeits-
bluse, ziehe sie aus und lasse sie auf der Treppe liegen. Vor der
Badezimmertür entledige ich mich meiner Hose und betrete
den Raum nur in Unterwäsche.

Ich klappe die Klobrille hoch und beuge mich vor. Dann
drücke ich Zeige- und Mittelfinger zusammen und stecke sie
mir in den Mund. Ich drücke die Zunge herunter und erhöhe
den Druck, bis meine Fingerspitzen meinen Rachen erreichen.

Et voilà! Da ist alles wieder in seiner ganzen Pracht: die
zitronige, cremige, schokoladige Masse, die sich um all meine
Sorgen gelegt und sie mit sich gerissen hat.

Ich bin so erleichtert, dass ich den Dreh noch raushabe.

Danach wasche ich mir Gesicht und Hände und spüle mir
den brennenden Mund aus. Im Schlafzimmer schlüpfe ich
anschließend in Leggings und ein weites T-Shirt.

Erneut betätige ich die WC-Spülung, wische über den
Rand und schütte etwas Bleiche hinein, bevor ich den Deckel
schließe. Dann öffne ich das Fenster einen Spaltbreit, setze
mich auf die oberste Treppenstufe und genieße eine Weile den
Luftzug.

Ich lasse nie ein Fenster zu Haus unbeaufsichtigt geöffnet.
Niemals. Das ist eine meiner Sicherheitsregeln.

Nachdem ich es geschlossen habe, gehe ich wieder nach
unten und beseitige das Chaos in der Küche. Ich wische die
Zitronenkuchenkrümel auf der Arbeitsplatte mit der Hand zu
einem Häufchen zusammen und werfe sie in den Tretmülleimer.
Die zerrissenen Verpackungen und der fast leere Sahnebe-
cher folgen ihnen.

Mir wird übel, als ich die verschmierte Masse von der
Arbeitsplatte aufwische. Meine säureverbrannte Kehle
schmerzt, und ich trinke einen Schluck Wasser, was es jedoch
nur noch schlimmer macht.

Vorsichtig berühre ich meine Lippen und denke zurück an
die Zeit, als meine Bulimie am schlimmsten war. Damals hatte

ich Blasen auf den Lippen und wunde Stellen an den Mund-winkeln. Mein Hals war permanent gereizt und meine Haut voller Pickel.

Aber alles, was ich sehen konnte, war, dass mein hässlicher, fetter Körper ein bisschen akzeptabler geworden und mein Kopf zur Ruhe gekommen war. Leider währte der Zustand nicht lange, bis ich wieder das Bedürfnis verspürte, mich vollzu-stopfen und zu kotzen.

So weit will ich es nie wieder kommen lassen, und so verspreche ich mir selbst, dass das gerade wirklich das letzte Mal gewesen ist.

Ich kann nicht weiter vor mir herschieben, was getan werden muss. Also packe ich alles, was ich brauche, in meine Handtasche, nehme meine sowie Ronnies Schlüssel und verlasse mein Haus durch die Hintertür.

Es ist an der Zeit, mit Ronnie zu reden.

EINUNDFÜNFZIG

ROSE

Heute

Es ist erst halb sechs Uhr nachmittags, aber es kommt mir vor wie das Ende eines sehr langen Tages.

Ich fühle mich ein bisschen wie ein Zombie, als hätte mein Kopf auf Autopilot geschaltet, um die üblichen Aufgaben zu erledigen, aber mehr auch nicht. Meine Unterhaltung mit Mike North am Vormittag, der Besuch von den Inspektoren, meine Fressorgie, kaum dass ich nach Hause gekommen war ... das alles war nur noch unscharf in meinem Kopf, als wäre das alles vor langer Zeit passiert.

Leider war dem nicht so, denn dann hätte ich meine Probleme vielleicht besser angegangen und sie hinter mich gebracht. Ich schließe meine Hintertür ab und stehe eine ganze Weile einfach nur in meinem Garten da. Die Luft draußen ist warm, doch der Himmel grau und wolkenbehangen. Es ist kein Abend, an dem man draußen sitzen möchte.

Ich schaue zurück auf mein Haus. Die Hypothek ist inzwischen bezahlt, es gehört vollständig mir, aber ohne Job käme ich dennoch nicht zurande. Wenn die Bibliothek geschlossen wird, gibt es hier in der Gegend für mich nichts mehr zu tun, und ich würde mich definitiv woanders um Arbeit bemühen müssen.

Was das für meine Angstzustände bedeuten würde, darüber möchte ich gar nicht erst nachdenken.

Ich drehe mich vom Haus weg. Heute hatte ich die Chance, die Inspektoren von meiner Arbeit zu beeindrucken, und habe völlig versagt. Noch schlimmer jedoch ist die Panik, der Kontrollverlust über mein eigenes Leben. Das bringt die schlimmsten Erinnerungen wieder zurück und macht mir Angst, dass ich wieder so tief fallen könnte.

Ich schiebe den Gedanken an eine mögliche Schließung der Bibliothek für den Moment beiseite. Es gibt etwas Wichtigeres, worum ich mich dringend kümmern muss.

Ich öffne das Tor zum Nachbargrundstück, gehe hindurch und lasse es offen für meine Rückkehr, nachdem ich mit Ronnie gesprochen habe. Dann klopfe ich an die Hintertür und drücke den Türgriff herunter, doch wie erwartet ist sie verschlossen. Claudia, die Haushaltshilfe, muss sie abgeschlossen haben, bevor sie gegangen ist.

Ich öffne die Tür mit meinem Schlüssel und schließe sie hinter mir wieder ab. Am Fuß der Treppe ziehe ich mir meine Schuhe aus.

»Ich bin's nur, Rose«, rufe ich, als ich die Stufen hinaufsteige.

Oben angekommen zögere ich beim Anblick der Tür zum Gästezimmer. Ich kann es immer noch nicht fassen, dass Billys Decke in all den Jahren darin versteckt war. Niemand, mich eingeschlossen, wäre auch nur auf die Idee gekommen, dort nachzusehen.

Ich höre ein rasselndes Husten, das mich in die Gegenwart zurückholt, und drehe mich in die andere Richtung, um jeden Gedanken an das Gästezimmer aus meinem Kopf zu vertreiben.

Als ich an Ronnies Schlafzimmertür klopfe, höre ich ein heiseres »Herein!«.

Im Schlafzimmer ist es düster, und es riecht säuerlich. Claudia hat die Vorhänge nur halb geöffnet, wahrscheinlich weil es bei ihrem Besuch vorhin draußen viel heller war.

Ronnie sitzt mit mehreren Kissen im Rücken auf dem Bett. Ich kann sehen, wie viel Gewicht er verloren hat, seit er im Krankenhaus war. Sein Gesicht ist grau und eingefallen.

»Hallo, Ronnie«, begrüße ich ihn und zwinge mich zu einem leichten Lächeln. »Das Wichtigste zuerst: Brauchst du Hilfe, um auf die Toilette zu gehen?«

Er schüttelt den Kopf. »Claudia ist erst vor ungefähr einer Stunde weg.«

»Okay«, sage ich und setze mich auf das Bettende. »Wie geht es dir?«

»Ich bin müde«, antwortet er gedämpft. »Ich bin furchtbar müde, Rose.«

Er sieht tatsächlich müde aus, aber ich komme nicht umhin zu überlegen, ob er vielleicht nur so tut, um das Gespräch mit mir zu vermeiden. Immerhin habe ich ihm vorhin unmissverständlich mitgeteilt, dass ich mit ihm reden will ...

Er sagt, dass er zwar keinen Hunger hat, aber gern eine Tasse Tee hätte.

Unten setze ich den Wasserkessel auf und starre dann durch das kleine Fenster auf den trostlosen Hof aus Beton und überlege, wie ich das Thema, dass ich Billys Decke gefunden habe, ansprechen soll.

Ronnie ging es tatsächlich nicht gut – geht es immer noch nicht gut –, insofern ist es durchaus möglich, dass seine Erinnerung Lücken hat. Vielleicht sollte ich das Thema zuerst auf die Vergangenheit im Allgemeinen lenken, ohne jeden Druck.

Ich bringe ihm seinen Tee und zwei gesunde Vollkornkekse nach oben.

Er rührt die Kekse auf dem Teller nicht an, nippt an seinem Tee und mustert mich über die Tasse hinweg.

»Du siehst auch nicht allzu gut aus, Rose«, sagt er mit gerunzelter Stirn und immer wieder brechender Stimme.

»Mir geht es super«, behaupte ich.

»Deine Wangen sind so rot, wie sie früher immer waren, bevor du krank geworden bist.«

Ich ignoriere den Kommentar.

»Hast du deine Tabletten genommen?«

»Ja«, antwortet er und nickt.

»Als ich gerade durch das Tor gegangen bin, musste ich an die Partys denken, die wir früher im Garten gefeiert haben«, sage ich fröhlich. »Wenn du und Dad den Grill angeworfen habt. Weißt du noch?«

Er trinkt einen weiteren Schluck von seinem Tee und gibt ein zustimmendes Brummen von sich.

»Das waren noch Zeiten. Wo sind nur die Jahre hin, was, Ronnie?«

»Ich weiß es nicht.« Er seufzt. »Aber ich wünschte, ich könnte sie wiederhaben. Vieles würde ich heute ganz anders machen.«

Ich spitze die Ohren.

»Zum Beispiel? Was würdest du anders machen?«

Ich hoffe, beiläufig zu klingen, aber mein Herz schlägt mir bis zum Hals. Manchmal, wenn Menschen alt und krank werden, beschließen sie impulsiv, ihr Gewissen zu erleichtern. Vielleicht ist dies ein solcher Moment.

»Ich würde nicht mehr so viel arbeiten.« Er räuspert sich. »Das Geld kam gelegen und hat uns ein gutes Leben beschert, aber ich wünschte, ich hätte mehr Zeit mit dem kleinen Eric und mit Sheila verbracht.«

»Du hast dein Bestes getan«, versichere ich ihm. »Ich wette, die meisten Männer hier in der Gegend fühlen das Gleiche. Ihr hab alle so hart in der Mine gearbeitet.«

»Das ist wohl so. Damals wussten wir ja noch nicht, dass die

Regierung uns übers Ohr hauen würde, ne? Wir dachten, wir hätten alle unsere Jobs auf Lebenszeit.«

Ich nicke.

»Und ich ...« Er zögert, und die Luft um uns herum scheint vor Spannung zu knistern. »Ich bereue, was mit Billy passiert ist«, sagt er kaum lauter als ein Flüstern.

ZWEIUNDFÜNFZIG

ROSE

Heute

»Was meinst du damit, Ronnie?« Meine Kehle ist wie zugeschnürt, und ich habe Mühe, die Wörter herauszubringen. »Was bereust du?«

»Ich weiß, dass es schmerzhaft für dich ist, auch nur seinen Namen zu hören, Rose. Aber da gibt es etwas, was mich seit jener Nacht quält.«

Ich halte die Luft an und starre meinen alten Nachbarn an. Er scheint mir erst näherzukommen und dann wegzudriften und er redet, aber seine Wörter klingen vage, als würden sie ineinander übergehen.

Gleich erzählt er mir von der Decke. Gleich gesteht er alles.

»Rose?« Ronnie erhebt die Stimme, und nun klingt alles wieder klar.

»Tut mir leid ...« Meine Augen fokussieren ihn jetzt wieder. »Was hast du gesagt?«

»Ich habe gesagt, dass ich mir selbst die Schuld gebe, dass wir ihn bei der Suche nicht gefunden haben«, antwortet Ronnie und dreht das Gesicht zum Fenster und dem schwindenden

Licht. »Ich habe die Freiwilligen zu den Seen und der Abby geführt, weg von den Wohngebieten. Weg von den Büschen, wo er ... wo es passiert ist. Das bereue ich zutiefst.«

Ich starre ihn an. Auf die Idee, dass Ronnie damals als Organisator der dorfweiten Suche die Macht hatte, die Freiwilligen von Billys Leiche wegzuführen, bin ich gar nicht gekommen. Wenn er etwas mit Billys Tod zu tun hatte, wäre das das perfekte Ablenkungsmanöver gewesen. Heutzutage hätte die Polizei jedes noch so kleine Detail kontrolliert, aber damals war alles anders.

»Geht es dir gut, Rose?«

Ich reiße den Blick von ihm los. Im Moment scheint er sich sehr gut an die Vergangenheit zu erinnern, obwohl er gestern noch behauptet hatte, überhaupt nichts mehr zu wissen.

»Du hast getan, was du konntest«, murmele ich und versuche, ihn am reden zu halten. »Damals, meine ich.«

Ein Schauer läuft mir über den Rücken, als mir klar wird, dass ich nie einen besseren Zeitpunkt finden werde als jetzt, um meine Entdeckung im Gästezimmer anzusprechen. Dies ist meine einzige Chance, wahrscheinlich meine *letzte* Chance, Informationen aus Ronnie herauszubekommen, denn bald muss ich entscheiden, was mit dem neuen Beweisstück geschehen soll.

Ohne ein Wort greife ich nach meiner Handtasche und umschließe die durchsichtige Plastiktüte darin mit meinen Fingern. Ich ziehe sie heraus und lege sie auf die Bettdecke zwischen Ronnie und mich.

Die rote, inzwischen recht verblasste Decke liegt nun auf Ronnies heller Bettdecke wie eine Blutlache.

Er betrachtet sie und stellt seine Teetasse auf dem Nachttisch ab.

»Erinnerst du dich daran, Ronnie?«, frage ich ihn vorsichtig. »Das ist Billys Decke.«

»Ich ... ich bin mir nicht sicher«, antwortet Ronnie und

fährt mit den Fingern über den Rand der Bettdecke. »Seit meinem Sturz ist meine Erinnerung lückenhaft, Rose. Sie kommt und geht.«

»Billy hat sie überall hin mitgenommen. Er hatte sie auch an dem Tag dabei, als er entführt wurde. Ich habe sie in seinem Rucksack gesehen, als er das Haus verlassen hat. Die Polizei hat danach wochenlang nach ihr gesucht.«

Ronnie scheint den Blick nicht von der Decke abwenden zu können.

Ruhig und bestimmt rede ich weiter. »Als du im Krankenhaus warst, habe ich diese Decke in einem Karton gefunden. In deinem Gästezimmer, Ronnie.«

Er schüttelt den Kopf.

»Doch. Ich habe sie dort gefunden und muss wissen, wie sie dorthin gekommen ist.« Er guckt ausgesprochen verwirrt. »Du verstehst, was ich sage, oder, Ronnie? Die Polizei hat überall nach dieser Decke gesucht, und dann finde ich sie sechzehn Jahre später in *deinem* Haus. Diese Tatsache kann ich nicht ignorieren. Sonst würde ich Billy verraten.«

»Aber ... wie ... Ich weiß nicht, warum sie da war, Rose. Ich meine, wenn Billy sie an dem Tag dabei hatte, als er verschwunden ist, wie kann sie dann *hier* sein?«

Entweder macht er einen auf dumm, weil er schlau ist, oder er ist ehrlich verwirrt. Ich weiß es einfach nicht.

»Genau das ist mein Dilemma, Ronnie.« Ich zögere, fahre dann jedoch fort, weil die Situation so ernst ist, dass ich riskieren muss, ihn aufzuregen. »Nur die Person, die Billy getötet hat, konnte diese Decke haben, verstehst du? Das ist die einzige Erklärung.«

Ronnie runzelt die Stirn und nickt. Er verengt die Augen und schaut nach oben. »Aber das erklärt immer noch nicht, wie sie hierhergekommen ist«, sinniert er.

Ich bin so deutlich geworden wie möglich, ohne ihn direkt

zu beschuldigen, etwas mit dem Mord meines Bruders zu tun zu haben, doch es hat nicht funktioniert.

Ich hole tief Luft.

»Die Sache ist die, Ronnie, wenn ich zur Polizei gehe, werden sie wissen wollen ...«

»Zur Polizei?« Er war vorher schon blass, aber jetzt weicht auch der letzte Rest Farbe aus seinem Gesicht.

»Ja. Die Decke ist ein wichtiges Beweisstück. Ich kann nicht so tun, als hätte ich sie nicht gefunden.«

»Nein, aber ...« Er hebt eine zitternde Hand zum Mund. »Dann denken sie womöglich, dass ich etwas mit Billys Tod zu tun hatte ... Und was wird mein Eric dazu sagen?« Tränen treten in seine Augen, und er legt die Hand an die Stirn. Seine Atmung ist nun unregelmäßig.

Ich stehe auf und eile zu ihm.

»Atme, Ronnie. Atme.« Ich drücke das Glas Wasser, das Claudia auf dem Nachttisch stehen gelassen hat, an seine Lippen, und er trinkt mehrere winzige Schlucke. »Schon okay. Ich wollte dich nicht aufregen, aber ich muss dich das fragen. Das verstehst du doch, oder, Ronnie?«

»Ja«, antwortet er leise.

»Belassen wir es für heute dabei. Du darfst dich nicht so aufregen. Immerhin musst du wieder gesund werden«, höre ich mich selbst sagen, doch ein Teil von mir schreit frustriert auf. Der größere Teil jedoch kann sich beim besten Willen nicht vorstellen, dass dieser gebrechliche alte Mann meinem Bruder wehgetan haben soll. »Eine Sache muss ich dich allerdings noch mal fragen, Ronnie. Als du ins Krankenhaus gebracht wurdest, hast mir spezifisch gesagt, dass ich nicht nach oben gehen soll. Selbst wenn du dich nicht mehr erinnern kannst, das gesagt zu haben, kannst du dir das erklären? Warum wolltest du nicht, dass ich hier raufkomme?«

Er lehnt sich zurück in sein Kissen und schließt die Augen. Als er sie kurz darauf wieder öffnet, beben seine Lippen.

»Wegen dem Kram im Ottoman.« Seine Stimme zittert, als er nach meiner Hand greift, und ich lasse zu, dass er mich berührt. »Ich schäme mich so, Rose. Das belastet mich schon seit Jahren. Ich will es schon so lange jemandem sagen, aber ...«

Ich springe auf, renne zum Bettende und reiße den schweren, geschnitzten Holzdeckel des Ottomanen auf.

»Rose, bitte ...«

Ich höre seine Worte, doch sie kommen nicht bei mir an. Ich habe darin gesucht, aber ...

Hektisch räume ich die Laken heraus und werfe sie beiseite. Nichts. Ich suche weiter. Bett- und Kissenbezüge. Ich schaue ihn frustriert an.

»In dem gefalteten Laken befindet sich ein Umschlag ...«

Ich hebe das sauber gefaltete Bettlaken wieder auf, nehme es auseinander und dann – das Rascheln von Papier. Meine Finger umschließen einen großen Briefumschlag. Ich nehme ihn heraus und sitze da mit ihm auf dem Schoß.

Ronnie redet immer noch, brabbelt irgendwas über Familie und Verlust und ... ich blende seine Stimme aus und öffne mit zitternden Händen den Umschlag.

Nur Papiere. Ich schlucke den Kloß herunter, der sich in meinem Hals gebildet hat, und atme tief durch. Dann falte ich das erste Dokument auseinander: eine Geburtsurkunde mit einem Namen darauf, den ich nicht kenne.

»Er wurde als George geboren, aber Sheila wollte den Namen unbedingt ändern, wie du siehst.«

Bei den nächsten drei Dokumenten handelt es sich um Sterbeurkunden. Die Schrift verschwimmt vor meinen Augen.

»Unser erster kleine Erik hat nur eine Woche gelebt, aber der zweite war stärker, und wir waren mit ihm gesegnet, bis er fünf Monate alt war.« Entgeistert starre ich Ronnie an. Ich verstehe nicht wirklich, was er mir damit sagen will, aber jetzt ist es zu spät, um ihn aufzuhalten.

Er lächelt jetzt, schaut ins Licht, und mir wird klar, dass er nicht mehr hier ist. In seinem Kopf hat er eine Zeitreise in die Vergangenheit unternommen. Ich sage nichts, und plötzlich sieht er mich wieder an.

Ich falte das nächste vergilbte Blatt auseinander und halte es ans Licht. Die Panik ist Ronnie deutlich anzusehen, als er die Adoptionsurkunde erkennt.

»Er weiß es nicht, Rose! Eric weiß nicht, dass er adoptiert ist.« Dicke Tränen laufen sein faltiges Gesicht herunter. »Mir ist klar, dass es falsch war, es ihm nicht zu sagen, aber ... es hätte Sheila das Herz gebrochen. Sie musste daran glauben, dass es wahr war. Dass er wirklich *unser* Sohn ist.«

»Ronnie, ich ...«

»Sie hat sich immer geweigert, darüber zu reden. Ich habe es ein- oder zweimal versucht, aber sie hat mich immer abgeblockt. Eric hat das Recht, es zu wissen, aber ... Ich war so schwach, habe mich so für dieses Geheimnis geschämt. Also habe ich einfach alles so gelassen, wie Sheila es wollte, und versucht zu vergessen, aber in den letzten Jahren lastete die Sache immer schwerer auf meinem Gewissen.«

Ich denke an die unberührten Erinnerungen und Gegenstände in Ronnies Haus. Schränke und Kisten voller Zeug, von dem er sich nicht trennen kann. Dachte ich.

Wie sich herausstellte, hatte er einfach Angst, sich den Geheimnissen der Vergangenheit zu stellen.

Ich lasse ihn weiterbrabbeln und falte nicht ohne eine gewisse Scham die ausgesprochen persönlichen Dokumente vor mir wieder zusammen. Nicht alles, was Ronnie erzählt, ergibt Sinn, aber er erklärt, wie Sheila eine Schwangerschaft vorgetäuscht hat und wie sie dann einen drei Monate alten Jungen namens George Holland adoptiert haben, einen Waisen, der dann zu Eric Turner wurde, ihrem Sohn.

»Nach Sheilas Tod hatte ich furchtbare Angst, dass irgendwie herauskommen könnte, dass Eric adoptiert ist und er durch den Tratsch im Dorf davon erfährt. Vielleicht hätte er nie wieder mit mir geredet, und das hätte ich nicht ertragen, ich ...« Ronnie schluckt schwer, dreht seine schrumpeligen Hände um und betrachtet sie. »Ich habe natürlich darüber nachgedacht, die Dokumente zu vernichten, aber damit wäre die Wahrheit nicht verschwunden, oder, Rose?«

Langsam schüttele ich den Kopf und denke, dass das Verstecken von Billys Decke die furchtbare Wahrheit, was ihm zugestoßen ist, nicht hat verschwinden lassen.

»Ich habe es einfach nicht über mich gebracht. Ich habe mir schon genug Vorwürfe gemacht, Eric all die Jahre angelogen zu haben, dass ich wohl einfach akzeptiert habe, dass er die Wahrheit herausfindet, wenn ich tot bin.«

»Und deshalb wolltest du nicht, dass ich nach oben gehe?«

Ronnie nickte. »Bescheuert, ich weiß. Ich gehe nie raus, weil ich Erics Geheimnis bewahre. Als sie mich rausgetragen haben, um mich ins Krankenhaus zu bringen, dachte ich, das war's, nun bin ich erledigt. Ich wollte, dass Eric die Wahrheit erfährt, wenn er das Haus ausräumt.«

Ronnie schließt die Augen, und ich klopfe die Kissen in seinem Rücken ein wenig zurecht, damit er es bequemer hat.

Erst sieht es aus, als wäre er eingeschlafen, doch dann öffnet er die Augen wieder.

»Es tut mir leid, dass du Billys Decke hier gefunden hast, Rose. Ich schöre, dass ich nicht weiß, wie sie hierhergekommen ist.« Seine langen, kalten Finger greifen nach meinen und halten sie ganz fest. »Du musst mir glauben, Rose. Ich weiß es wirklich nicht.«

Ich presse die Lippen aufeinander, lächele so verständnisvoll, wie ich kann, und löse meine Finger aus seinen.

Nachdem Ronnie eingedöst ist, packe ich Billys Decke wieder in meine Handtasche und verlasse das Schlafzimmer etwas geschockt, aber fest entschlossen.

Ronnie hat mir ein Geheimnis anvertraut, das er fünfzig Jahre lang bewahrt hat. Er muss also ziemlich gut sein im

Bewahren von Geheimnissen. Schützt er sich selbst oder jemand anderen, indem er leugnet, von Billys Decke gewusst zu haben, oder sagt er die Wahrheit?

Fakt ist, dass mir nun nur noch eine Möglichkeit bleibt.

Ich muss mit jemandem reden, der all meine Fragen beantworten kann, und die Wahrheit viel schneller herausfinden, als es die Polizei könnte.

Trotz des Versprechens an meinen Vater weiß ich jetzt, dass ich keine andere Wahl habe, als Gareth Farnham zu kontaktieren.

DREIUNDFÜNFZIG

Sechzehn Jahre zuvor

Danach ging alles recht schnell, obwohl Rose nicht viel davon mitbekam.

Das Fieber packte sie am Vormittag, und sie verschlief alles in einer dumpfen Benommenheit, die nur von Licht und gelegentlichen Geräuschen durchdrungen wurde.

Sie öffnete die Augen kurz, als ihr Vater Gareth Farnhams Schlafzimmer betrat und sie in die Arme nahm.

»Sie wollte hier sein, bei mir!«, rief Gareth Farnham ihm hinterher, als Ray seine Tochter nach draußen zu seinem Auto trug. »Sie ist erwachsen, Sie haben ihr nicht zu sagen, was sie tun soll!«

Als sie wieder zu Hause waren, kam Dr. Nadin vorbei und untersuchte sie. Mit Rays Erlaubnis nahm er ihr Blut ab.

»Ich glaube, sie wurde unter Drogen gesetzt«, sagte er, bevor er ging.

Stella hatte ihren Ray noch nie so wütend gesehen.

»Beruhige dich«, sagte sie. »Du musst dich beruhigen, Ray.«

»Es gibt Zeugen dafür, dass er Rose in sein Auto

gezwungen hat, Stella«, schrie er, und seine Augen funkelten vor Wut. »Sieh sie dir doch an! Sieh dir doch an, was er ihr angetan hat!«

Ein Ex-Kollege aus der Mine, der in Cassies Straße wohne, hatte alles gesehen, sich jedoch um seinen Enkel gekümmert und Ray deshalb erst am nächsten Morgen Bescheid gesagt.

»Ich dachte, es wäre nur ein Streit unter Liebenden gewesen«, hatte er schulterzuckend gesagt, als Ray ihn fragte, warum er nicht die Polizei gerufen hatte.

Ray rief dann umgehend Carolyn an, um zu fragen, ob sie Rose gesehen hatte, und Jed erzählte ihm von der Beziehung seiner Tochter mit Gareth Farnham.

»Sie hat Cassie fallenlassen, und immer, wenn du gedacht hast, sie wäre mit ihren Freundinnen vom College unterwegs, war sie in seiner Wohnung«, erzählte Jed ihm fast schon erleichtert. »Das läuft schon eine ganze Weile hinter deinem Rücken, Ray.«

Rays Beine gaben fast nach. Carolyn kochte ihm einen starken schwarzen Kaffee.

»Es tut mir leid«, sagte er immer wieder. »Ich weiß, dass du selbst Probleme hast.«

Als er wieder bei Kräften war, fuhr Ray zur Baustelle des Wiederbelebungsprojekts. Farnham redete gerade mit Leuten vom Stadtrat über einen geplanten Angelsee.

Ray stürmte über den unebenen Boden und packte Gareth so heftig am Revers, dass er ihn fast hochhob.

»Was zum Teufel ...«, riefen die Leute vom Stadtrat aus.

»Er hat meine Tochter entführt, sie gegen ihren Willen mitgenommen und ... und ... er hat mit meiner Tochter geschlafen!«, schrie Ray, während die anderen Freiwilligen versuchten, ihn von Gareth loszureißen. »Sie ist gerade mal achtzehn, und er fast dreißig! Ich habe Ihnen vertraut, Farnham, Sie Arschloch!«

Dann holte Ray Tinsley aus, ließ die Faust fliegen und

spürte das befriedigende Krachen von Farnhams Nase, als sie getroffen wurde.

Rose wachte in ihrem eigenen Bett auf. Ihre Mutter saß an ihrer Seite und weinte.

»Es tut mir leid, Mum«, flüsterte sie.

»Denk im Moment noch nicht einmal daran«, wimmerte Stella. »Du musst erst wieder zu Kräften kommen. Wir haben alle Zeit der Welt, darüber zu reden, was passiert ist.«

Ihr Vater nickte, und Rose konnte sehen, dass sein Stolz verletzt war.

»Dad, ich ... ich hätte nicht lügen dürfen. Dein Job, ich ...«

»Wir sehen jetzt nur noch nach vorn, Rose«, unterbrach sie Ray und betrachtete seine bereits blau werdenden Fingerknöchel. »Farnham wurde suspendiert und ein vorläufiger Manager eingesetzt, der mich gebeten hat, die Arbeiten am Projekt fortzusetzen.«

Rose atmete. Ein, aus, ein, aus.

Bei ihrem Vater kam alles wieder in Ordnung.

»Niemand hat Farnham seit Tagen gesehen«, erzählte Stella am Wochenende. »Wir glauben, er hat das Dorf verlassen, aber ... wenn du ihn anzeigen würdest ...«

»Mum, bitte. Ich will einfach nur vergessen, was passiert ist, und neu anfangen.«

»Lass es für den Moment gut sein, meine Liebe.« Ray legte eine Hand auf Stellas Arm. »Rose ist jetzt erwachsen und trifft ihre eigenen Entscheidungen.«

Sie konnte ihnen nicht sagen, warum. Sie konnte ihnen nicht von den Fotos erzählen, die Gareth gemacht hatte.

Wenn er sie im Dorf herumzeigen würde, wie er gedroht

hatte, wenn ihre Freunde und ihre Familie sie sehen würden ... dann würde sie sich nie wieder auf die Straße trauen.

Ihr Gesicht erhellte sich, als Billy ins Zimmer trat.

»Ist es draußen windig?«, fragte sie ihn.

Er nickte und strahlte von einem Ohr zum anderen. Er wusste, worauf Rose hinauswollte. »Windig genug für den Drachen!«, gluckste er.

»Na, dann komm«, sagte Rose und stand auf. »Lass uns das ausnutzen! Wir gehen zur Abbey und lassen den Drachen steigen.«

»Jaaa!« Billy boxte voller Freude die Luft, und alle lachten mit ihm.

Sie hatte ihren Bruder viel zu lange vernachlässigt, dachte Rose, als sie ihre Turnschuhe anzog. Und sie hatte vor, das und vieles mehr wiedergutzumachen. Gareth Farnham hatte das Dorf verlassen, insofern brauchte sie keine Angst mehr zu haben.

Ihre Mutter hatte vor ein paar Tagen mit dem College telefoniert und durchgesetzt, dass Rose in der nächsten Woche ihr Studium wiederaufnehmen konnte, sofern es ihr bis dahin besser ging. Ihre Eltern, die sie für so streng gehalten hatten, halfen ihr dabei, neu anzufangen. Jetzt war ihr klar, dass sie sie die ganze Zeit einfach nur beschützen wollten und sie liebten.

Die letzten zwei Wochen mit Gareth waren der reinste Albtraum gewesen, aus dem sie glücklicherweise entflohen war, dank der Leute um sie herum.

Cassie wollte sie nach wie vor nicht sehen, aber sie war sich sicher, diese Brücke ein andermal zu begehen.

Rose und Billy gingen durch das Dorf zur Newstead Abbey und quatschten die ganze Zeit.

Schwache Sonnenstrahlen brachen durch die vereinzelten Wolken, und sogar der Wind fühlte sich recht warm an. Rose trug nur eine Strickjacke, und der tapfere Billy hatte sich gegen

Stella durchgesetzt und nur ein T-Shirt an. Er strahlte, und seine Wangen waren vor Aufregung gerötet.

Auf dem Grundstück der Abbey befanden sich einige Leute, aber bei Weitem nicht so viele wie im Hochsommer.

Rose hatte Billy den Drachen zum Geburtstag im März geschenkt, doch seitdem hatte es kaum einen so guten windigen Tag gegeben wie heute. Sturm und Regen gab es oft, aber Drachenwetter war selten. Deshalb wusste sie, dass sie den Tag nutzen mussten, und außerdem bot er ihr die perfekte Chance, Zeit mit ihrem Bruder zu verbringen. So wollte sie das Trauma wiedergutmachen, das sie in sein Leben gebracht hatte, weil sie sich den falschen Freund ausgesucht hatte.

Die Sonne fühlte sich warm an auf ihrem Gesicht, Billy war voller Leben und Begeisterung, und Rose fühlte sich gut. Sie blickte hoffnungsvoll in die Zukunft und war dankbar dafür, was sie hatte.

Billy war in den Rhododendronbüschen verschwunden, um seinen Drachen zu suchen, und bisher nicht wieder aufgetaucht.

Rose setzte sich auf das Gras, streckte die Beine aus und wartete. Sie drehte ihr Gesicht in Richtung Sonne und versuchte, die positiven Gedanken festzuhalten.

Eine Gruppe Touristen strömte aus einem Reisebus auf dem Parkplatz und auf die Abbey zu. Offensichtlich nahmen sie an einer Tour durch das Haus und Lord Byrons Stammsitz teil.

Rose legte sich flach hin und schloss die Augen.

Sie war in letzter Zeit permanent erschöpft, doch ihre Mutter hatte gesagt, dass das völlig normal sei nach allem, was sie durchgemacht hatte. Immerhin war es erst ein paar Tage her. Hier in der Natur fühlte sie sich so entspannt wie seit Wochen nicht mehr.

Sie wollte sich einfach nur wieder normal fühlen, und dazu gehörte auch ihre Freundschaft mit Cassie.

Sie konnte verstehen, dass Cassie sich verraten fühlte, weil Rose ihre neue Beziehung zu Gareth über ihre lebenslange Freundschaft gestellt hatte, aber sobald sie die Chance hätte, ihr alles zu erklären, würden sie wieder zueinanderfinden, da war sich Rose sicher.

Die Polizei hatte Cassies Angreifer bisher nicht gefunden, und Stella hatte erzählt, im Dorf ginge das Gerücht über lautstarke Auseinandersetzungen im Haus und einer Carolyn, die Tag und Nacht betrunken war.

Die Gesichter, Stimmen, Ereignisse der letzten Woche schwirrten in ihrem Kopf umher und vermischten sich. Sie spürte die Wärme auf ihrem Gesicht und die angenehme Kühle des Grases unter ihren nackten Armen. Sie ließ die Gedanken schweifen ... entspannte sich in dem unscharfen Mix aus Formen und Farben, die sie durch ihre geschlossenen Lider wahrnahm ...

Der Knall eines Auspuffrohrs eines Autos auf dem Parkplatz ließ Rose aufschrecken. Sofort sprang sie auf die Beine. War sie eingeschlafen? Sicherlich nur für ein paar Minuten. Die Touristen waren inzwischen bestimmt alle im Haus, denn sie waren nirgendwo zu sehen.

»Billy!«

Rose warf einen Blick auf ihre Uhr. Er war jetzt seit über zehn Minuten weg, dachte sie mit wachsender Panik. Dann kam ihr der Gedanke, dass der kleine Frechdachs sich vermutlich vor ihr versteckte. Das wäre nicht das erste Mal.

Mit der Hand schützte sie ihre Augen vor der Sonne und suchte die von Büschen gesäumte Straße ab, die zu den millionenschweren Wohnhäusern auf dem Gelände der Abbey führte.

Rose biss sich auf die Lippe. Der Drachen war da drüben irgendwo gelandet, und Billy hatte darauf bestanden, ihn allein holen zu gehen.

»Ich bin doch kein Baby mehr, Rose«, hatte er sich beschwert, als sie mit ihm gehen wollte.

Aber jetzt von ihrem Standort aus waren die Büsche ganz schön weit weg ... weiter, als sie gedacht hatte. Sie nahm ihre Strickjacke, die sie zuvor ausgezogen hatte, und steuerte die Stelle an, wo Billy verschwunden war.

»Billy!«, rief sie. »Wir müssen jetzt nach Hause!«

Sie schaute sich beim Gehen um. Ein paar Leute waren noch da, aber die Besucher waren irgendwie plötzlich weniger geworden.

»Billy?«

Keine Reaktion, und je weiter sie die Straße entlangging, desto ruhiger wurde es.

»Billy! Hör auf mit dem Quatsch. Komm jetzt her, sofort!«

Was, wenn er über einen Ast oder eine Wurzel gestolpert war und sich den Kopf an einem Felsen oder so angeschlagen hatte? Ihre Mutter würde sie meuchelmördern.

Rose erinnerte sich noch gut daran, was damals auf einem Schulausflug bei der Cromford-Mühle in Derbyshire passiert war. Ein Junge war auf dem steinigen Untergrund gestolpert und hatte sich seitlich den Kopf aufgeschlagen. Die Wunde musste genäht und der Ausflug abgebrochen werden.

Rose hatte die Stelle, wo sie Billy zuletzt gesehen hatte, bevor er in den Büschen verschwunden war, fast erreicht. Noch ein Monat, und die Rhododendrons würden in voller Blüte stehen, aber jetzt waren sie nur ein Meer aus dichtem, glänzendem, grünem Laub.

»Billy, komm raus. Bitte ... jetzt machst du mir Angst.«

Das stimmte. Ihr Herz schlug wie wild in ihrer Brust und ihr Mund und ihr Hals waren völlig ausgetrocknet vor Angst.

Fünf volle, quälende Minuten lief sie die lange Straße auf und ab und lugte in die Büsche, wo immer eine Lücke war, suchte überall nach ihrem Bruder.

Aber Billy war nirgendwo zu finden.

VIERUNDFÜNFZIG

Sechzehn Jahre zuvor

Buchstäblich das ganze Dorf nahm an diesem Tag bis tief in die Nacht an der Suche teil.

Rose kam nicht umhin zu denken, wie märchenhaft das Feld in der Dunkelheit wirkte. In dem Meer aus Fackellichtern, die von dort, wo sie mit ihrer Familie am Fenster stand, wie Laternen aussahen, war von dem Grauen, das sich dort versteckte, nichts zu sehen.

DCI North war gezwungen, Ray mit körperlichem Einsatz daran zu hindern, das Haus zu verlassen und sich dem Suchtrupp anzuschließen.

»Ich brauche Sie hier, Ray«, hatte er bestimmt, aber freundlich gesagt. »Ihre Familie braucht Sie hier. Überlassen Sie die Suche anderen, wir haben mehr als genug Leute.«

Rose und ihre Mutter klammerten sich aneinander und mussten mitansehen, wie der starke, verlässliche Mann, den sie so sehr liebten, in seinem Stuhl in sich zusammenfiel, den Kopf fallen ließ und leise schluchzte.

DCI Mike North hob die Hand, als sie Anstalten machten, Ray trösten zu wollen.

»Meiner Erfahrung nach ist es besser, die Gefühle rauszulassen«, erklärte er verständnisvoll.

Als sie von der Abbey nach Hause gerannt war, atemlos und blass vor Angst, hatte ihre Mutter mit einem riesigen Blumenstrauß in der Hand in der Küche gesessen. »Die sind für dich«, hatte sie lächelnd gesagt, als Rose die Tür aufstieß. Dann veränderte sich ihr Gesichtsausdruck, als sie Roses Panik bemerkte.

Der Detective zeigte sich äußerst interessiert an Gareth Farnham. Er sprach in der Küche bei geschlossener Tür mit Rose.

»Erzählen Sie mir alles«, forderte er sie mit über dem Notizblock schwebendem Stift in der Hand auf. »Von Anfang an.«

Und das tat sie.

»Ich war so eine Vollidiotin«, flüsterte sie, als sie fertig war. »Alles, was passiert ist ... das war alles meine Schuld. Ich habe Gareth Farnham in unser sicheres, gewöhnliches Leben gebracht.«

»Das stimmt nicht, Rose. Sie sind ein Opfer«, versicherte ihr DCI North. »Sie wurden kontrolliert. Manipuliert.«

»Aber es war meine Entscheidung, bei ihm zu bleiben!«, rief sie aus.

DCI North presste die Lippen zusammen und schaute sie an. »Hören Sie sich selbst zu. Sie reden in seinen Worten. Die Kontrolle. Farnham war gut darin, Rose. Sie haben noch nicht einmal gemerkt, was passiert. Sie dachten, Sie hätten eine Wahl, aber in Wirklichkeit war dem nie so. Denken Sie doch mal zurück, an die kleinen Dinge. Irgendwie lief es doch immer darauf hinaus, dass Sie alles getan haben, was *er* wollte, oder?«

Rose wollte gerade widersprechen, doch dann stutzte sie.

Die Eissorte, die sie gegessen hatte, der Film, den sie angesehen hatten ... egal was sie ursprünglich gewollt hatte und obwohl er sie nach ihrer Meinung gefragt hatte, war es immer darauf hinausgelaufen, dass sie getan hatten, was Gareth wollte. Und irgendwann hatte sie gar keinen Wunsch mehr geäußert. Gareth hatte ihr gesagt, was geschehen würde, und sie hatte das schlicht akzeptiert.

Denn wenn nicht, hätte sie weiß Gott dafür bezahlen müssen, und das war es den Streit nicht wert gewesen.

»Wie konnte ich nur so bescheuert sein«, flüsterte sie und verknotete die Finger ineinander. »Warum habe ich das nicht gemerkt?«

»Machen Sie sich keine Vorwürfe, Rose«, sagte DCI North ernst. »So funktioniert Kontrolle. Sie ist allgegenwärtig und nimmt Sie vollständig ein. Glauben Sie mir, Sie sind nicht die Einzige, der das passiert ist.«

Selbst jetzt, als der Detective so verständnisvoll auf sie einredete, fühlte Rose tief in ihr, dass sie die Schuld für Gareths Verhalten trug.

Sie fühlte sich verantwortlich für dieses furchtbare, furchtbare Chaos.

Bis in die frühen Morgenstunden saß die Familie Tinsley schweigend in Decken gehüllt da und starrte ins Leere.

Als der Morgen graute, fiel eine dicke Wand der Stille über das Haus und die Straße. Dann ein Geräusch ... ein Schlurfgeräusch im Vorgarten. Könnte das Billy sein, der den Weg nach Hause gefunden hatte?

Sie schoss zum Fenster und schaute hinaus in den dunklen, vollkommen stillen Garten. Und verlor wieder die Hoffnung.

»Wo bist du nur hin, Billy?«, flüsterte Rose, und eine einzelne Träne rann über ihr geschwollenes Gesicht.

Aber niemand antwortete.

Ein paar Stunden später, gegen halb acht, beschloss Rose, über die Straße zum Sportplatz zu gehen. Sie musste raus aus dem Haus, in dem sie zu ersticken drohte. Und ihr war klar, dass sie vor sich selbst wegrannte, vor ihren Gedanken. Unmöglich, aber dennoch ... Es regnete, das Wetter war trüb, und alle anderen waren vernünftig genug, im Haus zu bleiben, bis die Suchaktion des Dorfs um neun Uhr weitergehen sollte.

Rose schrie auf und wich panisch zurück, als eine vertraute Stimme hinter ihr ertönte und das Blut in ihren Adern gefror.

»Rose, bitte hör mir zu. Gibt mir nur ein paar Minuten, damit ich dir alles erklären kann.«

Rose drehte sich um, damit er nicht sehen konnte, wie sehr sie zitterte. »Geh weg, oder ich schreie, ich rufe die Polizei!«

Ihre Lunge war leer, und sie schnappte nach Luft. Schnelle, flache Atemzüge, die keine Luft in ihre Lunge pumpten.

»Du weißt, dass ich so etwas niemals tun würde.« Gareth berührte ihren Arm von hinten, und sie zuckte weg. »Du weißt, dass ich Billy niemals wehtun würde.«

»Das weiß ich eben nicht!« Sie fuhr herum, sah ihn an, und die Hitze stieg von ihrem Solarplexus auf. »Du hast ihn eine Nervensäge genannt. Du warst wütend auf ihn und hast ihm schon wehgetan, bevor wir uns getrennt haben.«

»Das bedeutet aber nicht, dass ich ihm etwas antun würde, Rose!«

»Du hast gesagt, Cassie würde noch wünschen, niemals geboren worden zu sein, und am nächsten Tag wurde sie überfallen. *Vergewaltigt.*« Mit den Augen suchte sie das Feld ab, die Straße, suchte nach anderen Dorfbewohnern, aber da war niemand.

»Glaubst du das wirklich von mir? Nachdem ich dich so sehr geliebt habe, dir so viel Respekt entgegengebracht habe?«

Sie schüttelte den Kopf und starrte ihn ungläubig an. »Du bist doch völlig *wahnsinnig!* Was du mir angetan hast – die Fotos, die du von mir gemacht und mit denen du mir gedroht hast ...«

»O Rose! Ich habe nie irgendwelche Fotos gemacht. Da habe ich nur geblufft. Das musst du mir glauben!«

Aber die Tage, an denen Rose Gareth Farnham irgendetwas geglaubt hätte, waren vorbei.

Wie zum ersten Mal sah sie die Linien der Unzufriedenheit zwischen seinen Brauen, seinen fahlen, grauen Teint ... aber etwas in seinen Augen ließ sie wie angewurzelt stehen bleiben, denn sie erkannte, dass er tatsächlich selbst glaubte, was er sagte.

Er glaubte tatsächlich, er hätte sie mit Respekt behandelt, selbst nachdem er sie unter Drogen gesetzt und wie eine Gefangene gehalten hatte!

In dem Moment hatte sie mehr Angst als jemals zuvor, und sie machte sich mit zügigen Schritten auf den Weg zur Straße.

»Rose, du musst etwas für mich tun. Bitte. Der Blumenstrauß, den ich für dich gekauft und dir vor die Tür gelegt habe – ich habe überall nach der Quittung gesucht. Ich weiß, dass die Blumenhändlerin mir eine gegeben hat, weil sie sie vor meinen Augen mit der Hand geschrieben hat, aber sie ist nicht in meiner Brieftasche. Ich habe meine Wohnung und mein Auto bis in den letzten Winkel durchsucht. Ich glaube, ich habe sie mit der Tüte um die Stängel herum gewickelt. Ich habe zwar bar bezahlt, aber die Quittung wird belegen, dass ich zu der Zeit, als Billy verschwunden ist, noch nicht einmal in der Nähe war.«

Er wollte, dass sie ihm half, einer Festnahme zu entgehen, darum ging es ihm also. Er wollte, dass sie ihm half davonzukommen mit was auch immer er Billy angetan hat. So wie er sie vorher mal überredet hat, der Polizei nichts von dem Kommentar zu erzählen, den er am Abend vor dem Angriff über Cassie abgelassen hat.

»Ich höre mir deine Lügen nicht weiter an. Wenn du mir wirklich helfen willst, dann erzähl mir, was du mit meinem Bruder gemacht hast.«

»Rose, bitte!« Er packte sie am Arm, und sie schüttelte ihn sofort reflexartig ab.

In aller Stille hatte sich das Machtverhältnis zwischen ihnen verschoben. Einen Moment lang dachte Rose an all das, was Gareth ihr gesagt und angetan hatte. Sie dachte daran, wie er sie kontrolliert hatte, was sie bis heute noch nicht einmal begriffen hatte ... bis DCI North es ihr begreiflich gemacht hatte.

Es war, als wäre ein Schleier von ihr genommen worden, und jetzt ergab alles Sinn: jeder durchdachte Schritt, den er unternommen hatte, um sie von ihren Freunden und ihrer Familie zu isolieren, wie er sie in jeder Hinsicht dominiert hatte, selbst im Bett.

Und die Lügen ... so viele Lügen.

»Halt dich von mir fern, du Arschloch«, zischte sie.

Ihm fiel die Kinnlade herunter, als sie sich umdrehte und wegging.

Sie erwartete, dass er ihren Namen rief, ihr nachlief, sie anflehte – sie sogar bedrohte, ihr zu helfen, davonzukommen. Irgendetwas.

Aber er tat nichts.

Er sagte kein Wort, und Rose drehte sich nicht um.

Als Rose wieder zu Hause war, sprachen ihre Eltern gerade im Wohnzimmer mit der Polizei.

Sie stand in der Küche und betrachtete den hohen Holzschrank in der Ecke. Dort bewahrte Stella alle Plastiktüten aus dem Supermarkt und anderen Läden auf.

Dort hätte Rose die Tüte verstaut, die um die Stängel des Blumenstraußes aus Stargazer-Lilien von Gareth gewickelt war, der auf sie gewartet hatte, als sie von der Abbey zurückkam.

Zuerst hatte sie gedacht, sie wären von irgendeinem, der seine guten Wünsche ausdrücken wollte, bis sie die kleine Karte mit Gareths Handschrift entdeckt hatte.

Daraufhin hatte sie den Strauß umgehend in den Mülleimer draußen befördert.

Es tat ihr leid um die Blumen, sie waren umwerfend gewesen ... eine völlig unpassende Schönheit mitten im Grauen von
Billys Verschwinden.

Sie öffnete die Schranktür nicht, um darin nach der Quittung zu suchen.

Sie stand da und überlegte, warum Gareths Worte immer
noch in ihrem Kopf widerhallten.

Sie hatte sich immer für einen fairen Menschen gehalten.
Ein *Weichei*, wie Cassie sagen würde. Aber Rose hatte stets
versucht, das Gute im Menschen zu sehen. So war sie eben.

Leider hatte sie deutlich zu lange versucht, das Gute in
Gareth Farnham zu sehen.

Als Folge davon war sie kontrolliert worden; manche
würden das, was er mit ihr gemacht hatte, sogar Gehirnwäsche
nennen. Vielleicht war auch der brutale Angriff auf ihre beste
Freundin eine Folge davon gewesen ... würde sie die Wahrheit
jemals erfahren?

Rose schüttelte den Kopf und betrachtete erneut den
Schrank.

Immer mal wieder wurden es zu viele Tüten, und Stella
mistete aus. Vielleicht hatte sie das bereits getan, und Rose war
zu spät dran.

Doch obwohl sie Gareth Farnham kein Wort mehr glauben
wollte, würden immer die Zweifel bleiben, wenn sie jetzt nicht
nachsah. Roses Hand schwebte über dem Schrankgriff.

Wollte sie es wissen? Was würde das überhaupt ändern?

FÜNFUNDFÜNFZIG

Sechzehn Jahre zuvor

Zwei Tage nach Billys Verschwinden hatte das Dorf einen Hauptverdächtigen.

Farnham hatte etwas damit zu tun. Jeder sagte das. Und wenn sie ehrlich war, wusste Rose es tief in ihrem Herzen auch. So wie sie wusste, dass es kein Zufall war, dass Cassie nach seinem fiesen Kommentar überfallen worden war.

Beim Gedanken daran, was er Cassie angetan hatte, hätte sie sich am liebsten übergeben. Aber daran konnte sie gerade nicht denken. In ihrem Kopf war nur Platz für Billy.

Nur ihn zu finden war wichtig, und sie wusste, dass Gareth ihr nichts verraten würde, was ihr helfen könnte, weil er immer nur an sich selbst dachte. Er versuchte immer noch, sie dazu zu bringen, ihm beim Beweis seiner Unschuld zu helfen, obwohl er ganz offensichtlich schuldig war.

Aktuell war er der Hauptverdächtige bei den Ermittlungen. Die Polizei von Nottinghamshire bestellte ihn immer wieder ein, vernahm ihn und ließ ihn wieder laufen.

Einige Dorfbewohner berichteten, sie hätten Gareth mit

Billy gesehen, wie er ihn geschüttelt und am Arm über die Straße gezogen hatte, während die Familie dachte, er würde mit seinen Schulkameraden auf dem Sportplatz spielen.

Rose waren die merkwürdigen blauen Flecken an Billy aufgefallen, und sie hatte ihn auch darauf angesprochen, weil sie befürchtet hatte, dass er gemobbt wurde. Und dabei hatte sie keine Ahnung gehabt, dass ein erwachsener Mann ihm das angetan hatte.

Der Tropfen, der das Fass zum Überlaufen gebracht hatte, war für sie gewesen, als Gareth Billy in ihrer Gegenwart aggressiv angegangen hatte. Das hatte sie der Polizei gesagt. Sie hatte ihnen auch von Gareth Kommentar erzählt, dass er Cassie das Leben zur Hölle machen würde.

Sie weigerte sich schlicht, ihn weiter zu decken.

Es war, als hätte Rose einen Kelch mit Wahrheitsserum getrunken und könnte Gareth nun so sehen, wie er war: durchtrieben, hinterhältig, *gefährlich*.

Wenn es um Gareth Farnham ging, konnte sie sich selbst nicht trauen. Aber sie konnte anderen trauen, und alle, die ihr wichtig waren und deren Meinung sie schätzte, sagten dasselbe.

Gareth wusste, wo Billy war.

Sie umfasste den Griff und öffnete die Schranktür. Dann hockte sie sich hin, zog alle Plastiktüten heraus auf den Küchenboden und begann, sie zu durchsuchen.

Sie konnte sich nicht mehr an die Farbe oder das Logo auf der Tüte erinnern, die um die Blumen gewickelt gewesen war, und so stopfte sie alle Tüten, die offensichtlich aus dem Supermarkt stammten, in eine Tüte und packte sie zurück in den Schrank. Nun waren noch rund ein Dutzend übrig.

Ihr Blick fiel auf eine rosa Tüte mit silberfarbener Aufschrift. Mit leicht zitternder Hand griff sie danach.

Die Aufschrift lautete: Simpkin, der Florist. Sie schüttelte die Tüte auseinander und öffnete sie.

Darin befand sich eine kleine, handgeschriebene weiße

Quittung. Sie zögerte und lauschte den Stimmen im anderen Zimmer. Nachdem sie sich vergewissert hatte, dass in nächster Zukunft niemand hereinkommen würde, wandte sie ihre Aufmerksamkeit wieder der Tüte zu.

Mit zitternden Händen strich Rose die Quittung auf dem Fußboden vor ihr glatt.

Immer wieder fuhr sie mit der Handkante darüber, um den Moment hinauszuzögern, wenn sie sie ansehen musste.

Dann überflog sie die Quittung. Sie war ungewöhnlich detailliert. In sauberer, kringeliger Handschrift wurde bestätigt, dass die Blumen an dem Nachmittag, als Billy verschwand, um 15.26 Uhr gekauft worden waren.

Rose setzte sich auf ihre Fersen, und die Quittung fiel ihr aus der Hand und wurde von einer leichten Brise erfasst, die durch das offene Fenster hineinwehte.

Exakt zu der Uhrzeit hatten Billy und sie noch bei der Abbey den Drachen steigen lassen.

Gareth war offensichtlich in Derby gewesen – im Blumenladen. Um zurück nach Newstead zu kommen, hätte er mindestens vierzig Minuten gebraucht. Theoretisch hätte er Billy entführt haben können, aber das Zeitfenster war klein. Sehr, sehr klein.

Natürlich war dem nur so, wenn er die Wahrheit sagte.

Sie war sich nicht sicher, wann es angefangen hatte, aber Rose fiel allmählich auf, dass um sie herum permanent Stimmen tuschelten, aber nie innerhalb ihrer Hörweite.

In dieser Hölle hatte sie jegliches Zeitgefühl längst verloren. Es war entweder Nacht oder Tag, mehr wusste sie nicht. Alles, woran sie denken konnte, war, dass Billy immer noch weg war.

Nun konnte sie leise, besorgte Stimmen in der Küche hören. Sie kroch halb die Treppe hinunter, um zu lauschen, konnte jedoch nach wie vor kein Wort verstehen.

Die Polizistin, Collette hieß sie, erinnerte sich Rose, erschien am Fuß der Treppe.

»Hi, Rose ...« Ihre Stimme klang zu fröhlich. »Hier unten gibt es nichts zu hören. Wie wär's, wenn Sie sich eine Runde in Ihrem Zimmer ausruhen?«

War das ihr Ernst? *Ausruhen?*

»Niemand sonst ruht sich aus«, sagte Rose, runzelte die Stirn und ging die letzten Stufen nach unten. »Worüber reden die denn da?«

Der Blick der Polizistin flog zur geschlossenen Küchentür.

»Ich bitte Ihre Mutter, nachher nach Ihnen zu sehen, wenn Sie das möchten.«

»Schon okay, ich bin ja bereits unten.«

Rose drückte die Küchentür auf, und die leisen Stimmen verstummten umgehend. Ihre Eltern, DCI North und ein paar Dorfbewohner. Alle schauten sie mit weit aufgerissenen Augen an.

»Habt ihr ihn gefunden?«, rief Rose und schaute das blasse Gesicht ihrer Mutter flehend an. »Habt ihr Billy gefunden?«

»Nein, Rose. Wir haben Billy noch nicht gefunden«, antwortete DCI North.

»Was ist dann los?« Sie lief zu ihrem Vater, packte ihn am Oberarm und schüttelte ihn. »Sag's mir, Dad ... Was ist passiert?«

Im Raum wurde es vollkommen still. Die Luft zwischen ihnen knisterte, als wäre sie statisch aufgeladen. Ray Tinsleys gesamter Körper spannte sich an. Dann seufzte er und ließ die Schultern hängen.

»Es tut mir so leid, Rose ...« Er zog sie näher an sich. »Es ist Cassie.«

SECHSUNDFÜNFZIG

Sechzehn Jahre zuvor

Danach war das Einzige, woran sie sich klar erinnern konnte, das furchtbare Urgeheul, das den Raum erfüllte.

Es begann als ein leises Grummeln und wurde zu einem schrillen Schreien.

Ihre Mutter hielt sich die Ohren zu, und ihr Vater trat mit offenem Mund und ohne Hoffnung von ihr zurück.

Rose war zu Boden gesackt.

Erst als sie zu schluchzen begann, hörte das Schreien auf.

Als Rose aufwachte, tanzten grelle Sonnenstrahlen auf den weißen Wänden.

Es würde keine glückliche Wiedervereinigung geben, sie würde ihre Freundin nie wieder in die Arme nehmen und sich mit ihr an die guten Zeiten zusammen erinnern.

Cassie war tot.

»Sie konnte nach dem Überfall einfach nicht mehr weiterleben und hat eine Überdosis Beruhigungsmittel genommen«, hatte ihre Mutter erklärt. »Das ist unsagbar traurig, aber du musst dich darauf konzentrieren, wieder zu Kräften zu kommen, Rose. Wir müssen jetzt alle zusammenhalten.«

Warum hatte Rose das Gefühl, dass Cassies Tod irgendwie *ihre* Schuld war?

Warum war sie nicht hartnäckiger gewesen, warum hatte sie nicht auf der Schwelle zu Cassies Haus campiert, bis sie nachgegeben und sie empfangen hatte, warum hatte sie sich nicht an Jed vorbei nach oben gekämpft?

Jetzt befand sich Cassies gesamte Familie im Krisenzustand, und das Einzige, was sie noch für ihre Freundin tun konnte – sich um ihre Mutter und ihren Bruder kümmern –, war nicht möglich, weil sie *hier* war.

Roses Finger krallten sich in das gestärkte weiße Betttuch. Die Schuldgefühle machten sich nun schnell in ihrem Kopf breit, als hätten sie gemerkt, dass sie nun die Oberhand hatten.

Warum war sie nicht mit Billy zusammen den Drachen suchen gegangen?

»Hallo, Rose.« Eine Pflegerin mittleren Alters mit aus dem runden, lächelnden Gesicht gebundenem dunklen Haar erschien neben ihrem Bett.

»Ich bin Avril.«

»Wo bin ich?«, flüsterte Rose.

»Sie sind im Ashfield Community Hospital. Und das bereits seit drei Tagen, aber wir haben gehofft, dass ...«

»Billy«, krächzte Rose mehr feststellend als fragend. Ihr Hals fühlte sich trocken und wund an, aber sie versuche es erneut. »Bitte, sagen Sie mir ... Wo ist mein Bruder? Wo ist Billy?«

Avril griff nach ihrer Hand und drückte sie. »Ich hole Dr. Chang«, sagte sie.

———

Billy lief mit seinem Drachen voraus.

Als der Drache zu sinken begann, rannte Rose darauf zu. Sie hatte noch Zeit, wenn sie ihn nur erreichen würde, bevor ...

»Renn!«, rief sie sich selbst zu. »Renn!«

Und das tat sie, sie rannte um ihr Leben, um Billys Leben. Aber ihre Beine bewegten sich im Zeitlupentempo, als würde sie durch Sirup laufen, und jedes Mal, wenn sie nach vorne sah, schien Billy ein bisschen weiter weg von ihr zu sein.

Als sie nach unten zu ihren nackten Füßen schaute, waren sie in Dornen gewickelt und bluteten.

Aber sie hörte nicht auf zu rennen.

Sie hörte nie auf zu rennen.

———

Stimmen durchdrangen ihre Träume. Sie klangen erst weit weg und kamen dann näher.

Rose öffnete die Augen. Ihre Eltern standen jetzt mit einem Arzt und einer Pflegerin am Bettende.

»Rose!« Ihre Mutter stürzte zu ihr und berührte ihr Gesicht.

»Ganz ruhig, Mrs Tinsley«, ermahnte sie der Arzt.

»Hallo, Rose. Ich bin Dr. Chang, erinnern Sie sich an mich?«

Rose kniff die Augen zusammen, um ihre Erinnerungen abzurufen.

»Sie ... haben mir eine Spritze gegeben«, sagte sie vorwurfsvoll.

Dr. Chang lächelte. »Ja, das stimmt. Ich habe Ihnen ein Beruhigungsmittel injiziert.«

Rose schaute zu ihrem Vater, der nach wie vor am Bettende stand. Er sah dünner und schwächer aus. Gebrochen, dachte Rose.

»Wie lange bin ich schon hier?« Die Pflegerin hatte etwas

von drei Tagen gesagt, als sie das letzte Mal wach war, aber dann war sie wieder eingeschlafen ...

Die Frage war an ihren Vater gerichtet, doch Dr. Chang beantwortete sie. »Sie sind jetzt ungefähr eine Woche hier, glaube ich, Rose.«

»Ja.« Stella nickte. Ihre Hand ruhte immer noch auf Roses Wange. »Acht Tage sind es heute. Sie mussten dich sedieren, Rose, du hattest einen ... dir ging es nicht so gut ...«

»Wo ist Billy?«, fragte Rose leise und schaute ihren Vater an.

Er wandte sich ab und sah aus dem Fenster. Rose folgte seinem Blick.

Sie konnte nur Himmel und Wolken erkennen, keine Erde. Als befänden sie sich alle zusammen in einer Blase, die in der Luft schwebt, fernab der Realität.

Da wusste sie, dass Billy tot war, noch bevor ihre Mutter es aussprach.

»Ich will auch sterben«, sagte Rose leise.

Und genau das hatte sie versucht, dachte sie jetzt, als sie neben der offenen Küchentür saß und las.

Lesen half. Bei einem guten Buch war immerhin ein Teil ihres Gehirns mit der Geschichte beschäftigt. Sie fühlte sich sicher, wenn sie es in den Händen hielt, als wäre es eine Art Glücksamulett.

Aus irgendeinem Grund war ihr danach, all die alten Enid-Blyton-Titel aus ihrer Jugend erneut durchzulesen. Der gute Mr Barrow hatte ihr eine Kiste voller gebrauchter Bücher geschickt.

Nicht *Die fünf Freunde* – ihr war nicht nach Abenteuern –, sondern *Der Wunderweltenbaum, Der Wunschstuhl, Lissy* ... Im Gegensatz zu Menschen beobachteten Bücher nicht ihre Reaktionen, stellten ihr keine Fragen und seufzten auch nicht missbilligend. Bücher waren wie Balsam auf ihrem verletzten, vernarbten Herzen.

Der Nervenzusammenbruch hatte einen guten Monat gedauert.

An den schlimmsten Tagen war sie sediert worden, als sie versucht hatte, vor allem zu flüchten, versucht hatte, nur im Krankenhaushemdchen bekleidet davonzulaufen.

»Sie sind jetzt auf dem Weg der Besserung«, hatte ein lächelnder Dr. Chang am Tag ihrer Entlassung verkündet.

Sie hatte aufgehört zu schreien, aufgehört zu hungern, aufgehört zu versuchen zu flüchten.

Sie hatte sich selbst die Haare auf Schulterlänge abgeschnitten und sie dunkelbraun gefärbt, damit sie im Spiegel nicht mehr die lange, rote Mähne sehen musste, die er so sehr geliebt und in der er seine Finger vergraben hatte.

Jetzt, zwei Monate später, fühlte sie sich innerlich nur noch tot. Wenn sie wach war, befand sie sich in einem zombiehaften Zustand, und wenn sie die Augen schloss, sah sie die Gesichter von Billy und Cassie vor sich.

Sie wollte und konnte nicht nach draußen.

»Er sitzt im Gefängnis, Rose«, hatte ihr ihre Mutter immer wieder versichert. »Er kann dir nicht mehr wehtun.«

»Und dort wird er auch verrotten«, hatte ihr Vater hinzugefügt. »Die lassen ihn nie wieder raus.«

Rose fiel auf, dass sie schon vor einer ganzen Weile aufgehört hatten, ihn beim Namen zu nennen. Alle liefen auf Zehenspitze um sie herum und bedachten jedes einzelne Wort, bevor sie es äußerten.

Ihre Eltern waren farblose, blasse Imitationen ihres früheren Selbst. Sie versuchten weiterzumachen, während sie um Billy trauerten, und Rose hatte das Gefühl, für sie neben ihrem unsagbaren Kummer noch einen weiteren Grund zur Sorge zu liefern.

Sie versuchten so angestrengt, ihr zu helfen, damit es ihr besser ging, und dafür war Rose ihnen dankbar.

Was sie jedoch außer Acht ließen, war: Es war egal, wo sich Gareth Farnham befand und dass er ihr körperlich nichts mehr tun konnte.

Denn seine Stimme war immer hier. In ihrem Kopf.

SIEBENUNDFÜNFZIG

ROSE

Heute

Es wäre gelogen, wenn ich behaupten würde, nicht permanent über die Vergangenheit nachzudenken. Ich denke über alles von damals nach, aber ganz besonders schmerzt die Erinnerung an diese erste, schicksalhafte Begegnung, die mein Leben und das der Menschen um mich herum verändert hat.

Daran denke ich immerzu. Ich überlege, was ich hätte sagen oder tun sollen, um mir Gareth Farnham vom Leib zu halten, als er mir damals anbot, meine Kunstsachen von der Bushaltestelle nach Hause zu tragen.

Ich denke an die Menschen, denen ich mich hätte anvertrauen können, als ich erstmals die Anzeichen dafür bemerkt habe, dass seine Fassade fiel.

Andererseits: Wie hätte ich mit meinen damals gerade mal achtzehn Jahren wissen sollen, dass es solche Menschen gibt? Wie hätte ich auch nur im Entferntesten ahnen können, wie das alles enden würde, was zumindest am Anfang so ... perfekt war?

Diese Fragen kommen mir als Erstes in den Sinn, wenn ich

morgens aufwache, und sind meist das Letzte, was mir ins Bewusstsein dringt, wenn ich abends einschlafe.

Ich habe schon vor langer Zeit begriffen, dass das, was passiert ist, nie weggehen wird. Niemals.

»Es wird einfacher«, bläute mir meine Therapeutin immer wieder ein. »Sie werden sehen.«

Aber es wird nicht besser.

Es ist eher so, dass man sich irgendwie daran gewöhnt, sich selbst die Schuld zu geben. Die heftigen Gefühle selbst, die Scham ... die gehen nie weg, aber man gewöhnt sich irgendwie daran, dass sie da sind. Man akzeptiert, dass man nie wieder glücklich und zufrieden sein wird.

Aber das ... was ich jetzt fühle ... damit kann man unmöglich leben.

Das Nichtwissen ... die furchtbaren Möglichkeiten, was passiert sein könnte, die einem durch den Kopf schießen, eine schlimmer als die andere.

Die Kisten in meinem Kopf, die ich vor all diesen Jahren geschaffen habe, um den Schmerz darin zu begraben? Nun ja, seit dem Tag meiner Entdeckung in Ronnies Gästezimmer, sind sie leer. Jede einzelne davon.

Mein Kopf ist ein einziges Durcheinander von frisch ausgelösten, unerträglichen Erinnerungen, und ich weiß wirklich nicht, wie lange ich das noch aushalte.

Billy war nicht gestürzt und hatte sich den Kopf bei der Suche nach seinem Drachen aufgeschlagen. Er war entführt worden.

Wir hatten ihn zwei Tage lang gesucht, bis seine Leiche endlich zwischen den Rhododendronbüschen auf dem Gelände der Abbey gefunden wurde. Die Obduktion hatte ergeben, dass er erstickt worden war.

Dann begann die Suche nach dem Mörder. Das Dorf füllte sich mit Neugierigen, Freiwilligen und der nationalen Presse.

Im Grunde gab es nur einen Verdächtigen. Gareth

Farnham wurde verhaftet, vernommen und schließlich für den Mord an Billy verurteilt.

Der bestritt, meinen Bruder getötet zu haben, und bestreitet es noch. Aber bis dahin hatte ich herausgefunden, dass er ein begabter Lügner war, ein Manipulator, der stets genau das sagte, was gesagt werden musste, um zu bekommen, was er wollte.

Sein Verteidiger vor Gericht rief eine Psychiaterin, Dr. Simeon Chambers, in den Zeugenstand, die versuchte, die Geschworenen davon zu überzeugen, dass Gareth ein Soziopath war, der nicht anders konnte, als die Personen um ihn herum zu kontrollieren. Das, so sagte sie, wenn auch mit Bedauern, sei nicht dasselbe wie ein Kind zu ermorden. Dass der Mord an Billy nicht zu seiner Diagnose passte.

Ich hatte seine Lügen und Aggression aus erster Hand erlebt und erzählte den Geschworenen im Zeugenstand davon.

In seinem Resümee erklärte der Richter, dass seiner Ansicht nach Farnham eher ein intriganter Narzisst und weniger ein Soziopath und sich seiner Handlungen voll bewusst sei.

Ich wäre am liebsten vorgestürmt und hätte den Richter dafür geküsst, dass er nicht zuließ, dass Farnham sich der Gerechtigkeit entzog, aber ich tat es natürlich nicht. Ich saß nur da mit verschränkten Fingern, um meine zitternden Hände zu beruhigen. Dabei starrte ich stur geradeaus, nicht zu Gareth, noch nicht einmal, als er sprach.

Wenn er nicht gerade aussagte, hatte ich das Gefühl, dass er mich mit seinen Blicken durchbohrte, mich zwingen wollte, aufzusehen, damit er sein stilles Gift in mich injizieren konnte. Mich warnen konnte, meine Klappe zu halten, mich anflehen konnte, ihm zu helfen ... all das konnte er tun, ohne nur ein einziges Wort zu mir zu sagen, so viel Kontrolle hatte er über mich.

Aber ich hatte es nicht getan. Ich hatte ihn nicht angesehen.

Das letzte Mal, als unsere Blicke sich kurz trafen, war er ein zu einer lebenslänglichen Haftstrafe verurteilter Mann, der in seine Zelle geführt wurde.

Ich hatte geschworen, nie wieder mit ihm zu reden, ihn nie wieder anzusehen und alle Anstrengungen zu unternehmen, nie wieder an ihn zu denken.

Aber das war natürlich vor meiner Entdeckung in Ronnies Gästezimmer.

ACHTUNDFÜNFZIG

ROSE

Heute

Zeit für die Entscheidung.

Ich könnte versuchen zu vergessen, dass ich Billys Decke gefunden habe. Doch schon bei dem Gedanken weiß ich, dass diese Möglichkeit nicht infrage kommt.

Es ist absolut unmöglich, etwas so Schockierendes, so Wichtiges zu vergessen.

Selbst wenn ich es schaffen könnte, die Entdeckung ganz hinten in meiner Psyche zu vergraben – was schon bei meinen anderen Traumata nie funktioniert hat –, würde sie alles vergiften. Ich würde für den Rest meiner Tage überlegen, ob meine Entscheidung richtig war, und mich selbst dafür hassen, den einfachsten Ausweg gewählt zu haben.

Ich könnte ein drittes Mal mit Ronnie reden, aber ehrlich gesagt kann ich mir nicht vorstellen, dass das zu etwas führen würde. Bei unserem letzten Gespräch war sein Gedächtnis lückenhaft, und er ist immer noch krank. Mal schaue ich ihn an und sehe den netten, hilfsbereiten Nachbarn, und kurz darauf stelle ich mir Ronnie jünger, stärker und absolut in der Lage vor, jemandem wehzutun.

Ich habe mit Mike North gesprochen, dem engagierten Detective, der damals die Ermittlungen geleitet hatte, und selbst er war nicht in der Lage, mir hieb- und stichfeste Antworten zu geben. Irgendwie war alles zu wischi-waschi. Ich soll zur Polizei gehen, aber vielleicht machen die letztendlich gar nichts, weil es ein Heidenaufwand ist, einen bereits geschlossenen Fall wieder zu öffnen und ein Urteil zu revidieren.

Ich könnte immer noch zur Polizei gehen, doch das wäre meine wirklich absolut letzte Option. Wenn Ronnie von den Vernehmungen traumatisiert wird und sich im Nachhinein als unschuldig herausstellt, glaube ich nicht, dass ich je wieder in den Spiegel schauen könnte.

Dann hätte ich die einzige wahre Freundschaft zerstört, die mir seit Billys Tod geblieben ist. Außerdem würden mich alle hassen, die Ronnie lieben, und somit hätte ich praktisch keine andere Wahl, als aus dem Dorf wegzuziehen.

Nein. Mein nächster Schritt ist mir jetzt erschreckend klar. Ich muss etwas tun, von dem ich mir geschworen habe, dass ich es niemals tun würde, etwas, womit ich das Versprechen breche, das ich meinem Vater auf seinem Sterbebett gegeben habe.

Ich muss Gareth Farnham kontaktieren.

Mir schaudert, und ich verschränke die Finger so fest ineinander, dass sie wehtun. Dennoch habe ich wirklich das Gefühl, dass dies der einzig logische Schritt ist, den ich jetzt gehen muss.

Mit geschlossenen Augen denke ich an die ersten Briefe, die er mir aus dem Gefängnis geschrieben hat. Ich habe nur die ersten beiden gelesen; alle anderen hat meine Mum gleich nach Erhalt vernichtet. Aber die ersten beiden Briefe waren im Grunde identisch.

In beiden Briefen verfolgte er dasselbe Muster. Inmitten seiner Triade von Anschuldigungen, dass ich ihn im Stich gelassen und hintergangen habe, erklärte er mir seine Liebe.

Er flehte mich an, ihn zu besuchen, damit wir uns aussprechen konnten. Er schrieb, es gebe etwas, was er mir über den betreffenden Tag sagen müsse, worüber er mit mir reden müsse.

»Halt dich von ihm fern, Rose«, sagte mein Dad eines Morgens und warf den neuesten Brief von Gareth ungeöffnet ins Feuer. »Er ist bösartig, und sein einziges Ziel ist es, dich zu kontrollieren und zu zerstören. Fall um Himmels willen nicht noch einmal auf ihn rein!«

Es war ihm nicht klar, aber mein Dad gab mir stets das Gefühl, dumm zu sein, wenn er solche Sachen sagte.

Ich weiß, dass ich das absolut verdiente. Ich meine, welche Idiotin lässt denn zu, dass ein anderer ihre Gedanken bis zu dem Punkt übernimmt, dass sie nicht mehr auf die Personen hört, denen sie immer wichtig war? Und die Worte eines praktisch Fremden für das Evangelium hält?

Irgendwann habe ich mal eine faszinierende Doku über fiese Parasiten gesehen, die den Verstand ihres Wirts kontrollieren.

Bei Toxoplasmose handelt es sich um einen Einzeller, der Ratte und Mäuse befällt. Er verändert dann tatsächlich das gesamte Wesen des Nagetiers, sodass es keine Angst vor dem Geruch nach Katzen mehr hat und stattdessen vom Pheromon im Katzenurin angezogen wird. Schlussendlich führt dies dazu, dass sie sich nicht mehr unter dem Fußboden verstecken und gefressen werden. Der Parasit vermehrt sich dann im Magen der Katze.

Ich weiß noch, dass ich weggeschaltet habe, weil mir durch die Sendung mulmig zumute war.

Irgendwie ist Gareth Farnham in mich eingedrungen, als ich achtzehn Jahre alt war. Ich habe es zugelassen, dass er sich in meinem Kopf festsetzt, und es fühlt sich an, als hätte er meine DNA verändert.

Dad hatte vollkommen recht. Ich muss mich für den Rest meines Lebens von Gareth Farnham fernhalten. Und das habe ich auch absolut vor ... sobald ich habe, was ich von ihm brauche.

Schon bald muss ich die Erfahrung machen, dass es viel einfacher ist, die Entscheidung zu treffen, den Brief zu schreiben, als ihn tatsächlich zu schreiben.

Das ist der Mann, der eine lebenslange Haftstrafe für den Mord an meinem wunderbaren kleinen Bruder Billy absitzt.

Der Mann, der so einfach in meinen Kopf eingedrungen ist und unser Leben zerstört hat.

Wie finde ich die richtigen Worte, um ihn um Hilfe zu bitten, wenn ich ihm viel lieber die Augen ausstechen würde?

Der Ton des Briefs ist wichtig. Ich darf nicht zu hoffnungsvoll klingen. Ich muss mein Anliegen genau richtig formulieren, sonst erfasst er sofort eine Möglichkeit, mich wieder zu kontrollieren. Wenn ich allerdings zu unverbindlich schreibe, ignoriert er den Brief womöglich.

Irgendwie muss ich es schaffen, sein Interesse zu wecken. Er muss irgendeinen Vorteil haben; so war es bei Gareth Farnham schon immer.

Den Brief mit der Hand zu schreiben, hatte etwas ausgesprochen Persönliches. Sonst wird alles heutzutage elektronisch erledigt.

Manche Gefängnisse erlaubten E-Mails, aber mir gefällt der Gedanke nicht, dass mein Brief im Cyberspace verloren geht. Als Gareth eingebuchtet wurde, waren E-Mails weit weniger üblich als heute. Vielleicht ist er nicht auf dem neuesten Stand der Technik, und das Risiko kann ich nicht eingehen.

Ein Brief ist zwar schwieriger zu verfassen, hat aber eine gute Chance, ihn zu erreichen.

Ich habe Stift und Papier. Ich habe auch schon recherchiert, wie man einem Gefangenen einen Brief schickt, und ich habe die Postadresse des Gefängnisses in Wakefield.

Jetzt muss ich nur noch schreiben.

Lieber Gareth, beginne ich.

Die Mine meines Kugelschreibers löst sich ruckartig vom Papier. Ich knülle das Blatt zusammen und werfe es weg. »Lieb« ist er ganz bestimmt nicht.

Ich nehme ein neues Blatt.

Gareth.

Nach Billys Tod hast du gesagt, dass ...

Immer noch zu persönlich. Ich will ihn nicht so vertraut anreden, und ich will auch nicht Billys Andenken beschmutzen, indem ich seinen Namen in diesem Brief erwähne.

Also knülle ich das Papier zusammen und werfe es weg. Mein Stift schwebt nun über einem jungfräulichen Blatt.

Selbstbewusst, direkt und formell ist zweifelsohne der richtige Ansatz.

z. Hd: Gareth Farnham, Haftanstalt Wakefield

Vor vielen Jahren hast du mir geschrieben, dass du Informationen hast, über die du mit mir reden möchtest. Solltest du das immer noch wollen, würde ich deinen Brief lesen.

Rose Tinsley
206, Tilford Road, Newstead Village, Nottinghamshire
NG15 0BX

Als ich meine Adresse aufschreibe, verziehe ich das Gesicht, weil ich weiß, dass seine Augen, die mich einst mit so viel Liebe ansahen und schließlich mit so viel Verachtung, sich daran ergötzen werden.

Doch jetzt ist nicht der richtige Zeitpunkt zuzulassen, dass negative Emotionen von mir Besitz ergreifen. Er weiß meine Adresse bereits. Ich erzähle ihm nichts Neues, und ohne Absenderadresse reicht die Haftanstalt den Brief nicht an den Gefangenen weiter.

Ich lese den Brief noch zweimal durch, reiße mich dann los, falte ihn zusammen und stecke ihn in den Umschlag, auf den ich bereits die Adresse des Gefängnisses geschrieben habe. Die Haftanstalt Wakefield befindet sich paradoxerweise in einer Straße namens Love Lane in Wakefield, West Yorkshire. Liebesstraße. Eine seltsame Adresse für eine Person, die so viel Liebe zerstört hat, denke ich.

Dann sitze ich eine Weile einfach da und betrachte den Brief.

Ich habe es geschafft.

Ich werfe einen Blick auf die Uhr an der Wand. Es ist kurz vor einundzwanzig Uhr. Ich gehe nie nach Einbruch der Dunkelheit nach draußen. Das ist eine meiner Regeln. Aber ich will den Brief einwerfen, bevor ich es mir anders überlege.

Voller Mut nach dem Verfassen des Briefes schlüpfe ich in meine Schuhe und greife nach dem Schlüsselbund.

Ich schaffe das. Ich schaffe das für Billy.

NEUNUNDFÜNFZIG

ROSE

Heute

Wie zu erwarten war, konnte ich kaum schlafen und wache zu einem trüben Tag auf. Der Regen rinnt wie Tränen an meinem Schlafzimmerfenster herunter.

Ich fühle mich erschöpft, und mir graut vor dem Arbeitstag.

Letzte Nacht, als ich das Haus verlassen habe, um den Brief einzuwerfen, war es auf der Straße gruselig ruhig. Abgesehen von dem Bus, der am oberen Ende der Straße vorbeifuhr, hell beleuchtet und mit kaum Fahrgästen darin, herrschte kein Verkehr, und es waren auch keine Fußgänger unterwegs.

Ich verließ das Haus durch die Vordertür und vergewisserte mich zweimal, dass ich sie auch wirklich nach mir abgeschlossen hatte. Als ich mich umdrehte und all meinen Mut zusammennahm, um bis zum Ende der Straße zu laufen, wo sich der Briefkasten befindet, weckte eine schnelle Bewegung meine Aufmerksamkeit.

Sofort schnellte mein Kopf hoch und ich suchte mit den Augen die Straße ab. Da. Ich entdeckte etwas ... eine Veränderung im schwachen Licht, eher ein vager Schatten als eine

Person. Ich blinzelte, und dann war der Schatten verschwunden, und alles war wieder still. Hatte ich mir das nur eingebildet?

Ich betrachtete den Brief in meiner Hand und zögerte. Ich könnte ihn immer noch am nächsten Tag auf dem Weg zur Arbeit einwerfen, dann würde er immer noch am nächsten Tag abgeholt werden. Aber dennoch ...

Irgendetwas ließ mich einen Fuß vor den anderen setzen, obwohl es sich anfühlte, als watete ich durch Sirup.

Ich warf den Brief durch die enge Öffnung des Briefkastens, der gefährlich rot unter der Straßenlaterne schimmerte. Nachdem ich mich umgesehen und zufrieden festgestellt hatte, dass niemand in der Nähe war, rannte ich zurück nach Hause. Ich rannte wirklich.

Schon unterwegs nahm ich den Schlüssel in die Hand, schloss die Haustür auf, schlug sie hinter mir zu, schloss sie wieder ab und legte den Riegel vor.

Da stand ich nun mit dem Rücken an das kühle PVC der Tür gelehnt und lachte mich selber aus. Würde ich diesen Unsinn jemals bleiben lassen und ganz normal leben können?

Niemand hatte mich beobachtet, und keine heimtückischen Schatten waren im Feld verschwunden.

Dennoch wünschte ich, ich könnte heute zu Hause bleiben und den Schlaf in einem beruhigend taghellen Zimmer nachholen. Leider war das keine Option. Meine Routine ist meine Lebensversicherung.

Ich dusche, wasche mir die Haare, trockne sie und esse eine Banane zum Frühstück, während ich mich anziehe.

Ein mulmiges Gefühl überkommt mich, als mir einfällt, dass ich noch einmal bei Ronnie vorbeischauen muss, bevor ich gehe. Ich sammele alles zusammen, was ich für die Arbeit brauche, verlasse das Haus und schließe hinter mir ab, damit ich danach gleich zur Bibliothek gehen kann.

Zwei Minuten später steige ich nebenan die Treppe hinauf.

»Ich bin's nur«, rufe ich.

Er liegt nicht im Bett, sondern sitzt auf dem Boden und sieht nicht ganz bei sich aus. Sein Gesicht ist leichenblass, und er lässt den Kopf hängen.

»Ronnie!« Ich eile zu ihm.

»Mir geht es gut«, krächzt er, erlaubt mir jedoch, ihm hochzuhelfen. »Ich musste mal ins Bad und ... bin wunderbar zurechtgekommen, bis mir auf dem Weg zurück ins Schlafzimmer schwindelig wurde. Meine Beine haben einfach nachgegeben.«

»Bist du in Ohnmacht gefallen?«

Er schüttelt den Kopf. »Nur gestolpert. Jetzt geht's mir wieder gut, Rose, mach du dich lieber auf den Weg zur Arbeit.«

Und schon wieder macht er sich nur Sorgen um andere. Ich möchte wirklich unbedingt, dass dies der *echte* Ronnie ist. Er muss es sein, oder ich werde vermutlich nie wieder einem Menschen trauen können.

Ich bin so froh, dass ich den Brief gestern Abend eingeworfen habe. Der einzig mögliche nächste Schritt besteht darin, Antworten von Gareth Farnham zu erhalten.

Ich bete, dass er endlich so weit ist, nachdem er sechzehn Jahre Zeit hatte zum Nachdenken, und endlich der Wahrheit ins Gesicht sieht.

In der Bibliothek scheint meine Gegenwart Jim nervös zu machen.

»Wie geht es Ihnen heute? Machen Sie sich keine Sorgen wegen der Idioten von gestern. Die Entscheidung, ob die Bibliothek geschlossen wird, liegt nicht allein bei ihnen.«

»Das weiß ich, Jim, aber diese sogenannten Beratergruppen geben Empfehlungen. Und ich habe das Gefühl, eine wirklich wichtige Chance vertan zu haben, ihnen zu zeigen, wie wichtig die Bibliothek für das Dorf ist.«

»Sie haben meinen Großvater arbeitslos gemacht, als sie das Stahlwerk im Norden geschlossen haben, bei den Unruhen in der Mine kam mein Bruder ums Leben, und dann haben sie sie dennoch dicht gemacht.« Jim spannte den Kiefer an. »Aber unsere Bibliothek werden sie uns nicht nehmen, Rose.«

Ich wünschte, ich hätte nur einen Bruchteil von Jims Zuversicht. Seine Worte klingen entschlossen, aber sie werden die Bibliothek nicht retten. Ich könnte mindestens fünf Büchereien nennen, die in den letzten Jahren allein in Nottinghamshire geschlossen wurden, und ich bin mir sicher, dass das nicht an mangelndem Protest der lokalen Bevölkerung lag. Es geht immer nur um die Bilanz, und so wurden die Schließungen dennoch entschieden.

»Ich setze mal meine Denkkappe auf«, sagte Jim und lächelte. »Die anderen Leute unterschätzen mich häufig, Rose, aber das sollten sie nicht. Sie wissen ja, was man sagt ... stille Wasser sind tief!«

SECHZIG

ROSE

Heute

»Du musst dich irren, Rose«, sagt Miss Carter mit frostigem Ton. »Bitte sieh noch mal nach.«

Soeben erschien sie an meinem Tresen, um drei Bücher zurückzugeben, die alle um einen Tag überzogen waren. Die Gebühr dafür ist recht niedrig, aber sie will sie dennoch nicht bezahlen.

Ich seufze und ziehe den Scanner erneut über das erste Buch.

»Da, sehen Sie?« Ich drehe den Monitor zu ihr. »Die Bücher waren alle am dreiundzwanzigsten fällig, Miss Carter.«

Sie presst ihre Lippen zu einer dünnen Linie zusammen und stellt sich etwas gerader hin. »Und welcher Tag ist heute, wenn ich fragen darf?«

»Heute ist der ...« Ich checke die rechte untere Ecke meines Monitors. »Oh!«

»Genau.« Miss Carters Gesicht erhellt sich. Sie ist sichtlich zufrieden, recht behalten zu haben. »Heute ist der dreiundzwanzigste, Rose.«

»Entschuldigen Sie vielmals, ich weiß gar nicht, wo mir ...«
Ich spüre, wie mein Gesicht heiß anläuft, während ich vor mich
hin brabbele. »Ich dachte, heute wäre der vierundzwanzigste.
Ich bin eine Idiotin. Es tut mir sehr leid, Miss Carter.«

»Kein Problem, Rose«, sagte sie großzügig. »Wir machen
alle Fehler.«

Und ich mache meinen ausgerechnet bei der selbstge-
rechten Miss Carter.

»Tut mir leid«, murmele ich erneut, lege die Bücher beiseite
und hoffe, dass sie schnell wieder zu den Regalen mit den Frau-
enromanen verschwindet.

Meine Gedanken kehren zurück zu der Sache, die mich
aktuell belastet.

Der Briefkasten, in den ich gestern Abend den Brief
geworfen habe, wird heute Morgen um 9.30 Uhr geleert.

Wenn das Gefängnis nicht trödelt, könnte Gareth Farnham
ihn morgen schon in Händen halten. Ist das möglich?, frage ich
mich. Ich weiß, dass die Mitarbeiter den Inhalt checken
müssen, aber ich habe ja nur ein paar Zeilen geschrieben, insofern müssen sie sich nicht durch einen Text in der Länge von
Tolstois *Krieg und Frieden* kämpfen.

»Rose!«

Der scharfe Ton von Miss Carter lässt mich reflexartig
aufschauen. Sie steht immer noch da, jetzt sogar vornüberge-
beugt, sodass ihr Gesicht direkt vor meinem ist.

»T-tut mir leid«, stottere ich. »Ich war gerade ...«

»Du hattest mal wieder den Kopf in den Wolken, oder?«
Miss Carter runzelt die Stirn. »Ich habe gefragt, wie es
Mr Turner geht.«

Ich starre sie an.

»Deinem Nachbarn?«

»Oh! Es geht ihm sehr gut, danke. Er ist jetzt zu Hause, und
es geht ihm immer besser. Sein Sohn aus Australien besucht ihn
bald.«

»Eric? Oje. Hoffen wir mal, dass er nicht nur kommt, um Ronnies Habseligkeiten zwischen die Finger zu kriegen. Er war nie ein guter Sohn, und ich fürchte, ich kann die Male, die Ronnie ihn in den letzten zwölf Jahren gesehen hat, an einer Hand abzählen. Aber Ronnie freut sich bestimmt.« Sie seufzt. »Ich frage mal Mrs Brewster, ob wir später bei ihm vorbeischauen.«

»Er wird zwar immer mobiler, verbringt aber immer noch den Großteil des Tages im Bett«, erkläre ich schnell.

»Schon okay, wir bleiben nicht lange.« Sie lächelt angespannt und verlässt endlich meinen Tresen in Richtung der Regale mit den Romanen.

Kaum eine Stunde später betritt ein braun gebrannter Mann in Jeans und Sportjackett die Bücherei und kommt an meinen Tresen.

»Hallo, Rose«, begrüßt er mich mit einem merkwürdigen Mix aus Akzenten. Dabei betrachtet er die Bücherregale hinter mir.

»Eric! Dich habe ich ja noch gar nicht erwartet, Ronnie meinte, du würdest in der Bücherei anrufen.«

Ich schiebe die verbotenen Gedanken beiseite, das Geheimnis, an dem ich nicht beteiligt sein sollte.

»Das hat Dad wohl falsch verstanden«, sagt er und verdreht die Augen. »Ich bin jetzt hier und wollte fragen, ob du seinen Ersatzschlüssel hast, damit ich ihn nicht aus dem Bett holen muss, damit er mir die Tür aufmacht.«

»Ja, klar. Warte kurz.« Ich krame in meiner Handtasche herum, hole den Schlüssel heraus und reiche ihn Eric. »Wie geht's dir?«

»Gut, danke. Und dir?« Er hat die ungute Eigenart, mir nicht in die Augen zu schauen, wenn ich mit ihm rede. Das war mir schon aufgefallen, als er noch nebenan wohnte.

Vielleicht fühlte sich Eric immer anders, wusste aber nie, warum. Vielleicht kamen ihm seine Eltern manchmal vor wie

Fremde, und er hat sich selbst die Schuld dafür gegeben. Ein Geheimnis, von dem er nichts wusste, doch die Wahrheit dahinter war real, und das konnte er spüren.

»Mir auch, danke«, antworte ich, obwohl ich mich alles andere als gut fühle.

Dann schweigen wir eine Weile beide. Wir hatten uns noch nie viel zu sagen. Er ist drei Jahre älter, doch obwohl wir Nachbarn waren, hatten wir nie etwas miteinander zu tun.

Eric war immer ein Mamakind. »Der hängt immer am Rockzipfel seiner Mutter«, beschwerte sich Mum gern. So konnte sie nie mit Sheila tratschen, weil Eric immer zuhörte.

Ich weiß noch, dass er stets ein Einzelgänger war, aber Ronnie und Sheila haben ihn behandelt wie einen kleinen Prinzen. Was ihnen wenig genutzt hat, er hat sich dennoch ohne Vorwarnung auf und davon gemacht, und seitdem hat ihn kaum jemand gesehen.

Irgendwie kann ich seine Entscheidung inzwischen verstehen.

»Ich geh dann mal und schau nach dem alten Kerl«, sagte er lächelnd. »Bis später.«

Die Tage vergehen. Arbeit, zu Hause, schlafen – stets begleitet vom Checken der Türen, Checken der Straße vor dem Haus, Checken des Gartens hinter dem Haus.

Zwei- oder dreimal am Tag schaute ich nach Ronnie.

Doch trotz all meiner Bemühungen kann ich nur an eines denken: Hat Gareth Farnham meinen Brief gelesen?

Vielleicht hat er ihn noch gar nicht erhalten. Das ist so frustrierend. Kurz überlege ich, im Gefängnis anzurufen, aber ich bezweifele, dass sie mir irgendetwas sagen würden.

Und schon wieder kontrolliert er mich, mit dem Unterschied, dass er es diesmal vermutlich gar nicht weiß.

Fünf Tage, nachdem ich den Brief abgeschickt habe, und

nach einem weiteren ereignislosen Arbeitstag kämpfe ich gegen
den Drang an, mich im Co-op mit tröstenden Lebensmitteln
einzudecken, und eile im Nieselregen nach Hause.

Normalerweise betrete und verlasse ich das Haus durch die
Hintertür, doch heute schließe ich wegen des Regens die
Vordertür auf und trete in meinen winzigen Eingangsbereich.

Vor Kälte zitternd schäle ich mich aus meinem Anorak und
drehe mich um, um ihn an den Haken neben der Tür zu
hängen. Da spüre ich etwas unter meinem Fuß, schaue nach
unten und bemerke, dass ich auf meiner Post stehe.

Ich schalte das Licht ein, ignoriere meine weichen Knie und
bücke mich, um aufzuheben, was da auf dem Boden liegt. Ein
Prospekt eines Pizza-Lieferservices, ein Werbebrief einer
Gebäudeversicherung, allgemein adressiert an den »Hausbesit-
zer«, und ein weißer Umschlag mit meinem aufgedruckten
Namen und meiner Adresse darauf.

Ich lasse die andere Post fallen und drehe den Umschlag in
meiner Hand um. Nichts darauf verrät, dass er aus dem
Gefängnis kommt, aber irgendwie sieht er anders aus. Ein
Barcode-Aufkleber sowie ein paar unleserliche handschriftliche
Markierungen befinden sich darauf, als hätte er einen Überprü-
fungsprozess durchlaufen.

Mehr weiß ich erst, wenn ich ihn öffne.

Ich schließe die Tür ab, schiebe den Riegel vor, ziehe die
Schuhe aus, lasse sie einfach liegen und stelle die Handtasche
ab. Dann setze ich mich auf einen Stuhl, stecke meinen Zeigefinger in die Ecke der Lasche, öffne sie und ziehe ein einzelnes
gefaltetes Blatt Papier aus dem Umschlag.

Ich falte es auseinander und streiche es auf meinem Oberschenkel glatt. Dann lasse ich die Schultern hängen, als ich fest-
stelle, dass es sich nicht um einen Brief von Gareth Farnham
handelt. Doch dann lese ich die erste gedruckte Zeile, und
meine Hände beginnen zu zittern.

Ich zwinge mich, den kurzen Test zu lesen, stütze meine

Ellbogen auf die Seiten, starre die fett gedruckte Überschrift an und schlucke schwer.

BESUCHSERLAUBNIS

Gefangener 364599 Gareth Benjamin Farnham
hat Ihnen die Erlaubnis erteilt, ihn zu besuchen.
Bitte wählen Sie unten 3 mögliche Tage und Uhrzeiten
für Ihren Besuch aus.
Sie erhalten eine E-Mail mit der Bestätigung innerhalb
von drei Werktagen.

Ich wische das Blatt von meinem Oberschenkel und ziehe den Fuß weg von der Stelle, wo es gelandet ist.

Meine Brust fühlt sich an wie zugeschnürt und schmerzt, während ich versuche zu begreifen, was das bedeutet. Warum hat er mir nicht einfach geschrieben? Das habe ich nicht erwartet ...

Wie ist es möglich, dass er mich immer noch so aus der Balance bringen kann? Ich fühle mich selbst wie eine Gefangene.

Ich lasse das Blatt auf dem Boden liegen, stehe auf und gehe nach oben, um mich hinzulegen. Ein einziger Gedanke wiederholt sich immer wieder in meinem Kopf.

Ich kann ihn nicht besuchen.

Ich kann das einfach nicht.

EINUNDSECHZIG

ROSE

Heute

Eine Woche später nehme ich die Auffahrt 27 auf die M1 und fahre bis zur Abfahrt 40.

Das hört sich einfach an, aber ich rede mir während der ganzen Fahrt gut zu, um mein pochendes Herz zu beruhigen und die aufsteigende Panik einzudämmen. Und das nicht nur, weil ich seit Jahren nicht mehr auf der Autobahn gefahren bin, sondern auch dessentwegen, was mich am Ende der Fahrt erwartet.

Ich will noch nicht einmal an den Stress und die Angst denken, die ich durchgemacht habe, seit ich die Besuchserlaubnis in der Post hatte. Stundenlang lag ich oben auf dem Bett und starrte blind die Decke an. Als ich wieder nach unten ging, sah ich nach Ronnie, und dann setzte ich mich hin und schrieb Gareth Farnham noch einen Brief. Ich schrieb dasselbe wie beim ersten Mal, fügte jedoch einen Absatz hinzu:

Ich kann dich nicht im Gefängnis besuchen. Bitte lass uns schriftlich kommunizieren.

Drei Tage später lag eine weitere Besuchserlaubnis in der Post.

Ich war wütend genug, um ihn zu ignorieren, und verzweifelt genug, um mich auf den Weg zu machen und mit ihm zu reden. Nach mehreren schlaflosen Nächten und einem Krankentag bei der Arbeit hatte die Verzweiflung gewonnen.

An der Raststätte Woodall zwischen den Ausfahrten 29 und 30 parke ich und lasse trotz des Nieselregens die Fenster herunter, um frische Luft in meinen zehn Jahre alten Ford Fiesta zu bekommen. Ich stehe neben einer Bank mit gerupft aussehenden Bäumen, aber ich weiß, dass irgendwo da drin eine Amsel sitzt. Ich höre sie singen, ein so lautes Zwitschern, dass es mir vorkommt, als säße sie auf meiner Schulter.

Ich wünschte, ich wäre klarer im Kopf. Tue ich das Richtige? Langsam hole ich tief durch die zusammengebissenen Zähne Luft und stoße sie dann wieder aus.

Ehrlich gesagt bin ich mir absolut nicht sicher, ob ich das Richtige tue.

Ich strecke den Arm aus dem offenen Fenster und lasse den Regen über meine Finger laufen.

Wäre ich an jenem Tag nicht mit Billy an der Abbey gewesen, hätte ich vielleicht eine logische Erklärung dafür gefunden, dass Ronnie seine Decke hatte, und die Sache schlussendlich aus meinem Kopf kriegen können.

Wenn auch nicht auf Dauer. Wie denn auch?

Abgesehen davon *war* ich an jenem Tag mit ihm dort. Ich *weiß*, dass Billy seine Decke an der Abbey dabei hatte.

Alle lieben Ronnie, und wenn ich jemals daran gezweifelt hätte, dann hat mich die Welle der Zuneigung und Sorge nach seiner kurzen Krankheit eines Besseren belehrt.

Er hat in all den Jahren so vielen Leuten geholfen, dass ich wie die böse Hexe des Westens aussehen würde, wenn ich es wagen würde, ihm etwas zu unterstellen.

Eine Familie – Eltern und zwei kleine Kinder – reißt mich

aus den Gedanken, als sie mit ihrem Auto direkt neben mir parkt. Der Junge und das Mädchen plappern angeregt miteinander, und obwohl die Eltern etwas müde aussehen, herrscht zwischen den beiden eine angenehme und entspannte Atmosphäre, um die ich sie beneide.

Die Erwachsenen steigen auf ihrer jeweiligen Seite des Autos aus und lösen die Gurte der Kinder auf dem Rücksitz. Der Vater grinst und schüttelt den Kopf über die Hutablage, die bis zum Rand mit Kleidung, Spielzeug und Tragetaschen gefüllt ist.

Mum und Dad sind jedes Jahr mit uns in den Urlaub gefahren. Normalerweise haben wir eine Woche an der Küste verbracht, meist in Whigby oder Morecambe. Doch es ist das Jahr, das wir in einer kleinen Hütte in St. Ives verbracht haben, das mir am meisten im Gedächtnis verblieben ist.

Das herrliche Licht, das azurblaue Meer und der ebenso blaue Himmel, das Kreischen der Möwen am Morgen, wenn wir aufwachten, und am Abend, wenn wir von einem heißen Tag am Strand zurückkehrten.

Jeden Tag begannen wir mit einem warmen, herzhaften Frühstück, eine von Dads Spezialitäten, die normalerweise für einen Sonntagmorgen zu Hause reserviert waren. Mum packte jeden Tag ein Picknick ein, das wir mit Blick auf die Wellen und der Sonne im Rücken aßen.

Danach gab es Eis und Tee mit Milch und an den meisten Tagen Fish and Chips aus der Pappschale am Hafen.

Wir hatten uns mit der Familie von nebenan angefreundet. Sie hatten eine Tochter, Bethany, die nur ein Jahr jünger war als ich. Oftmals gingen wir zusammen in den kleinen Laden an der Ecke, wenn unsere jeweilige Familie Brot oder Milch oder irgendetwas anders brauchte, was gerade ausgegangen war.

Der Ladenbesitzer, an dessen Namen ich mich nicht erinnern kann, hat uns ins Herz geschlossen und uns Tipps gegeben, wo wir als Teenager gut hingehen konnten. Und manchmal haben wir ihm geholfen, den Aussteller mit den angebotenen Sandwiches reinzuholen, was immer gemacht werden musste, bevor der Laden um achtzehn Uhr schloss.

Dann, eines Tages, kurz bevor wir nach Hause mussten, tauchte die Polizei vor unserer Hütte auf. Der Ladenbesitzer hatte uns angezeigt, weil er dachte, Bethany und ich hätten einen Beutel mit Schecks sowie rund hundert Pfund in bar aus einem Fach unter der Theke geklaut.

Es war furchtbar. Unsere Mütter weinten, und unsere Väter musterten einander misstrauisch, als würden sie die Tochter des jeweils anderen verdächtigen. Am nächsten Tag hörten wir, dass ein junger männlicher Einwohner für den Diebstahl verantwortlich war. Das Gleiche hatte er schon in anderen Läden entlang der Küste abgezogen.

Doch ich habe nie das Gefühl vergessen, beschuldigt zu werden, verzweifelt zu versuchen, die eigene Unschuld zu beweisen, was nicht möglich war, und festzustellen, dass man schuldiger aussieht, je wütender man wird.

Noch Jahre danach habe ich mich gefragt, ob Mum und Dad an mir gezweifelt hätten, hätten wir nicht gehört, dass die Polizei den wahren Täter ausfindig gemacht hat.

Ich möchte nicht dafür verantwortlich sein, dass Ronnie sich so fühlt, wenn er eigentlich unschuldig ist. Dafür halte ich zu viel von ihm.

Ich gehe in die Raststätte, um die Toilette zu benutzen, und nehme mir auf dem Rückweg einen Caffè Latte mit. Ich muss sitzen bleiben und den Kaffee austrinken, bevor ich weiterfahre, weil mein altes Auto nicht über den Luxus eines Becherhalters verfügt. Ich wolle mir schon immer so einen Plastikring anschaffen, den man an der Lüftung befestigt, aber dafür nutze ich das Auto in letzter Zeit zu selten.

Es ist eine finanzielle Belastung, über die ich oft nachdenke, aber es beruhigt mich zu wissen, dass es da ist, vor dem Haus. Für den Fall, dass ich mal schnell verschwinden muss.

Und heute ist es ausgesprochen praktisch, dass ich es habe, denn nachdem ich die Möglichkeiten noch einmal im Kopf durchgespielt habe, fühle ich mich in der Lage, nach Wakefield zu fahren und Gareth Farnham zu sehen.

Ich muss stark bleiben, mein Ziel im Auge behalten und die Wahrheit herausfinden. Immerhin ist er derjenige im Gefängnis.

Ich bin keine naive, junge Studentin mehr ... wie sollte er mir jetzt noch wehtun?

ZWEIUNDSECHZIG

HMP WAKEFIELD

Heute

Rose war gezwungen, zweimal um den Gefängnisparkplatz zu fahren, bis sie endlich eine Lücke fand.

Unter anderen Umständen hätte sie sich fast einreden können, sie würde hier parken, um shoppen zu gehen ... bis sie aus dem Auto stieg und nach rechts guckte. Dort befand sich ein kahles, backsteinfarbenes Gebäude mit einem flachen, dunkelgrünen Dach und einer langen, hohen Mauer. Irgendwie sah es bedrohlich aus.

Sie schloss das Auto ab, hängte sich die Handtasche über die Schulter und ging über den Fußgängerweg auf das Gefängnis zu. Rose war sich darüber im Klaren, dass sie zu langsam lief, mit den Füßen schlurfte und den längeren Weg wählte, anstatt einfach durch die geparkten Autos durch zu gehen.

Aber sie war nachsichtig mit sich selbst. Solange sie dort ankam, spielte es keine Rolle, wie lange es dauerte. Immerhin hatte sie sechzehn Jahre lang gewartet.

Der graue Himmel bot keinen Kontrast zu den düsteren

Farben, die sie umgaben. Schwere, volle Regenwolken hingen über den Bäumen hinter dem Gefängnis und drohten, jeden Moment zu platzen.

Als sie sich dem Gebäude näherte, öffneten sich die automatischen Türen mit einem Zischen, und ein älteres Paar kam heraus. Der Mann legte der Frau den Arm um die Schulter, über deren Wangen Tränen liefen.

Sie versuchte, die beiden nicht anzustarren, aber sie waren schwer zu ignorieren. Als sie den Empfang erreichte, schlug ihr Herz noch ein bisschen schneller.

»Rose Tinsley«, stellte sie sich vor. »Ich bin hier, um Gareth Farnham zu besuchen.«

Die Frau mittleren Alters hinter dem Empfangstresen überprüfte ihre Dokumente, bat sie, sich im Besucherbuch einzutragen, und beschrieb ihr dann den Weg zum Besucherraum.

»Geradeaus den Flur entlang und am Ende rechts. Dort müssen Sie durch ein paar Sicherheitskontrollen, und dann können Sie ihn sehen.« Sie lächelte, als würde sie davon ausgehen, dass Rose sich darauf freute.

Der Geräuschpegel, der in ihre Ohren drang, als sie den Besucherraum betrat, überraschte sie.

Einen oder zwei Momente lang stand Rose regungslos an der Tür und ließ den Blick durch den überfüllten Raum schweifen. Männer, Frauen und Kinder saßen in kleinen Gruppen herum. Die Szenerie hatte etwas von einem Bienenstock.

Sie hatte nicht wirklich gewusst, was sie erwartete, hatte sich aber, naiv, wie sie war, einen ruhigen, privaten Bereich vorgestellt, in dem ein Gefängnisaufseher dicht am Tisch stand, an dem sie mit Gareth Farnham redete.

Es standen zwar mehrere Wärter hier und da an der Wand, aber – diesen Gedanken konnte sie sich nicht verkneifen –, nicht nahe genug, um einen Gefangenen davon abzuhalten, einem anderen ins Gesicht zu schlagen oder Schlimmeres.

Rose schluckte schwer und betrachtete das Meer aus

Köpfen um sich herum.

Ein niedriger, weißer Tisch reihte sich an den anderen, und um jeden standen vier harte, schwarze Plastikstühle.

Die Tische befanden sich erstaunlich dicht beieinander und wackelten und schaukelten, während kleine Kinder zwischen ihnen herumliefen und das Spielzeug in ihrer Hand ihren Eltern zeigen wollten, die sie jedoch kaum wahrnahmen. Sie waren entweder in ein Gespräch vertieft oder starrten sich gegenseitig vorwurfsvoll an, ohne sich etwas zu sagen zu haben.

»Entschuldigung?«, hörte sie jemanden mit verärgertem Tonfall hinter sich sagen.

»Tut mir leid.« Schnell trat sie von der Tür weg, die sie blockiert hatte, und ging ein paar Schritte in den Raum. Noch konnte sie es allerdings nicht über sich bringen, sich den Besuchertischen zu nähern.

»Alles gut bei Ihnen?«, fragte eine stämmige Wärterin mit kurzem braunen Haar und einem freundlichen Lächeln im Gesicht. »Ihr erstes Mal hier?«

Rose nickte dankbar, dass sich jemand die Zeit nahm, sich um sie zu kümmern. »Ja, ich bin hier wegen ...« Erneut ließ sie den Blick durch den Raum schweifen, um zu sehen, ob er inzwischen aufgetaucht war, bevor sie wieder die Wärterin ansah. »... Gareth Farnham.«

»Okay.« Sie hatte den Eindruck, dass sich die Augen der Aufseherin leicht weiteten, bevor sie sie genauer musterte und sich dann umdrehte, um den Raum abzusuchen. »Sieht nicht so aus, als wäre er schon da, aber Sie können an dem freien Tisch dort drüben in der Ecke auf ihn warten. Er hat nicht oft Besuch.«

Nur wenige der Tische waren nicht besetzt, und so ging Rose auf den zu, auf den die Wärterin gedeutet hatte.

Erst jetzt fiel ihr auf, dass sie den Atem angehalten hatte, und auf dem Weg zum freien Stuhl versuchte sie, die Spannung in ihrer Brust zu lösen.

Sie zog einen Stuhl heraus und zuckte zusammen, als er laut über den Fliesenboden quietschte, obwohl alle anderen den Krach durch den Geräuschpegel der vielen Gespräche kaum zu bemerken schienen.

Rose stellte ihre Handtasche auf dem Stuhl neben ihr ab, schaute auf und stellte dankbar fest, dass ein uniformierter Aufseher unweit von ihr mit dem Rücken zur Wand stand.

Sie versuchte, sich mit einer Atemtechnik zu beruhigen, also durch die Nase ein, während sie bis drei zählte, und dann durch den Mund aus, während sie bis sechs zählte. Dabei verschränkte sie die Hände vor sich auf dem Tisch und starrte sie an.

Sie wollte die Gefangenen und ihren Familien nicht ansehen. Sie unterhielten sich, lachten, und als sie durch den Raum gegangen war, hatte sie sogar ein paar Leute weinen sehen, ohne sich um ihre Umgebung zu scheren. Die meisten jedoch schienen sich in einer Situation, die für sie offensichtlich zur Normalität geworden war, durchaus wohlzufühlen.

Rose war überrascht über die karge, nüchterne Atmosphäre des Gefängnisses. Wie die meisten Menschen hatte sie die Zeitungsberichte über das lockere und luxuriöse Leben gelesen, das Kriminelle in den bequemen britischen Strafanstalten angeblich genossen, aber jetzt, wo sie es mit eigenen Augen sah, hegte sie Zweifel an dieser Darstellung.

Es lag ein Hauch von Verlassenwerden in der Luft, eine Hoffnungslosigkeit, die den Ort durchdrang.

Rose konnte sich vorstellen, dass man sich, wenn man eine Weile Tag und Nacht hier verbringen musste, eine erfolgreiche Zukunft immer schwieriger vorstellen konnte. Und noch schwieriger einen Neuanfang in der Welt da draußen nach der Entlassung.

Dann bemerkte sie einen Schatten, der auf sie fiel.

Der Stuhl ihr gegenüber wurde zurückgezogen und plötzlich … schaute sie in die Augen von Gareth Farnham.

DREIUNDSECHZIG

HMP WAKEFIELD

Heute

Vor sechzehn Jahren hatten eben diese Augen sie angefleht, ihm zu helfen, seine Unschuld zu beweisen. Rose hatte damals abgelehnt, weil sie wie jeder andere auch wirklich geglaubt hatte, dass er Billy das angetan hatte.

Und sie glaubte es immer noch.

Instinktiv wollte sie wegsehen, stattdessen hielt sie seinem Blick stand. Das waren sie also: diese lügenden Augen, die so vertrauenswürdig aussahen.

Doch Rose war kein naives, beeinflussbares Mädchen mehr. Heute wusste sie, wie von Grund auf verdorben dieser Mann war. Sie wusste, wozu er fähig war.

Heute konnte sie nichts in seinen Augen erkennen: keine Wut, keine Liebe, keine Reue ... Sie sahen dunkler aus, als sie sie in Erinnerung hatte, leerer.

Seine Lippen waren zu einer dünnen Linie zusammengepresst, und seine Mundwinkel hingen herab. Er erinnerte sie an einen Weißen Hai.

»Hallo, Rose«, sagte er sanft und setzte sich. Unwillkürlich erinnerte sie sich daran, wie seine starke, tiefe Stimme einst ihre Knie hatte weich werden lassen. Heute klang sie dünner, näselnder.

Er verschränkte die Finger ineinander und spiegelte damit ihre Sitzhaltung. Rose löse die Lippen voneinander, konnte jedoch nicht mit ihm sprechen. Sie konnte es einfach nicht. Es kostete sie viel Kraft, nicht den Stuhl zurückzuschieben und zu flüchten, doch sie zwang sich, ihn wieder anzusehen.

Er hatte eine Menge zugenommen. Sein Gesicht und seine Hände waren fleischig, blass und aufgedunsen, und auf seinem Kinn und seiner Stirn prangten Pickel. Als er den Mund öffnete, um etwas zu sagen, fielen ihr seine gelben, vernachlässigten Zähne auf.

»Oh, Rose. Was hast du nur mit deinem wunderschönen Haar angestellt?«

Bevor sie wusste, was geschah, hob sie unsicher die Hand und berührte ihr gefärbtes, dunkles Haar, das sie zu einem Dutt gebunden hatte. Ihre Finger fuhren über ihren nackten, feuchten Nacken, und sie erschauderte.

Sofort nahm sie die Hand herunter, aber er bemerkte es natürlich, und ein leichtes Grinsen umspielte seinen Mund.

»Du weißt doch, wie gut es mir lang und rot gefallen hat.« Er beugte sich vor und starrte sie eindringlich an. »Vielleicht hast du es abgeschnitten, weil du nicht wolltest, dass dich ein anderer ansieht. Ist das der Grund, Liebste?«

Sie spürte ihr Gesicht heiß werden und wusste, dass sie in seiner Gegenwart rot anlief. Zweifellos würde er es genießen, Zeuge zu werden, wie sie nervös wurde, aber sie kannte sich inzwischen gut genug, um zu akzeptieren, dass sie wenig dagegen tun konnte.

Im Moment gab es weitaus Wichtigeres.

»Na, wie geht es meiner kleinen Rosie?«

Rose antwortete nicht.

»Endlich bist du hier. Weil du ohne mich nicht leben

kannst, hatte ich eigentlich gehofft.« Er betrachtete Gesicht, das keinerlei Reaktion zeigte. »Doch jetzt bin ich mir nicht mehr so sicher.«

Sie fuhr mit einer Hand in ihre Tasche und holte ein Foto aus dem Seitenfach. Dann schob sie es über den Tisch, damit er es sich ansehen musste.

»Ah«, sagte er. »Billy.«

Am liebsten hätte sie ihm eine reingeschlagen, dafür, dass er den Namen ihres Bruders laut ausgesprochen hatte, doch stattdessen sagte sie ganz ruhig: »Ja. Ich bin wegen Billy hier.«

Ihre Zunge fühlte sich trocken und geschwollen an. Sie lag lustlos in ihrem Mund, als würde sie sich weigern, die Worte zu formen, die sie aussprechen musste.

Sie wünschte, sie hätte daran gedacht, einen Plastikbecher mit Wasser aus dem Spender mitzubringen, als sie reinkam, aber jetzt war es zu spät. Sie musste Gareths Aufmerksamkeit erhalten, ihn zum Reden bringen.

»Ich möchte nicht über Billy sprechen«, sagte er schlicht. »Ich will über uns sprechen.«

»Nein. Ich bin hier, um über meinen Bruder zu reden.«

Sie zwang die Luft durch ihre Nase, doch es war nicht genug, um ihre Lunge zu erreichen, und sie fühlte sich fast atemlos.

Er rutschte auf seinem Stuhl herum und beugte sich noch näher zu ihr.

»Weiß du, ich kann dich immer noch schmecken, Rose. Nachts in meiner Zelle stelle ich mir vor, dass ich auf dir liege, hinter dir knie ... in dir bin. Das hat mich all die Jahre durchhalten lassen.«

Sie spürte, wie die Hitze zu ihrem Gesicht aufstieg, ignorierte sie jedoch.

»So süß.« Gareth lächelte und schob eine Hand zu ihrer. Sie zog ihre Finger weg und legte beide Hände unter dem Tisch ab. »Immer noch das schüchterne kleine Mädchen, selbst nach all der Zeit.« Er legte den Kopf zur Seite und betrachtete sie eine ganze Weile, als würde er in ihrem Gesicht lesen wollen.

»Du warst nach mir mit keinem anderen Mann zusammen. Ich sehe dir an, dass ich immer noch der Einzige bin.«

»Hör auf damit«, herrschte sie ihn an.

Gareth warf den Kopf zurück und lachte. »Oje, da hab ich aber einen Nerv getroffen, oder? Ich kann in dir lesen wie in einem Buch, Rose. *Ich kenne dich.* Ich weiß alles über dich.«

Sie schluckte schwer und betrachtete Billys Foto. Sie hatte es im Park aufgenommen, nur Monate vor seinem Tod. Er hing an einem Klettergerüst wie ein kleiner Affe, und sein Gesicht strahlte vor Mut und Freude.

»Du hast jetzt die Hälfte deiner Zeit abgesessen.« Sie war überrascht, wie ruhig ihre Stimme klang. »Es bringt also nichts mehr abzustreiten, was damals passiert ist.«

Sie beobachtete, wie seine Finger einen Rhythmus auf dem Tisch schlugen, und bemerkte, dass beide Daumennägel lang und maniküirt waren.

Sie schaute weg.

»Bei guter Führung komme ich vielleicht früher raus, wurde mir gesagt. Wusstest du, dass diese Möglichkeit besteht? Du und ich ... Wir könnten da weitermachen, wo wir aufgehört haben, Rose.« Er leckte mit der Zunge über seine Lippen. »Würde dir das gefallen?«

Sie bemerkte einen metallischen Geschmack in ihrem Mund und stellte fest, dass sie sich in die Zunge gebissen hatte. Sie entspannte ihren Kiefer und schaute ihm unverwandt in die Augen. Soll er doch denken, dass diese Möglichkeit besteht ... wenn sie so der Wahrheit näher kam, war es das wert.

»Erzähl mir, was du mit Billys Decke gemacht hast«, flüsterte sie und bohrte sich unter dem Tisch die Fingernägel in die Hände.

»Warum willst du das so plötzlich wissen? Das ist eine ganz schön spezifische Frage, Rose.«

»Nur so«, antwortete sie schnell. »Ich wollte schon immer wissen, was du damit gemacht hast.«

Er verengte die Augen. »Du bluffst. Das kann ich dir ansehen. Was ist passiert? Ist ein neues Beweisstück aufgetaucht?«

Sie verspürte einen leichten Anflug von Panik, dass er tatsächlich all ihre Gedanken und Sorgen lesen konnte.

»Das hab ich mich einfach nur schon immer gefragt«, behauptete sie. »Deshalb bin ich hier, um dich das endlich zu fragen. Eigentlich wollte ich das per Brief tun, aber ...«

Gareth unterbrach sie mit einem langen, fiesen Lachen.

»Netter Versuch, Rose, aber bei Weitem nicht gut genug. Wie ich bereits sagte, ich kenne dich. Keine zehn Pferde würden dich hierherbringen, wenn es nicht etwas Wichtiges gäbe.«

VIERUNDSECHZIG

ROSE

Heute

Als ich nach Hause komme, stelle ich meine Handtasche auf die unterste Treppenstufe ... und erstarre.

Alle Haare in meinem Nacken stellen sich plötzlich auf, und ich gehe langsam ins Wohnzimmer. Es fühlt sich ... anders an hier drinnen. Eine subtile Veränderung liegt in der Luft.

Ich schaue mich im Zimmer um. Alles scheint so zu sein, wie ich es verlassen habe. Die Besuchserlaubnis liegt immer noch auf der Sessellehne, und auch die Tasse und der Teller, die ich vergessen habe in die Küche zu tragen, stehen noch da.

Ich schüttele den Kopf. Irgendwann werde ich noch zum nervlichen Wrack.

Entschlossen ziehe ich die Schuhe aus und laufe nach oben, um mir eine ausgedehnte, heiße Dusche zu gönnen.

Ich schließe die Augen, senke den Kopf und zucke zusammen, als das heiße Wasser wie Nadelstiche auf meine angespannten Nacken- und Schultermuskeln treffen.

Während ich die dicke, feuchte Luft einatme, versuche ich mir vorzustellen, wie die unsichtbare Schmutzschicht, die der

Besuch bei Gareth Farnham auf meiner Haut hinterlassen hat, sich auflöst und für immer im Abfluss verschwindet.

Aber obwohl ich mich mehrmals einseife und abschrubbe, kann ich sie immer noch spüren. Wie Fett verstopft sie meine Poren. Doch als ich schließlich aus der Dusche steige, fühle ich mich zum Glück ein wenig frischer.

Meine Erinnerungen zu reinigen, erweist sich als deutlich schwieriger.

Seine Worte hatten sich in meinem Kopf festgesetzt, wie eine Zecke, die sich tief in die Haut einer Katze bohrt.

Mit dem Handballen wische ich den Dampf vom Badezimmerspiegel und betrachte mein gerötetes Gesicht. Mein feuchtes Haar steht in alle Richtungen ab und entblößt den schlechten Schnitt, den ich mir in einem kleinen Salon in einer Seitenstraße in Hucknall habe machen lassen, bei dem noch eine Reihe altmodischer Föhne an einer Wand hing.

Man kann es nicht schönreden: Meine Frisur ist alles andere als gelungen. Was durchaus so gewollt war. Es war Teil meines Heilungsprozesses, die langen, roten Locken loszuwerden, die er so sehr geliebt hatte. Damals hatte ich das Gefühl, mein Haar gehörte mehr zu ihm als zu mir.

Doch sosehr ich ihn hasste, hatte Gareths Kritik ins Schwarze getroffen. In mir spüre ich wie schon sechzehn Jahren zuvor den bescheuerten Drang, ihm zu gefallen und seine Missbilligung zu vermeiden.

Was zum Teufel stimmt nicht mit mir?

Warum ist es meine erste Reaktion, mich wieder wie seine Marionette zu verhalten?

Als ich im Gefängnis ankam, fühlte ich mich erst ganz okay, aber je mehr er redete und je mehr er mich so anschaute, desto mehr merkte ich, dass das alte Ich in mir wieder erwachte ... die junge, unsichere Rose kam wieder zum Vorschein. Und das spürte er.

Mein Plan war eigentlich ganz einfach gewesen: Ich wollte

schnell und ohne Umschweife zum Punkt kommen. Von Gareth verlangen, mir die Wahrheit über Billy zu sagen.

Ich dachte tatsächlich, nach all seiner Zeit im Knast könnte ich ihn davon überzeugen, sein Gewissen zu erleichtern.

Doch er hat meinen Plan schnell vereitelt. Trotz meiner Bemühungen hatte er innerhalb weniger Minuten die Kontrolle über die Situation übernommen. Rückblickend weiß ich nicht, wie er das überhaupt geschafft hat.

Nach der jahrelangen Haft hatte ich einen unterwürfigen Gareth erwartet.

Ich hatte einen Mann erwartet, der von Gewissensbissen geplagt die Chance ergreifen würde, mir endlich die Wahrheit über Billy zu sagen. Doch ich hatte mich gewaltig geirrt.

In den ersten drei Monaten, nachdem der Richter ihn für den Mord an Billy ins Gefängnis gebracht hatte, hat Gareth Farnham mir jeden einzelnen Tag geschrieben. Manchmal sogar mehr als einen Brief am Tag, manchmal fielen zwei oder drei Briefe durch den Briefschlitz.

Ich entwickelte eine Panik vor diesem Geräusch, vor dem Klappern der Metallklappe und dem dumpfen Plumpsen des gefalteten Papiers auf die Türmatte. Nach den ersten paar Briefen vernichteten meine Eltern alle weiteren Schreiben ungeöffnet.

In den darauffolgenden drei Monaten trafen vielleicht zwei oder drei Briefe pro Woche ein und danach nur noch rund zwei im Monat.

Und dann waren da noch die Anrufe. In den ersten zehn Tagen täglich und in den paar Wochen danach drei oder vier pro Woche.

Damals lebten Mum und Dad noch, insofern war es nie ich, die ans Telefon gegangen ist und von einer aufgenommenen Nachricht empfangen wurde. Eine körperlose Stimme fragte, ob wir einen Anruf eines Gefangenen der Haftanstalt in Wakefield entgegennehmen würden.

Die ersten paar Male schrie und fluchte Dad ins Telefon, bis Mum ihm erklärte, dass in diesem Stadium des Anrufes am anderen Ende niemand war, der ihm zuhörte. Schon bald reagierten wir nur mit einem »schon wieder das Gefängnis« und legten einfach auf.

Seinen Namen brachten wir nicht über die Lippen.

Nach den ersten paar Wochen haben wir einfach nur aufgelegt, ohne zu verkünden, wer dran war. Wir wussten alle, wer da am anderen Ende versuchte, uns zu erreichen, und es widerte uns an.

Und dann, so plötzlich, wie sie begonnen hatten, hörten alle Kontaktversuche kurz vor dem ersten Jahrestag einfach auf. Keine Briefe, keine Anrufe mehr ... absolut nichts.

»Mit etwas Glück hat ihn sich da drinnen jemand vorgenommen«, meinte Dad hoffnungsvoll, aber natürlich wussten wir, dass nichts dergleichen passiert war, denn dann hätte DCI North uns umgehend Bescheid gesagt.

Ich drehe mich vom Spiegel weg und trockne mich ab.

Hätte ich damals doch nur die Briefe behalten. Warum nur bin ich nie auf den Gedanken gekommen, dass ich irgendwann mal stark genug sein würde, sie zu öffnen, dass ich irgendwann seine schwülstigen Ergüsse nach Hinweisen für seine Schuld durchsuchen wollen würde?

Immerhin könnte einer dieser Briefe ein Geständnis enthalten haben. Aber nun ist es zu spät, das herauszufinden, und abgesehen davon weiß ich, warum ich damals alle Nachrichten von ihm loswerden wollte.

Weil ich damals nicht den Hauch eines Zweifels hatte.

Ich war vollkommen von Gareth Farnhams Schuld überzeugt.

Als die Polizei ihn verhaftete und er angeklagt wurde, hatte niemand im gesamten Dorf auch nur den Hauch eines Zweifels. Als ich vor Gericht gegen ihn aussagte, war ich absolut davon überzeugt, das Richtige zu tun.

Das klitzekleine Detail, dass es eine Quittung gab, die belegte, dass er zum Zeitpunkt der Tat ganz woanders gewesen war, stellte meiner Ansicht nach nur einen platten Versuch dar, sich der Gerechtigkeit für den Tod meines Bruders zu entziehen. Am Ende glaubte ich nicht ein Wort, das aus seinem Mund kam.

Er war schamlos, das wussten wir alle. Er hätte seine Großmutter erdrosselt, um seine eigene Haut zu retten.

Er hatte meinen kleinen Bruder in einem Anfall von jämmerlicher Eifersucht erwürgt. Und ich werde bis zum Ende meiner Tage mit meinen mich zerfressenden Schuldgefühlen leben müssen.

Billy ist meinetwegen tot und wegen meiner Entscheidung, eine Beziehung mit Gareth Farnham zu führen.

In den Tagen vor seiner Verhaftung war es, als ob jemand mit einem hellen Licht in die dunklen Ecken meines Lebens leuchtete. Ich sah alles mit völliger und schmerzhafter Klarheit.

Die Art, wie er sich in Rekordzeit in mein Leben gedrängt und eingenistet hat, wie er selbst die kleinsten Details meines Aussehens kontrolliert hat. Er hat sogar bestimmt, was ich las und im Fernsehen schaute.

Wenn das alles so offensichtlich war, dann frage ich mich, warum ich es nicht gemerkt habe.

Darauf habe ich immer noch keine Antwort.

Eine leichte Brise reißt mich aus meinen Gedanken. Ich will in mein Schlafzimmer laufen, bleibe jedoch mit weit aufgerissenen Augen im Flur stehen. Das Fenster im Gästezimmer ist einen Spalt geöffnet.

Ich eile hinein und schließe es mit leicht zitternder Hand.

Hier oben lüfte ich immer mal wieder kurz, aber ich lasse das Fenster niemals geöffnet. Das ist Teil meiner Routine. Immerzu muss ich alles überprüfen.

Bin ich in letzter Zeit so gestresst, dass ich vielleicht die Einhaltung meiner Sicherheitsmaßnahmen ein wenig vernachlässigt habe? Ich muss an das merkwürdige Gefühl denken, das ich unten hatte, als hätte sich etwas verändert – obwohl alles so war, wie ich es hinterlassen hatte.

Es gibt nur eine Antwort auf alles.

Durch meine Kontaktaufnahme mit Gareth Farnham verliere ich den Verstand.

FÜNFUNDSECHZIG

ROSE

Heute

»Wie geht's Rose?«, fragt Jim hinter mir, als ich zur Arbeit komme.

»Was? Oh, gut, danke, Jim. Tut mir leid, ich bin in letzter Zeit etwas zerstreut. Ich fürchte, Sie mussten in der letzten Woche alles, was Sie mir gesagt haben, mindestens einmal wiederholen.«

»Machen Sie sich deshalb keine Gedanken. Sie waren Ronnie eine gute Nachbarin, aber die alten Mädels haben erzählt, dass es ihm inzwischen besser geht. Vermutlich auch, weil Eric wieder da ist.«

Ich grinse und versuche mir vorzustellen, was Mrs Brewster und Miss Carter wohl reagieren würden, wenn sie gehört hätten, wie er sie gerade genannt hat. Und ich bin erleichtert, dass Jim glaubt, meine Zerstreutheit läge nur daran, dass ich mich um Ronnie kümmere. Gott weiß, was er von mir denken würde, wenn er wüsste, dass ich bei Gareth Farnham war.

Am Nachmittag bleibt Mrs Brewster vor meinem Tresen

stehen. »Ihr Haar sieht heute sehr gut aus«, sagt sie, legt den Kopf zur Seite und betrachtet mich. »Es glänzt richtig.«

»Oh«, murmele ich und fummele an einem Buchschutzumschlag herum. »Danke.«

»Sie sind aber keine von *denen*, oder, Rose?« Sie reckt ihr Kinn und mustert mich durch ihre Brille mit Goldrahmen, bis ich aufschaue. »Ich meine, eine von denen, die lieber Kritik bekommen als ein Kompliment?«

Dabei lächelt sie mich zurechtweisend an, als wäre ich ein kleines, unartiges Kind.

»Nein«, erwidere ich fröhlich und drehe mich mit meinem Stuhl weg von ihr. »Ich bin nur beschäftigt. Sie wissen ja, wie das ist, hier ist immer viel zu tun.«

In Wahrheit erhalte ich nicht oft Komplimente, und wenn dem doch mal so ist, sträubt sich alles in mir dagegen. So wie sich jetzt unter Mrs Brewsters Blick alles in mir sträubt.

Mein erster Gedanke ist immer, dass die Person, die das Kompliment macht, lügt und nur etwas Nettes sagt, damit ich mich besser fühle. Das kann doch unmöglich irgendjemand ernst meinen?

Ich weiß noch, wie mir meine Therapeutin ein paar Monate nach Billys Tod von einem Konzept erzählte, das sie »Selbsthass« nannte.

»Das ist eine Art der Bewältigung«, sagte Gaynor leicht verworren, wie es Therapeuten gern tun. »Man schraubt die Erwartungen runter, um weitere Enttäuschungen zu vermeiden.«

In mehreren Sitzungen haben wir dann – um die von ihr so geliebte Therapeutensprache zu verwenden – »das Konzept erkundet«.

»Ich möchte, dass Sie über die Sachen nachdenken, die Sie sich regelmäßig selbst sagen, Rose«, meinte Gaynor. »Die Worte, die im Hinterkopf auf Dauerschleife laufen. Ich rede von den Sachen, die schon so lange da sind, dass Sie sie kaum noch wahrnehmen.«

Ich überlegte eine Weile, um Zeit zu schinden, aber Gaynor konnte ich nichts vormachen. Sie lehnte sich auf ihrem Stuhl zurück, faltete die Hände in ihrem Schoß und wartete schweigend.

»Ich fürchte, ich sage mir ziemlich oft, dass ich ein schlechter Mensch bin«, murmelte ich.

»Und warum ist das so?«, hakte sie umgehend nach. »Warum halten Sie sich für einen schlechten Menschen?«

»Wegen dem, was mit Billy passiert ist«, antworte ich, als wäre das offensichtlich.

»*Sie* haben Billy doch nichts getan.«

»Nein, aber das Ganze ist wegen mir passiert«, erkläre ich schnell und wünschte, wir könnten das Thema wechseln. »Ich habe Gareth Farnham in unser aller Leben gelassen. Ich habe kaum mehr Zeit mit Billy verbracht. Hätte er das Gefühl gehabt, mit mir reden zu können, hätte er ...«

Ich schluckte, um meine ausgedörrte Kehle zu befeuchten, schüttelte jedoch den Kopf, als sie mir ein Glas Wasser anbot.

»Was sagen Sie sich sonst noch so?«

Ich zuckte die Achseln, sagte dann jedoch das Erste, was mir in den Sinn kam, einfach nur, um die sonst wieder folgende unangenehme Stille zu vermeiden. »Dass mich niemand jemals wieder wollen wird.«

Ich hasste diese Selbstbetrachtung. Völlig überflüssig, wenn das einzig Wichtige war, dass ich meinen Bruder verloren hatte.

Ich, ich, ich. Niemand wird mich jemals wieder wollen.

Und genau das hatte Gareth Farnham mir gegen Ende immer wieder gesagt, und ich wusste, dass er recht hatte. Damals war ich schon voller Minderwertigkeitskomplexe, die sich in mir festgesetzt und mich bis heute nicht mehr losgelassen hatten.

Bevor ich mir die Haare geschnitten hatte, kam es gelegentlich vor, dass mir ein Mann einen anerkennenden Blick zuwarf. Ich wich dann stets zurück, als hätte ich mich verbrannt, und ließ mein Haar über mein Gesicht fallen, bis er weg war.

Vielleicht konnten andere Menschen meine negativen Eigenschaften nicht sehen, aber ich weiß nun schon seit Jahren, dass sie da sind, und auch, dass ich nicht annähend gut genug bin, als dass irgendjemand Gescheites Zeit mit mir verbringen wollen würde.

Aber ich habe der Angst ins Auge gesehen. Ich habe mehr getan, als einen Brief an Gareth Farnham zu schreiben, ich habe mit ihm als Ebenbürtigen gesprochen.

Ich hoffte, dass er sehen konnte, wie sehr ich mich verändert hatte. Wie gut ich mein Leben ohne ihn gestaltet hatte.

Er wäre erfreut, wenn er wüsste, wie jämmerlich meine Existenz in Wirklichkeit ist.

SECHSUNDSECHZIG

ROSE

Heute

Ich zog die Leiter herunter und stieg vorsichtig hoch. Oben angekommen, betätige ich einen Schalter am Boden, und das Licht geht an. Es überrascht mich, dass es noch funktioniert, aber mein Vater war ein begnadeter Handwerker, und wie ich ihn kannte, hat er eine Glühbirne mit einer Lebensdauer von fünfzehn Jahren oder so eingedreht ... wenn es so etwas gibt.

Ich hole tief Luft und klettere auf den Dachboden, was irgendwie einfacher gesagt ist als getan. Das letzte Mal war ich hier oben, als ich Dad dort beim Aufräumen geholfen habe, doch damals war ich eine starke und gesunde junge Frau und kein halb verhungertes Knochengerüst wie heute.

Eine Weile sitze ich nur da und schaue hinab auf meine aus der Luke baumelnden Beine. Das ist fast schon ein Sinnbild dafür, wie ich mich gerade fühle: Mein Körper befindet sich in der realen Welt, und mein Kopf in den Gewitterwolken der dunklen Gedanken und unerträglichen Möglichkeiten, die zu erkunden ich panische Angst habe.

Mum hat hier ordentlich ausgemistet, und all der Kram,

den sie behalten, aber im Wohnbereich aus dem Weg haben wollte, war hier oben gelandet. Nach Billys Beerdigung und nachdem wir mit dem Versuch begonnen hatten, unser Leben wieder auf die Reihe zu kriegen, hat Dad das ganze Zeug – Papierkram, unsere Notizen, Kontaktadressen – in einen großen Umzugskarton gepackt und hier oben deponiert.

Meine Mutter hatte äußerst penibel jede Information aufgeschrieben, die wir möglicherweise irgendwann mal gebrauchen konnten. Als ich jünger war, war sie jahrelang ehrenamtlich als Sekretärin des Dorfkomitees tätig, sie wusste also, wie man solche Sachen ordentlich ablegt.

Seitdem wurden die Notizen nicht mehr angerührt; warum auch? Auch die Beweiskiste, wie wir sie genannt haben, ruht auf dem Dachboden, seit Dad sie dort verstaut hat. Warum auch nicht? Der Mörder war verhaftet, verurteilt und lebenslänglich ins Gefängnis gesteckt worden. Während wir auseinanderfielen, fügten DCI North und sein Team alle Puzzleteile zusammen, bis das hässliche Bild komplett war.

Diese Beweiskiste wollten wir zwar nie wieder sehen, aber auch nicht entsorgen. Sie belegte, dass wir getan hatten, was wir konnten, um Billys Mörder zu finden, dass wir jeden einzelnen Winkel durchleuchtet und jeden einzelnen Informationsfetzen untersucht hatten, den wir finden konnten.

Und jetzt ... jetzt, wo alles, was ich zu wissen dachte, drohte, auseinanderzufallen, war ich froh und dankbar, dass wir sie behalten hatten.

Ich rutsche mit dem Hintern rückwärts auf die staubigen Spanplatten, die Dad hier oben ausgelegt hat, und ziehe meine Beine hoch. Jetzt befinde ich mich vollständig auf dem Dachboden. Hier oben stehen zahlreiche Kartons, viel mehr, als ich in Erinnerung hatte. Schon paradox, dass Mum meinte, all diese Dinge aufbewahren zu müssen – sie hat sie nie wieder angerührt, seit sie hier sind.

Ich stehe auf, gehe von Karton zu Karton und schaue

jeweils kurz hinein. Dutzende von Schulfotos, sowohl von Billy als auch von mir. Und mit Liebe geschriebene Glückwunschkarten, die Mum es nicht übers Herz gebracht hat wegzuwerfen. Kurz bleibt mir die Luft weg, als ich eine Karte mit der Aufschrift »Alles Gute zum Geburtstag, Mummy« öffne, in der Billy mit seiner kindlichen Handschrift einen Gruß gekritzelt hat.

Mit den Fingern fahre ich über die Buchstaben und die feinen Bleistiftlinien, die er mit dem Lineal gezogen hat, um gerade schreiben zu können.

»O Billy«, sagte ich seufzend. »Ich vermisse dich so sehr.«

Mein Bruder wäre dieses Jahr fünfundzwanzig geworden. Er war groß für sein Alter; Mum meinte immer, er würde mal eins achtzig werden. Das hätte ich nur zu gern gesehen ... mein kleiner Bruder, größer als ich. Nun werde ich nie erfahren, wie sich das anfühlt.

Hätte er es geschafft, Pilot zu werden, wie er es sich erträumt hatte? Vermutlich nicht. Ich glaube nicht, dass er sich dafür ausreichend in der Schule angestrengt hätte, aber was soll's! Er wäre toll gewesen in dem Job, den er letztendlich ergriffen hätte, und das ist alles, was zählt.

Ich packe die Karten vorsichtig wieder in den Karton und schließe ihn, um ihn vor Staub und dem Zahn der Zeit zu schützen. Zeit, die Billy selbst nicht vergönnt war.

Inzwischen bin ich seit fünf Minuten hier und fühle mich unendlich erschöpft, als würde etwas all meine Energie aussaugen. Ich will nicht zwischen den Erinnerungen an all die sein, die ich verloren habe: Mum, Dad, Billy ... meine gesamte Familie.

Ich bahne mir den Weg auf die andere Seite der Luke. Der Dachboden ist recht klein, wie der Rest des Hauses. Auf beiden Seiten des Raums befinden sich Wände mit Windschutz, die uns von den Nachbarn trennen. Als ich Teenager war, habe ich mal eine Krimireihe gelesen, in der der Mörder auf dem Dachboden herumkroch und seine Nachbarn beobachtete. Das hat mir eine solche Angst eingejagt, dass ich nicht schlafen konnte, bis mein Vater mich lachend auf den Dachboden geschleppt und mir eben diese Wände gezeigt hat.

Die meisten der Umzugskartons sind weiß, insofern erkenne ich sofort denjenigen, den ich brauche: eine etwas kleinere, einfache, braune Pappkiste rund einen Meter vor mir. Langsam gehe ich darauf zu und brauche somit länger als notwendig, bis ich sie erreicht habe. So verschaffe ich mir Zeit, obwohl ich mir einrede, einfach nur vorsichtig zu sein und zu gucken, worauf ich trete.

Der Deckel des Kartons steht offen, und Reste des nicht mehr haltenden Klebebands hängen nutzlos wie gekräuselte Ranken daran herunter. Das ist seltsam, denn ich kann mich gut daran erinnern, dass Mum sich die Mühe gemacht hat, ein Blatt Packpapier über den Inhalt zu legen und die Deckel zuzukleben. Sie war jemand, der sogar den Deckel von Sonnencremes zuklebte, wenn sie und Dad mal übers Wochenende verreisten.

Ich bücke mich und öffne den Karton vollständig. Der Inhalt sieht aus, als wäre er durchsucht worden. Wer macht denn so was? Ich habe keine Möglichkeit zu erkennen, ob es letzte Woche oder vor sechzehn Jahren geschehen ist. Zwar rede ich mir ein, dass das nicht wichtig ist, doch in meinem Hals bildet sich ein kleiner Kloß, so hart wie eine Nuss.

Um hier oben alles vollständig durchzugucken, fühle ich mich nicht stark genug. Irgendwann wird es so sein, aber für heute suche ich nur nach Mums Notizbuch mit den Telefonnummern der Kontakte von damals darin.

Ich ziehe etwas heraus, das ich für das Notizbuch halte, doch wie sich herausstellt, handelt es sich um ein kleines weißes Gebetsbuch mit Billys Namen in blasser Goldschrift auf dem Umschlag. Vielleicht ein Geschenk eines netten Dorfbewohners, um Mum und Dad zu trösten. Als ich es hochhalte, fällt etwas heraus.

Es ist ein Brief.

Ich starre die Handschrift an, und ein Schauer jagt über meinen gesamten Körper. Es ist nicht einfach nur ein Brief; es ist ein Brief von Gareth.

Ich schlucke und bin für einen Moment bewegungsunfähig. Ich war mir absolut sicher, dass alle Briefe, die er mir geschickt hatte, vernichtet worden waren.

Meine Hände fühlen sich heiß an und zittern, aber ich nehme das gefaltete Blatt aus dem Umschlag und streiche es glatt. Und dann lese ich Gareth Farnhams vergiftete Worte wieder und immer wieder.

Meine liebste Rose,

mein aufrichtiges Beileid für deinen Verlust.

Eines Tages wirst du wissen, dass ich unschuldig bin. An dem Tag wirst du verstehen, wie sehr du mich in der Not verraten und verlassen hast. Ich hätte dich niemals verlassen, Rose, aber ich vergebe dir. ICH VERGEBE DIR, dass du mir nicht zugehört hast, mir nicht geholfen hast ... ICH MUSS MIT DIR REDEN, ROSE.
Es ist noch nicht zu spät. Es gibt da Sachen, die ich dir erzählen muss ... Sachen, die meine Unschuld beweisen, sodass wir wieder zusammen sein können.
Es tut mir so leid, was mit dem armen Billy passiert ist, aber es war nicht meine Schuld, meine Liebste. Der wahre Mörder ist noch da draußen und lebt ungestraft sein Leben.
Niemand hört mir zu. Niemand will hören, dass ich nichts falsch gemacht habe. Das gesamte Dorf hat mich in dem Moment verurteilt, als Billy verschwunden ist.

*Aber von dir hätte ich etwas anderes erwartet, Rose. Ich
habe ehrlich geglaubt, dass du mich liebst.
ICH MUSS MIT DIR REDEN. Bitte, Rose. Billys
Mörder muss JETZT bestraft werden.
Ob wir zusammen sind oder getrennt, denk immer
daran, Rose ... du wirst FÜR IMMER MEIN sein.*

In Liebe

G xxx

Ich lege den Brief weg, schließe die Augen und will, dass
seine abscheulichen Worte aus meinem Kopf verschwinden.
Ich hätte den Brief nicht lesen dürfen.

Mich fröstelt. Ich schlinge die Arme um meinen Ober-
körper und wiege mich vor und zurück.

Wie kann er nach all den Jahren noch eine solche Macht
über mich haben? Wie konnte ich nur zu ihm gehen ... und ihm
die Chance geben, mich wieder unter seine Kontrolle zu
bringen?

Nach einer Weile reiße ich mich zusammen und greife
nach Mums Notizbuch. Hinten drin, genau dort, wo ich ihn
gelassen hatte, liegt ein kleiner weißer Umschlag mit einem
kleinen weißen Stück Papier darin.

Während ich die anderen Sachen zurück in den Karton
packe, fällt mein Blick auf die Überschrift einer zusammenge-
falteten Zeitung:

Mann, 28, wegen Mord an Jungen aus Newstead verhaftet

Gareths Worte hallen in meinem Kopf wider: *Der wahre
Mörder ist noch da draußen und lebt ungestraft sein Leben.*

Ich nehme den Umschlag, drehe mich um und mache mich
wieder auf den Weg nach unten. Den Karton lasse ich offen

und unordentlich. Mir ist schleierhaft, wie ein Karton mit Zeug mich immer noch so kontrollieren kann, aber ich ertrage es nicht mehr.

Ich lösche das Licht und klettere die Leiter hinab.

Dann gehe ich zur Haustür, um nach der Post zu sehen, und halte mitten im Schritt inne. Da steckt etwas im Briefschlitz.

Ich gehe hin und ziehe es heraus. Es handelt sich um einen brauen, gebrauchten Umschlag mit Sichtfenster. Darin befindet sich ein zusammengefaltetes weißes Blatt Papier.

Noch an der Tür stehend falte ich es auseinander und lese die sechs darauf gedruckten Wörter.

Schlafende Hunde soll man nicht wecken.

SIEBENUNDSECHZIG

HMP WAKEFIELD

Heute

»Hallo, Rose, schön, dich wiederzusehen«, sagte Gareth, während er den Stuhl zurückzog und sich hinsetzte. »Hast du mir die Sachen mitgebracht, um die ich dich gebeten habe? Die Imperial-Leather-Seife und die Zeitschriften?«

»Ja«, log sie. »Aber ich musste das Päckchen am Empfang abgeben.«

»Danke, das war sehr nett von dir.« Er lächelte sie an. »Und, wie ist es dir so ergangen, seit wir uns letzte Woche gesehen haben?«

Er betrieb Konversation, als hätten sie sich in einem Pub getroffen, um gemeinsam etwas zu trinken.

Rose zügelte ihre Ungeduld und antwortete: »Nur das Übliche. Arbeit und nach Ronnie sehen, meinem Nachbarn. Es ging ihm in letzter Zeit nicht so gut.«

»Oh, das tut mir leid zu hören«, antwortete er, klang jedoch nicht im Geringsten besorgt. »Aber er hat sein Leben gelebt, oder? Vermutlich ist es Zeit für ihn, und du hast viel für ihn getan, Rose. Man weiß ja nie, vielleicht hinterlässt er dir sein Haus.«

Rose lachte. »Da bezweifele ich. Er hat ja einen Sohn, Eric, der in Australien lebt.«

Er schaute auf und wühlte in seinem Gedächtnis. »Stimmt ja, Eric. Ein unheimlicher Kerl, ein Einzelgänger, wenn ich mich recht erinnere.«

Und das ausgerechnet aus deinem Mund, dachte Rose. Er würde so was von triumphieren, wenn er Erics Geheimnis wüsste.

Vermutlich wüsste er Erics Geheimnis nur zu gern.

»Er ist jetzt wohl verheiratet«, erklärte sie schulterzuckend und sah ihm direkt in die Augen. »Als Ronnie vor ein paar Tagen ins Krankenhaus kam, habe ich sein Haus auf Vordermann gemacht, auch im oberen Geschoss.«

»Du bist so ein Engel«, sagte er und zwinkerte ihr zu. »Immer hilfst du anderen, nur mir wolltest du nicht helfen, als ich dich unbedingt gebraucht habe, stimmt's, Rose?«

»Mein Bruder hatte Priorität«, antwortete sie, schaute auf ihre Hände und dachte an den Inhalt seines Briefs. »Dafür kannst du mir keine Schuld geben, aber vielleicht können wir uns jetzt gegenseitig helfen.«

Sein Kopf schnellte hoch. »Inwiefern?«

»Du sagst mir, was du an dem Tag mit Billys Decke gemacht hast, und ich bringe dir wieder Sachen, die du haben möchtest.«

Gareth lachte. »Und schon wieder versuchst du, mich hinters Licht zu führen, Rose. Ich fürchte, du hast dir ein paar schlechte Angewohnheiten zugelegt, seit ich dich verlassen musste.«

»Wie meinst du das?«

»Irgendetwas ist passiert. Niemand wartet sechzehn Jahre, um zu fragen, was passiert ist. Noch nicht einmal du.«

»Sag mir einfach, was du damit gemacht hast. Du hast ja

wie ein Feigling immer alles abgestritten ... ich will wissen, was damals passiert ist.«

Sie presste die Lippen zusammen, so sehr ärgerte sie sich über sich selbst. Bisher hatte sie es geschafft, sich zusammenzureißen, aber es wurde immer schwieriger.

»Wenn ich etwas nicht bin, mein kleines Mädchen, dann ist es ein Feigling.« Gareth funkelte sie an, und sein Gesicht wurde so düster, wie sie es von damals in Erinnerung hatte. Es machte ihr Innerstes förmlich flüssig.

Aber sie schob den Gedanken beiseite und erinnerte sich daran, dass sie inzwischen alles andere als Gareths *kleines Mädchen* war. Sie war niemandes kleines Mädchen, sondern eine erwachsene Frau. Eine Frau, die endlich die Wahrheit wissen wollte.

»Dann beweise es!«

»Rose, Rose.« Er lachte sanft. »Wir sollten uns nicht über den anderen ärgern. Dafür haben wir zu lange gewartet, um Zeit miteinander zu verbringen.«

»Wenn ich dir noch wichtig bin, dann tust du das für mich«, sagte sie. »Dann erzählst du mir, was mit meinem Bruder passiert ist.«

»Ich würde alles für dich tun, Rose.« Sein Gesichtsausdruck wurde jetzt ernst. »Aber dabei kann ich dir nicht helfen, weil ich Billy nicht getötet habe.«

Sie seufzte.

»Ich gebe zu, dass ich dich manchmal angelogen habe, als wir noch zusammen waren, Rosie. Alle Männer machen das, so sind wir halt.« Er hielt die Handflächen hoch und zuckte die Achseln. »Aber als ich dir damals gesagt habe, dass ich an Billys Tod unschuldig bin, war das die Wahrheit. Ich weiß, dass das schwer ist für dich zu hören, Rosie, aber die Wahrheit ist: Billys Mörder ist noch da draußen.«

Die Worte aus seinem Brief hallten in ihrem Kopf wider.

»Hör auf damit!« Sie sprach jetzt lauter, und ein Wärter in

der Nähe runzelte die Stirn und schaute zu ihr. Sie hob entschuldigend die Hand und wandte sich wieder an Gareth. »Wenn du weiter lügst, komm ich nicht mehr her.«

»Ich lüge nicht«, zischte er und zeigte dabei seine verfaulten Zähne, die damals noch ein Lächeln gebildet hatten, das sie so sehr geliebt hatte.

Sie holte tief Luft und sprach dann das aus, was sie auf dem Herzen hatte, bevor sie den Mut verlor. »Wen hast du beauftragt, mir die Botschaft zu überbringen? Ich war noch nicht bei der Polizei, aber das mache ich noch, wenn es sein muss.«

»Ich habe dir keine Botschaft geschickt«, antwortete er knapp.

»Niemand weiß, dass ich hier war, außer du und ich. Und gestern Abend hat mir jemand eine Nachricht durch die Tür geschoben.«

Er schaute finster. »Damit habe ich nichts zu tun, Rose. Was stand denn drin?«

»Darin stand: ›Schlafende Hunde soll man nicht wecken‹.« Aufmerksam betrachtete sie sein Gesicht.

Er sah durchaus verwirrt aus, aber sie kannte ihn gut genug und wusste, was für ein guter Schauspieler er war. Aber das offene Fenster ... das seltsame Gefühl, das sie im Haus gehabt hatte ...

»Selbst wenn ich dich nie wieder sehe, Rose, die Wahrheit ist und, krieg das in deinen Schädel: Ich. Habe. Billy. Nicht. Getötet.« Er blickte sich verschwörerisch um und sprach dann leiser weiter. »Ich habe dich um Hilfe gebeten, weil ich die Wahrheit gesagt habe. Ich war noch nicht einmal in der Gegend. Und jetzt hat dir jemand eine Botschaft überbracht, mit der ich nichts zu tun habe. Der Mörder ist da draußen. *Er* muss dir die Nachricht geschickt haben.«

Sie starrte ihn schweigend an. Ronnie war inzwischen wieder auf den Beinen. War es möglich, dass ...

»Erinnerst du dich an die Blumen, die ich für dich gekauft habe?«, fragte er.

»Ja«, antwortete sie. »Die Stargazer-Lilien.«

»Genau die. Hättest du damals auf mich gehört, hättest du vielleicht die Quittung in der Tüte gefunden, die ...«

»Das hast du mir schon damals gesagt.«

»Das habe ich dir schon damals gesagt, weil es die Wahrheit ist!« Er stöhnte und schlug sich mit der Hand an die Stirn. »Du hättest die Quittung finden können, und dann ...«

»Eine Quittung allein hätte dich nicht entlastet, selbst wenn du unschuldig *wärst*«, unterbrach ihn Rose und verkniff sich ein Lächeln, als er die Augen verengte. Er mochte es gar nicht, unterbrochen zu werden, und es doch zu tun, fühlte sich an wie ein kleiner Sieg. »Du hättest irgendjemanden beauftragen können, die Blumen zu kaufen, während du Billy umgebracht hast. Eine Quittung allein beweist gar nichts.«

»Das stimmt, aber sie hätte die Polizei dazu gebracht, meinen Fall wiederaufzunehmen. Als die nämlich mein Alibi überprüft hat, hat die Mitarbeiterin im Blumenladen behauptet, sich nicht daran erinnern zu können, dass ich den Strauß gekauft habe, und ihre Kopie der Quittung konnte *angeblich* nicht gefunden werden ... wie praktisch, findest du nicht?« Rose entging nicht, dass er sich mächtig zusammenreißen musste, um seine Wut zu zügeln. »Ich hatte schon immer das Gefühl, dass die Polizei mir was anhängen wollte. Diese Quittung war das Beweisstück, das genug Zweifel geweckt hätte, um den leitenden Detective zu zwingen, die Ermittlungen gegen mich einzustellen. Aber du wolltest ja noch nicht einmal danach suchen, du hattest mich bereits verurteilt, so wie jeder andere in diesem beschissenen Dorf auch.«

Hatte Mike North ein Beweismittel unterschlagen, das Gareth entlastet hätte? War das möglich? Rose beschloss, dass es ihr egal war. Soweit es sie anging, war er schuldig.

»Ich habe die Quittung gefunden«, erklärte sie schlicht.

Sie sah zu, wie seine Kinnlade herunterfiel, zwang sich jedoch zu einem neutralen Gesichtsausdruck.

»Was hast du damit gemacht?«, flüsterte er dringlich. Er reichte mit der Hand über den Tisch, berührte sie jedoch nicht. Es war, als wäre er in Erwartung ihrer Antwort erstarrt.

»Ich habe sie noch«, antwortete sie.

ACHTUNDSECHZIG

HMP WAKEFIELD

Heute

Zum ersten Mal, seit sie ihn kannte, war Gareth Farnham sprachlos.

»Ich habe sie an dem Tag gefunden, als du mich gebeten hast, dir zu helfen. Aber ich habe dir nicht geglaubt, sondern war davon ausgegangen, dass es wieder nur einer deiner Tricks war, eine deiner Lügen.«

»Rose, hör mir zu, Süße. Wenn du eine Aussage abgeben würdest, dass ich dir die Blumen gekauft habe, und die Quittung vorlegst, die das sogar noch nach all der Zeit belegen kann, könnte das reichen, um das Urteil gegen mich aufzuheben.« Er schaut weg und lächelt selig. »O mein Gott, das könnte tatsächlich funktionieren.«

Er reichte über den Tisch und ergriff ihre Hand. Sie versuchte, sie wegzuziehen, aber er hielt sie fest.

»Rose, hör mir zu. Ich habe Fehler gemacht. Und manchmal habe ich dich auch nicht gut behandelt, aber du musst mir glauben ... Alles, was ich getan habe, war nur, weil ich dich so sehr geliebt habe.«

Er schaute sie in Erwartung einer Antwort an, aber sie blieb stumm. Seine Worte glitten an ihr ab wie warme Butter von einem Messer. Er wollte wirklich, dass sie akzeptierte, dass er sie entführt und sexuell belästigt hatte ... und Gott weiß, was sonst noch ... und das alles, weil er sie *geliebt* hatte?

Ganz langsam schüttelte sie den Kopf.

»Hör mir zu«, sagte er eilig, als wüsste er, dass sie kurz davor war zu gehen. »Mein Anwalt hat in dem Blumenladen nachgefragt, aber es war kurz vor Muttertag, und dort waren so viele Leute gewesen, dass niemand mit Sicherheit sagen konnte, dass er sich an mich erinnerte. Damals gab es noch keine Überwachungskameras und auch keine Automatische Nummernschilderkennung ... uns waren die Hände gebunden. Dieser Detective – North –, der wollte mich einfach nur im Knast sehen. Wenn sie die Quittung gehabt hätten, hätten sie mein Alibi überprüfen müssen.«

»Was, wenn jemand anderes die Blumen gekauft hat? Was, wenn du das gar nicht warst?«

»Ich habe dir die Blumen gekauft, Rose. Um mich bei dir zu entschuldigen und um dich zurückzugewinnen. Ich schöre bei Gott, das ist die Wahrheit. Ich habe Billy nichts getan, aber jemand anders da draußen schon, und zusammen können wir ihn finden. Wenn ich draußen bin, finde ich ihn für dich, mein Liebling, dafür gebe ich dir mein Wort.«

Nun wünschte sie, sie hätte nicht behauptet, die Quittung noch zu haben. Er sah so aufgeregt aus, so voller Hoffnung, als könne er die Aussicht auf Freiheit vor sich sehen und riechen. So verzweifelt.

»Ich bitte meinen Anwalt, dich zu kontaktieren, Rose. Vermutlich wird er eine Aussage wollen und die Quittung ... Ich liebe dich. Das weißt du doch, oder?«

Unter Gareths Protest verließ Rose den Besucherraum vorzeitig. Hier kam sie nicht weiter. Wenn überhaupt, war sie nun verwirrter als zuvor.

Sie konnte schlicht nicht sagen, ob Gareth die Wahrheit sprach oder nicht, aber ein Gedanke jagte ihr einen Schauer über den Rücken.

Entweder arbeitete er mit jemandem außerhalb des Gefängnisses zusammen, der Rose die Drohbotschaft gebracht hatte, oder er war wirklich unschuldig, und jemand anders beobachtete sie. Und zwar jede ihrer Bewegungen.

NEUNUNDSECHZIG

ROSE

Heute

Kaum war ich zu Hause, schlief ich auf dem Sofa ein.

Das Letzte, woran ich mich erinnere, ist, dass ich mir einen Tee gekocht und mich hingesetzt habe. Mit Gareth Farnham konfrontiert zu sein, hatte mich völlig erschöpft.

Ich schreckte auf und mein Herz raste vor Angst, als es an der Hintertür klopfte.

Auf der anderen Seite des Milchglases stand eine vertraute Gestalt.

»Eric!«

»Tut mir leid, wenn ich dich störe, Rose«, rief er atemlos. Er lehnte seinen korpulenten Körper an die Kante der Wand. »Wir haben ein Problem bei meinem Dad ... ein Besucher, den wir schlicht nicht wieder loswerden und der was *getrunken* hat.«

Seit Eric wieder da ist, hat Ronnie meine Hilfe nicht mehr gebraucht, und obwohl ich trotz des Verdachts, den ich hege, mit Schuldgefühlen kämpfe, bringe ich es nicht über mich, ihn einfach nur so zu besuchen. Bei allem, was ich gerade um die

Ohren habe, bei meinen Besuchen bei Gareth, würde mir das den Rest geben.

»Rose?« Eric runzelt die Stirn und schaut mir in die leeren Augen. »Hast du mich gehört? Er ist verzweifelt und hört einfach nicht auf zu trinken.«

»Wer?«

»Jed! Hast du mir denn gar nicht zugehört?«

»Tut mir leid, ich ...« Ich schaue über seine Schulter nach draußen, als wäre Jed womöglich im Garten. »Und was soll *ich* jetzt machen?«

»Ich weiß es auch nicht, rede mit ihm, damit wir ihn hoffentlich wieder loswerden. Er versucht, Streit zu provozieren, und besteht darauf, dass Dad sich mit ihm über damals unterhält, als wir noch jung waren, wer dies gesagt und das getan hat, aber Dad kann sich an solche Details nicht mehr erinnern.«

Ich seufze, bewege mich jedoch nicht vom Fleck.

»Er schwafelt ständig von seiner toten Schwester«, ergänzt Eric. »Cassie. Sie war deine Freundin.«

»Sie war meine beste Freundin. Ich hole meine Schuhe.«

Ich habe nicht vor, irgendetwas, was Cassie betrifft, mit Eric zu diskutieren. Empathie ist offensichtlich nicht seine Stärke und war es auch nie, wenn ich mich recht erinnere.

Er wartet nicht auf mich, also schlüpfe ich in Strickjacke und Pumps, schließe die Tür hinter mir ab und gehe nach nebenan.

Als ich das Tor zwischen unseren beiden Grundstücken öffne, muss ich an das letzte Mal denken, als ich Jed gesehen habe. Er ging im Co-op an mir vorbei, eine traurige, graue Gestalt, klammerte sich an einer Bierdose fest, als hinge sein Leben davon ab, und hatte Schwierigkeiten, gerade zu laufen.

Die letzten Male, als ich ihn sah, habe ich ab und zu gegrüßt, aber er sieht mich immer an, als würde er mich nicht mehr erkennen, und dann geht er weg.

Jahre nach unserer beider Tragödien habe ich bei ihm vorbeigeschaut und versucht, ein echtes Gespräch mit ihm zu führen. Ich wusste, dass Cassie gewollt hätte, dass wir reden, aber Jed wollte nicht ... er hat es nicht ertragen. Um es genau zu sagen, er hat mir die Tür vor der Nase zugeschlagen.

Selbst jetzt, wenn wir uns auf der Straße begegnen, ist es, als würde er, wenn er mich ansieht, Cassie sehen, und die unerträglich schmerzhaften Erinnerungen an ihre Vitalität und ihre Lebensfreude kommen in seinem Kopf wieder hoch.

Ronnies Hintertür steht offen, und ich kann im Haus erhobene Stimmen hören.

»Wenn du nicht gehst, rufe ich die Polizei«, schreit Eric gerade, als ich auf das Wohnzimmer zulaufe. »Dir wird sowieso niemand ein Wort glauben. Nicht einem Saufkopf wie dir.«

In der Tür bleibe ich wie angewurzelt stehen.

Jed befindet sich halb sitzend und halb liegend auf dem Sessel. Er ist noch derangierter, als ich ihn jemals gesehen habe. Seine Jeans sind zerrissen und zerfranst, und seine schmutzigen Füße stecken in offenen Sandalen. Sein Haar ist inzwischen grau und klebt fettig an seiner Kopfhaut.

Er erbleicht, als er mich erkennt.

»Was machst *du* denn hier?«, lallt er. »Cassie ist tot. *Tot!* Hörst du?«

»Das weiß ich, Jed«, sage ich so ruhig wie möglich. »Und Cassie würde dich in diesem Zustand nicht sehen wollen. Wenn du möchtest, besorgen wir dir Hilfe.«

Ein jämmerlicher Versuch meinerseits. Ich hätte in den letzten Jahren viel häufiger probieren sollen, Kontakt zu Jed zu halten.

Er wirft den Kopf zurück und lacht, sodass seine wenigen verfaulten Zähne im blassen Zahnfleisch zu sehen sind.

»Hilfe? Du brauchst Hilfe, du und dein Freund.« Dann spricht er Kauderwelsch, doch ein Wort verstehe ich und kann mir den Rest denken. »Cassie hasst ihn. Hasst ihn. Ich will darüber reden, was passiert ist.«

Offensichtlich weiß er nicht, ob er sich in der Vergangenheit oder in der Gegenwart befindet. Es geht ihm wirklich schlecht.

»Wenn du nicht gehst, rufe ich die Polizei«, droht Eric. Er geht nun mit rot angelaufenem Gesicht im Wohnzimmer auf und ab. »Niemand interessiert sich für deine Fantasiegeschichten aus der Vergangenheit.«

Ich schaue zu Ronnie, der den Kopf schüttelt und den Teppich zu seinen Füßen anstarrt.

»Wo ist Billy?«, ruft Jed plötzlich, und ich erschrecke und trete einen Schritt zurück. »Wo ist Billy Tinsley?«

»Das reicht jetzt!« Eric überrascht mich mit seiner lauten, durchdringenden Stimme. »Wir lassen nicht zu, dass Billys Name in diesem Haus genannt wird.«

Ich öffne den Mund, um zu protestieren. Was meint Eric damit? Billys Name sollte doch weder vergessen noch zensiert werden.

Bevor ich etwas sagen kann, fängt Jed an zu schreien, rennt auf die Haustür zu und stolpert hinaus auf die Straße.

»Gott sei Dank«, stößt Eric aus und knallt die Tür zu.

»Wir können ihn nicht sich selbst überlassen, nicht in seinem Zustand«, rufe ich, öffne die Tür und trete nach draußen.

Jed ist schon wieder auf den Füßen und torkelt wild mit den Armen fuchtelnd die Straße entlang.

»Jed, warte!« Ich renne ihm nach. »Bitte, lass uns reden!«

»Ich kann nicht«, heult er. Tränen laufen in Strömen seine Wangen hinab.

»Alles ist weg, und nichts kann wiedergutgemacht werden.«

»Es wird dir nie besser gehen, wenn du nicht darüber redest, Jed«, sage ich sanft. »Und ich weiß, wovon ich spreche.«

Er bleibt stehen, schaut mich an, und eine Sekunde lang

sehe ich in seinen tiefblauen Augen den Jed, den ich einst gekannt habe. Als er wieder spricht, tut er es sehr langsam und klingt viel klarer und ruhiger als in Ronnis Haus.

»Ich werde mit dir reden, Rose, aber nicht hier, nicht vor Eric und Ronnie. Komm heute Abend um zehn zur Abbey.«

»Was? Da kann ich nicht! Nicht um zehn«, rufe ich ihm hinterher, doch er torkelt weiter die Straße entlang. »Warum nicht jetzt?«

»Zehn Uhr an der Abbey«, ruft er, ohne sich umzusehen.

Ich schüttele den Kopf und gehe wieder nach Hause. Zurück zu Ronnie will ich nicht, weil ich keine weitere unsensible Bemerkung von Eric ertragen könnte.

Seit sechzehn Jahren war ich nicht mehr allein um zehn Uhr abends draußen. Allein beim Gedanken daran dreht sich mir der Magen um.

Ich will Jed ja helfen, aber er verlangt etwas, was für mich schlicht zu schwierig ist.

Und warum will er nicht vor Eric und Ronnie reden?

SIEBZIG

ROSE

Heute

Die steinernen Wasserspeier blicken von ihrer hohen Plattform herab, und ihre Fratzen scheinen sich zu verändern, je nachdem, wie die Wolken vorbeiziehen, die das perlmuttfarbene Licht des Mondes, das auf sie herabscheint, mal verdunkeln und dann wieder freilegen.

Ich bemerke seltsame kleine, schwarze Gestalten, die um den alten Turm herumfliegen. Fledermäuse. Mehr Horror geht wohl kaum. Ich zittere und verschränke die Arme vor der Brust. Ich bin es so leid, Angst zu haben.

Ich muss verrückt sein. Ich weiß immer noch nicht, warum ich hierhergekommen bin, aber irgendwie habe ich mir selbst eingeredet, es wäre sicher, wenn ich hierher mit dem Auto fahre und dieses bei der Abbey parke. Ich habe mir eingeredet, das wäre etwas, das ich für Cassie tun kann, und wenn ich es schaffe, all meinen Mut zusammenzunehmen, auch für mich selbst.

»Jed!«, rufe ich und zittere erneut.

Was hat er nur vor? Warum um alles in der Welt hat er mich hierher bestellt und konnte nicht zu Hause mit mir reden?

Ich höre ein Rufen aus der Ferne, blicke auf, und da sehe ich ihn – hoch oben auf der Mauer der Abbey. Wie ist er dort hochgekommen?

»Rose!«, ruft er.

Ich gehe auf ihn zu und entdecke eine Leiter an der Wand neben dem Gebäude, auf dem Jed steht. Als ich näher herankomme, sehe ich sein Gesicht: geisterhaft blass und manisch funkelnde Augen.

Bevor ich das Haus verlassen habe, bin ich in Turnschuhe geschlüpft, und dafür bin ich jetzt dankbar, als ich die Leiter hinaufklettere und mich vorsichtig auf die Mauer setze. Jed ist nur zehn Meter von mir entfernt, und mir klopft das Herz bis zum Hals.

»Hast du den Verstand verloren?«, rufe ich ihm zu. »Komm wieder runter, Jed!«

Säße ich näher bei ihm, könnte ich vermutlich den Alkohol in seinem Atem riechen. Niemand mit klarem Kopf würde hier hochklettern und dann auch noch auf der Mauer stehen.

»Ich will mit dir über Cassie reden, Rose. Sie war so gern hier bei der Abbey.«

Er ist definitiv betrunken und lallt ganz ordentlich. Aber was er über Cassie sagt, stimmt. Als Kind war sie immer am liebsten hier. Ich fürchte, manchmal kommt uns das Leben in die Quere und mit dem Alter verlieren wir das Interesse an Sachen, die wir einst geliebt haben, und vergessen, was uns glücklich macht.

»Du hast recht, sie war gern hier, aber lass uns unten weiterreden, Jed«, schlage ich vor. »Das ist doch bescheuert, du fällst ...«

»Nein! Was ich sagen will, muss ich hier oben sagen.«

»Okay, schon gut. Aber beeil dich ... bitte ...« Ich schaue hoch zu den grollenden, wütenden Wolken am pechschwarzen

Himmel. Panik packt mich, und ich stehe wieder auf. »Ich kann das nicht, Jed. Ich kann einfach nicht.«

»Sie hat mir gesagt, dass Gareth sie vergewaltigt hat, Rose«, stößt er angewidert aus. »Cassie hat mir das erzählt und mich schören lassen, es niemandem weiterzusagen.«

Ich halte in der Bewegung inne. Die Luft bleibt mir im Hals stecken, und die schreckliche Wahrheit schwirrt in meinem Kopf herum. Unterbewusst wusste ich das wohl schon immer, ich habe es nur verdrängt.

»Aber Carolyn hat mir gesagt, dass Cassie das Gesicht des Angreifers nicht gesehen hat, weil er eine Maske aufhatte.«

Schon damals habe ich mich das immer wieder gefragt: Hat Gareth Cassie überfallen? Es wurde nie jemand verhaftet, und im Dorf ging das Gerücht, es wäre ein Fremder gewesen, der im Dorf auf der Durchreise war und zufällig an Cassies Haus vorbeikam, als sie allein war.

Aber ich bekam einfach den Abend bei Cassie nicht aus dem Kopf, als Gareth sie so bedrohlich ansah. Er hat von mir verlangt, mich zwischen den beiden zu entscheiden, und das habe ich getan. Ohne mit der Wimper zu zucken, habe ich mich für ihn entschieden.

Habe ich Cassies Schicksal unwissentlich besiegelt, als ich ihm erzählt habe, was sie über ihn gesagt hatte von wegen, dass er mich kontrollieren würde? Und von ihrer Drohung, Dad von uns zu erzählen?

Ich wollte nicht, dass Jeds Worte wahr waren, und dennoch schien er die Wahrheit zu sprechen ...

»Er hat tatsächlich eine Maske getragen.« Jed nickt. »Eine Sturmhaube. Er hatte sie auf, während er ... sie angegriffen hat ... aber Cassie hat mir erzählt, dass als er sie in der Küche in ihrem eigenen Blut liegen lassen hat, er die Maske an der Tür abgenommen und sie angegrinst hätte.«

Ich schlage die Hand vor den Mund und schlucke die Galle

herunter, die meinen Hals hochgestiegen war. *Warum hat sie mir nichts gesagt?*

»Er hat ihr gedroht, dass wenn sie auch nur ein Wort verrät, er deine gesamte Familie ruinieren würde. Er hat gesagt, wenn sie wirklich deine Freundin wäre, würde sie diesen Preis bezahlen, damit du in Sicherheit bist.« Jed schüttelt den Kopf. »Sie war so sensibel, unsere Cassie. Sie hat zwar einen auf harte Schale gemacht, aber darunter war ein butterweicher Kern.«

Das stimmte. Wie ihre Mutter hatte sie eine Fassade aufgebaut, doch dahinter war sie verletzlich. Nur die Menschen, die ihr sehr nahestanden, wussten das.

»Oh, Cassie«, flüstere ich. Der Wind weht einzelne Haarsträhnen in meinen Mund. Ich wünschte, sie würden mich ersticken. Dann wäre endlich alles vorbei.

»Sie hat gesagt, sie hätte vorher schon versucht, dich zur Vernunft zu bringen und dir klarzumachen, wie toxisch er ist.«

Meine Gedanken wandern zurück zu dem Tag am College im Gemeinschaftsraum, als Cassie versucht hat, mich vor Gareths Kontrollsucht zu warnen. Und was habe ich getan? Ich bin direkt zu Gareth gerannt und habe ihm alles brühwarm erzählt.

Natürlich hat Cassie mir danach nicht mehr vertraut. Sicherlich hat sie ihm seine Drohung absolut abgenommen.

Was mir das Herz brach, war, dass Cassie trotz unseres Streits immer noch sich selbst geopfert hat, um mich zu beschützen. Die ganze Zeit, als sie sich geweigert hat, mich zu Hause zu empfangen, all die Anrufe von mir, die sie ignoriert hat – all das hat sie getan, um mich vor dem Monster Gareth Farnham zu beschützen.

»Ich habe ihn hundertmal gefragt, ob er Cassie überfallen hat«, sage ich schwach. »Jedes einzelne Mal hat er gelogen. Und er schwört, dass er Billy nicht getötet hat. Diese Lügen – sie hören einfach nie auf.«

Jed stößt einen seltsamen Schrei aus, wie ein Heulen und

ein Jaulen auf einmal. Er klingt wie ein verwundetes Tier. Ich gehe einen Schritt auf ihn zu.

»Bleib da! Komm nicht näher!«, ruft er.

»Jed, das ist doch sinnlos. Cassie ist tot, und deine Mutter hat sich zu Tode gesoffen. Bitte, lass es nicht auch so weit kommen. Ich helfe dir. Ich schöre, ich kann dir die Hilfe besorgen, die du brauchst.«

»Du kannst mir nicht helfen, Rose.« Der Schmerz in seiner Stimme ist förmlich greifbar. »Du kannst mir nicht helfen, weil ich es war. Ich war es, der Billy getötet hat.«

Ich schwanke ein wenig und stütze mich an der Steinmauer ab.

»Was?«, flüstere ich.

»Es war ein Unfall, Rose. Ich wollte dir nur einen Schrecken einjagen und ihn für ein, zwei Tage festhalten. Ich wollte das Gerücht streuen, Farnham hätte etwas damit zu tun, damit die Dorfbewohner Gareth die Schuld in die Schuhe schieben. Ich hatte getrunken und dachte, der kleine Billy hätte Angst ... ich habe nur versucht, ihn ruhigzustellen, damit er aufhört, um Hilfe zu rufen.«

Meine Fingernägel graben sich in meine Oberschenkel. Ich kann sie nicht daran hindern. Ich kann nicht sprechen.

»Da ist eine große Gruppe von Leuten die Straße auf uns zugekommen, und ich habe ihm die Hand auf den Mund gelegt, damit er still ist, aber ... ich habe sie wohl zu lange dort gelassen. Ich wusste nicht, dass ich auch seine Nase zugehalten habe, sodass er nicht atmen konnte ... ich schöre, es war ein Unfall.«

Ich spüre, wie die Kraft aus mir herausfließt wie Lebenssaft. Er muss da gewesen sein. Es muss wahr sein. Die Busladungen voller Touristen, die auf die Abbey zuströmten; sie sind an der Stelle vorbeigegangen, wo Billy seinen Drachen gesucht hat.

Ronnie war unschuldig. Der gute, zuverlässige Ronnie. Und Gareth Farnham – einmal in seinem Leben *hat er die Wahrheit gesagt.* An dem Tag vor seiner Verhaftung hat er versucht, mir zu sagen, dass er noch nicht einmal in der Gegend gewesen sei – und das war die Wahrheit gewesen. Sein Alibi war schlüssig.

»Rose, es tut mir so, so leid. Wirklich. Ich ...« Jed schluchzt jetzt so sehr, dass ich ihn kaum verstehen kann. »Wenn ich Billy wieder zurückbringen könnte, ich würde es tun. O Gott, was gäbe ich nur dafür ...«

»Hast du mir die Botschaft durch den Briefschlitz geworfen?« Meine Stimme klingt merkwürdig ruhig. Ich stehe auf und warte an der Leiter, bis er mir antwortet.

»Ich wollte, dass du aufhörst. Ich wollte nur, dass du die Sache auf sich beruhen lässt. Ich habe dich immer beobachtet, Rose. Ich wollte dir immer die Wahrheit sagen. Und ich wusste einfach, dass du etwas vorhattest, denn du hast deine Routine geändert. Ich war in deinem Haus und habe die Besuchserlaubnis für Farnham gefunden und daneben Billys Decke in der Plastiktüte. Da wusste ich, dass du etwas auf der Spur warst, aber ich konnte dir die Wahrheit nicht sagen, weil dann Farnham entlassen worden wäre, und er ist *schuldig.* Schuldig, weil er Cassie so sehr verletzt hat, dass sie sterben wollte.«

Ich kneife die Augen zusammen, sosehr schmerzen mich seine Worte. Ich denke daran, wie unvorsichtig ich gewesen war, an das offene Fenster, an das Gefühl, dass jemand in meinem Haus gewesen ist ...

»Jed«, sage ich dringlich, »ich muss dich etwas fragen. Billy hatte an dem Tag, als er verschwunden ist, seine Decke dabei. Was ist damit passiert? Wenn du die Wahrheit sagst, dann weißt du es.«

»Sie hat sich im Gebüsch verfangen«, antwortet Jed gequält. »Selbst auf der Suche nach seinem Drachen hat er diese verdammte Decke mit sich rumgeschleppt. Als ich meine Hand weggenommen und festgestellt habe, dass er tot ist, habe ich Panik gekriegt und bin weggerannt.«

Ich schließe die Augen, kann es nicht ertragen, von den letzten Momenten in Billys Leben zu hören, während ich nur ein paar Hundert Meter von ihm entfernt war.

»Bitte, Rose, nicht weinen. Ich hasse mich selbst. Ich will nicht mehr leben.«

»Was ist dann mit der Decke meines Bruders passiert?«, schreie ich ihn an.

»Ich hatte Panik, als mir klar wurde, dass Billy tot ist. Also habe ich ihn so gut wie möglich mit Blättern und Zweigen zugedeckt und bin weggerannt. Die Decke ist an einem Busch hängen geblieben. Und weil ich Angst hatte, dass sie jemand findet, habe ich sie mitgenommen.«

»Und was hast du damit gemacht?«, bohre ich weiter.

»Ich wusste, dass sie überall suchen würden. Mum war bei Ronnie und Sheila, und als ich am Haus vorbeiging, haben sie mich reingerufen. Ich sollte unbedingt was mit ihnen trinken, und ein Nein haben sie nicht akzeptiert. Also habe ich gesagt, ich müsste mal auf die Toilette, und habe die Decke in einem der Kartons im Gästezimmer versteckt. Ich bin davon ausgegangen, dass niemand Ronnies Haus durchsuchen würde, aber unseres womöglich schon.« Er ließ den Kopf hängen. »Als Sheila erwähnt hat, dass sie einen Frühjahrsputz machen würde, habe ich ihr sogar angeboten, im Gästezimmer zu helfen, und die Kartons umgestellt, damit niemand anderes den mit der Decke anrührt.«

»Oh, Jed.« Ich schluchze so sehr, dass mein gesamter Körper durchgeschüttelt wird. »Was hast du nur getan? Wie konntest du unserem Billy das antun?«

»Es tut mir leid, Rose.« Das Weinen, das Heulen ist jetzt weg, und seine Stimme klingt merkwürdig ruhig. »Es tut mir wirklich leid. Und ich kann damit nicht weiterleben.«

Und dann springt er. Jed springt von der Mauer der Abbey herunter.

Ich sitze noch eine ganze Weile mit geschlossenen Augen da.

»Ich liebe dich, Billy«, sage ich.

Langsam und ganz vorsichtig klettere ich die Leiter hinunter. Ich brauche eine ganze Weile, bis ich zu Fuß zu Hause bin. Dort angekommen, verriegele ich die Tür und sitze einfach nur da, innerlich leer, aber merkwürdig ruhig.

Und dann rufe ich die Polizei an.

EINUNDSIEBZIG

HMP WAKEFIELD

Heute

Rose betrat den Besucherraum und lächelte Gareth an, während sie auf den Tisch zuging.

»Da ist ja meine Prinzessin«, begrüßte er sie strahlend.

»Wow, sieh dich doch nur an! Ist das alles für mich?«

Sie war am Vormittag beim Friseur in Mansfield gewesen und hatte sich die Haare schneiden, föhnen und in einem kräftigen Rotton färben lassen. Außerdem trug sie ein neues, langes, smaragdgrünes Top, und sie hatte Mascara und ein kleines bisschen dunklen Lippenstift aufgetragen; der, den sie vor vielen Jahren von Cassie bekommen hatte.

»Ich habe mich etwas aufgehübscht, weil heute so ein besonderer Tag ist.« Sie lächelte.

»Braves Mädchen. Und, hast du die Quittung?« Er schaute auf die Uhr. »Mein Anwalt sollte innerhalb der nächsten Stunde hier sein und hat ein Zimmer im Hauptgebäude reserviert, um deine Aussage aufzunehmen.«

»Ja«, sagte sie. »Ich habe die Quittung dabei.«

Sie sah ihn nun mit neuen Augen. Vor ihr saß nicht Billys Mörder. Er hatte tatsächlich die Wahrheit gesagt.

»Danke, Rose«, sagte er mit leuchtenden Augen. »Dass du mir glaubst. Ich schwöre, ich habe Billy nichts getan. Ich habe ihn manchmal geneckt, aber ich habe ihn geliebt wie einen kleinen Bruder.«

Sie schaute ihn an.

»Was ist los, Prinzessin?«

»Eine Sache muss ich dich noch fragen, Gareth, und du musst die Wahrheit sagen. Hast du Cassie überfallen?«

»Nein!«, antwortete er und schluckte schwer. »Das war ich nicht, Rose. Ich war völlig fertig, als ich gehört habe, dass sich das arme Mädchen das Leben genommen hat, wirklich.«

»Du hast sie nicht vergewaltigt und danach deine Maske abgenommen und sie angegrinst? Ihr gedroht, mich und meine Familie zu ruinieren, wenn sie jemals die Wahrheit sagt?«

»Nein!« Sein Gesicht lief nun rot an. »Nein! Wer immer das behauptet hat, lügt, Rose. Er lügt!«

»Ich hole eben die Quittung«, sagte sie und griff nach ihrer Handtasche.

»Die kannst du meinem Anwalt geben«, meinte er. Seine Schultern entspannten sich nun ein wenig.

»Ich möchte, dass du sie siehst, Gareth. Immerhin ist sie dein Ticket in die Freiheit.«

»Das ist ja süß, dann zeig sie mir.« Er grinste. »Mein Anwalt hat gesagt, wenn wir die Sache richtig angehen und beweisen, dass die Polizei das vertuscht hat, könnte ich innerhalb von Wochen hier draußen sein, vielleicht sogar früher.«

Sie zog einen kleinen weißen Umschlag aus ihrer Handtasche, eben den Umschlag, den sie im Notizbuch ihrer Mutter in der Kiste auf dem Dachboden gefunden hatte.

»Rose ...« Er sah zu, wie sie den Umschlag öffnete, und seine Augen leuchteten vor Aufregung. »Lass uns all die schlimmen Sachen hinter uns lassen. Neu anfangen. Was meinst du?«

Rose öffnete den Umschlag, und hundert winzige verkohlte Papierfetzen rieselten auf den Tisch.

Seine Kinnlade fiel herunter, und er schaute sie entgeistert an.

»*Das* war die Quittung, von der ich behaupten werde, sie nie gehabt zu haben. Ich habe sie in Asche verwandelt, nachdem ich herausgefunden habe, dass du meine beste Freundin vergewaltigt und im Grunde getötet hast«, erklärte sie selbstzufrieden. »Wie du siehst, habe ich bereits neu angefangen, Gareth, und du bist kein Teil davon.«

Sein Mund klappte auf und zu, aber es kam kein Ton heraus.

Rose lachte. »Übrigens weiß ich jetzt, dass du Billy nicht getötet hast, aber ich weiß auch, dass du Cassie zerstört hast. Aber das bleibt unser kleines Geheimnis, Gareth. Ich erzähle es niemandem, und ganz bestimmt nicht werde ich dir helfen, freizukommen. Du bleibst schön hier drinnen, bis du alt und grau bist.«

»Du ... du Schlampe! Du machst einen furchtbaren Fehler! O Gott, was hast du nur getan?«

Er sprang auf und wollte sich über den Tisch auf sie stürzen, aber Rose war vorbereitet. Sie wich zurück, sodass er sie nicht erreichen konnte. Frauen und Kinder um sie herum schrien panisch auf, und innerhalb von Sekunden stand ein Wärter an ihrem Tisch.

»Diese Schlampe, sie hat ...«

Der Wärter packte ihn, und Rose wich langsam zurück, als weitere Aufseher auf den vor Wut tobenden Gareth zustürmten. Er hob seinen Stuhl hoch und zertrümmerte ihn auf dem Kopf des Wärters. Rose verzog das Gesicht, als das Blut aus seinem Auge strömte.

Die Wärterin mit den kurzen Haaren rauschte auf sie zu.

»Alles gut bei Ihnen? Was zur Hölle ist denn passiert?«

»Er ist einfach durchgedreht«, antwortete Rose und guckte verwirrt. »Er hat irgendwas gebrabbelt, von wegen er würde hier rauskommen und wolle ein neues Leben mit mir anfangen. Dabei sitzt er hier für den Mord an meinem Bruder! Und als ich ihm gesagt habe, dass er den Verstand verloren hat, ist er durchgedreht.«

Andere Aufseher eilten herbei und räumten den Besucherraum. Rose und die Wärterin gingen langsam zur Tür.

»Ich habe meinen Job zum Monatsende gekündigt«, raunte die Wärterin ihr zu. »Und deshalb sage ich Ihnen jetzt etwas, was Sie bitte für sich behalten. Er hat ein riesiges Foto von Ihnen beiden an der Wand seiner Zelle hängen und hat mir gegenüber behauptet, Sie wären seine Frau, als ich ihn danach gefragt habe. Ich habe Sie beim ersten Besuch erkannt.«

Rose schaute sie an.

»Sie scheinen eine nette, vernünftige Frau zu sein. Wenn ich Sie wäre, würde ich mich von ihm fernhalten. Für den Angriff auf Officer Renshaw heute wird er zu seiner lebenslangen Haftstrafe noch mindestens fünf Jahre dazu bekommen.«

»Danke.« Rose nickte. »Ich komme nicht wieder. Schon vor langer Zeit habe ich meinem Dad versprochen, nie wieder etwas mit Gareth Farnham zu tun zu haben, und diesmal halte ich mich daran.«

»Das freut mich zu hören. Ich wünsche Ihnen alles Gute für die Zukunft.«

»Danke, ich bin sehr aufgeregt.« Rose lächelte. »Ich habe mein ganzes neues Leben vor mir.«

Und zum ersten Mal jemals stellte sie fest, dass sie es tatsächlich so meinte.

MEHR VON BOOKOUTURE
DEUTSCHLAND

Für mehr Infos rund um Bookouture Deutschland und unsere
Bücher melde dich für unseren Newsletter an:

deutschland.bookouture.com/subscribe/

Oder folge uns auf Social Media:

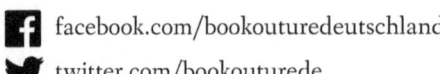

facebook.com/bookouturedeutschland

twitter.com/bookouturede

instagram.com/bookouturedeutschland

EIN BRIEF VON K.L. SLATER

Ich möchte mich ganz herzlich dafür bedanken, dass Sie sich dazu entschieden haben, *Der Fehler* zu lesen. Wenn Ihnen mein Buch gefallen hat und Sie über meine Neuerscheinungen auf dem Laufenden gehalten werden möchten, melden Sie sich einfach unter dem folgenden Link an. Ihre E-Mail-Adresse wird nicht weitergegeben, und Sie können sich jederzeit wieder abmelden.

deutschland.bookouture.com/subscribe/

Auf die Idee zu diesem Buch bin ich gekommen, weil mich die Frage beschäftigt hat, was passieren könnte, wenn sich ein Fehler, den wir als in der Vergangenheit begraben glaubten, plötzlich auf unsere Gegenwart auswirkt. Was wäre, wenn wir damals nicht nur der falschen Person vertraut, sondern auch eine schwerwiegende Fehleinschätzung getroffen hätten? Wenn wir zum Beispiel über wichtige Informationen verfügten, die wir absichtlich ignoriert haben?

Und als ich begann, *Der Fehler* zu schreiben, recherchierte ich auch zu toxischen Beziehungen mit einem kontrollierenden Partner und den langfristigen Folgen, die eine solche negative Erfahrung auf jemanden haben kann, selbst Jahre später.

Manche mögen glauben, dass Kontrolle in einer Beziehung eigentlich romantisch gemeint ist und es meist Männer sind, die dies Frauen antun, doch diese Definition ist natürlich deutlich zu eng gefasst. Jede Person kann eine andere kontrollieren. So gibt es erwachsene Kinder, die ihre Eltern kontrollieren, Eltern, die ihre eigenen Kinder kontrollieren, Chefs, die ihre Angestellten kontrollieren und manipulieren sowie – wenn wir bei der romantischen Beziehung bleiben möchten – Frauen, die ihren Partner kontrollieren.

Manchen Personen ist noch nicht einmal klar, dass sie sich in einer kontrollierenden oder toxischen Beziehung befinden. Das hat nichts mit körperlicher Stärke oder Willensschwäche zu tun. Man gewöhnt sich daran, auf rohen Eiern um den anderen herum zu laufen, Kritik zu ertragen (selbst geringfügige Kritik kann verletzen und Schaden anrichten, wenn sie permanent geübt wird) und gibt bereitwillig dem eigenen Verhalten die Schuld, anstatt zu erkennen, wer wirklich verantwortlich ist.

Leider ertragen manche Menschen ein solches Verhalten einer anderen Person so lange, dass sie fast vergessen haben, wie es ist, sich zu entspannen und man selbst zu sein. Der erste Schritt besteht immer darin zu erkennen, was vor sich geht.

Für alle, die Hilfe, Rat oder Aufklärung brauchen, gibt es online jede Menge Ressourcen. Nutzen Sie einfach den Suchbegriff »Toxische Beziehung«.

Dieses Buch spielt in Nottinghamshire, wo ich geboren wurde und mein ganzes Leben verbracht habe. Leser:innen, die die Gegend kennen, werden bemerkt haben, dass ich mir manchmal die Freiheit genommen habe, Straßennamen oder geografische Details der Geschichte anzupassen.

Ich hoffe, dass Ihnen *Der Fehler* gefallen hat, und wenn ja, würde ich mich über eine Rezension freuen. Ich würde gerne hören, was Sie darüber denken, und neuen Leser:innen können Sie durch Ihre Rezension helfen, eines meiner Bücher zu entdecken.

Ich höre gern von meinen Leser:innen – zum Beispiel über meine Facebook-Seite, Twitter, Goodreads oder meine Website.

Danke, Kim x

BLEIB IN KONTAKT MIT K.L. SLATER

https://klslaterauthor.com

 facebook.com/KimLSlaterAuthor

twitter.com/KimLSlater

instagram.com/klslaterauthor

DANKSAGUNG

Ich kann mich wirklich glücklich schätzen, so viele kompetente und talentierte Menschen um mich zu haben.

Ein großes Dankeschön geht an meine Lektorin bei Bookouture Jenny Geras für ihre kompromisslose Vision des Buchcovers, die mir sofort gefallen hat. Wie immer hat sie mich während des Schreibens und der Bearbeitung von *Der Fehler* hervorragend unterstützt und beraten.

Danke an das gesamte Bookouture-Team für alles – und glauben Sie mir, das ist eine ganze Menge –, insbesondere an Lauren Finger und Kim Nash, die beide so tüchtig sind, dass es eine Freude ist, mit ihnen zusammenzuarbeiten.

Danke an meine Autorenkollegin Angela Marsons, die immer für mich da ist, wenn ich jemanden zum Lachen, Weinen oder für kluge Ratschläge brauche und die bei Bedarf ein süßes Hundefoto zur Hand hat.

Danke, wie immer, an meine Agentin Clare Wallace, die mir weiterhin mit wertvoller Unterstützung und Ratschlägen zur Seite steht. Danke auch an das übrige fleißige Team der Darley Anderson Literatur-, Fernseh- und Filmagentur, vor allem an Mary Darby und Emma Winter, die so hart daran arbeiten, meine Bücher in die große, weite Welt hinauszutragen, sowie an Kristina Egan und Rosanna Bellingham.

Ein großes Dankeschön geht wie immer an meinen Ehemann Mac für seine Liebe, Unterstützung und Geduld, selbst wenn mein Zeitplan beim Schreiben an Wahnsinn grenzt! Und an meine Familie, vor allem an meine Tochter

Francesca und meine Mama, die mich beim Schreiben immer unterstützen und ermutigen.

Ein besonderer Dank geht auch an Henry Steadman, der das tolle Cover aus dem Hut gezaubert hat.

Danke an die Blogger:innen und Rezensent:innen, die so viel dazu beigetragen haben, dass meine ersten drei Thriller zum Erfolg wurden. Vielen Dank an alle, die sich die Zeit genommen haben, eine positive Rezension zu verfassen oder an meiner Blogtour teilzunehmen. Ich merke solche Sachen und freue mich sehr darüber.

Zu guter Letzt möchte ich mich SO sehr bei meinen wunderbaren Leser:innen bedanken. Ich freue mich über jeden Kommentar und über jede Nachricht und bin wirklich dankbar für die Unterstützung eines jeden einzelnen Lesers.